LA FILLE DU GOÉMONIER

COLETTE VLÉRICK

LA FILLE DU GOÉMONIER

Presses de la Cité

ISBN 2-266-09272-3

1

Le temps de prendre les outils et les sacs, un coup d'œil encore au ciel où scintillaient les dernières étoiles, et Yann Kernévez se hâta de descendre au port, suivi de près par son fils Job. Dans le sac du vieux Yann, taillé, comme celui de son fils, dans un morceau de toile à voile, se trouvait le rôle de navigation, obligatoire à bord. Roulé et maintenu par un brin de laine grise, glissé à l'abri dans un tube de bambou, le document voisinait avec le morceau de pain du casse-croûte. La boîte à beurre en buis se trouvait dans le sac de Job.

Il faisait encore sombre dans le chemin mais, de la mer toute proche, montait la lueur annonciatrice du jour.

Une vache meugla, un lapin détala devant eux, un oiseau s'envola d'un buisson pour revenir aussitôt s'y poser. Où aller quand il n'y a pas d'arbres, rien que des fougères et de rares ajoncs ? Et si peu d'habitations dans ce pays de dunes... A peine une dizaine au hameau de Trolouc'h, en Plouguerneau, où les Kernévez possédaient une petite maison aux murs de pierre, au toit de chaume. Elle ne comportait qu'une seule pièce éclairée d'une unique fenêtre, avec un puits dans la cour, une étable où cohabitaient la vache et le cheval, une crèche pour le cochon, quelques lapins, quelques poules, rien de plus. Si pauvres fussent-ils, ils s'estimaient encore heureux de ne pas devoir louer à un gros fermier comme la plupart de leurs voisins, pêcheurs d'algues eux aussi.

Quand ils partirent, en ce matin de juin 1890, un seul des lits clos était encore occupé, celui de Madeleine, la fille que Job avait eue d'un premier mariage. Même si la plupart des enfants de douze ans se levaient comme les adultes avant le jour, Job voulait que sa fille dorme chaque nuit tout son soûl.

— Je n'ai pas d'or pour offrir des robes brodées à ma fille, disait-il, mais tant que je vivrai elle aura son content de sommeil.

C'était son idée, et il n'y avait rien à dire.

La femme de Job, Anna, était déjà sortie pour s'occuper des bêtes. Il s'agissait d'un second mariage pour elle aussi. Du premier, elle avait eu trois fils plus âgés que Madeleine. Tous trois étaient levés. Louis, l'aîné, parti vagabonder on ne savait où et le deuxième, Fanch, en route pour le port. Le troisième, Paol, préparait la soupe du cochon avant d'aller à l'école.

— Il en faudrait au moins un qui puisse lire ! avait l'habitude de maugréer Anna. De toute façon...

De toute façon, voulait-elle dire, mon pauvre garçon n'a pas de santé. Que deviendra-t-il ? La mauvaise humeur, sans doute était-ce la façon d'Anna de cacher ses inquiétudes. Ainsi n'avait-elle pu s'empêcher de déclencher une querelle la veille même.

— Soyez prêtes, les femmes, avait dit Job. Soyez prêtes pour midi. C'est *marvor*, marée de morte-eau.

— Est-il besoin de me le rappeler, ai-je jamais manqué ? avait rétorqué sèchement Anna.

Avant que Job, interloqué, ait pu répondre, Yann son père avait tranché.

— Est-ce ainsi que l'on parle à mon fils sous son toit ? Est-ce seulement à toi qu'il parlait, Anna ?

La remarque avait cloué le bec d'Anna, touchée au point sensible. Aimant son mari à la folie, elle éprouvait une profonde jalousie à l'égard de Madeleine. Or, c'était exact, Job avait parlé pour sa fille plus que pour sa femme. Madeleine adorait que son père l'inclue dans ce joyeux « femmes ! ».

Ce soir-là, conscient d'avoir blessé son épouse, Job attendit d'être couché avec elle. Leur lit clos jouxtait celui de Madeleine dans l'unique pièce de la maison.

— Anna, chuchota-t-il, ne t'inquiète pas. Tu ne m'as jamais manqué, je le sais.

Il voulait se réconcilier avec elle, ne pas la quitter le lendemain sur une fâcherie. Tout au fond de lui, sans oser se l'avouer, il craignait qu'elle ne se venge un jour sur Madeleine.

Toutes ces pensées agitaient encore Job tandis qu'il marchait avec son père. Emergeant bientôt du chemin creux sur le sable blanc de la dune, leurs silhouettes très droites s'y détachèrent en ombres chinoises. On ne pouvait s'y tromper : cet ample pantalon bleu qui s'arrêtait au genou ; ce bonnet bleu de laine tricotée, le *boned-glas* au large bord où l'on glissait le couteau et de quoi fumer ou chiquer ; les jambes nues dans les sabots, c'était la tenue des goémoniers, les pêcheurs d'algues. D'autres silhouettes semblables se joignirent à eux au fil des talus, des hommes de stature moyenne dans l'ensemble mais tous secs et droits comme les Kernévez.

Les appels se croisaient dans le jour naissant, entrecoupés des premiers chants d'oiseaux, aussitôt dominés par les goélands.

— Oh, Job ! criait l'un.

— Yann ! saluait l'autre.

On s'interpellait et se saluait de la main autant que de la voix mais sans traîner. Tous pressaient le pas. La marée descendait et il fallait profiter du courant pour se faire porter sur les champs d'algues.

Quelques commentaires furent échangés encore sur l'état de la mer et du vent, les accents énergiques du breton résonnant dans l'air pur où montait l'odeur du varech, et les goémoniers arrivèrent au Koréjou. L'anse, qui se creuse à l'abri des deux avancées de Trolouc'h au nord et de Kergoff au sud, offrait un spectacle satisfaisant. Les dizaines de barques qui y oscillaient à peine, tant la mer était belle, témoignaient du goût pour l'ordre des gens de mer. D'ailleurs, n'en auraient-ils pas le goût, la nécessité l'imposerait. Les pêcheurs ne quittaient pas leur bord avant d'avoir rangé les voiles, démâté, vidé l'eau des fonds et vérifié leur équipement. Le résultat en était une flottille impeccable dont la vue alluma un éclair de plaisir dans les yeux des Kernévez. Mais on n'avait pas le temps de s'attarder.

Job dévala la dune et se dirigea vers l'emplacement où la veille, après avoir débarqué son chargement d'algues, il avait mouillé l'annexe de son bateau, son canot. Il constata, avec la même satisfaction que d'habitude, qu'il avait bien calculé son affaire. Il restait assez d'eau pour que le canot flotte, mais pas au point de se tremper dès le départ.

Une fois leurs sacs posés dans l'embarcation, les deux hommes enjambèrent le plat-bord et s'installèrent, Yann à l'arrière, Job à l'avant. Remonter la pierre de mouillage — un gros galet qui servait d'ancre côté terre —, haler le grappin planté dans le sable côté mer et le récupérer, cela ne prit qu'un instant. Ils parvinrent très vite en eau assez profonde pour godiller. Manœuvré par Yann, l'aviron décrivait de souples huit dans l'eau. Quelques minutes plus tard, ils rejoignaient la *Maria* — une barque de six mètres cinquante non pontée et gréée en sloop. Job amarra le canot au corps-mort à côté de la *Maria* et ils montèrent à bord. Sur les autres bateaux goémoniers, les *collègues* arrivaient, lançaient quelque plaisanterie, échangeaient à pleine voix les nouvelles. Mais tous se hâtaient de gréer leurs bateaux.

Yann et Job, dont les mouvements mille fois répétés prenaient des allures de ballet dans la lumière dorée du petit matin, sortirent tout d'abord du coffre avant la trinquette, la petite voile d'étai. A la place, ils rangèrent les sacs et les vêtements secs, bien à l'abri. Puis, avec les mêmes gestes que sur chaque *skloup* autour d'eux, ils installèrent leur mât, un tronc de sapin raboté d'environ cinq mètres. Tandis que Job maintenait le mât debout contre le banc avant, son père en guidait le pied, le faisait descendre vers le fond du bateau, jusqu'à l'emplanture, l'encoche où l'on fiche le mât.

— Y es-tu ? demanda Job.

— *Ya, mad eo.* Oui, c'est bien.

De chaque côté du pied de mât, entre la carlingue et le banc, étaient cloués en oblique deux petits montants de bois. Ces deux pièces d'allure anodine jouaient un rôle important. Comme on dégréait, on ôtait le mât, pour travailler en mer plus facilement, elles empêchaient les algues qui remplissaient le bateau d'obstruer l'accès à l'emplanture.

— Il va falloir remplacer le protège-emplanture de babord, signala Job.

— Déjà ?

— *Ya*. J'espérais que le bois ferait encore une saison. Mais la ferrure tient bon, ajouta-t-il.

Environ un mètre plus haut que l'emplanture, une encoche en forme de demi-cercle était taillée dans le banc, *an treust*, où l'on glissait le mât. Un collier de fer amovible, *kolier an treust*, le maintenait dans l'échancrure du banc.

— Ce n'est pas faute de les avoir vérifiées, laissa tomber Yann au bout d'un moment.

Il voulait dire : avant le début de la saison, il y a quelques semaines seulement, quand on a réarmé le bateau.

Job libéra les drisses et endrailla la trinquette. Enfin, ils fixèrent la bôme, pièce de bois perpendiculaire au

mât, sur son collier de fer. Il restait à installer la grand-voile, sortir les avirons, larguer le corps-mort. La *Maria*, libérée, glissa sur l'eau qui avait pris des reflets de métal en fusion. Les voiles faseyaient, encore vides, mais le jusant les entraîna vers la passe et, bien vite, une légère brise du sud gonfla la toile brun-rouge. Cette même brise apportait de la terre des odeurs de fumée qui se sentiraient encore au large. En quelques instants, coques noires et voiles rouges, la flottille tout entière prit son envol, saluée par les cris des goélands. Le grand calme de ce début de journée promettait une mer paisible où l'on verrait clairement les algues.

Les coques noires déchiraient l'eau où la lumière rasante allumait des flamboiements. Puis le ciel rosit, bleuit, prit de la transparence et la pellicule métallisée qui opacifiait la mer se liquéfia. Quelques traits lumineux jaillirent sous la surface : des mulets. D'autres taches, presque noires celles-là : des cailloux et des algues ondulantes, ces longues laminaires qui étaient devenues le gagne-pain des pêcheurs depuis que l'on avait découvert leur richesse en iode. Parce qu'elles poussent en eau profonde, on les appelle « goémon de fond » et il faut un bateau pour les récolter. Leur exploitation est donc réservée aux inscrits maritimes, c'est-à-dire à ceux qui se font enregistrer comme professionnels de la mer. Ce système, inventé par Colbert pour avoir un réservoir d'hommes compétents pour la marine du roi, offrait des inconvénients — par exemple l'obligation de servir dans la marine à n'importe quel moment si besoin était — mais aussi des avantages comme le droit à une petite retraite à partir de cinquante ans.

D'un geste du menton, Yann Kernévez désigna à son fils les bateaux de leurs collègues.

— Je savais qu'on n'aurait pas beaucoup d'avance. Le vent du sud est capricieux, on ne peut pas compter sur lui.

Job hocha la tête.

— Mais au moins, on peut sortir !

Quand le vent se levait pour de bon, les bateaux devaient le plus souvent rester au port.

Les barques firent route au nord vers le plateau sous-marin de Lizenn-zu ou, pour certaines, un peu plus à l'est, vers les Mein Dano. Au bout d'une heure de « navigation de demoiselle », la *Maria* parvint au-dessus des fonds rocheux d'où s'élevaient les longs rubans des algues, flottant dans l'eau claire. Job s'occupa de mouiller le gros galet qui servait d'ancre. S'il se prenait dans les roches du fond, la perte serait moins grande qu'avec une ancre de fer. Yann profita de leur dernier instant de tranquillité avant le début du travail — car alors ils seraient trop occupés pour se parler.

— Fils, je suis content que nous ayons fait le nécessaire, déclara-t-il d'une voix nette.

Job avait commencé à dégréer, rangeant le mât et la bôme le long du plat-bord, de façon à pouvoir les reprendre sans difficulté quand le *tali* remplirait la cale. Il hocha la tête.

— Ah ! Toi aussi, tu y as encore pensé...

— Oui, et je te répète que nous avons fichtrement bien fait !

Cela suffisait, ils s'étaient compris et, de toute façon, Yann prenait son poste de travail à l'avant, penché par-dessus le plat-bord, le genou appuyé sur un rembourrage en paille destiné à le protéger. Le vieux Kernévez n'avait pas de temps à gâcher pour sa bru et, de toute façon, *ar c'hilhotinn* ne lui pardonnerait pas une distraction. *Ar c'hilhotinn*, la guillotine, est une faucille montée au bout d'un très long manche en pin, ou en solide pichpin rouge quand on en a les moyens. Elle doit être très affûtée pour couper à coup sûr le goémon glissant. Un instant d'inattention, et l'on se blesse comme c'était arrivé à l'un de leurs voisins la semaine précédente. De plus, quand on travaille à deux, on risque de se gêner, de cogner un manche contre l'autre. Un bateau de six mètres cinquante, ce n'est pas grand.

Yann et Job moissonnèrent pendant des heures, sans relâche, entassant dans le fond de la *Maria* les longues algues dégoulinantes qui les éclaboussaient. Ils plongeaient leur guillotine dans l'eau, coupaient le goémon, le remontaient dans le creux de la faucille, déposaient leur récolte, se penchaient à nouveau par-dessus bord et recommençaient, trempés de la tête aux pieds par l'eau froide dont le sel leur irritait la peau.

De temps en temps, pour suivre la marée et élargir leur zone de coupe, ils laissaient filer quelques brasses de la chaîne de mouillage. A la renverse, quand la mer se mit à remonter, ils observèrent le même rituel avant de réinstaller le mât et la voile pour rentrer. Le vent était passé légèrement sud-ouest, ce qui rendrait le retour moins difficile. Le soleil passerait bientôt au zénith.

— J'en connais une qui doit guetter au lieu d'être à l'école !

Les yeux de Yann Kernévez, qui tenait la barre, se plissaient d'amusement.

— Pour sûr qu'elle nous attend, répondit Job. Mais je préférerais qu'elle suive la classe. Il faut que je lui parle.

— Elle s'inquiète, tu sais bien.

— Oui, mais moi aussi. Ce n'est pas une vie pour une fille de son âge que de traîner sur la lande dès que la saison de coupe commence. Ou elle travaille, ou elle va à l'école.

Yann approuva de la tête et laissa passer un long moment, tout à ses réflexions. Job, de son côté, écopait l'eau du bateau.

— Je sais ce que tu penses, finit par lâcher Yann.

— J'y ai beaucoup réfléchi, père.

opaque. On ne voyait plus le fond, ni même les rochers à fleur d'eau. Il fallait vraiment savoir où passer, tout en essayant de gagner les collègues à la course. Les Kernévez éprouvaient toujours la même satisfaction à regagner le port avec une longueur d'avance. La *Maria* était un bon bateau, qui marchait bien et leur avait plus d'une fois permis de remporter les régates annuelles du 15 août.

Les yeux plissés sous le soleil, Yann tenait ferme la barre pour raser les cailloux. Cela ne l'empêchait pas de surveiller le reste de la flottille. Les voiles rouges se dirigeaient toutes vers la passe du Koréjou, mais la *Maria* arrivait en tête...

— Elle a eu la croix, cet hiver.

Les élèves qui faisaient une bonne semaine recevaient la croix d'honneur.

— Mais pas une seule fois depuis. Je ne veux pas que ma fille reste sans défense devant les gens instruits. Sa mère voulait qu'elle sache lire et écrire.

Yann soupira et cracha dans l'eau.

— Tu dois avoir raison, fils. Tu dois avoir raison. Tu te souviens de Loullé, ce qu'il disait à son retour de la guerre en 1871 ? Qu'un jour, on devrait peut-être même parler français. J'ai du mal à imaginer ça, vois-tu.

— Moi aussi, surtout quand les prêtres parlent breton.

— On m'a dit que monsieur Favé a encore eu des ennuis à cause de ses sermons en breton.

Le chanoine Jean Favé était curé de Plouguerneau depuis 1877 et ne cachait pas ses opinions politiques. Il jouait un rôle prépondérant dans l'élection des députés et s'opposait sans hésiter aux décisions de l'administration ou de son évêque.

Yann haussa les épaules, cracha dans l'eau et, comme le vent forcissait, borda l'écoute de la grand-voile.

— Que veux-tu qu'on en sache, nous ? dit-il, surveillant le passage du bateau dans le vent. Ce sont les histoires des riches.

On approchait d'une zone où de nombreux pêcheurs mouillaient leurs casiers, ces pièges à crabes et à homards, et les deux hommes se concentrèrent sur la navigation. Ils passeraient bientôt sous le vent du Karreg Kromm, le rocher qui monte la garde au large du Koréjou et, dans cette passe semée d'embûches, la moindre faute de navigation pouvait se payer très cher. Plus d'un avait abîmé son bateau dans ces parages, se croyant déjà à l'abri. Ils faisaient d'autant plus attention que, avec le soleil à la verticale, l'eau devenait

2

Nichée dans les fougères de la falaise, Madeleine guettait la voile brun-rouge de la *Maria*. Elle aussi, elle pensait encore à l'incident de la veille.

— Soyez prêtes, les femmes, avait dit son père. Soyez prêtes pour midi. On est en morte-eau.

Pas besoin d'en dire plus, même les enfants comprenaient ce que cela signifiait. La fille de Job se remémorait parfaitement les explications de son grand-père, un de ses premiers souvenirs bien nets.

— Tu vois, lui avait-il dit, parfois la mer s'en va très loin et, quand elle revient, elle remontc très haut sur la grève. Tu te souviens de la pêche à la crevette avec ta grand-mère ? Quand tu as pu aller à pied jusqu'à l'île Vierge ? Nous étions en grande marée. En vive-eau, si tu préfères.

A l'inverse, pour les petites marées, on parle de morte-eau.

La vie des goémoniers suivait le rythme de la mer. Ils partaient avec le jusant, la marée descendante, et revenaient avec le flot, la marée montante. Selon l'importance et l'horaire de la marée, l'activité variait. Par faible amplitude, et si la mer descendait tôt, les bateaux rentraient vers midi avec la marée montante. Le temps de décharger les algues, c'était déjà l'étale de haute mer, ce moment d'équilibre avant le début du reflux, et on repartait. Deux récoltes valaient toujours mieux qu'une, quitte à ne pas se coucher avant minuit. Quant au vent, il manquait rarement. Sinon, on n'avait plus qu'à sortir les avirons !

Un appel fit se redresser l'enfant.

— Madeleine ! criait-on. Pas la peine de te cacher, je sais que tu es là !

Un garçon de haute taille, avec des yeux d'un bleu lumineux sous le *boned* tricoté, apparut au milieu des ajoncs, marchant à grandes enjambées. Il portait le pantalon court des goémoniers, une chemise de lin ouverte au col, le *roched*, et un petit gilet étroitement boutonné.

— Yves ! répondit Madeleine sur le même ton.

Yves était le fils de Tanguy Larvor, un goémonier ami du père de Madeleine. Leurs deux familles habitaient des maisons voisines à Trolouc'h. Avec ses seize ans et ses larges épaules, Yves impressionnait beaucoup Madeleine. Toutefois, si celle-ci l'admirait énormément, lui la considérait encore comme une petite fille, un peu chétive de surcroît et, par conséquent, à protéger.

— D'où viens-tu ? interrogea Madeleine.

— J'avais à faire du côté de Porz Gwenn. Et toi, tu attends la *Maria*, pas vrai ?

Sans répondre, Madeleine hocha la tête d'un air sérieux et reprit son poste d'observation, le temps de réfléchir. Pourquoi Yves n'était-il pas en mer avec Célestin, son oncle paternel, puisqu'ils faisaient équipe ? Une petite pointe de jalousie lui pinça le cœur, sans qu'elle sache encore ce que cela signifiait.

— Allons, ne boude pas ! reprit Yves en riant. Ce n'est pas un secret. Ma mère avait promis à sa cousine de lui porter un remède qu'elle sait préparer. Comme l'oncle Célestin devait aller au bourg ce matin pour régler des histoires de papiers à la mairie, j'ai fait la course pour ma mère. Voilà, tu sais tout !

De l'air le plus indifférent possible, comme si l'explication d'Yves ne l'intéressait pas, Madeleine demanda :

— Tu ne vois rien ?

Par-delà les dunes de sable blanc et d'herbe rase, Yves se mit à scruter les eaux bleues et vertes.

— D'accord, je vais guetter avec toi.

Lui aussi, il connaissait bien la silhouette de la *Maria*, mais aussi la façon de naviguer des Kernévez, qui permettait de reconnaître leur bateau parmi tous les autres. Chacun avait son style.

Satisfaite de sentir Yves à ses côtés, Madeleine s'ébroua comme l'enfant qu'elle restait encore. Que c'était bon, le soleil, après la brusque tempête des derniers jours ! On avait eu froid, on avait été mouillés, on avait eu peur, surtout, car deux bateaux avaient tardé à rentrer. Le vent les avait empêchés de revenir au Koréjou et ils étaient partis s'abriter dans une crique de l'Aber-Wrac'h.

On risquait sa peau pour les algues, même quand il ne s'agissait que de récolter celles qui flottaient dans un mètre d'eau, arrachées par un coup de vent, et qu'on appelle alors goémon épave. Nul n'est à l'abri d'une vague trop forte, qui vous balaye et vous emporte. Mais on ne peut laisser perdre le goémon épave qui fait un excellent engrais, pour les pauvres terres à sable de la côte comme pour les champs plus fertiles de l'intérieur. On vivait ainsi depuis des siècles sur la côte de Plouguerneau — d'un peu de pêche, d'un peu d'agriculture et de la vente des différentes sortes de goémon.

Une révolution s'était produite en 1815, quand un ingénieur avait découvert la richesse en iode du *tali* ou laminaires, ces longues algues brunes qui poussent au large. Dès 1820, des usines d'extraction d'iode s'étaient créées sur la côte nord du Finistère, connue pour son exceptionnelle richesse en algues. Ses habitants avaient bientôt adapté leurs barques à cette nouvelle pêche et récoltaient désormais le « pain de la mer », *bara mor*, au prix d'un labeur de damnés. Pourtant, nul d'entre eux ne s'enrichit jamais de l'iode qui soignait d'autres hommes. L'argent de leur travail remplissait d'autres poches que les leurs.

Malgré sa jeunesse, Madeleine savait déjà tout cela, de façon plus ou moins consciente. En revanche, un point était parfaitement clair : plus qu'ailleurs, on ne pouvait jamais être certain du retour des bateaux en ce secteur où la Manche et l'Atlantique se mêlent avec violence, pour un triste record de naufrages. On est ici dans les parages d'Ouessant. L'avertissement d'après lequel « Qui voit Ouessant, voit son sang... » ne dit-il pas tout ?

Le soleil et le ciel bleu, sans doute encore plus la présence du jeune homme, dissipèrent les craintes de Madeleine. Elle leva la tête vers Yves.

— Dis, tu crois qu'on a le temps ? Tu me montres chez nous ?

« Montrer chez nous » était un jeu inventé par Yves, bien des années auparavant, pour distraire Madeleine de son chagrin à la mort de sa mère. Il s'agissait de la jucher sur ses épaules et de tourner lentement sur lui-même tout en lui désignant les points cardinaux et les merveilles qu'ils recelaient.

Le garçon ne fit ni une ni deux et la petite s'envola pour se retrouver en position dominante, à califourchon sur les solides épaules. Elle s'accrocha des deux mains au cou de son complice qui, de son côté, tenait ferme les deux petits pieds nus, prestement libérés des sabots. Les longs cheveux noirs de la fillette flottaient dans la brise, retenus par un bonnet gris noué sous le menton. Grise aussi était sa jupe, et gris son corsage sous le tablier à carreaux bleus. Malgré la fadeur de sa tenue, malgré sa petite taille et sa maigreur, elle était irrésistible avec son teint à peine hâlé et ses yeux du même bleu que ceux d'Yves. A les voir ensemble, on comprenait qu'ils appartenaient à la même race, au même clan, nés sur la même terre.

Yves pivota doucement vers le sud, tournant le dos à la mer. Madeleine écarquillait les yeux pour tenter de voir au-delà des fougères, vers l'intérieur des terres.

— Première question ! s'exclama Yves en prenant un ton de maître d'école. Première question ! Où sommes-nous ?

— Sur la côte de la Manche, dans le département du Finistère, monsieur, répondit Madeleine d'un ton très sérieux.

— Bien ! Passons à autre chose : combien d'habitants ?

— Ah, non ! Tu sais bien que j'oublie toujours ! C'est à toi de le dire. D'ailleurs, tu ne le sais pas non plus.

— Si. Environ cinq mille habitants. Tu vois ?

— Environ, c'est pas une réponse, monsieur !

— Tu as raison, mademoiselle !

— Alors, on joue !

— Bien, on joue.

Yves Larvor prit sa respiration.

— Qu'est-ce qu'il y a au sud-ouest ? Ce n'est pas loin d'ici, chanta-t-il sur un air de comptine.

— Il y a ceux de Lilia ! Ils sont sur la rivière ! répondit Madeleine de la même façon.

A une heure de marche de Trolouc'h, s'ouvre en effet le long estuaire de l'Aber-Wrac'h, dont le niveau monte et descend suivant la marée, et qui constitue la limite sud de la commune. Les hameaux de Lilia, l'autre village goémonier de Plouguerneau, s'échelonnaient sur la rive de l'aber en remontant sur la côte ouest, ponctuée par le petit phare de l'île Vierge. Pour Madeleine, même si « ceux » de Lilia et « ceux » de Tréménac'h, son quartier, ne pouvaient se comparer, on restait quand même en pays de connaissance car, là-bas comme ici, le travail était le même. On vivait de la même façon, à récolter le goémon et à cultiver de petits champs de terre sableuse. Comment imaginer une autre vie ?

Toujours chantant, le garçon poursuivait son tour d'horizon.

— Si tu vas plus au sud, que trouves-tu, ma jolie ?

Madeleine adorait qu'Yves l'appelle « ma jolie ». Radieuse, elle s'exclama de sa voix encore aiguë :

— Brest !

— Combien de kilomètres ?

— Je sais ! Brest est à trente kilomètres de chez nous. C'est très, très grand !

— Aimerais-tu y aller ? demanda Yves.

— Oh, non ! J'aurais bien trop peur de me perdre !

— Même avec moi ?

Madeleine se tortilla un peu, prise entre deux feux.

— Peut-être... Je crois que je n'aurais pas trop peur, avec toi.

— Bon, alors on continue.

Yves se tourna légèrement vers la gauche et reprit l'air de ritournelle sur lequel il posait ses questions.

— Vers où regardons-nous ?

— Grouanec, au sud-est.

Madeleine avait répondu d'une voix plus lente car, pour elle, le sud-est évoquait la mystérieuse contrée de l'intérieur des terres. Plouguerneau forme une sorte de presqu'île reliée au continent par un village paysan, Le Grouanec, que ne baigne ni la mer ni le moindre cours d'eau d'importance, et qui donne à l'étranger l'impression de franchir un poste frontière. Après, on est entré dans l'île. Avant, on est à l'extérieur. Une sœur de Job, Annaïg, s'était contre toute attente mariée avec un paysan du Grouanec et, depuis, y vivait. Malgré un récent veuvage, elle n'était pas revenue à Trolouc'h.

— Après Le Grouanec ? poursuivit Yves.

— Le clocher pour revenir chez nous !

En descendant du Grouanec vers la côte, on traverse le bourg, maisons et commerces groupés autour du clocher de l'église Saint-Pierre-et-Saint-Paul. Le « bourg » représentait une des quatre grandes composantes de Plouguerneau, la plus puissante. Madeleine serra les dents. Elle n'aimait pas y aller. C'étaient les riches, c'étaient les merveilles interdites étalées aux yeux de tous, les jours de marché ; c'était aussi l'école — trois kilomètres aller, trois kilomètres retour, presque toujours à pied — et le catéchisme, deux fois par semaine.

— Dis, Yves, on regarde si papa arrive ?

— Bien, capitaine ! dit-il pour la faire rire.

Il poursuivit sa rotation sur lui-même pour se retrouver face à l'est. De là, il avait vue sur la minuscule presqu'île de Penn Enez, reliée au continent par un cordon de galets et qui se dresse à l'entrée du port du Koréjou. Les douanes s'y étaient installées dans la maison de garde, vestige du fort autrefois construit par Vauban pour défendre la côte contre les Anglais.

Madeleine baissa les yeux pour contempler à ses pieds cette anse du Koréjou où la *Maria* viendrait décharger sa récolte d'algues. A sa droite, s'égrenaient les maisons de Trolouc'h, une dizaine de constructions coiffées de chaume, certaines en pierre mais plus souvent en torchis. Deux cents ans plus tôt, la mer s'était retirée assez loin, laissant à nu de vastes étendues de sable ou minières. Comme toute la paroisse de Tréménac'h, Trolouc'h avait été enseveli sous les tonnes de sable fin arraché par le vent à la toute proche Grève Blanche, *An Aod Wenn*. En 1850, les descendants de ceux que le sable avait chassés de chez eux étaient revenus. Ils avaient entrepris, travail de titan, de désensabler leurs terres et, sur les ruines, avaient peu à peu rebâti leurs demeures. Ainsi avaient fait les parents de Madeleine et ceux d'Yves. Dans ce désert de dunes où les charrettes, les sabots et les pieds nus creusaient à nouveau des chemins, ils avaient édifié leurs maisons non loin l'une de l'autre. Madeleine y était née. Pas plus qu'Yves, elle n'aurait pu l'exprimer, mais c'était chez elle, le territoire de son clan, auquel la liait un immémorial attachement. Elle n'aurait pu en dire autant des autres quartiers de Plouguerneau, qu'il s'agisse du bourg, du Grouanec, ou de Lilia.

Yves fit mine de prendre l'avis du soleil et du vent.

— Tu sais, Leine, je crois qu'ils ne vont pas tarder. A ton avis, qu'est-ce qu'on voit derrière Penn Enez ?

— La *Maria* !

C'était ainsi qu'Yves occupait Madeleine quand il la sentait inquiète. Depuis la mort de sa mère et le récent remariage de son père, elle ne se rassurait qu'une fois son père et son grand-père de retour, à l'abri.

En un clin d'œil, Madeleine fut à terre, ramassa ses sabots et, pieds nus, dévala vers Trolouc'h.

— Anna, Anna ! criait-elle. Ils rentrent !

De tous côtés retentissaient les cris des enfants chargés de guetter le retour des bateaux. Anna, sa belle-mère, se tenait prête. Elle se précipita pour atteler Rouan, un cheval pas très haut sur ses fortes pattes, mais d'une grande puissance. En même temps, Diaoulic, un chiot que l'on avait donné à Madeleine, bondissait en aboyant. Malgré sa petite taille, l'animal faisait un vacarme abominable. *Peoc'h* ! lui cria Anna — silence ! Dans les fermes voisines, on se dépêchait aussi et, bientôt, ce fut la ruée des charrettes. Les chevaux connaissaient leur travail et descendaient la dune sans hésitation avant d'entrer dans l'eau qui giclait sous leurs sabots. De Trolouc'h, on arrivait au Koréjou en quelques minutes.

Anna, debout à l'avant de la charrette, criait pour encourager Rouan.

— Anna ! criait une voisine depuis une autre charrette. Anna ! Où cours-tu si vite ? On dirait que le diable te poursuit !

— Non, Maryvonne ! répondait-on un peu plus loin. C'est Anna qui lui court derrière, tu sais bien !

C'était toujours la même plaisanterie qui les faisait rire, y compris Anna. A quoi s'attendre d'autre avec un chien appelé Diaoulic — *Diablotin* ? Mais il sentait le renard autour des poules avant même que la bête rousse en ait eu l'idée. Plus une seule ne manquait à l'appel depuis son arrivée. Anna ne demandait rien de plus : Diaoulic, même si elle n'appréciait pas qu'on l'eût donné à Madeleine plutôt qu'à elle-même, avait acquis droit de présence. Mais pouvait-on donner, même à un chien, un nom qui sentait si fort le païen ?

Debout dans la caisse de la charrette derrière sa belle-mère, Madeleine se cramponnait au clayonnage des côtés. Elle trouvait ce système bien plus pratique que les ridelles en bois plein préférées par d'autres goémoniers ou par les paysans. De plus, elle éprouvait beaucoup de fierté à cause du soin avec lequel son grand-père l'avait confectionné dans du bois venu de loin. Quelques années plus tôt, un naufrage s'était produit et la mer avait rejeté un grand nombre de débris et d'objets. En pleine nuit, la tempête grondant, les gens de la côte avaient guetté les épaves, certains s'aventurant sur les rochers où ils s'allongeaient, un long croc à la main. Son père avait repêché de belles planches, épaisses et solides. Il avait mis les meilleures en réserve et, avec les autres, grand-père Yann avait réparé la charrette. De chaque côté du plancher, il avait fixé de solides montants, cloués dans leur partie supérieure sur une forte traverse. C'était ainsi que l'on construisait sa charrette, dans la famille de Madeleine, et pas autrement.

Tandis que la charrette dévalait le chemin, Job affalait la voile et son père prenait la perche, une longue branche solide et noueuse, pour amener le bateau à la limite de l'échouage. Comme la récolte avait bien donné, la *Maria* enfonçait jusqu'au plat-bord, les longs rubans d'algues débordant de chaque côté. Une lame un peu forte aurait suffi à les faire chavirer.

Peu avant d'atteindre la *Maria*, Anna fit faire demitour à la charrette. Tenant le cheval d'une main ferme, elle l'obligea à reculer pour présenter l'arrière de la charrette par le travers du bateau.

— Cule, bourrique ! criait-elle. Cule !

Culer, pour un bateau comme pour un cheval, signifie aller en arrière. Rouan comprenait bien ce langage.

Madeleine, restée dans la charrette, remonta vers l'avant pour ne pas gêner la manœuvre d'amarrage au bateau. Elle tenait contre elle le sac avec le casse-croûte des deux hommes : un pichet de soupe et du pain beurré. Le soleil brillait, certes, mais en mer il faisait frais et les hommes avaient travaillé de longues heures. Madeleine admirait la force de son grand-père tandis qu'il plongeait la perche dans l'eau et pesait de tout son poids pour faire avancer le bateau encore un peu. Anna attendait, tenant le cheval sans faiblir. Elle devrait le faire encore reculer jusqu'à ce que Job puisse lui passer un « bout » pour amarrer la *Maria* aux grandes roues de la charrette. Il faudrait travailler vite, ensuite. Même par petite marée, on n'avait pas le temps de traîner.

La *Maria* finissait son approche quand un grand cri retentit, suivi du bruit d'un corps qui tombe à l'eau.

— Grand-père ! hurla Madeleine.

Tout alla très vite. Madeleine laissa tomber le casse-croûte sur le fond de la charrette et sauta. La mer lui montait jusqu'à la taille. Empêtrée dans ses vêtements, elle pouvait à peine avancer. Son père, là-haut, en plein soleil, vacilla sur l'énorme tas d'algues qui encombrait le petit bateau. La *Maria* se balançait d'un bord sur l'autre, la chute du vieil homme ayant provoqué un mouvement de roulis. Madeleine eut une dernière vision de son père qui tentait de reprendre son équilibre au sommet du chargement et puis, plus rien. Mais elle avait entendu : un autre cri, un autre bruit de chute dans l'eau. Anna hurla et sauta à son tour dans l'eau. Madeleine dut revenir à la charrette car elle perdait pied.

Ce qui s'était passé, Madeleine l'apprit par Tanguy, qui avait aidé à repêcher les deux hommes. Grand-père s'était tué sur le coup. Pour une raison ou pour une autre, peut-être un soudain malaise, il avait perdu l'équilibre et basculé. Sa tête avait violemment heurté le plat-bord et, assommé, le vieux goémonier avait coulé à pic, se noyant dans un mètre d'eau.

Mort si brutalement, grand-père Yann n'était pourtant pas mort tout seul. Ce soir-là, on fit la veillée pour deux hommes. Tous les voisins, tous les collègues vinrent saluer les disparus. Tanguy se chargea d'expliquer l'accident à ceux qui en ignoraient les circonstances.

— Yann n'a pas eu le temps de comprendre, chuchota-t-il. Pas comme ce pauvre Job.

— Chut ! souffla une voisine. Madeleine va t'entendre.

— Et alors ? répondit-il. C'était son père, elle a le droit de savoir ce qui lui est arrivé.

— Je suis d'accord avec Tanguy, intervint Fanch, un des fils d'Anna. Oui, il a raison et si personne ne parle à Madeleine, je le ferai. Je crois pourtant qu'il vaut mieux que ce soit quelqu'un qui a assisté à l'accident. Il faut lui dire la vérité.

A quinze ans, Fanch travaillait comme un homme. Son courage et sa force en impressionnaient plus d'un. C'est pourquoi on le laissait donner son avis malgré sa jeunesse. Tanguy échangea avec lui un regard de compréhension avant d'appeler Madeleine d'une voix sourde.

— Madeleine, veux-tu savoir ce qui est arrivé à ton père ? J'y étais, tu sais bien.

Incapable de parler, elle hocha la tête. C'était vrai. Le bateau de Tanguy se trouvait à proximité de la *Maria*, du côté où s'était produit l'accident, tandis que Madeleine était à l'opposé. Entre le moment où elle avait vu son père disparaître derrière le chargement de goémon et celui où on l'avait hissé dans la charrette, elle n'avait pu se rendre compte de ce qui se passait. Anna l'avait écartée, hurlant qu'il fallait un docteur. Un docteur, il n'y en avait pas à Plouguerneau. Il fallait courir dix kilomètres plus loin, à Lannilis, de l'autre côté de l'Aber-Wrac'h. Et, quand bien même, se déplacerait-il pour un goémonier sans le sou, un de ces pauvres gens de la côte, les *paour-keizh* comme on disait au bourg ?... Enfin, à quoi bon ? Tout le monde pouvait voir que Job ne passerait pas la nuit.

Tanguy fit asseoir Madeleine sur son genou et la prit par les épaules.

— Il a voulu aider ton grand-père, commença-t-il doucement, mais il a glissé, son sabot s'est pris dans le *tali* et il est tombé en entraînant une partie du chargement. Tu sais que c'est lourd. Le temps de le dégager, il était trop tard.

Oui, elle le savait que c'était lourd, un chargement de goémon. Une à deux tonnes, en équilibre instable sur une embarcation de six mètres...

La suite, Madeleine la connaissait. Quand on avait allongé le corps de Job dans la charrette à côté de celui de Yann, elle avait été terrifiée : les deux hommes avaient la même expression particulière, celle qu'elle avait déjà vue à d'autres morts. Anna secouait Job, le suppliant de revenir, de ne pas la laisser, implorant l'aide des voisins rassemblés autour d'elle. Rien n'y avait fait. Job était mort dans la soirée sans avoir prononcé un seul mot. Le prêtre, que l'on avait envoyé chercher plutôt que le médecin, arriva quand tout était fini. Il récita la prière des morts et repartit aussitôt. A quoi bon s'attarder ! Il en mourait tant, de ces goémoniers. Mieux valait prendre le temps de s'arrêter dans certaine ferme qui lui appartenait et dont il voulait augmenter le loyer à la prochaine Saint-Michel.

On enterra les deux hommes le surlendemain. Il faisait encore sombre quand les enfants de chœur arrivèrent, deux garnements ensommeillés, trempés par l'humidité de la nuit, affamés bien sûr, et chargés d'une grande croix de bois foncé. On leur donna du lait chaud avant qu'ils enfilent leur tunique par-dessus leur surplis. Les amis des défunts portèrent les cercueils dans la charrette puis on partit, les deux enfants de chœur en tête du cortège, portant la croix. De temps en temps, on chantait un cantique, parfois en latin — *Requiem aeternam* —, mais le plus souvent en breton. Le chemin, que l'on faisait d'habitude en moins d'une heure, en prit presque le double, mais on arriva au bourg comme il se devait, quand huit heures sonnaient au clocher.

Par une ironie cruelle, le temps se maintenait au beau fixe, parant tout d'une gaieté douce. N'eût été la peine qu'elles signifiaient, même les lentes notes du glas prenaient un air de légèreté. Dans l'église, au-dessus de l'autel, le grand vitrail du Christ entouré des saints Pierre et Paul s'illuminait, colorant de mille nuances les stalles de bois sculpté et les grandes dalles du sol. Même les sombres mantelets des veuves s'égayaient dans cette lumière d'arc-en-ciel. Elles auraient bientôt très chaud dans ce vêtement, une longue cape d'épais drap noir qui leur descendait presque aux chevilles et dont le profond capuchon bordé de velours leur cachait la plus grande partie du visage. Comme les autres, Anna porterait sa cape de deuil pendant un an et devrait rester debout ou à genoux dans le fond de l'église pendant toute la messe, une heure et demie, chaque dimanche. Les hommes, qui avaient ôté leur grand chapeau noir à longues guides pendant sur la nuque, portaient un simple brassard noir.

Les hommes occupaient les premiers rangs dans le chœur, selon la coutume, tandis que les femmes s'asseyaient derrière. Une voix s'éleva du groupe des femmes, juste assez forte pour qu'on l'entende.

— Quel âge avait-il ?

— Le père ? Il avait pas loin des quarante, je crois, répondit une autre voix chuchotante.

— Ah !

Distraite un instant, Madeleine détourna le regard des deux cercueils de bois blanc et leva la tête. La lumière jouait sur les colonnes de pierre grise, y faisant voleter de petits papillons de toutes les couleurs. Il y avait seize piliers, huit de chaque côté de la nef. Grand-père Yann les avait comptés avec elle plus d'une fois en lui racontant la reconstruction de l'église en 1851, du temps de sa propre jeunesse. Ils allaient ensuite contempler les fonts baptismaux, une vasque de marbre rose aux veines rouge foncé avec un mystérieux couvercle en forme de coquille Saint-Jacques. Au début, fascinée, Madeleine l'avait cru tout en or, tant il resplendissait dans l'église neuve et claire.

Le souvenir du dernier baptême auquel elle avait assisté, un an plus tôt, lui fit monter de nouvelles larmes aux yeux. Ah ! comme elle s'était accrochée à la main de son grand-père, alors ! Son père était le parrain et Madeleine n'aurait pas osé le déranger. Elle s'était donc hissée sur la pointe des pieds, tandis que son grand-père se penchait vers elle.

— *Tad-kozh*, avait-elle murmuré, grand-père, pourquoi le bébé crie-t-il autant ? Il est malade ?

— Il a faim, avait répondu son grand-père avant de grommeler entre ses dents : le pauvre bougre doit savoir ce qui l'attend.

Pourquoi était-ce ce souvenir, précisément, qui lui revenait en ce moment, et pas un autre ? Elle essaya de se concentrer sur d'autres images, plus récentes, plus gaies, mais rien n'y faisait. La voix de son grand-père résonnait dans sa tête, et sur ses doigts de fillette elle croyait encore sentir la peau râpeuse de sa main crevassée mais si rassurante. Et la belle voix grave de son père qui prononçait les promesses du parrain ! Comment tout cela pouvait-il finir si brusquement ? Comment le bon Dieu dont on lui parlait au catéchisme deux fois par semaine pouvait-il la priver en même temps de son père et de son grand-père, alors qu'il lui avait déjà pris sa mère ? Etait-ce une punition ? Mais, à douze ans, est-on déjà si grand pécheur pour mériter tant de peine ?

Madeleine entendait toujours les femmes se parler à voix basse, échangeant entre deux répons leurs commentaires sur la situation.

— Encore une orpheline, dit l'une d'elles.

— Elle n'a plus personne ? interrogea sa voisine.

— Yann était le seul survivant des grands-parents. Du côté des oncles et tantes, il y a eu beaucoup de disparus, aussi. Il ne reste plus grand monde.

— Oui, souffla une autre, c'est une famille qui a eu du malheur, c'est sûr.

— La maison est à qui, maintenant ? reprit la première.

— Chut ! intervint une nouvelle voix. Anna pourrait t'entendre.

Sans tenir compte de la remarque, la première femme qui avait parlé répondait à sa voisine.

— Anna n'est pas la mère de Madeleine et la maison appartenait déjà à Job avant son remariage. On en a parlé au lavoir, à l'époque.

— Je n'ai pas bien compris pourquoi il avait épousé Anna en secondes noces ?

— Oh ! Elle le voulait, crois-moi, et depuis longtemps ! Elle a su y faire quand elle s'est trouvée veuve.

— Son mari, Ambroise, c'était bien le frère aîné de Job ?

— Oui. Il s'est perdu avec son bateau trois ans après la mort de Maria, la mère de Madeleine. La première femme de Job, donc. Je l'ai bien connue, celle-là. C'était autre chose qu'Anna. Et comme elle l'aimait, sa petite !

Les deux femmes soupirèrent en chœur.

— Quel malheur ! se lamenta une voix plus jeune, au bout du banc. Un bel homme comme Job, se noyer si bêtement !

Mon Dieu, suppliait Madeleine en elle-même, faites-les taire ! Ses larmes coulaient malgré elle, qui ne pouvait les retenir entre ses doigts. Elle s'était pourtant juré de se comporter comme une grande personne, de ne pas pleurer en public. Un sanglot la secoua tout entière, petite silhouette perdue dans ses vêtements rapidement teints en noir. Serrant les poings, elle se crispa pour se maîtriser. Elle ne voulait pas penser à l'accident. Un mouvement se produisit, qui l'aida à s'arracher à ses souvenirs

Le moment de bénir les cercueils était venu. Le prêtre en faisait le tour, les aspergeant d'eau bénite. Quand vint son tour, Anna passa devant Madeleine, prit le goupillon que lui tendait l'enfant de chœur. D'un geste saccadé, elle traça un signe de croix sur le cercueil de Job, le beau-frère adoré qu'elle avait épousé en secondes noces. Sans prendre la peine de passer le goupillon à Madeleine, elle le reposa et se détourna comme si elle n'avait pas vu l'autre cercueil, celui de son beau-père. Un murmure choqué courut sur les bancs des femmes, repris en sourdine par les hommes. Anna regagna sa place sans regarder personne et se tassa sur la planche du long banc, bas et étroit, qui servait de prie-Dieu.

Madeleine fit le signe de croix sur le cercueil de son père puis sur celui de son grand-père. Le poids du

obligé d'aller travailler chez les autres, ainsi que beaucoup de goémoniers le faisaient en hiver, se plaçant comme domestiques ou journaliers. De plus, Anna louait la petite maison qu'elle avait construite avec Ambroise quand ils avaient mis en commun sa dot et la part d'héritage qui revenait à Ambroise. Si peu que ce fût, cela leur avait permis d'acheter un bout de terre inculte à Landévennec, non loin de Trolouc'h, et d'y construire en deux jours une maison, presque une cabane dans les premiers temps, aux murs de tourbe et au toit de fougères. Ils l'avaient améliorée peu à peu, remplaçant les fougères par du chaume, utilisant pour les murs les galets de la grève et les pierres que l'on découvrait en creusant le sable, vestiges des hameaux ensevelis par le sable deux cents ans plus tôt. Après son remariage, Anna l'avait louée à une autre famille de goémoniers. Cela faisait rentrer quelques pièces, quelques *gwenneg*, mais l'argent restait quand même rare.

Madeleine, malgré ses douze ans, savait tout cela, savait aussi qu'il y avait de plus pauvres qu'elle, et comprenait la situation. Sa tante Annaïg, par exemple, présente à l'enterrement mais qui n'avait pas dit un mot. Unique survivante des frères et sœurs de Job, elle était veuve depuis l'hiver dernier d'un paysan du Grouanec, fermier d'un gros propriétaire. Malgré l'aide de Yann et de Job, la malheureuse travaillait comme une damnée pour ne pas mourir de faim, elle et ses cinq enfants et, surtout, pour continuer à payer le fermage et ne pas être jetée dehors. Que ferait-elle d'une orpheline de plus ? L'argent que Job et Ambroise lui avaient versé pour racheter sa part dans l'héritage de leurs parents avait servi à acheter un champ, un bout de lande et une deuxième vache. La terre, bien meilleure, était aussi bien plus chère au Grouanec qu'à Trolouc'h. D'ailleurs, pouvait-on parler de terre là où régnait le sable depuis des siècles ?

Dans son champ, Annaïg cultivait du lin qu'elle vendait aux tisserands de Guissény, et sur sa lande coupait les ajoncs pour l'âtre. Ses enfants, les cousins de Madeleine, travaillaient tous, sur la ferme ou en journée chez les autres, mais cela faisait quand même six bouches à nourrir... Madeleine n'avait donc rien à attendre de sa tante et ne s'en offusquait pas. De plus, elle n'aurait pas voulu vivre dans les terres. De quelque côté qu'elle se tournât, son avenir s'appelait Anna.

Le long de la grand-rue, déjà animée malgré l'heure matinale, on s'arrêtait, on se découvrait, on se signait au passage des cercueils menés en leur dernière demeure par monsieur Favé, recteur de Plouguerneau. Le chanoine Favé était un personnage puissant. Pas question de jouer les esprits forts avec lui, surtout devant les morts ! Donc, on saluait, on se signait. Madeleine, qui voyait tout du coin de l'œil, ne put s'empêcher de s'indigner.

Qui sommes-nous pour être salués une fois morts comme nous ne le sommes pas, vivants ? se demanda-t-elle.

Son père lui avait appris à se poser des questions. Elle croyait presque l'entendre, comme grand-père Yann, tout à l'heure. Il n'aurait pas hésité à lui faire remarquer que, si monsieur Favé voulait bien conduire les deux morts de l'église au cimetière, parce que Madeleine savait son catéchisme et fréquentait l'école religieuse, il ne s'était quand même pas déplacé pour venir les chercher. Ça non ! C'était bon pour les riches ! Enterrement de première classe, à dix heures du matin ! Mais pour les pauvres gens, pour les *paourkeizh*, enterrement de troisième classe à huit heures, et seulement deux enfants de chœur pour aller prendre les corps. C'était bien assez. Et pourtant, cela coûtait encore trop cher.

Madeleine se souvint d'une discussion qu'elle avait eue avec son père après un autre enterrement. Les pauvres restent pauvres jusque dans la mort, avait-il dit avec amertume. Cela n'allait pas avec ce qu'elle entendait au catéchisme.

— Papa, monsieur l'abbé Kervella nous a dit que les premiers seront les derniers et les derniers, les premiers.

— Oui, Leine, c'est ce qu'on dit. Mais paraît qu'il faut attendre d'arriver au paradis, pour ça.

— Tu crois que c'est vrai ?

— Les prêtres le disent, ma fille, mais à leur place, ça m'inquiéterait.

— Ça t'inquiéterait, papa ?

Son père avait dans les yeux la lueur de concentration qui souligne l'ironie féroce des gens de la côte. On pouvait bien les appeler *paour-keizh*, au bourg. Ils n'en pensaient pas moins.

— Réfléchis, Leine. Si c'était vrai, en tout cas si on y croyait vraiment, tout le monde voudrait être dernier dans cette vie, pour être premier au paradis. Qu'en penses-tu ?

Les implications du raisonnement de son père avaient d'abord laissé Madeleine sans voix. Elle avait réfléchi toute la journée et, le soir, après le souper, elle s'était approchée de son père.

— Papa, tu voulais dire que si monsieur Favé y croyait vraiment, il ne chercherait pas à être l'homme le plus important de Plouguerneau ?

Son père l'avait regardée avec un sourire en coin et lui avait fait un clin d'œil.

— Quelque chose comme ça, oui.

— Alors, il risque d'être dans les derniers, au ciel ?

Anna était intervenue, scandalisée.

— Quelles idées vas-tu donner à ta fille ? Tu ne voudrais pas lui faire manquer le catéchisme, peut-être !

Job ne l'avait pas laissée continuer.

— Je ne veux pas qu'on lui fasse croire n'importe

quoi ! Et c'est ainsi que j'entends élever ma fille. Quant au catéchisme, elle continuera d'y aller jusqu'à sa communion. Il n'est pas question de se mettre le curé à dos, en plus ! Mais ça n'empêche pas de penser ce qu'on pense.

Anna n'avait rien osé ajouter.

Encore une fois, plongée dans ses souvenirs, Madeleine s'était évadée du présent. L'arrivée au cimetière l'y rappela cruellement. Un grand froid la saisit à la vue des deux tombes fraîchement creusées, et elle se mit à trembler sans pouvoir se contrôler. Non, ce n'était pas possible ! Comment imaginer son père, ses bras si forts, la chaleur de sa main, la lumière de ses yeux si bleus... Et grand-père Yann, sa tendresse, sa patience, tout son savoir, les histoires qu'il connaissait, ses souvenirs... Tout cela, finir ainsi ?

— Mon Dieu ! La petite se trouve mal, entendit-elle avant de sentir qu'on l'emportait.

C'était Jeannette, la femme de Tanguy. Serrant Madeleine contre elle, elle la fit asseoir sur une des tombes.

— Respire bien, petite, respire bien, ça va passer.

La chaude présence de Jeannette acheva de briser Madeleine. Enfin, elle pouvait s'appuyer sur quelqu'un qui l'aimait ! En plus de son chagrin, l'hostilité d'Anna était trop dure à supporter. A l'abri pour quelques minutes dans ces bras maternels, Madeleine pleura à s'en étouffer.

— Viens, finit par dire Jeannette. Monsieur Favé est à la dernière prière, tu dois dire adieu à ton père et à ton grand-père. On les regrette bien, tu sais, nous aussi.

Elle essuya le visage de Madeleine du coin de sa manche et l'aida à se relever. Sans lâcher la petite main glacée malgré la tiédeur de l'air, elle la ramena devant les tombes. On était en train de descendre le cercueil de son père à l'aide de grosses cordes. Puis ce fut le tour du grand-père. Madeleine tremblait toujours, ne voyant plus rien de ce qui l'entourait, ensevelie dans sa peine. Le bruit de la première poignée de terre tombant sur le bois du cercueil se grava pour toujours dans sa mémoire. Une seule consolation dans son malheur : ses parents se trouvaient enfin réunis, ainsi que ses grands-parents.

Une poigne énergique s'empara de sa main gauche, la droite étant toujours enfouie dans celle de Jeannette. C'était son cousin Fanch. Une autre main se posa sur son épaule, celle du fils de Jeannette que Madeleine admirait tant, Yves. Ainsi entourée, elle parvint à maîtriser ses sanglots et s'accrocha aux doigts vigoureux de son cousin.

Et puis, il y eut une voix chuchotante, étouffée par le lourd capuchon du mantelet. Un rayon de soleil en fit scintiller l'agrafe d'argent. Une voisine d'Annaïg, dont le veuvage était terminé depuis plus d'un an, lui avait prêté le vêtement qu'Annaïg aurait eu du mal à payer.

— Jeannette ?

— Oui, Annaïg ?

— Jeannette, tu sais comment c'est. Je ne peux rien faire et Anna...

D'un hochement de tête, Jeannette indiqua qu'elle avait compris.

— Ne t'inquiète pas. Nous veillerons sur elle.

— N'oublie pas que la maison était à Job. Maintenant, elle appartient à Madeleine. Je sais que mon père et mon frère sont allés chez le notaire.

— Ici ?

— Non, à Lannilis.

Pour ces dernières remarques, Annaïg avait parlé d'une voix si basse que seule Jeannette pouvait l'entendre. Les deux femmes échangèrent un regard entendu. Pas question de laisser Anna, dont beaucoup se méfiaient, mettre la main sur ce qui ne lui revenait pas. On avait aimé Job, mais on n'aimait pas sa seconde femme.

— Elle va rester ? demanda encore Annaïg.

La question signifiait : la maison sera-t-elle libre si, moi, je dois quitter la mienne ? Qui l'emporterait alors : la marâtre de Madeleine ou sa tante, la propre sœur de son père ?

Avec un léger haussement d'épaules, Jeannette répondit :

— Elle n'a rien dit, mais où irait-elle avec ses trois garçons ? Elle a besoin de l'argent que lui rapporte sa maison de Landévennec. Et sa propre famille ne fera rien pour elle. Tu sais comment ils sont.

Oui, Annaïg savait comment ils étaient, dans la famille d'Anna. Sauvages, voilà ce qu'ils étaient. Même ceux qui se conduisaient normalement avaient des moments bizarres où personne n'osait les approcher. Sûr que cela n'aidait guère à faire rentrer l'argent !

Les deux femmes soupirèrent. Il n'y avait rien qu'elles puissent décider. Jeannette n'avait aucun droit sur Madeleine et Annaïg, qui en avait, n'osait les faire valoir, faute de moyens. Se faire nommer tutrice, cela impliquait de perdre au moins une journée de travail pour tout mettre en règle. Sans parler des frais. Cela impliquait aussi d'entrer en conflit avec Anna. Après tout, peut-être qu'en souvenir de Job, sa veuve n'oserait pas maltraiter l'enfant. Le plus sage était encore de laisser les choses en l'état et de voir venir.

Pour rapide qu'eût été leur échange, Madeleine s'était rendu compte qu'il se passait quelque chose, et que cela la concernait. D'un regard, elle réussit à attirer l'attention de sa tante qui, sans lui laisser le temps de rien dire, déclara aussi gentiment que possible :

— Madeleine, tu sais comment sont les choses. Pour l'instant, Anna va continuer à s'occuper de toi. Je te verrai au 15 Août, à la procession. Maintenant, je dois m'en aller.

Et, sur un rapide adieu à Jeannette, Annaïg s'éclipsa discrètement, pressée de regagner le temps perdu. En dehors de la peine de perdre son père et son frère bien-aimé, elle éprouvait l'angoisse de ne plus savoir vers qui se tourner en cas de besoin. Sa belle-famille ? Le père se battait sans cesse avec ses voisins, oubliant de travailler. Quant à sa belle-mère, elle ne la supportait plus depuis son veuvage.

Madeleine leva les yeux vers Fanch, toujours à ses côtés.

— Fanch, souffla-t-elle d'une voix tremblante.

Une pression de main répondit à sa question informulée, un geste d'amitié qui voulait dire : « Ne t'en fais pas, je suis là. »

3

Fanch, qui avait quinze ans depuis peu au moment de l'enterrement, avait conquis sa cousine Madeleine par sa force, sa gaieté et, surtout, sa douceur avec les plus jeunes. Elle admirait et adorait cette sorte de grand frère tombé du ciel.

De son côté, le garçon trouvait chez Madeleine la tendresse que sa mère lui avait toujours refusée. Aux yeux d'Anna, Fanch ressemblait trop à Ambroise, cet homme qu'elle n'avait pris que par dépit de ne pas avoir celui qu'elle voulait. Une fois remariée, elle avait encore plus rejeté ce fils, le second de ses trois enfants, image vivante d'un passé qu'elle reniait. Même en ce jour de deuil, elle avait tenté de l'écarter, de l'envoyer travailler comme si de rien n'était.

— C'était mon oncle ! s'était exclamé Fanch. Comment pourrais-je ne pas l'enterrer ?

Anna n'avait pas insisté. Il lui restait assez de lucidité pour se rendre compte du caractère scandaleux de sa tentative.

Fanch avait pris soin de passer inaperçu de sa mère pendant toute la cérémonie mais, voyant le chagrin de Madeleine, il avait décidé de manifester son affection. C'est ainsi qu'il était venu lui prendre la main. En revanche, il ne pouvait faire taire ces femmes qui s'interrogeaient à voix trop haute en plein cimetière.

— Que va devenir la petite ? demanda l'une.

— Que va faire Anna, veux-tu dire ? rectifia l'autre.

Madeleine l'entendit et frissonna malgré la chaude présence de Jeannette et des deux garçons. Sa belle-mère l'avait correctement traitée jusque-là, mais l'orpheline n'éprouvait aucune confiance à cet égard. Je n'ai rien qui puisse la flatter, pensait-elle. Je suis très petite pour mon âge, pas très intelligente ni très jolie. Ce n'est pas pour s'occuper de moi qu'Anna avait épousé papa.

Même si son père ne lui avait pas raconté ce qui s'était passé avant sa naissance, les voisines s'étaient chargées de l'instruire. Tantôt elles laissaient échapper un commentaire direct, tantôt Madeleine surprenait une conversation qui ne lui était pas destinée. Qu'elle le veuille ou pas, elle la connaissait bien, l'histoire de sa famille !

Avant de partir faire son service dans la marine, pour deux ans au lieu de cinq car le tirage au sort l'avait favorisé, Job s'était fiancé à Maria, une jeune fille du hameau voisin de Landévennec. Pour faire taire les moqueurs, ceux qui avaient remarqué ses tentatives de séduction, Anna avait alors épousé Ambroise, le frère aîné de Job. Celui-ci la courtisait avec assiduité depuis longtemps bien qu'il fût beaucoup plus âgé qu'elle. Au moins, s'était-elle dit, je fais taire les bavards et, puisque Ambroise est l'aîné, sa part sera meilleure à la mort du père ! Par ailleurs, les deux familles voyaient l'union d'un bon œil. On connaissait le courage d'Anna au travail et, du côté d'Anna, on pensait qu'Ambroise hériterait de la maison et des champs. Mais Ambroise était mort avant son père et, de toute façon, la pauvre Anna avait beaucoup surestimé les rares biens de sa belle-famille.

Quand Job était revenu du service militaire, Anna avait déjà deux enfants, Louis et Fanch. Elle avait pris prétexte d'une nouvelle grossesse très fatigante pour ne pas assister à la noce de sa rivale. Son troisième bébé avait encore été un garçon, baptisé Paol, en souvenir de son propre père, mort d'un accident quelques mois plus tôt. En fait d'accident, il se chuchotait qu'Anna l'avait trouvé pendu dans l'étable... Sans doute pour en démentir le bruit, mais contre les désirs d'Ambroise, Anna avait délibérément donné le nom de son père à son bébé. Quoi qu'il en fût, elle s'était réjouie d'avoir trois fils car cela représentait une sécurité pour l'avenir. Pourtant, elle aurait aimé avoir aussi une petite fille. La naissance de Madeleine n'avait fait qu'aggraver sa jalousie.

Maria, la jolie et fine Maria, était morte après cinq ans de mariage, en mettant au monde un petit garçon qui ne lui avait pas survécu. Anna n'avait pu s'empêcher de se réjouir de cette disparition mais avait tremblé de voir Job se remarier, lui préférant encore une fois une autre femme. Pourtant, qu'aurait-elle pu faire ? Elle était mariée à Ambroise, sans aucune discussion possible. Osant à peine se l'avouer, elle s'était prise à rêver d'accident mais, quand le destin l'exauça, elle craignit d'avoir souhaité une grande folie.

Trois ans après la mort de Maria, Ambroise avait disparu à son tour, pris dans un coup de vent au large de l'île Vierge. Anna s'était ainsi retrouvée veuve avec trois enfants, âgés, à ce moment-là, de huit à onze ans. Les difficultés lui firent presque regretter son mari, qui la respectait et rapportait de quoi les faire vivre. Job, qui n'avait que Madeleine à charge, avait pris l'habitude de partager ses ressources avec Anna. De même, grand-père Yann et sa femme aidaient la veuve autant qu'ils le pouvaient. Les garçons avaient ainsi pu fréquenter l'école régulièrement, du moins Fanch et Paol car l'aîné, Louis, semblait rebelle à tout enseignement.

Le décès de sa belle-mère avait brisé les dernières barrières qui retenaient Anna. Elle s'occupait de Madeleine, parfois apportait un plat qu'elle venait de préparer, ou proposait de laver le linge. Chaque occasion lui était bonne pour s'imposer peu à peu malgré les rebuffades de grand-père Yann. En effet, même si celui-ci avait accepté le mariage de son fils aîné, il n'aimait pas la veuve, ayant percé son jeu de longue date. Qu'Ambroise l'ait voulue malgré tout, cela le regardait et, il fallait l'admettre, elle s'était conduite en bonne épouse. Mais que Job se laisse prendre à ses filets, non ! Pas après Maria ! Pourtant, cela avait fini par arriver et Yann avait dû accepter de voir Anna et ses fils s'installer chez lui. En effet, à la mort de Maria, Job avait quitté la petite maison qu'il louait pour revenir habiter chez ses parents.

Inquiet de l'avenir de Madeleine s'il lui arrivait malheur à lui aussi, Job avait fini par se résigner, passant outre les réticences de son père. En revanche, il avait écouté ses conseils. Les deux hommes s'étaient rendus avant la noce chez le notaire, à Lannilis, pour mettre les papiers en ordre. La maison, les champs, le bateau et tous leurs maigres biens reviendraient à Madeleine, sans contestation possible. Anna et ses fils devraient se contenter de ce qui leur appartenait en propre.

Job avait donc épousé Anna, sans amour mais par raison, après cinq ans de veuvage pour lui ct deux ans pour elle. Il espérait ainsi redonner une famille à sa fille, en particulier grâce à ses trois cousins. Lui, si clairvoyant pour tant de choses, avait été aveugle en cette affaire. Peut-être n'avait-il retenu que l'entente fraternelle entre Madeleine et Fanch. Sur ce point, au moins, il ne s'était pas trompé. Fanch était le plus solide des trois frères, sans doute le seul. Louis, l'aîné, possédait un caractère plutôt sauvage mais, par ici, cela n'avait rien de très rare. Quant au dernier, Paol, il n'avait d'autre tort que d'être de santé fragile et de rêver souvent. Ainsi, tout à l'heure, à l'église, Fanch n'avait-il pas dû le secouer ? Paol, la tête renversée, absent, contemplait la voûte peinte en bleu avec des étoiles dorées. A présent, planté devant la tombe de son propre père, il semblait y prendre racine, oublieux des défunts du jour.

Anna s'attardait, effondrée au bord de la fosse. Peinée pour elle, Madeleine ne voulut pas la déranger et s'agenouilla près de l'autre tombe, celle où grand-père Yann avait rejoint sa femme. Elle lui parla en elle-même, l'implorant de la protéger depuis sa nouvelle demeure.

— *Tad-kozh*, supplia-t-elle, ô mon grand-père, que dois-je faire ? Que va-t-il m'arriver ? Aide-moi, je t'en prie. Papa est-il avec toi ? Que vais-je devenir sans vous ? Vous me manquez tellement ! Réponds-moi, *tad-kozh*.

Un jour, elle avait entendu un marchand ambulant dire qu'à l'autre bout du département, vivaient de vieilles femmes capables d'écouter les morts. Si seulement l'une d'elles s'était trouvée là ! Peut-être aurait-elle su entendre les conseils de grand-père Yann.

Madeleine écouta avec attention, attendit un signe. Rien. Elle se releva et voulut s'approcher de la tombe de son père.

Anna vit son mouvement et se redressa d'un air égaré.

— Que veux-tu encore, toi ? Cela ne te suffit pas que ton stupide grand-père ait tué mon pauvre Job ?

Abasourdie par la cruauté et l'injustice de l'attaque, Madeleine ne put prononcer le moindre mot. Autour des deux tombes, on n'en croyait pas ses oreilles. Le premier moment de surprise passé, Jeannette fut la première à réagir. Rouge de fureur, elle se tourna vers Anna mais ne fut pas assez rapide. L'autre lui fit face, la cloua sur place d'un regard de furie.

— Ecoute-moi, toi, la forte en gueule. Ah oui ! tu te permets de parler aujourd'hui. Il fallait le faire quand je voulais que Louis parte avec mon pauvre Job à la place du vieux fou.

Un des plus âgés parmi les hommes intervint d'une voix sans réplique.

— *Peoc'h !* Silence, Anna ! Tu devrais avoir honte de parler de cette façon devant les morts. Fais ce que tu as à faire, mais ne dis plus un mot contre Yann. Il valait toujours mieux que toi. Tais-toi, maintenant !

Avec un regard de défi, Anna pinça les lèvres puis tourna la tête vers Madeleine.

— Allons, viens, lui ordonna-t-elle sèchement. Tu m'as fait assez de mal comme ça.

Fanch, qui s'était écarté quand Madeleine avait voulu s'agenouiller au bord de la tombe de son grand-père, fit un brusque pas en avant.

— Mère ! Je...

— Quoi ? Tu oses me parler ? Tu n'as rien à dire, toi. Ah oui ! vous avez eu la belle vie, tous tant que vous êtes. C'est fini, à présent ; il va falloir travailler.

La silhouette trapue de Louis s'interposa.

— Fanch, tu as entendu ce que dit la mère ? C'est moi qui commande, maintenant. Tu vas filer droit.

— De quoi te mêles-tu, toi, l'idiot ? siffla Anna. Tu seras un homme quand tu seras capable de nous faire vivre. Pour l'instant, silence ! Rentrez à la maison, vous avez du travail qui attend. Ne vous occupez pas de moi. J'ai à faire.

Anna n'ajouta rien, fit signe à Madeleine de la suivre et quitta le cimetière d'un pas saccadé. Entendit-elle le murmure d'indignation qui l'accompagnait ?

— Mon Dieu ! s'exclama Jeannette. La pauvre petite ! Ne peut-on rien faire ? Moi, je veux bien la prendre chez nous. Tu veux bien, n'est-ce pas ? ajouta-t-elle en se tournant vers son mari.

— Je veux bien, oui, répondit-il d'une voix peinée. Mais si Anna ne veut pas, je ne peux pas.

Un silence consterné s'établit. Anna ne voudrait jamais. Restait à savoir ce qu'elle allait faire de Madeleine. Le petit groupe se mit en marche vers la grand-rue où Anna entraînait Madeleine.

Affolée, Madeleine courait derrière Anna qui ne ralentissait pas l'allure pour autant. Elles remontèrent la grand-rue, passèrent l'église et son grand calvaire de granit gris, et traversèrent la place en longeant les écuries du presbytère pour reprendre la route de Trémémac'h.

D'un pas toujours aussi nerveux, Anna parcourut quelques centaines de mètres, Madeleine se hâtant derrière elle. Un chemin s'ouvrit bientôt sur leur gauche, où Anna s'engouffra sans ralentir l'allure. Madeleine connaissait bien l'endroit, une ferme importante qui appartenait à une famille aisée, les Kéravel. La grande maison, bâtie en pierre, possédait un toit d'ardoises, signe certain de bien-être financier.

Un domestique passait, chargé de deux grands seaux d'eau. Anna le héla.

— La patronne ! Je veux la voir !

L'homme faillit lui répondre de façon désagréable, mais se retint en découvrant le petit visage navré de Madeleine derrière la furie.

— Mais je te connais, toi ! Tu es la fille à Job de Trolouc'h, hein ?

Sans attendre la réponse, il les accompagna jusqu'au milieu de la cour.

— Attendez, dit-il.

Quelques minutes s'écoulèrent au cours desquelles ni Anna ni Madeleine n'esquissèrent le moindre geste, ne prononcèrent le moindre mot. Puis la porte s'ouvrit et une forte femme s'avança vers elles d'un pas pressé. Franseza Kéravel, en personne ! Madeleine se recroquevilla. Elle aurait tout donné pour passer inaperçue. Anna fit un pas à la rencontre de l'autre femme qui la toisa.

— Vous m'avez demandée ?

— Oui. J'ai entendu dire que vous cherchez une servante.

Franseza Kéravel dévisagea Anna pendant quelques instants puis jeta un coup d'œil vers Madeleine. Sans rien dire, elle ramena le regard sur Anna et attendit.

Comme celle-ci ne se décidait pas, l'imposante fermière lança d'une voix coupante :

— J'ai à faire, la femme ! Si vous avez quelque chose à dire, dépêchez-vous ou bien partez.

— C'est celle-là ! jeta Anna en désignant Madeleine d'un geste de l'épaule. Elle a douze ans. C'est une orpheline. Elle doit travailler.

Toujours sans quitter Anna des yeux, la patronne s'enquit :

— Vous êtes sa mère ?

— Non, madame. Sa mère est morte, son père aussi. Elle doit travailler, maintenant.

Madeleine baissa la tête, tremblante. Elle savait bien que c'était la loi commune. Tout le monde travaillait, souvent bien avant douze ans. Mais servante ! Son père n'aurait jamais fait ça, ni son grand-père. Rien de pire ne pouvait arriver, à part mourir de faim. Domestique, c'était l'enfer, au bourg comme à la campagne. Sur la côte, on n'était pas assez riches pour s'en payer, des domestiques, même si le salaire d'un adulte se réduisait à une dizaine de francs par mois.

Elle fut surprise par une subite douceur dans la voix de cette femme qui l'intimidait tellement.

— Comme t'appelles-tu, petite ?

— Madeleine.

— C'est ton père qu'on vient d'enterrer ?

— Oui, madame.

La question suivante, plus sèche, s'adressait à Anna.

— Alors, qu'est-ce que vous voulez, la femme ?

— J'ai pensé qu'elle pourrait... Peut-être... Si vous avez besoin d'une servante...

Anna, décontenancée par l'attitude de la fermière, ne savait plus très bien comment présenter la chose. Impossible de dire ouvertement : « Je la hais, débarrassez-moi d'elle et faites-en ce que vous voulez ! »

— Bien, finit par dire Franseza Kéravel. Je la

prends. Pour commencer, je lui donnerai deux francs par mois.

Les gages d'une bonne se situaient en général autour de cinquante francs l'an. Deux francs par mois représentaient donc un prix très inférieur à la moyenne. Anna le fit remarquer.

— C'est deux francs ou rien. Si elle se montre travailleuse, nous en reparlerons à la Saint-Michel.

Anna calcula rapidement qu'il restait quatre mois jusqu'à la fin septembre. D'accord, on en reparlerait à la Saint-Michel.

Franseza Kéravel se tourna vers Madeleine.

— Tu t'occuperas d'Yvon, c'est mon fils. Il vient d'avoir un an. Tu devras aussi aider pour la maison et les bêtes. Tu as compris ?

Abasourdie par la brutalité des événements, Madeleine ne put proférer un seul mot et baissa la tête. La patronne soupira. Cette petite ne lui ferait pas beaucoup d'usage, à la voir si maigriotte et si timide. Au moins, peut-être obéirait-elle facilement. Et puis, pour deux francs...

— Bon, on s'arrangera après. Quand peux-tu venir ?

— Tout de suite, intervint Anna.

La patronne eut à nouveau ce regard sec qu'elle avait déjà jeté sur Anna. Qu'il faille travailler, rien de plus normal, surtout pour une orpheline. Mais on avait le droit d'enterrer son père, quand même ! Elle ne répondit donc pas et, une fois de plus, s'adressa directement à Madeleine.

— Jakez va venir te chercher. Il t'expliquera les choses. Tu n'as qu'à l'attendre ici.

Jakez était le domestique qu'elles avaient rencontré en arrivant.

Anna ajouta d'un ton pressé :

— Un de mes fils lui portera ses affaires dans la semaine, si vous permettez.

Sans même un regard pour Madeleine, elle repartit de son pas exaspéré, ses sabots claquant sur les cailloux du chemin. La patronne considéra encore un instant sa nouvelle bonne, secoua la tête d'un air incrédule et répéta :

— Jakez va venir te chercher pour t'expliquer le travail. On verra plus tard pour Yvon.

Puis elle rentra dans la maison. Immobile, au beau milieu de la cour sous le soleil qui commençait à taper, Madeleine attendit en tremblant que Jakez vienne la chercher.

Insensible à la chaleur, Anna reprit le chemin de Trolouc'h sans ralentir ni se soucier de quiconque. Derrière elle, un petit groupe de quatre personnes avait guetté sa sortie. Quand on vit qu'elle revenait seule, tout le monde comprit, Jeannette et Tanguy, Yves et Fanch. Madeleine était placée !

— Je connais un des domestiques, finit par dire Tanguy. C'est un gars de Kergoff, Jakez, un fils de Louise qui aide chez Mélie Kervella.

Mélie Kervella tenait, non loin du Koréjou, un des nombreux débits de boissons qui jalonnaient la route du bourg.

— Va le voir, ce Jakez, demanda Jeannette. Il doit savoir.

— Allez, rentrez tous, maintenant. Il faudra quand même faire la marée de l'après-midi. Je vous rattraperai.

Tanguy se dirigea vers la ferme, tandis que Jeannette et les deux garçons repartaient en direction de la côte.

4

— Alors, comment ça va ? demanda Fanch.

— Je me débrouille. Merci de m'avoir apporté mes affaires.

Ce n'était pas grand-chose, les affaires de Madeleine, un bonnet propre, un tablier, une paire de bas tricotés, un jupon de flanelle et une jupe de drap bleu. Anna avait ajouté le châle de laine marron qui servait de manteau en hiver. Une façon comme une autre de dire que Madeleine n'était pas près de revenir chez elle.

— Ecoute, Madeleine. La patronne a dit qu'on pouvait prendre un peu de temps. Tu dois être de retour après la grand-messe, c'est tout.

On était dimanche, le premier dimanche après l'enterrement. Madeleine devait aider à servir le repas de midi.

— Si tu veux, on peut aller au cimetière, proposa Franch.

— Je veux bien. On y sera tranquilles.

— Tu as beaucoup de travail ?

— Oui, beaucoup, mais la patronne est gentille.

Pour ne pas s'appesantir sur un sujet désagréable, Madeleine fit mine d'avoir une histoire amusante à raconter.

— Elle m'a demandé si j'avais bien étudié, à l'école !

Fanch eut un sourire.

— Tu lui as dit que tu n'as eu la « vache » qu'une seule fois ?

— Oh, non ! Elle aurait cru que je me vantais.

La « vache » — *ar vioc'h* — était une pièce de deux sous, trouée et enfilée sur une ficelle. A l'école, le breton était interdit. On punissait l'enfant pris à utiliser sa langue natale en lui passant au cou ce « symbole », dont il ne se débarrassait qu'en surprenant un autre enfant en train de commettre la même faute. On pouvait utiliser d'autres objets tels qu'un sabot et, parfois, on ne disait pas le « symbole » ou la « vache » mais l'« âne ». L'enfant qui terminait la journée avec la « vache » avait une punition supplémentaire ou une corvée comme le nettoyage de la classe... Le catéchisme, en revanche, se faisait en breton, comme les sermons. Les prêtres refusaient d'obéir aux consignes de la préfecture, désireuse d'imposer le français même à l'église. Pour eux, il n'était pas question d'abandonner la langue dans laquclle leurs ouailles avaient appris à prier au profit de celle de la République !

Du vivant de son père, Madeleine avait fréquenté l'école confessionnelle de Plouguerneau, tous les jours à partir de l'âge de sept ans — trois kilomètres aller, trois kilomètres retour et par tous les temps —, pendant que Job et Yann travaillaient. Malgré son esprit frondeur, son père n'aurait pas osé l'envoyer à l'« école du diable », l'école laïque. Régulière dans son travail scolaire, Madeleine savait assez bien lire et écrire. Surtout, elle retenait le français mieux que la plupart des autres enfants, en particulier mieux que les garnements, plus rapides à courir les champs qu'à apprendre leurs leçons. Quant aux adultes, seuls les quelques notables et les commerçants le connaissaient.

— Tu sais, Fanch, je ne l'ai jamais dit. Le jour où j'ai attrapé la vache, c'était à cause de Marie.

Marie était la plus jeune sœur d'Yves.

— Comment cela ? Elle t'a dénoncée ?

— Mais non ! C'était une des grandes qui l'avait accusée et, comme c'était bientôt la fin de la journée, elle aurait dû rester nettoyer la salle. Mais ce n'était pas vrai, elle n'avait rien dit.

— Tu as fait exprès de parler breton pour qu'elle ne soit pas punie ?

— Oui. Que veux-tu, elle était malade, ce jour-là. Il fallait qu'elle rentre. Mais la sœur s'est rendu compte que la grande avait menti. Elle a fait semblant de l'entendre utiliser le breton juste avant la sortie des classes, et c'est elle qui est restée !

Allons, Madeleine n'allait pas trop mal, pensa Fanch en l'entendant rire avec lui. Ils redevinrent plus graves en arrivant devant la grille du cimetière. Madeleine s'arrêta, tirant Fanch par la main.

— Fanch, je ne veux pas y aller, pas aujourd'hui. Tu crois que c'est mal ?

Le garçon se contenta de la regarder d'un air interrogateur.

— Si j'entre, je vais pleurer, et je ne veux pas. C'est si bon d'être dehors. Depuis l'autre jour, je n'ai pas pu sortir une seule fois, sauf pour aller à la messe basse d'hier.

— Je comprends. Viens, allons voir le verger.

— Et tu me parleras de la maison et de tout le monde, tu veux bien ?

— D'accord ! Tu as le bonjour de Jeannette. Elle te gardera des crêpes, tout à l'heure, et elle te les montera dans l'après-midi.

Tout en parlant — en breton ! —, les deux enfants se dirigèrent vers le verger, qui occupait un grand espace sur l'arrière de la grand-rue. Ils firent le tour par le bout de la rue et la petite place triangulaire où l'on parquait les cochons aux jours de foire.

Les pommiers avaient perdu leurs fleurs. Madeleine et Fanch s'attardèrent à évaluer la future récolte en examinant les fruits en formation. Madeleine reculait le moment de demander des nouvelles des gens qu'elle connaissait. Au moins, quand elle travaillait, elle n'avait pas le temps de penser au passé. Mieux valait s'étourdir un peu, dire des riens.

Ils s'assirent dans l'herbe, à l'ombre d'un vieil arbre aux branches tordues.

— Ce n'est pas facile de s'occuper du bébé, disait Madeleine, j'ai tout le temps peur qu'il lui arrive un accident ou qu'il tombe malade. La patronne l'aime beaucoup. Elle dit que c'est un miracle d'avoir eu cet enfant, et qu'elle ne pourra pas en avoir d'autre.

— C'est vrai ce que tu dis, qu'elle est gentille avec toi ?

— Oui, mais c'est quand même la patronne, tu sais. Je dois travailler dur.

— Et Jakez ? Il connaissait un peu ton père, il doit s'en souvenir.

— Il m'explique tout ce que je dois faire quand je n'ai pas bien compris. Une de ses sœurs cadettes est servante aussi, c'est elle qui me réveille le matin si je dors trop. Elle s'appelle Marianna. C'est un joli nom, tu ne trouves pas ?

Fanch en eut le cœur serré car la mine grise et les yeux creusés de sa cousine en disaient long sur sa fatigue. Il se moquait bien du nom de cette femme !

— Où dors-tu ? s'enquit-il.

— Avec les autres servantes, dans un grenier au-dessus de l'écurie.

— Et les hommes ?

— En dessous, avec les chevaux.

— Ils te traitent bien ?

La question signifiait, en réalité : te respectent-ils ?

— Oh ! répondit Madeleine, qui avait bien compris. Ne t'inquiète pas ! Hier, un homme qui voulait acheter un cheval a failli être malhonnête avec Marianna. La patronne est très sévère là-dessus. Elle l'a traité de cochon et il n'a plus osé rien dire.

— Elle n'a pas peur de perdre des clients ?

— Non, parce qu'elle a de beaux chevaux. Mais elle

est très portée sur la religion et elle dit que c'est le plus important. Tous les domestiques doivent aller à la messe. Elle m'a même demandé si j'avais fait ma communion.

— Elle ne t'aurait quand même pas envoyée au catéchisme au lieu de travailler si tu ne l'avais pas encore faite ?

— Il paraît qu'elle l'a fait pour un garçon du Grouanec que ses parents ont placé chez elle l'année dernière. Mais après sa communion, il a dû travailler double.

La dernière précision avait, d'une certaine façon, rassuré Fanch. Allons ! On retombait dans l'univers normal où les domestiques travaillaient sans avoir aucun droit, ou si peu.

Le son de la cloche les surprit. On sonnait déjà la fin de la grand-messe. Madeleine bondit sur ses pieds.

— Fanch, vite ! Je vais être en retard.

Devant l'angoisse de Madeleine, le garçon éprouva une bouffée de colère à l'égard de sa mère. Ah, non ! Ça ne durerait pas longtemps, cette situation. Il n'acceptait pas, il n'accepterait jamais que l'on transforme sa cousine en servante apeurée. Il se releva à son tour et lui prit la main.

— Ne t'inquiète pas, Leine. Je te raccompagne et je te promets que personne ne te dira rien. Le temps qu'ils sortent de l'église, nous serons arrivés.

La petite main de Madeleine tirait la sienne pour le faire aller plus vite. Il la retint.

— Madeleine ! Arrête-toi un instant. Je ne veux pas que tu aies peur. Souviens-toi comme ton père...

Il ne put poursuivre. Madeleine éclatait en sanglots, la tension brutalement rompue. Consterné, Fanch l'entraîna dans l'ombre d'un mur et la serra contre lui. Il attendit qu'elle se calme un peu et s'essuie les yeux.

— Viens, dit-il, en l'entraînant d'une main ferme.

Cette fois, c'était lui qui accélérait le pas, la petite

courant presque à ses côtés. Il s'arrêta devant l'entrée de la ferme et, lâchant sa main, se tourna vers elle d'un air plein d'autorité.

— J'entre avec toi. Je vais la voir, cette Franseza Kéravel.

— Non ! Fanch, ne lui dis rien, je ne veux pas qu'elle me chasse...

— Ne t'inquiète pas. Je veux seulement lui parler. Va travailler, je te verrai après.

Subjuguée et affolée tout à la fois, Madeleine lui obéit, tremblant à l'idée de se faire rabrouer. Mais Fanch avait raison, elle devait se souvenir du courage de son père et de son grand-père. Elle se sentit soudainement plus ferme, comme si elle retrouvait sa volonté.

Quelques minutes plus tard, la patronne entra dans la cuisine et fit signe à Madeleine d'approcher.

— C'est arrangé avec ton cousin. Tu reviendras pour la nuit.

Madeleine écarquilla les yeux. Comment était-ce possible ? Elle tenta de balbutier un remerciement, mais Franseza Kéravel l'interrompit d'une voix sèche.

— Je crois que tu as à faire avant le retour du patron. Tu seras libre pour midi.

Madeleine s'activa de toutes ses forces et, quand les cloches de l'église annoncèrent la sortie de la grand-messe, la fermière lui fit signe de partir.

— Tu n'as pas besoin de manger, n'est-ce pas ? Je suppose que la soupe sera prête chez toi ?

Madeleine se contenta d'acquiescer de la tête.

— A ce soir, madame. Merci.

Et elle se rua vers la liberté. Fanch était assis au soleil sur le talus du chemin. Il se leva en lui faisant un grand signe du bras.

— Allez, vite, on a le temps d'arriver pour la fin du repas. Jeannette sera contente de nous voir.

— Mais toi...

— Quoi ? Ma mère ? Elle sera encore plus contente de ne pas me voir.

— Mais...

— Quoi encore ?

Comme à son habitude après un moment d'émotion, Fanch devenait bourru.

— Ne t'inquiète pas, je te dis. Tout est arrangé. « Madame » a gentiment dit que tu avais beaucoup travaillé pour un début et que tu devais reprendre des forces.

Il ne lui avoua que beaucoup plus tard avoir durement négocié avec celle qu'il désignait de cet ironique « Madame ». Non seulement il l'avait dédommagée en lui payant la demi-journée de Madeleine, mais il avait accepté de lui apporter un beau homard pour la fête de son mari, en septembre. Tel avait été le prix d'un après-midi de liberté pour une enfant de douze ans.

La marche de trois kilomètres jusqu'à Trolouc'h resta gravée à jamais dans la mémoire de Madeleine. Pourtant, elle connaissait ce chemin par cœur, pour l'avoir déjà parcouru des centaines de fois. Mais, ce dimanche-là, il lui sembla marcher tout droit vers le paradis. Un pas après l'autre, elle redécouvrait son territoire.

Après un coup de vent qui avait secoué la côte pendant deux jours, le beau temps était revenu. Sur les talus, des milliers de pâquerettes dessinaient de grandes vagues blanches entre les coquelicots, les boutons d'or, et les fougères qui déroulaient leurs frondes brillantes en pleine lumière. Madeleine respira à pleins poumons. Le parfum raffiné du fenouil sauvage se mêlait à celui du goémon, plus puissant, qui montait de la grève.

Quel bonheur d'apercevoir le Koréjou et, plus loin, les maisons de Trolouc'h, une fois passé le tournant de Kergoff ! Malgré les drames qui s'y étaient déroulés, ce coin de la côte était « chez nous ». Les deux cousins dévalèrent la côte, suivis par les cris des goélands blancs qui planaient dans le bleu du ciel. Venant à leur rencontre, une silhouette grandissait.

Yves ! Informé par un voisin que Fanch avait croisé au bourg tandis qu'il attendait sa cousine, il guettait leur arrivée. Madeleine eut un choc. Comment n'avait-elle pas encore remarqué le bleu extraordinaire des yeux d'Yves, le bleu même du ciel ? En quelques jours, avait-elle donc autant changé pour éprouver pareille émotion à retrouver son camarade de jeux ? Sa soudaine timidité s'évanouit quand il leur cria de se dépêcher s'ils voulaient qu'on leur laisse des crêpes. Elle se mit à courir de toutes ses forces et oublia tout le reste.

5

Au bout de quelques semaines, Madeleine prit un peu d'assurance malgré sa répugnance à entendre la patronne déclarer ne se fier qu'à elle pour s'occuper d'Yvon. Elle devait préparer sa bouillie, le nourrir, faire sa toilette, le bercer quand il tardait à s'endormir, lui apprendre à marcher, jouer avec lui...

Au moment où Madeleine avait été engagée, l'enfant était encore emmailloté. Sa mère attendait d'avoir trouvé une servante pour le délivrer de son carcan, ce qu'elle aurait déjà dû faire vers le onzième mois. Entre autres tâches, il revint donc à la nouvelle servante de veiller à l'entretien des robes qui remplacèrent la longue bande de tissu serrée en anneaux autour du petit corps. La première fois que Madeleine mit une robe à Yvon, elle se demanda si elle serait encore là pour lui apprendre à enfiler son premier pantalon, vers six ans ; si elle serait encore là quand, en même temps, on lui couperait les cheveux pour la première fois. Quel âge aurait-elle, elle-même ? Dix-sept ans ? Dix-huit ans ? L'âge de Marianna... Un vertige la saisit : serait-elle condamnée à passer ainsi toute sa vie, à servir les autres ? Mais pas le temps de s'attarder à réfléchir. Yvon devait apprendre à marcher. Elle l'installa dans le traditionnel cadre de bois sur roulettes et l'aida patiemment à se redresser en prenant appui sur la traverse. Elle ne pouvait en vouloir à cet enfant du malheur qui l'avait frappée, de la solitude où Anna l'avait jetée. Bien sûr, Marianna se comportait en amie et Jakez veillait sur elle, mais elle aurait tout donné pour être chez elle, à Trolouc'h, plutôt que chez ces riches pour qui elle ne serait jamais qu'une fille de la côte, une orpheline sans le sou.

Au fil des jours, elle en vint à ne plus supporter d'entendre la patronne s'exclamer chaque fois qu'Yvon riait :

— Mon Dieu ! Comme tu t'occupes bien de mon fils ! Quelle chance de t'avoir !

Et Madeleine sentait le filet se resserrer autour d'elle. Car, pour se dire satisfaite, la patronne ne lui accordait rien de mieux, pas un morceau de pain de trop, pas un sou de plus. Sous le compliment, Madeleine sentait le désir de l'asservir un peu plus. Comment oserait-elle quitter un enfant qui avait tant besoin d'elle ? Voilà ce que cachait le sourire de cette femme.

Quant au patron, Antoine Kéravel ! On ne le voyait guère car il passait presque tout son temps enfermé dans une pièce qui lui était réservée, en haut de l'escalier, à côté de la chambre de la patronne. Tout le monde redoutait la moindre de ses apparitions. D'une pâleur de spectre, il paraissait une vivante image de l'*Ankou*, ce vieillard qui personnifie la mort. Il ne disait presque rien, et quand il parlait, il ne cherchait guère à être aimable. Les rares fois où il s'asseyait à table, il vous regardait dans les yeux et grinçait :

— Ah ! Tu aimerais bien avoir de quoi te payer du vin comme moi, hein ? Mais il va te falloir travailler longtemps avant d'y arriver !

En effet, s'il ne mangeait guère, il buvait du vin à tous les repas, excentricité de riche fermier. Les domestiques, les paysans et les goémoniers s'offraient le dimanche un verre d'eau-de-vie, de cognac ou de rhum, quand ils avaient deux sous à dépenser pour un verre. Mais du vin ! Cela n'entrait pas dans les habitudes des goémoniers.

Un soir, tandis que Madeleine berçait Yvon pour l'endormir au coin du feu, Antoine Kéravel passa devant elle, l'examina longuement de ses yeux froids puis quitta la pièce sans rien dire. Madeleine se sentit glacée par ce regard sans âme. Plus tard, une fois couchée dans son grenier à côté de Marianna, Madeleine lui demanda pourquoi il était ainsi.

— Ne t'inquiète pas, chuchota Marianna. C'est la maladie qui fait ça.

— Qu'est-ce qu'il a ?

— Personne ne sait très bien. Il y en a qui disent que c'est un mal que son père avait attrapé dans sa jeunesse avec des femmes de Brest. Qu'il l'a passé à son fils. D'autres disent qu'il l'a attrapé lui-même. Le père, je ne l'ai pas connu, il est mort encore jeune.

— Pourquoi la patronne l'a épousé, s'il est malade ?

— Ça ne se voyait pas encore. Personne ne savait, pour le père. On dit que c'est à cause de ça qu'ils ne pourront pas avoir d'autres enfants.

Madeleine réfléchit un instant.

— Et s'il l'avait passé à Yvon, son mal ?

Un silence éloquent lui répondit. Toujours réfléchissant, Madeleine sentit sa compagne glisser dans le sommeil.

— Marianna ? Encore une chose. C'est à cause de ça qu'il est méchant ?

— Peut-être mais, tu sais, les riches sont souvent comme ça. Ils pensent être meilleurs que nous parce qu'ils ont du bien.

Elle laissa passer un instant avant d'ajouter d'un ton amer, d'une voix presque inaudible :

— Nous, les pauvres, on est juste bons à se crever au travail et à obéir pour ne pas mourir de faim.

Etonnée, Madeleine s'exclama :

— Tu parles comme mon père ! Il disait que...

— Allons ! ça suffit. Il faut dormir !

Marianna avait parlé d'un ton sans réplique et, quelques minutes plus tard, sa respiration indiqua qu'elle était partie dans ce pays des rêves où tous sont égaux.

Madeleine ne tarda pas à l'imiter, mais le souvenir de cette conversation ne la quitta pas de sitôt.

Les semaines s'écoulèrent ainsi, les jours ne se distinguant que par les tâches marquées pour le lundi ou le jeudi, jours de marché. L'été passa. L'automne puis l'hiver ramenèrent les grandes tempêtes et le froid des *miziou du*, les mois noirs. Madeleine travaillait, aidait à allumer le feu le matin, à préparer la soupe des domestiques et le café des patrons, à nourrir les poules et traire les vaches, chaque jour se dépêchant d'obéir au moindre appel et dormant pendant les heures qui lui restaient. En plus des quelques sous payés pour ses quinze heures de labeur quotidien, Franseza Kéravel lui promit un tablier neuf pour le Nouvel An. Mais surtout, Madeleine mangeait presque à sa faim, contrairement à ce qui se passait dans la plupart des fermes où l'on nourrissait les domestiques avec des courants d'air. Enfin, elle allait à la messe chaque semaine pour les nourritures spirituelles.

« Madame » se montrait satisfaite de son travail et se donnait la peine de le répéter à Anna quand elle venait empocher les gages de Madeleine. La veuve faisait mine de ne pas entendre. La patronne insistait car, pour être bonne chrétienne, elle n'appréciait pas moins de faire enrager ceux et celles qui lui déplaisaient, ce qui était le cas d'Anna. Son manque de respect pour le deuil d'une enfant comme pour la mort de son beau-père — car cela s'était su — lui avait ôté tout droit à la moindre considération, si peu qu'en accordassent les gens du bourg à ceux de la côte. Anna paraissait ne pas s'en rendre compte, prenait l'argent et repartait aussitôt, sans jamais demander à voir Madeleine.

Aux grandes fêtes religieuses comme la procession du 15 Août ou le pardon du dernier dimanche de juin qui se déroulait à Tréménac'h, rares moments de congé des domestiques, c'était Jeannette qui avait réclamé Madeleine et l'avait accueillie, sa belle-mère se moquant de la voir ou non.

Parfois, Yves ou Fanch venaient lui donner des nouvelles. Ce dernier avait fourni le homard promis à la patronne pour la fête de son mari, mais n'avait pu répéter son geste. En effet, s'il passait voir Madeleine aussi souvent que possible, c'était rarement plus de quelques minutes. Chez lui, les choses n'allaient pas si bien qu'il pût consacrer à sa cousine autant de temps qu'il l'aurait voulu. Comme il n'osait pas lui confier ses soucis, Madeleine se désolait, certaine qu'il l'oubliait.

Dans la maison de Trolouc'h, les problèmes avaient commencé par des riens, des incidents sans gravité. Anna oubliait de préparer le repas ou revenait du lavoir sans son linge. A d'autres moments, elle attelait Rouan en criant à ses fils de se dépêcher pour le retour de Job. A la première grande tempête de septembre, la situation s'était brutalement dégradée. La veuve avait passé des heures à tourner en rond dans la maison, bousculant tout et tout le monde. Ses fils feignaient de ne rien remarquer.

— Qu'est-ce que vous faites là ? les houspillait-elle. Allez vite les empêcher de crier si fort !

— Mère, c'est la tempête, essayaient-ils de dire l'un après l'autre.

— Quoi, la tempête ? Mais non, je te dis qu'ils sont en train de crier pour m'embêter.

— Qui donc, mère ?

A cela, Anna ne répondait pas et reprenait sa marche haletante. La première fois que cela s'était produit, elle avait fini par s'écrouler, épuisée, sur le banc coffre poussé contre le lit clos. A la tempête suivante, quelques semaines plus tard, elle était sortie dans la bourrasque, hurlant à pleins poumons.

— Taisez-vous ! Vous n'avez pas le droit ! Retournez d'où vous venez !

— Taisez-vous ! Partez ! répétait Louis qui l'avait suivie.

— A qui parles-tu, Louis ? avait interrogé Fanch.

— Quoi donc ? Tu ne les entends pas ? Si la mère le dit, c'est qu'ils sont là !

— Mais qui ?

— Qui veux-tu que ce soit ! avait craché Louis en faisant mine de frapper son frère.

Ecœuré, Fanch avait renoncé. C'était trop lourd. Louis perdait-il la tête, lui aussi ? Ou bien, plutôt simple d'esprit que fou, suivait-il sa mère par fidélité de chien ? Fanch se sentait terriblement seul pour faire face, ne pouvant compter sur son cadet, Paol.

Paol, le regard perdu, passait le plus clair de son temps tassé au coin de la cheminée en quête d'un peu de chaleur. Fanch ne lui demandait rien, le sachant malade. Il toussait beaucoup et devenait de plus en plus maigre au fur et à mesure qu'on approchait de la fin de l'année.

Comme Louis partait de longues heures en mer ou dans la campagne sans jamais rien rapporter d'utile, Fanch restait seul pour les faire vivre tous. Son unique refuge était la maison de Jeannette et de Tanguy qui l'accueillaient comme un autre fils. Devant eux, il pouvait parler de son projet : remettre la *Maria* en état pour faire le goémon avec Yves. Jusque-là, Fanch naviguait avec le grand Yonn, un goémonier du hameau de Kelerdut, et Yves avec son oncle Célestin.

Un jour de décembre que les deux garçons rêvaient à voix haute en réparant leurs casiers à homards, Tanguy intervint pour la première fois.

— Dis-moi, Fanch, tu t'arranges bien avec Yonn ?

La réponse se fit attendre quelques minutes.

— Tu sais, il y a ces vieilles histoires entre sa famille et celle de ma mère, finit par avouer Fanch.

— Alors pourquoi ne te dit-il pas de chercher ailleurs ?

Fanch haussa les épaules, dans un geste d'ignorance.

— Peut-être qu'il n'a trouvé personne d'autre ?

— Ça, je veux bien le croire ! s'esclaffa Yves. Il n'y a pas plus mauvais caractère d'ici jusqu'au bout de Lilia !

La remarque d'Yves déclencha l'hilarité. Ah oui ! Ce n'était pas rien, ceux de Lilia ! Ce n'était pas pour rien que ce Yonn, le grand Yonn, avait de la famille dans la plupart des hameaux de là-bas ! Ainsi se disait la vieille rivalité entre les deux villages goémoniers de Plouguerneau.

— Je crois que tu te trompes, Fanch, dit Tanguy en riant. La vérité, c'est que Yonn n'a trouvé personne capable de travailler aussi bien pour aussi peu d'argent.

Un silence suivit cette déclaration lourde d'implications, si pas de promesses. Fanch continua de travailler, impassible. Ce n'était pas à lui de parler. Tanguy laissa s'écouler quelques minutes. Quand on parle sérieusement, il faut prendre son temps.

— Fanch, tu ne le sais pas encore, mais Goulven a reçu sa feuille de route. Il part dans un mois.

Le frère aîné d'Yves devait effectuer un service de trois ans dans l'infanterie de marine.

— Je dois le remplacer, laissa tomber Tanguy.

Fanch s'était interrompu, pour le coup, et regardait Tanguy bien en face, toujours sans rien dire.

— Réfléchis et tu me donneras ta réponse demain, si tu veux.

Tanguy avait raison. Si son foyer était ouvert à Fanch comme à un fils, c'était une autre affaire que de travailler ensemble. Cela imposait de réfléchir.

— Pour la *Maria*, on en reparlera, conclut Tanguy.

Comme la nuit tombait, ramenant le froid, Fanch rentra chez lui. Plongé dans ses réflexions, il ne voyait rien de ce qui se passait autour de lui. Tanguy avait dit la vérité. Le grand Yonn ne lui donnait pas sa juste part du produit de la vente du goémon. Normalement, il aurait dû partager en trois, une part pour le bateau puisqu'il lui appartenait et le reste par moitié. Or, Yonn donnait à Fanch la moitié d'une part honnête. Fanch avait essayé de discuter mais sans autre résultat qu'un début de bagarre. Il était temps que cela change, en effet.

Avec Tanguy, le partage serait équitable, comme il se devait, sans compter que le bateau — le *Saint-Michel* — était sûr, bien plus sûr que la barque mal entretenue du grand Yonn. Et quel marin ! Tout ce que Fanch voulait savoir, il l'apprendrait avec Tanguy comme avec personne. Ce qui le retenait, c'était la crainte de trop peser sur les parents d'Yves. Tanguy et Jeannette étaient toujours présents, dans la joie comme dans la peine. Fallait-il y mêler des questions d'argent ? Par ailleurs, Fanch se rendait compte du caractère particulier de sa relation avec Tanguy. Compte tenu de la différence d'âge, ce ne pouvait être une amitié d'égal à égal comme avec Yves. Il resterait une forme de distance, comme entre un père et son fils. Après tout, pourquoi pas ? se dit-il. Si l'on ne peut travailler avec un homme que l'on aime et respecte comme un père, avec qui ?

A force de peser les arguments, Fanch décida d'accepter la proposition. De quoi était-il question, sinon de travailler dur pour gagner de l'argent ensemble ? Un homme comme Tanguy aurait-il choisi un incapable ? Certainement pas ! Il avait une famille à faire vivre, lui aussi, et ne négligerait pas ses intérêts, même pour Fanch. Quant à Yves, cela ne poserait aucun problème car, en attendant de faire équipe avec Fanch, il ne voulait travailler qu'avec l'oncle Célestin, son parrain de surcroît, auquel le liait un même goût pour le chant. Il leur suffisait de lancer les premières paroles d'une *gwerz*, une de ces innombrables complaintes de la riche tradition bretonne, pour que silence se fasse. Rien que d'y penser, Fanch sentit une de ses préférées, la *gwerz* des *Naufragés de Landéda*, lui monter en mémoire, la triste histoire de joyeux drilles partis en barque de Landéda, sur l'autre rive de l'Aber-Wrac'h. Malgré les conseils de sagesse des Plouguernéens, ils ne se méfient pas et périssent noyés. *Lakit o pag*, disaient les raisonnables *Plouizkerne* :

Lakit o pag e Kameulet,
Me a gred a ben an deiz viot beuzet.

Laissez votre bateau à Cameulet,
Je crois qu'avant la fin du jour vous serez noyés.

Il arrive ce qui doit arriver : la barque trop chargée quitte l'abri de l'estuaire de l'Aber-Wrac'h et chavire à la première risée. Heureusement, un prêtre du proche couvent des Anges passait par là et

A teuas prompt en he soutanen,
Da rei dezo an absolven,
Da rei dezo absolven general,
En he galon en devoa glahar.

S'en vint rapidement dans sa soutane,
Pour leur donner l'absolution,
L'absolution générale,
Dans son cœur, il avait du chagrin.

Les faits — Fanch l'ignorait — remontaient au début de l'an 1762. On avait dénombré seize victimes, et non treize comme le dit la complainte.

Fanch sentait son cœur se serrer, voyant en esprit défiler tous ceux que la mer et le métier avaient tués depuis qu'il avait l'âge de comprendre. Cela faisait beaucoup de gens, beaucoup d'hommes et de femmes pleins de courage et de passions. Des jeunes comme des vieux. Mais c'était son destin et il l'aimait grâce à la force des alliances qui s'y nouaient. Demain, il dirait oui à Tanguy et annoncerait son départ à ce maudit Yonn. Demain, sa vie aurait changé.

Sans s'en rendre compte, Fanch avait fait un grand tour pour rentrer chez lui. Une centaine de mètres séparaient les deux fermettes, guère plus, mais ses pas l'avaient entraîné plus loin, sur la lande au-dessus de Trolouc'h. Les dernières lueurs du jour disparaissaient du côté de l'île Vierge où s'allumait le petit phare blanc. Il se retourna vers le Koréjou où se balançait doucement le *Saint-Michel*, invisible dans la nuit. Allons ! C'était une bonne nouvelle. Bientôt, il rapporterait un peu plus d'argent à la maison et pourrait peut-être faire soigner Paol.

Le pied léger, Fanch dégringola le chemin jusque chez lui. Des hurlements l'accueillirent. Paol, qui paraissait mieux depuis quelques jours, s'était mis à cracher le sang. Anna jaillit de la pénombre du lit clos où Paol dormait seul, de crainte de contaminer ses frères.

— Où étais-tu encore ? cria-t-elle en frappant Fanch.

— Que se passe-t-il ? Paol ?

Un coup d'œil lui suffit pour comprendre.

— Je vais chercher de l'aide ! jeta-t-il en se ruant à l'extérieur.

Quelques minutes plus tard, il était de retour avec Jeannette. Anna, comme une furie, réclamait un docteur. Louis, de son côté, menaçait de tuer tout le monde si son frère n'était pas soigné comme il le fallait. Une maison de fous, pensa Fanch, tandis que Jeannette s'approchait de Paol avec autorité. Elle lui essuya la bouche, posa la main sur son front moite et se retourna vers Anna d'un air navré.

— Anna, tu dois être courageuse. J'ai vu un de mes frères partir comme ça...

— Tais-toi ! Tais-toi ! hurla Anna. Tu ne sais pas, tu...

Les insultes et les malédictions pleuvaient, mais Jeannette n'en avait cure. Elle se pencha sur le malade et lui prit la main.

— Paol, murmura-t-elle d'une voix douce, as-tu compris ce qui t'arrive ?

— Oui, Jeannette. Je ne veux pas mourir, mais j'ai si mal.

— Personne ne veut mourir à treize ans, mon garçon, personne, mais ce n'est pas nous qui décidons. Ecoute, on va envoyer prévenir au presbytère. N'aie pas peur, tu seras encore là demain matin. De toute façon, quels péchés aurait pu commettre un gentil garçon comme toi ?

— Je voudrais juste que mère et Louis cessent de crier.

— Tu peux leur dire toi-même ?

Paol battit des paupières et Jeannette fit signe à Anna d'approcher.

— Il veut te parler, Anna.

Ce qu'ils se dirent, nul ne le sut, mais Anna cessa ses cris.

Au petit matin, Jeannette, qui avait veillé le garçon toute la nuit, mit du lait à chauffer et réussit à lui en faire boire quelques gouttes. Anna restait assise sans rien voir, grommelant des mots sans suite. Louis s'était écroulé sur la paillasse de son lit clos et ronflait. Fanch était déjà sorti dans l'obscurité pour aller à la rencontre de l'abbé André qui avait promis de venir après la messe basse de sept heures. Quand les sabots de son cheval retentirent sur le sol durci par le froid, Anna fit coulisser la porte du lit de Louis et le secoua.

— Réveille-toi donc ! J'entends l'abbé. Il met son cheval à l'écurie.

En effet, Rouan saluait doucement la compagnie qu'on lui imposait de si bonne heure.

Louis grogna et apparut, les yeux vagues, tout habillé. Il se laissa glisser hors du lit et s'assit sur le banc pour se relever aussitôt. On poussait la porte, une bourrasque pluvieuse s'engouffrait. L'abbé et Fanch entrèrent, suivis de Tanguy et d'Yves qui avaient guetté la venue du prêtre.

Ils reculèrent tous au fond de la pièce quand l'abbé s'assit sur le banc accoté au lit. Quelques chuchotements, la brève confession de Paol. Puis vinrent l'extrême-onction et les prières reprises par tous. Quand les premières lueurs du jour pâle atteignirent l'unique petite fenêtre, le garçon était mort.

Jeannette s'approcha de l'abbé et lui parla à voix basse :

— Monsieur l'abbé, allez donc jusqu'à chez moi. Mon fils Yves va vous conduire. Vous prendrez une soupe chaude avant de repartir. Quand vous voudrez retourner, il vous amènera votre cheval.

— Merci, ma fille, répondit-il sur le même ton. Je crois que je ne peux plus rien faire pour cette famille.

Dès qu'il fut sorti, Jeannette rejoignit Anna auprès de Paol et lui posa une main sur le bras.

— Ne t'en fais pas, Anna, je m'occupe de sa toilette.

Anna la repoussa avec un cri farouche.

— Ne touche pas mon fils ! Va-t'en, sorcière ! Je vous chasse, je vous chasse tous !

Sa voix se fit plus sourde, pleine de menace.

— C'est ta faute, Fanch, tu n'es pas allé chercher le docteur.

Comme à la mort de Job, c'était son obsession. Il fallait un docteur. En des circonstances moins tragiques, on en aurait ri, de cette prétention de pauvre qui voulait un médecin comme les riches. Tanguy, qui s'était attardé par crainte des réactions d'Anna, fit un pas dans sa direction.

— Anna, tais-toi ! Ce n'est la faute de personne ici.

Souviens-toi. Quand Job voulait envoyer Paol à l'école des frères, à Lesneven, pour qu'on s'occupe de lui, c'est toi qui as refusé à cause de l'argent. N'accuse personne, Anna.

— Partez, partez tous, partez, je ne veux pas vous voir, je ne veux pas vous entendre, partez, partez...

Fanch se réfugia chez Jeannette et Tanguy. L'abbé s'informa des dispositions d'esprit d'Anna et, découragé, soupira en disant : « Pauvre femme ! » Il savait que ses voisins l'aideraient le plus possible car on s'entraidait chez les pauvres. Autrement, que faire ? Lui-même apportait le secours qu'il pouvait donner, n'étant pas plus riche qu'eux, un petit abbé sans relations, né dans une ferme où l'on ne mangeait pas tous les jours. Au moins, il comprenait ses paroissiens, parlant le même breton qu'eux. Au début, on l'avait envoyé dans le sud du département, où l'on utilisait une forme assez différente pour qu'il ait du mal à suivre une conversation.

Quand Yves lui amena son cheval, il les bénit de tout son cœur, et partit en se répétant que la République, si forte pour tracer des frontières et limites administratives, n'avait pu en poser à la misère. Si peu y échappaient...

Seul Louis put demeurer auprès de sa mère et l'aider à la toilette de Paol. Quand ce fut fini, Anna s'assit péniblement sur le banc des repas, les coudes appuyés sur le bois usé de la table, les yeux fixés devant elle sans rien voir. Après un long moment de silence et d'immobilité totale, elle se mit à marmonner d'une voix hachée, haineuse.

— C'est la faute de cette petite garce. Oui, c'est cette saleté. A cause d'elle. Trop paresseuse pour avoir de bons gages. Pas assez d'argent.

Louis vint s'asseoir en face d'elle.

— Dis-moi, mère, à qui la faute ?

— C'est elle, je te dis, elle ne veut pas travailler, alors Franseza Kéravel ne donne pas d'argent pour payer le docteur. C'est sa faute. Deux francs seulement, entends-tu ? Deux francs pour cette paresseuse.

Anna répétait les mêmes mots sans fin, les crachant comme du venin. Louis finit par comprendre.

— C'est Madeleine, hein ? Hein, mère ? C'est Madeleine qui a tué Paol. C'est parce qu'elle est méchante qu'il est mort. Oh ! Elle va être punie, je te le jure, et tout de suite.

Dans un sursaut de lucidité, Anna vit son fils prendre un lourd bâton et se diriger de son pas pesant vers la porte.

— Louis ! s'exclama-t-elle. Où vas-tu ? Que veux-tu faire avec ce bâton ?

— C'est sa faute, hein ? Alors, il faut faire quelque chose.

— Louis ! Où vas-tu ? Reste ici, je t'interdis...

Mais elle avait déjà oublié ce qu'elle voulait lui interdire... Louis sortit et s'éloigna, brandissant son bâton devant lui. Anna retomba dans sa léthargie. Il était onze heures du matin.

Fanch avait précédé Louis sur le chemin du bourg. Quand Anna les avait chassés de la maison, Jeannette l'avait d'abord obligé à venir prendre une écuelle de soupe, celle-là même qu'Yves avait offerte à l'abbé.

Après le départ de ce dernier, Tanguy évoqua en quelques mots ceux qui étaient morts, seulement sept mois plus tôt, Yann et Job. Fanch serra les poings. Ah ! Pourquoi était-on si pauvres ? Ce n'était pas un docteur sur son lit de mort qu'il lui aurait fallu au gentil Paol, mais une maison bien chauffée, bien protégée contre le vent froid de l'hiver, une nourriture plus abondante, et un docteur tout de suite, dès les premières quintes de toux. La voix de Tanguy l'arracha à sa colère.

— Fanch, je t'avais demandé une réponse pour aujourd'hui. Prends ton temps, mais je veux te dire autre chose. Que tu viennes travailler avec moi ou pas, si on a besoin d'argent, chez toi...

Tanguy s'interrompit, embarrassé. Jeannette vola à son secours.

— Ce qu'il te dit, c'est que tu dois de nouveau aller chercher un cercueil et payer un enterrement. On sait que Louis n'apporte pas un sou. A lui, on ne prêterait rien. Toi, tu n'as qu'à le dire si tu es dans le besoin, on s'arrangera.

— Oh, Jeannette ! gémit Fanch. Que puis-je faire ? Ma mère perd la tête, tu l'as entendue. Et Louis... Je ne sais plus.

Que répondre ? Quels conseils donner ? C'était une situation bien difficile pour un garçon de seize ans.

Au bout de quelques instants, Fanch releva la tête et regarda Tanguy d'un air décidé.

— Tanguy, ma décision était prise dès hier soir, de toute façon. Je viens avec toi et j'en suis bien content. Pour l'argent, il me reste quelques pièces que grand-père Yann m'avait données. Il disait que j'en aurais besoin, un jour. Cet argent servira pour mon pauvre Paol.

Il se redressa.

— Quant à ma mère, elle perd la tête, c'est vrai, mais celui qui m'inquiète vraiment, c'est Louis. Il peut faire beaucoup de mal.

— Enterre déjà ton frère, conseilla Tanguy. On verra pour Louis plus tard.

Comme Fanch se levait, Jeannette soupira.

— Une qui va être bien triste, c'est Madeleine.

— D'elle aussi, il faudra parler, répondit Fanch. Sa place est ici.

— A propos, glissa timidement Jeannette, il y a quelque chose qui m'inquiète.

Fanch l'interrogea du regard.

— Oui, tu sais, il faut voir le juge de paix...

— Ma mère m'a frappé le jour où j'ai demandé qui serait le tuteur de Madeleine... Je pense comme toi, Jeannette. Elle n'aura rien fait. Il va falloir s'occuper de cela aussi.

Aucun d'eux n'avait plus ajouté un seul mot et Fanch était retourné chez lui pour atteler Rouan. Il irait plus vite qu'à pied, malgré le mauvais état du chemin. L'essentiel était de ne pas s'embourber. Quand il aborda la montée du Koréjou, il était dix heures et demie. Peu après, Louis prenait la même route.

Au bourg, c'était jour de marché. A une époque pas si lointaine, Anna essayait d'y vendre son beurre et scs œufs quand elle n'avait pas le temps d'aller jusqu'à Lannilis.

Fanch mena le cheval par la bride de l'autre côté de la place, pour descendre par la petite rue du Four chez le menuisier qui avait déjà fourni le cercueil de son père, puis de son grand-père et de son oncle. Cela ne s'arrêterait-il donc jamais ? Son père avait été un homme plutôt taciturne, moins ouvert que l'oncle Job, mais il l'admirait pour son calme et sa façon de savoir tirer parti de tout. Malgré la pauvreté constante, on ne manquait de rien, alors. Refusant de s'attrister davantage, Fanch salua le menuisier.

— Salut, Joachim !

— Salut, Fanch ! répondit celui-ci.

Il n'eut aucun commentaire quand Fanch lui annonça la mort de son frère, et lui fit signe de le suivre dans la réserve. Sachant que l'hiver prélevait toujours un lourd tribut d'adultes et d'enfants, le menuisier avait profité de l'été pour fabriquer quelques cercueils d'avance. Fanch n'eut qu'à se mettre d'accord avec lui sur le prix. Les pièces de grand-père Yann furent bien utiles.

— Je peux te laisser la charrette, le temps d'aller au presbytère ?

— T'en fais pas, t'as qu'à mettre ton cheval dans l'écurie derrière. Va au presbytère, je chargerai le cercueil avec Yffic.

Yffic était un solide gaillard à la mine réjouie, l'apprenti de Joachim. Fanch le connaissait bien pour avoir partagé avec lui le même banc d'école. Avec Yffic dans les parages, il pouvait laisser son attelage sans crainte.

Au presbytère, tout fut expédié rondement. Enterrement de troisième classe par l'abbé André, deux enfants de chœur, huit heures du matin. Pas d'orgue. Trop cher. Il restait à prévenir Madeleine, à demander à la patronne de lui donner sa journée pour enterrer son cousin.

Désireux de réfléchir en paix, Fanch décida de se rendre à pied jusqu'à la ferme, malgré la boue du chemin. Il traversa la place avec ses maigres étals, contourna quelques vaches attachées devant l'église, longea les écuries du presbytère, et se dirigea vers la route de Tréménac'h. Il s'y engageait à peine quand un grand tumulte s'éleva derrière lui, un mélange de bruits de casse et de voix furieuses. Tout à son chagrin, il n'y prêta aucune attention. Sa surprise n'en fut donc que plus grande quand il sentit qu'on l'agrippait par le bras.

— Sauve-toi, Fanch ! Sauve-toi vite ! Il veut me tuer. Il va tuer tout le monde ! Il casse tout.

— Madeleine ! Que se passe-t-il ?

— Louis ! C'est Louis ! Il est devenu fou.

— Où cours-tu comme ça ?

— A l'église, il n'osera pas me poursuivre dans l'église.

— D'accord, cours-y vite et n'en bouge pas. Je vais voir ce qui se passe.

Tandis que Madeleine courait de toutes ses forces sur les quelques dizaines de mètres qui la séparaient de l'église, Fanch rebroussait chemin. Madeleine avait dit vrai. Louis, déchaîné, vociférait des insultes, terrorisait les passants qu'il menaçait de son gourdin.

— Où est-elle ? hurlait-il. C'est sa faute ! C'est sa faute !

— Louis ! cria Fanch. Arrête ! Tu as fait assez de bêtises comme ça.

Le dément suspendit son geste et resta le bras levé, le *pennbazh* prêt à s'abattre. Un des hommes, un solide paysan venu acheter une vache, profita de cet instant d'immobilité pour l'assommer d'un coup de son propre bâton. Louis battit des paupières, oscilla un instant dans ses sabots et s'écroula comme une masse.

En quelques pas rapides, Fanch fut auprès de son frère, s'agenouilla pour lui ôter son gourdin et le mettre hors de sa portée.

— Il faut aller chercher le garde champêtre, déclara un des hommes présents.

— Tu le connais ? demanda un autre à Fanch.

— C'est mon frère aîné. Notre cadet est mort ce matin.

Quelques murmures apitoyés s'élevèrent. Pauvre gars, disait-on, mais il est dangereux, quand même !

— Il a fait plus de bruit que de mal, constatait une femme qui n'avait encore rien dit.

— Ouais, mais quelle casse ! Regarde donc tous ces pots, là, il les a mis en miettes.

La marchande de poteries de Lannilis s'approchait, capable de se montrer exigeante à présent que tout danger était écarté.

— Ah, c'est ton frère !

Fanch reprit son explication sur la mort de Paol.

— Je vous paierai la casse, ajouta-t-il.

En lui-même, Fanch invoqua grand-père Yann. Merci d'avoir pensé à me donner ces pièces, grand-père, mais j'espérais en faire autre chose. Aujourd'hui, cela lui permettait de garder la tête haute. Entre-temps, le garde champêtre avait été prévenu. L'affaire était simple, il emmena Louis avec lui. Le malheureux avait repris conscience, mais ne se rendait compte de rien. Le garde champêtre renifla son haleine.

— Mais cet homme *est bu* en plus ! Allez, canaille, tu vas pouvoir cuver au frais !

Cela choquait d'autant plus qu'on ne buvait pas souvent *sur semaine* en cette fin de siècle. Un petit verre d'alcool le dimanche, quand on avait deux sous à dépenser. Rien de plus. Mais cela suffisait à soûler le plus doux des hommes, faute d'habitude. Même les paysans aisés attendaient le dimanche pour boire quelques verres au café, après la messe.

Louis s'était donc arrêté en route à la ferme de Mélie Kervella pour se faire servir un verre d'eau de vie. Mélie, qui faisait débit de boissons comme presque toutes les fermes entre le Koréjou et le bourg, avait d'abord refusé mais il avait insisté, menaçant de se servir lui-même. Il y a du malheur dans l'air, avait-elle pensé en le voyant repartir, les yeux exorbités. Louis avait marché très vite, s'échauffant de plus en plus, au fur et à mesure que l'alcool taraudait son esprit perdu, courant à la rencontre de son destin. Et tandis que Fanch organisait l'enterrement de leur frère, il avait commencé à tout casser...

6

La folie de Louis libéra Madeleine de sa servitude.

Le forcené fut enfermé dans la cabane de la place aux Cochons, où l'on mettait les ivrognes à dessoûler, et Fanch raccompagna aussitôt sa cousine à la ferme. Il l'envoya préparer son balluchon et demanda à Jakez de prévenir « Madame » qu'il voulait lui parler. Déjà informée de ce qui s'était passé au marché, Franseza Kéravel accueillit Fanch d'un air très froid. Le jeune goémonier feignit d'être aussi épouvanté qu'humilié par le scandale, et mentionna rapidement la mort de son frère. Les affaires de famille ne concernaient plus « Madame ». D'un ton consterné, il déclara que sa cousine ne pouvait pas rester à la ferme dans ces conditions, qu'elle repartait avec lui et ne reviendrait pas.

— Nous avons besoin d'elle pour tenir la maison, car ma mère ne va pas très bien, ajouta-t-il pour faire bonne mesure.

Il laissa Franseza Kéravel jeter les hauts cris et insista :

— Je crains que Louis ne veuille encore s'en prendre à elle, et qu'il vienne jusqu'ici. C'est une chance qu'il ait d'abord pensé à la chercher au marché.

A en juger d'après l'expression de son interlocutrice, la menace avait porté. Garder une servante, aussi travailleuse soit-elle, mais au risque de voir un furieux démolir son bien, il n'en était pas question. La décision fut vite prise. Restait à négocier le départ de Madeleine.

— Je comprends qu'elle doive retourner chez elle,

mais je vais la regretter, tu sais. Et puis, je ne peux pas la remplacer tout de suite, une fille comme elle ne se trouve pas tous les jours...

— Madame, vous ne lui donnez pourtant que quelques sous. A propos, ma mère n'est pas venue chercher ses gages depuis plusieurs mois.

— Oui, c'est possible. Mais cela me fait bien du tort...

Fanch avait tout de suite compris. Ayant sans doute — par quel mystère ? — déjà appris qu'il avait payé la casse du marché sans discuter, elle essayait de lui extorquer un dédommagement pour le départ de Madeleine.

— Ecoute, Fanch, reprit-elle. Tu te souviens de l'après-midi que je lui ai donné, tout au début qu'elle était ici ?

— Oui, madame, je m'en souviens très bien, mais la situation n'est pas la même. Je vous demande de payer les gages de ma cousine et de la laisser partir dès ce soir. Je viendrai et je l'emmènerai.

La fermeté de son ton impressionna Madeleine. La patronne ne s'était pas encore rendu compte de sa présence. Elle la découvrit au moment où, mécontente, elle tournait le dos à Fanch.

— Ah ! tu étais là, toi ! Alors, tu veux me quitter ? Je te nourris depuis bientôt un an, une pauvre fille comme toi, je t'apprends à travailler comme il faut, et tu veux me laisser alors qu'il y a tant à faire ?

Incapable de proférer un mot, incapable même de protester qu'elle n'était pas là depuis un an mais depuis six mois, Madeleine se tourna vers Fanch, qui se contenta de lui faire un signe de la tête, comme pour dire : c'est à toi de parler, maintenant. Madeleine prit son courage à deux mains.

— Madame, dit-elle d'une voix qui ne tremblait pas, je vous remercie de tout ce que vous avez fait pour moi, mais je préfère rentrer chez nous.

Elle faillit ajouter « si vous voulez, gardez mes gages », mais se retint. Cet argent, ces quelques francs, elle les avait durement gagnés, et elle en avait besoin. Au lieu de cela, elle ajouta d'une voix plus assurée :

— Je n'aurai pas un tablier neuf au Nouvel An comme vous l'aviez promis, mais je serai chez moi, avec ma famille.

Madeleine avait parlé à dessein de cette façon, connaissant le point faible de cette femme qui avait le culte de la famille, souffrant de voir la sienne réduite à si peu de chose par la maladie de son mari.

— C'est bon, bougonna-t-elle. Tu partiras ce soir.

Au moment où elle tournait les talons, elle se ravisa et fit une dernière tentative.

— Tu pourrais attendre jusqu'à Pâques, au moins ! Nous sommes en hiver, maintenant, qu'est-ce que tu vas aller faire dans ton château des courants d'air !

Sentant une hésitation chez Madeleine, Fanch intervint d'un ton vif.

— Non, madame, nous avons vraiment besoin d'elle. Et notre maison n'a pas de courants d'air.

— Dans ce cas ! rétorqua la patronne d'un air pincé.

Sur quoi, elle haussa les épaules et s'en fut, d'un pas clairement fâché.

Madeleine échangea un regard incrédule avec Fanch, avant de s'épanouir dans un grand sourire qui s'éteignit presque aussitôt. Le souvenir des événements lui revenait à la mémoire.

— Fanch, dis-moi vite ce qui est arrivé.

— Paol est mort ce matin.

— C'est donc vrai ? J'ai cru que Louis l'avait inventé.

Madeleine sentit les larmes lui monter aux yeux, mais la voix de la patronne la rappela à l'ordre.

— Madeleine ! Tu crois que je vais te payer à ne rien faire ? A l'ouvrage, ma fille !

— A ce soir ! jeta-t-elle rapidement à Fanch.

Puis elle se précipita pour ramasser les jouets d'Yvon qui les réclamait à grands cris.

Sa journée s'écoula comme un rêve malgré l'incessant travail. La patronne l'accabla de tâches jusqu'au soir, sans lui laisser une minute de répit.

— Au moins, tu n'auras pas de regret de partir ! ronchonnait-elle à chaque fois.

La nouvelle du départ de Madeleine s'était répandue. Jakez la félicita à la première occasion et Marianna l'embrassa joyeusement. Le soir venu, Fanch se présenta comme promis. Tandis que Madeleine finissait de ranger les bols du souper, la patronne tenta de revenir sur les accords du matin.

— Alors, Fanch. Tu es sûr que c'est une bonne décision ? Que va-t-elle faire, toute seule pour tenir une maison ?

— Ce qu'elle fait déjà chez vous, madame.

La réplique fit mouche, à la fois vexante et drôle. La patronne répondit d'un ton aigre qui dissimulait à peine son envie de rire.

— Ah oui ! Tu peux dire que je lui ai tout appris à cette petite. Elle sait travailler, maintenant. C'est beau, la gratitude !

Comme Madeleine s'approchait, la patronne demanda d'une voix plus douce.

— Tu n'as pas changé d'avis, hein ?

— Oh non, madame !

La réponse avait fusé avec une telle spontanéité que Franseza Kéravel ne put s'empêcher de rire.

— Eh bien, en voilà une au moins qui est contente. Allez, file ! Va chercher tes affaires. Mais quand même, tu vas me manquer.

Tandis que Madeleine se précipitait vers le grenier, la patronne regarda Fanch bien en face.

— Son mari aura de la chance, avoua-t-elle avec un soupir. C'est une gentille fille, courageuse et intelligente. On pourrait s'y attacher. Entre donc, nous devons régler les comptes.

Fanch se retrouva assis dans la petite pièce du rez-de-chaussée où la fermière aimait s'installer pour faire ses comptes. Quand Madeleine revint, son balluchon à la main, elle s'arrêta, intimidée à l'idée d'entrer dans une pièce qu'elle avait pourtant balayée et lavée plus d'une fois.

— Assieds-toi donc, nigaude !

Rougissante, Madeleine se posa sur le bord d'une chaise.

— Tu sais, si tu dois te débrouiller seule, tu devras te montrer moins timide, c'est un bon conseil que je te donne ! Maintenant, tu veux tes gages, hein ? Les voilà. Vérifie, tout y est. Ça fait trois mois que je te dois.

Franseza Kéravel se garda bien de préciser qu'Anna avait oublié d'en renégocier le montant fin septembre comme prévu, et qu'elle ne comptait pas le mois de décembre sous prétexte que Madeleine ne le terminait pas.

— Merci, madame, balbutia Madeleine tout en comptant les pièces rapidement. Oui, tout y est.

— Mais ça, ça n'y est pas.

Et cette femme, qui l'avait tellement fait travailler sans même lui payer le juste prix de son labeur, posa devant elle un paquet enveloppé de papier.

— Tu en auras bien besoin, ma pauvre Madeleine ! Et maintenant, sauve-toi, la nuit est déjà là.

Bafouillant des mercis étonnés, Madeleine se leva prestement, suivie de Fanch qui affichait une belle assurance. Ils s'apprêtaient à tourner les talons quand la patronne ajouta :

— N'oublie pas Si tu as des ennuis, tu peux revenir. Peut-être que je te reprendrai si j'ai besoin de monde. De toute façon, je te verrai à la messe, hein ?

— Oh oui, madame !

— Et puis, tu auras peut-être envie de voir Yvon ? Il s'est habitué à toi, tu sais.

Madeleine n'osa répondre qu'elle, en revanche, ne s'était pas habituée à l'enfant, véritable tyran en herbe à qui sa mère donnait toujours raison. Les pauvres peuvent-ils dire aux riches ce qu'ils pensent d'eux ?

La porte se referma enfin sur Madeleine et son cousin qui traversèrent la cour obscure sans se retourner.

— Où vas-tu ? s'étonna-t-elle en voyant Fanch tourner le dos à la route de Tréménac'h.

— Chercher la charrette, pardi !

— Où est-elle ?

— Pas loin.

Par taquinerie, il laissa passer un bref instant.

— J'avais quelqu'un pour la garder.

— Qui ?

— Tu ne vois pas ?

De l'ombre du talus, une silhouette surgit, menant Rouan par la bride.

— Yves ! s'écria Madeleine. Tu as pu venir !

Mi-riant, mi-pleurant, elle se jeta dans ses bras, folle de joie.

— Bien sûr. Si tu savais comme on t'attend, à Trolouc'h ! Monte vite.

Fanch était déjà dans la charrette et tendit la main à Madeleine. La seconde d'après, la musique des grandes roues de bois cerclées de fer s'enclencha. Le cheval connaissait le chemin par cœur et marchait sans peine dans la nuit. Madeleine posa son balluchon et le mystérieux paquet dans un coin, se cramponna aux montants selon sa vieille habitude, et questionna bien vite.

— Que va-t-il arriver à Louis ?

Fanch et Yves se relayèrent pour lui faire un récit complet des événements. Elle pleura en écoutant la pénible mort du gentil Paol et se crispa à l'idée d'affronter la folie d'Anna.

— Ne t'inquiète pas, lui dit Yves. Pour ce soir, tu

dors chez nous, avec mes sœurs. Elles sont très contentes de te revoir. On verra demain comme on s'organise. Tu ne peux pas aller chez toi.

— Ça va donc si mal ? souffla Madeleine.

— Ma mère perd la tête, expliqua Fanch d'une voix sourde. Yves a raison. Il vaut mieux qu'elle ne te voie pas. Elle pense que si tu avais gagné plus d'argent, elle aurait eu de quoi payer le docteur pour Paol.

Un silence consterné s'établit, que Fanch rompit bientôt.

— Il y a autre chose, Madeleine. La maison était à ton père. Maintenant, elle t'appartient...

Pour Madeleine, qui n'avait jamais songé à cela, la situation parut encore plus compliquée. Elle balbutia, horriblement embarrassée :

— Cela ne change rien, Fanch.

Celui-ci entoura les minces épaules d'un bras fraternel.

— Ne t'inquiète pas, cousine, cela veut dire que tu as un toit, quoi qu'il arrive.

Madeleine réprima la vague d'émotion qui montait en elle pour redemander.

— Louis ? Que va-t-il lui arriver ?

— Pour l'instant, il est en prison, répondit Fanch. D'après le garde champêtre, il y restera sans doute quatre ou cinq jours.

— Le pauvre, il va en souffrir, s'apitoya Madeleine.

Les deux garçons s'abstinrent de tout commentaire. Qui ne souffrirait d'être enfermé entre quatre murs ? Mais pouvait-on laisser Louis continuer ainsi ? Comment oublier ses menaces et sa violence ? Ce n'était pas le premier incident.

Pour chasser la tristesse, Fanch s'apprêtait à raconter à Madeleine ses arrangements de travail avec Tanguy quand une rafale de pluie s'abattit sur eux. Ils se protégèrent tant bien que mal de l'eau glacée avec un bout de toile à voile rongé par le sel, et qui restait en permanence dans la charrette. Madeleine serra ses paquets contre elle.

Le vent qui s'était levé en même temps leur interdit toute conversation et Fanch se retrouva seul avec ses pensées et ses émotions contradictoires. D'un côté, la joie de ramener Madeleine chez elle. De l'autre, la profonde peine d'avoir perdu Paol le rêveur. Il aimait l'entendre dire les chansons qu'il composait durant ses longues heures de repos forcé. Il aimait la façon dont il regardait les gens jusqu'au fond du cœur, toujours avec amitié. Paol avait occupé une bien petite place de son vivant, mais sa mort laissait un vide immense. Fanch s'étonnait de ce mystère et la perte de son frère lui paraissait de plus en plus douloureuse.

— J'espère qu'il fera beau demain, fit-il à mi-voix, entre deux rafales.

Pas besoin d'en dire plus. Demain, on enterrait Paol qui ne reverrait pas le soleil. Madeleine frissonna sous le morceau de voile qui la protégeait mal et, sans rien dire, glissa sa main dans celle de Fanch. Chacun son tour...

L'accueil de Jeannette fut aussi chaleureux que Madeleine l'avait rêvé.

Tandis que Fanch et Yves s'occupaient du cheval, elle se sécha près du feu tout en répondant comme elle pouvait aux mille questions de Marie et d'Yvonne, les sœurs cadettes d'Yves. Agées de dix et onze ans, les deux fillettes lui parurent soudainement très enfantines. Comme Yvonne lui demandait si elle l'aiderait pour ses leçons de lecture, Marie, la plus jeune, découvrait le paquet mouillé, déposé au coin de l'âtre avec le baluchon de Madeleine.

— *Petra eo ?* C'est quoi, Madeleine ? demanda-t-elle de sa voix flûtée.

— Je ne sais pas. La patronne me l'a donné quand je suis partie.

— Défais donc tes affaires, Madeleine, suggéra Jeannette. Elles risquent de s'abîmer.

L'air à la fois méfiant et ravi, Madeleine dénoua la ficelle incrustée dans le papier humide qui se déchirait par endroits.

— Jeannette... Regarde.

Madeleine lui tendit ce que contenait le vilain paquet. Avec soin, la femme du goémonier déplia un coupon d'étoffe à petits carreaux bleus et blancs, assez grand pour coudre un tablier neuf, et un autre coupon plus petit de belle percale blanche. Un instant de silence régna.

— Elle a raison, finit par dire Jeannette. Il est temps de te faire une coiffe à la place de ton bonnet. Surtout que tu as grandi depuis cet été.

Madeleine rougit et, pour faire diversion, feignit d'éternuer.

— Seigneur ! s'écria Jeannette, et moi qui te laisse t'enrhumer. Il ne manquerait plus que tu nous tombes malade, toi aussi ! Es-tu sèche, à présent ?

— Mon jupon est encore humide.

A l'appui de ses dires, Madeleine agita sa jupe de drap noir et son jupon de flanelle écrue dans la bonne chaleur que dégageait le feu d'ajoncs. L'humidité s'évaporait en rapides volutes et elle sentait le tissu devenir plus léger entre ses mains.

— As-tu mangé ?

— Oh oui ! J'ai toujours eu de bons repas à la ferme.

— Tu prendras quand même du lait chaud, il fait froid ce soir, décréta Jeannette qui, en réalité, la trouvait bien maigre.

Elle se doutait bien que si Madeleine avait été nourrie chaque jour, ce n'était certes pas de façon excessive.

Tanguy, qui n'avait encore rien dit depuis qu'il avait souhaité la bienvenue à Madeleine, approuva sa femme.

— L'hiver est là, c'est sûr. Nous pourrions même avoir un sacré coup de vent, demain.

Comme pour lui donner raison, la porte s'ouvrit et l'on entendit siffler le froid vent d'est. Yves et Fanch entrèrent l'un derrière l'autre et refermèrent vite le solide battant.

— Sale temps pour demain ! grogna Goulven le taciturne.

Les deux garçons ôtèrent leurs sabots trempés pour les poser près de la porte. La terre battue absorberait l'humidité pendant la nuit. Du moins l'espéraient-ils.

— Comment va Anna ? s'enquit Jeannette.

Fanch s'approcha du feu et prit le temps de s'y réchauffer les mains. Yves se garda de répondre à sa place.

— Elle ne m'a pas laissé entrer, finit par avouer Fanch d'une voix cassée.

Un lourd silence s'installa, où les bons craquements du fagot d'ajoncs dans la cheminée paraissaient incongrus. Jeannette s'était laissée tomber sur le banc de l'âtre, à côté de Tanguy. Elle finit par hausser les épaules, eut un mouvement comme pour s'ébrouer et adressa un regard malicieux à Fanch.

— Si les filles font de la place pour Madeleine, Yves et Goulven peuvent bien t'en faire. J'ai des fils « en grand », sans doute !

Les deux fillettes éclatèrent de rire tandis que les autres se contentaient d'un sourire. Etre « en grand », cela voulait dire se croire au-dessus de tout le monde, comme un riche. Sans se plaindre de la plaisanterie faite à ses dépens, Yves adressa de la tête un signe de complicité à son père. Goulven approuva, lui aussi, sans rien dire.

Une demi-heure plus tard, comme le feu se transformait en braises, Tanguy déclara d'un ton sans appel :

— Au lit tout le monde ! Ils viennent tôt, demain.

« Ils », bien sûr, c'étaient ces enfants de chœur que

l'on voyait un peu trop souvent chez les goémoniers. Jeannette replia soigneusement les coupons de tissu qui avaient eu le temps de sécher et proposa à Madeleine de les garder dans sa propre armoire à linge.

— Je veux bien, Jeannette, je ne sais pas où les ranger, autrement.

— Ne t'inquiète de rien, Leine, tu n'es pas seule, répondit Jeannette d'un ton affectueux. Et je serai bien contente si tu restes avec nous, ajouta-t-elle après un bref instant d'hésitation. Mais on en parlera demain. A présent, va vite dormir.

— Oui, Jeannette, le temps de me peigner les cheveux et je me couche.

Jeannette lui jeta un regard pénétrant. Elle avait déjà remarqué la propreté des vêtements de Madeleine, le soin visible qu'elle en prenait. D'un ton pensif, elle murmura, comme pour elle-même :

— Tu deviens bien jolie, sais-tu.

Puis, d'une voix plus nette :

— En tout cas, tu as bien raison de te peigner les cheveux le soir. C'est une bonne habitude, mais tu peux le faire dans le lit. Marie et Yvonne t'imiteront peut-être !

Dès que les trois fillettes eurent escaladé le banc et se furent glissées à l'intérieur du grand lit clos, Jeannette en fit coulisser la porte en leur intimant de ne plus faire de bruit.

Madeleine se démêla soigneusement les cheveux, comme elle l'avait annoncé, pensant que les deux enfants lui poseraient mille questions. Elle les savait bavardes comme deux petites pies. En fait, elles s'endormirent à l'instant où elles posèrent leur tête sur la toile blanche, confortablement nichées au creux des couettes garnies d'algues séchées, avec un douillet édredon de plumes par-dessus. Elles eurent pourtant un dernier geste, le même, pour se gratter la tête.

Les poux ! Madeleine les avait un peu oubliés. A la

ferme, la patronne leur faisait la guerre, car son mari piquait des colères terribles s'il voyait quelqu'un en train de se gratter la tête. Marianna lui avait donc longuement nettoyé la tête de ses habitants, n'en laissant pas un seul, contrairement à la tradition qui voyait parfois dans la présence de quelques poux une assurance de santé. On pensait qu'ils nettoyaient le sang et qu'une trop grande propreté était l'ennemie du bien, facilitant le passage de la maladie.

Marianna lui avait appris à utiliser son peigne tous les soirs et tous les matins. C'était elle aussi qui lui rappelait de se tenir bien droite sans baisser la tête. « On est des simples servantes, disait-elle, c'est vrai. Mais ce sont les vers de terre qui rampent. Pas nous ! »

Tandis que des ronflements s'élevaient des autres lits clos, Madeleine, perplexe, prit ainsi la mesure de ce que ces quelques mois de travail dans une grosse ferme avaient changé en elle. Plus jamais elle ne verrait le monde comme avant. Blottie sous l'édredon aux côtés de Marie et d'Yvonne, elle finit par sombrer dans un sommeil peuplé de rêves agités, où se confondaient le passé, le présent et ses questions sur l'avenir.

7

L'enterrement de Paol fut sinistre. Le froid de décembre, le vent et la pluie étaient au rendez-vous, sous un ciel sombre où roulaient de gros nuages. Les jupes des femmes, les pantalons des hommes étaient raides de boue sur les chevilles.

On voyait à moins de dix pas quand ils arrivèrent au cimetière. Dans trois semaines, on fêterait Noël.

La seule à ne rien remarquer paraissait être Anna, debout dans la bourrasque, le regard loin devant elle. Comme une mécanique, elle s'agenouilla, se signa, dit les prières habituelles, conduisit le cercueil de son fils à sa dernière demeure, là où dormait déjà son père.

Derrière elle, Fanch portait un double chagrin, de perdre son frère et d'avoir perdu sa mère depuis si longtemps. Quelle solitude fut la sienne en ces instants ! Une solitude bien pire que si Anna était réellement morte, elle aussi. Même l'absence de Louis lui pesait, malgré sa folie et sa violence. Le garde champêtre avait refusé de le laisser sortir car, le matin même, alors que Fanch était allé le chercher, il avait piqué une crise épouvantable, essayant de frapper son gardien. Il hurlait qu'on voulait le tuer, hurlait si fort qu'on l'entendait jusque devant l'église.

— Il est mûr pour l'infirmerie, avait déclaré son geôlier.

Plus précisément : pour l'asile psychiatrique. Le ton avait glacé Fanch, tant il comportait de mépris et de moquerie. A quoi s'attendre d'autre avec ces païens de la côte, semblait-il dire.

Le souvenir de son père l'étreignit violemment. Qu'aurait-il ressenti à voir sa famille ainsi disloquée ? Fanch se jura de toujours lui faire honneur, de ne jamais céder au découragement et, surtout, de protéger sa mère et Louis en dépit de leur violente hostilité à son égard. Enfin, levant les yeux, il aperçut Madeleine non loin de lui, ainsi que Tanguy, Jeannette, Yves, et Goulven qu'il allait remplacer sur le *Saint-Michel*. Alors il se sentit plus fort. Sa tribu l'entourait et il saurait tenir sa place d'homme parmi eux. Plus tard, il fonderait une famille à son tour. Il fallait que sa femme et ses enfants puissent être fiers de lui, y compris pour le passé. Comme il saurait les aimer ! Un grand élan d'amour le porta vers le petit groupe qui s'éloignait avec lenteur de la tombe de Paol où il s'était attardé un instant. Merci à eux tous d'être là, merci de leur générosité, merci de leur courage. Oui, il se battrait, encore et toujours, jusqu'au bout.

Relevant la tête, Fanch parcourut l'assistance du regard. La tante Annaïg ! Il avait oublié de la prévenir de sa décision à propos de Madeleine. Qu'en diraitelle ? La cérémonie terminée, il se hâta de la rejoindre, voyant qu'elle hésitait à s'approcher de Madeleine.

— Ah, Fanch ! Quelle pitié ! Un si gentil garçon...

— Oui, tante Annaïg. Je te remercie d'être venue. Je sais que ce n'est pas facile pour toi.

— Oh, mon pauvre, ce n'est facile pour personne !

Annaïg ne se choquait pas d'entendre son neveu parler en chef de famille. Depuis longtemps, en fait depuis la mort d'Ambroise, elle avait pris l'habitude de le considérer ainsi malgré son âge. De toute la famille de son frère aîné, n'était-il pas le seul à se conduire de façon sensée ? Dès le début, dès les noces d'Ambroise et d'Anna, elle avait détecté la faille dans le caractère de sa belle-sœur et s'était défiée d'elle. Quand Ambroise et Job avaient évalué avec elle la part qui lui revenait et qu'ils lui rachetaient dans la succession de leur mère,

Anna avait essayé de s'en mêler, pour faire baisser le prix. Ambroise n'avait pas parlé à sa femme pendant un mois, menaçant de l'envoyer s'excuser publiquement auprès d'Annaïg si elle se permettait encore un seul mot. Dans la dizaine de maisons que comptait Trolouc'h, on ne s'était pas privé de remarquer comme le teint d'Anna avait jauni à cette époque. Annaïg n'avait donc pas vu sans angoisse son second frère épouser Anna à son tour. Mais elle avait suffisamment à faire avec ses propres difficultés... Il lui avait suffi de savoir que les affaires matérielles avaient été « mises en ordre ». Comme tout cela était loin, à présent ; la mort avait rattrapé sa famille, l'*Ankou* les fauchait sans pitié.

Fanch et sa tante échangèrent encore quelques mots de politesse affectueuse avant de passer au sujet qui les préoccupait tous deux. Annaïg ignorait tout comme lui si la situation de Madeleine avait été réglée. La décision du jeune homme fut vite prise.

— Tante Annaïg, nous avons besoin de toi. Tu es la seule qui puisse aller chez le juge.

Le juge de paix nommait un tuteur pour les orphelins. Dans le cas de Madeleine, on devait régler à la fois la question de la tutelle et celle des quelques biens de son père, la maison, le bateau, les bêtes, les meubles et l'outillage.

— Ma tante, poursuivit Fanch, excuse-moi de te poser cette question. Sais-tu chez quel notaire était allé oncle Job ?

— Chez monsieur Grall.

— Le juge de paix ?

— Oui, il fait les deux.

— *Mad eo !* C'est bien. Nous gagnerons du temps.

Tout en parlant avec son neveu, Annaïg réfléchissait. Oui, on devrait y aller avant la fin de l'année. Après tout, en hiver, le travail pressait moins.

— D'accord, Fanch. Je vais essayer la semaine prochaine.

— Non. Maintenant. Je t'emmène. Il y a trop longtemps que cela dure.

Sans attendre de réponse, Fanch se tourna vers le petit groupe de ses amis.

— Tanguy ?

— Oui, Fanch ?

— Je voudrais profiter de ce que nous sommes ici pour emmener tante Annaïg et Madeleine chez le juge de paix. Il faut savoir si ma mère a fait le nécessaire. L'abbé Stéphan lui-même m'a demandé hier qui s'occupait d'elle.

D'approche peu facile, l'abbé veillait strictement à la santé morale de ses ouailles. S'il se mêlait de vos affaires, vous aviez intérêt à lui répondre de façon satisfaisante. Sinon, pas d'absolution, refus de laisser les enfants faire leurs communions et les adultes leurs Pâques. Comment supporter d'être mis au ban de la communauté ?

— Tu as raison. Ne t'inquiète pas pour ta mère, nous nous occupons de la ramener. Es-tu bien sûr... ?

Es-tu bien sûr de vouloir y aller maintenant, avec ce temps affreux, voulait dire la question informulée de Tanguy. En effet, pour voir monsieur Grall, ils devaient se rendre à Lannilis, à cinq kilomètres du bourg de Plouguerneau. La distance n'inquiétait pas Fanch, habitué comme tous à de longues courses à pied ou en charrette. En revanche, il craignait le mauvais état des chemins, la boue où le cheval glisse, les ornières où les roues s'enfoncent et s'enlisent.

— Ça ira. Aujourd'hui ou demain, il faut le faire, répondit Fanch en haussant les épaules.

— Alors, bon courage ! conclut Tanguy.

La charrette avait été laissée à la garde d'Yffic, comme d'habitude. Fanch se hâta d'atteler ; Annaïg et Madeleine s'installèrent à l'arrière du mieux qu'elles purent et hue ! ils s'engagèrent sur la route de Lannilis. Le chemin, piquant dans l'ouest, montait au flanc d'un vallon gardé par la chapelle de Notre-Dame-du-Traon, le *traon*, c'est-à-dire le val, le vallon. Tout au fond, échelonnés le long d'un affluent de l'aber, tournaient une dizaine de moulins. Après Milin an Aod, le Moulin de la Grève, le ruisseau se mêlait aux eaux de l'Aber-Wrac'h. Sur plusieurs kilomètres, on surplombait ainsi un paysage planté d'ajoncs et de fougères, le tout réduit par décembre à de noirs décombres végétaux. Nul arbre pour arrêter le regard dans son élan vers l'autre rive de l'aber, qui remonte pour former le « v » impossible à confondre avec aucun autre et qui signe l'estuaire de l'Aber-Wrac'h.

Fanch arrêta quelques instants le cheval dans le virage de Beg ar C'hastell, en haut de la montée, pour le laisser souffler avant la longue descente jusqu'au pont neuf, mais aussi pour laisser passer l'émotion qu'il ressentait toujours à cet endroit. Cela n'avait rien de l'émotion esthétique au sens où l'entendraient plus tard les touristes. Simplement, il contemplait son pays dans toute sa splendeur, la terre où étaient nés ses parents, ses grands-parents et leurs parents avant eux, depuis d'innombrables générations. Sur la gauche, l'aber formait un port très abrité dans les terres, avant de s'étrécir en amont du pont. Sur la droite, dans le long estuaire, les eaux bleu sombre de la marée descendante menaient vers le nord-ouest, vers le large, vers les îlots qui composent un mortel labyrinthe. En vrai natif de la côte, Fanch les connaissait tous, chacun par son nom, depuis l'île Wrac'h où, le soir, s'allume le feu d'un petit phare, jusqu'au moindre caillou affleurant à marée basse au Koréjou.

A Beg ar C'hastell, par temps clair, le regard porte loin dans l'espace qui s'ouvre sur une dizaine de kilomètres. En ce début d'hiver maussade, Fanch distinguait à peine la rivière. Le ruissellement de la roue de

Milin an Aod, quelques dizaines de mètres plus bas, lui parvenait comme étouffé, avalé par la grisaille. Il s'ébroua, sentant l'hiver se glisser contre sa peau.

Tss ! Tss ! La charrette s'ébranla, Rouan posant avec assurance ses sabots dans les ornières desséchées à cet endroit par le vent et le froid. Puis, comme le chemin descendait en longeant la rive, au fur et à mesure qu'ils se rapprochaient de l'eau, la terre se faisait plus humide, plus glissante. Fanch finit par sauter de la charrette pour guider le cheval par la bride. Derrière lui, il entendait les voix de Madeleine et de sa tante. Annaïg énumérait les noms des lieux-dits : Beg ar C'hastell, le promontoire qu'ils venaient de quitter ; Treiz Coz, le Vieux Passage, où se tenait autrefois le passeur avec sa barque ; Paluden où la rivière amorce une courbe, juste avant le pont suspendu en bois, construit depuis quelques années.

— Regarde comme il est beau, le pont neuf ! disait Annaïg. Ce n'est pas comme Pont Krac'h, ça non !

— Où est-ce ? demandait Madeleine à mi-voix.

Elle craignait de rompre ce moment de trêve, ce voyage si bref, mais qui la transportait dans un autre monde. Enfin, elle allait voir Lannilis ! Enfin, on lui demandait son avis sur son sort futur. Enfin, elle se sentait presque traitée en adulte. On allait voir le juge de paix pour qu'il se soucie d'elle ! En même temps, une crainte imprécise l'empêchait d'apprécier tout à fait l'instant. Quel beau nom que celui de juge de paix, oui, mais qu'était-ce que cela, un juge de paix ? Elle se promit de poser la question à sa tante dès qu'elle lui aurait parlé de Pont Krac'h, le Pont du Diable.

— Un peu plus haut sur la rivière, expliquait Annaïg. Il a été construit il y a très, très longtemps. On ne pouvait pas traverser pour circuler entre Lannilis et Plouguerneau. Comme les gens étaient bien embêtés, surtout le meunier de Prad Paol que cela gênait pour ses affaires, celui-ci a demandé au diable de faire un pont. *An Diaoul* a vu l'occasion de voler une âme. Il a accepté de faire le travail en une seule nuit. En échange, il prendrait l'âme de la première créature qui utiliserait son pont.

Madeleine les voyait presque, ces gens d'il y avait très longtemps. Ils étaient comme elle mais vieux, si vieux qu'on n'aurait su compter leurs rides, et si faibles que le diable devait faire leur travail. Mais elle n'eut guère le temps de s'interroger sur ces étranges ancêtres. Annaïg poursuivait son récit.

— Le diable a pris de grosses pierres, d'énormes pierres, et les a jetées en travers de la rivière. Seulement, voilà, il a si mal travaillé que la marée recouvre le pont à chaque fois et que, chaque année, plusieurs imprudents s'y noient.

— Et il a quand même eu l'âme de la première créature qui a traversé ?

— Oui, mais les hommes ont été plus rusés que lui. Ils ont fait passer un chat en premier et le diable a été bien attrapé ! Depuis, on appelle cet endroit Pont an Diaoul.

Ah ! Madeleine en soupira d'émerveillement. On pouvait donc tromper le diable, échapper à sa malice ! C'était bien plus rassurant que les affreuses perspectives d'enfer rabâchées au catéchisme.

Le Pont du Diable reste une énigme pour les archéologues qui n'arrivent pas à trancher : date-t-il de la préhistoire ou du Moyen Age ? Il n'en reste pas moins vrai que ses victimes à travers siècles ne se comptent plus. Rendu glissant par le varech, ennoyé à chaque marée, il a prélevé un impôt bien plus lourd que celui exigé par le diable.

Les roues de la charrette éveillèrent l'écho de la vallée en passant sur les planches du pont suspendu et rappelèrent Madeleine à la réalité. En même temps, une pluie fine et glacée se remit à tomber. Les deux femmes se serrèrent l'une contre l'autre tandis que

Fanch tenait encore plus fermement son cheval. Après quelques centaines de mètres en plat, le chemin remontait durement et la pluie le rendait plus dangereux que jamais. Dans le jour gris, Madeleine ouvrait ses yeux tout grands. Elle n'imaginait pas qu'il puisse ici se trouver tant d'arbres. Ce devait être magnifique au printemps, quand ils se couvraient de fleurs et de jeunes feuilles. Quel contraste avec les dunes de Tréménac'h ! Il devait faire bon vivre, ici. Pourtant, l'odeur du large lui manquerait vite, l'odeur saine de la mer et du goémon. Car, la rivière, cela sentait la pourriture, une sorte d'humidité offensante pour les narines, malveillante, menaçante. Cela vous restait dans les poumons, vous engluait à l'intérieur, à croire que la vase voulait vous aspirer même de loin. Madeleine frissonna et ne vit plus dans les arbres noirs que des squelettes tordus, hostiles.

— Tante Annaïg, chuchota-t-elle. Que va-t-il se passer ?

Que répondre ? Que pouvait en savoir une paysanne sans instruction, mal nourrie, travaillant chaque jour plus que son compte ? Annaïg sentit sur ses épaules la chape humide de la rivière, comme un dégoulinement de misère, de tristesse et de désespoir. Que répondre ? Elle serra sa nièce un peu plus fort contre elle dans un réflexe maternel et poussa un soupir de découragement.

— Petite, je l'ignore.

Un silence. Voyons, se dit-elle, je n'ai pas le droit de la laisser ainsi.

— Je l'ignore, reprit-elle, mais nous allons demander au juge ce qu'il faut faire. Lui, il saura.

Madeleine osait à peine poser la question qui lui brûlait les lèvres.

— Tante Annaïg, qu'est-ce que c'est, un testament ?

— C'est un papier que tu demandes au notaire

d'écrire pour toi. Tu lui dis ce que tu veux faire de tes biens après ta mort. A qui il faut les donner.

Annaïg comprenait l'angoisse et les interrogations de sa nièce. Elle-même s'était sentie si seule à la mort de son mari.

— Ton père et ton grand-père s'en sont occupés. Ils m'ont dit qu'ils avaient fait le nécessaire pour te protéger. Ne t'inquiète pas, Leine. Je suis sûre que tout ira bien. Ils t'aimaient tellement, tu sais. C'est pour cela qu'ils avaient pris leurs dispositions depuis longtemps.

— Tante Annaïg ?

— Oui ?

Une autre question terriblement difficile à poser.

— Est-ce que papa et grand-père savaient qu'ils allaient mourir ?

— *Bihan*, petite, nous mourons tous. Mais on meurt encore plus sûrement quand on va en mer. C'est une ennemie, Leine, une ennemie sans pitié.

— C'est pour ça que tu t'es mariée au Grouanec ?

— Peut-être... Mais, tu vois, on meurt aussi dans les champs. La maladie et les accidents, on n'y échappe pas souvent.

Fanch, qui avait suivi leur échange, ne put qu'acquiescer en lui-même. Il n'imaginait pas une autre vie que la mer, un autre métier que le goémon et la pêche, mais c'était trop vrai. La mer ne pardonne pas. La moindre erreur se paye très cher. Et si l'on en réchappe une fois, il ne faut pas escompter une autre chance. A propos de chance, se dit-il, j'espère que le retour sera aussi facile. Il n'avait guère envie de voir la voiture s'embourber jusqu'aux moyeux comme c'était arrivé à Jeannette la semaine passée. Encore avait-elle pu se faire aider par des gens de connaissance qui revenaient aussi de Lannilis. Lui, depuis Plouguerneau, n'avait croisé qu'un ou deux gars de mauvaise mine, des *pilhaouerien* — des chiffonniers — inconnus dans le pays. Malgré sa confiance dans son habileté à jouer du bâton, il n'aurait pas aimé rentrer à la nuit sachant que ce genre d'individus rôdaient dans le pays. Quoi qu'il en fût, ils arrivaient en haut de la montée et le clocher de Lannilis pointait, voilé de pluie.

Quelques minutes plus tard, Fanch arrêta la charrette sur la grand-place. La demie de dix heures sonna à l'horloge de l'église tandis qu'ils remisaient la voiture et mettaient Rouan à l'écurie de l'hôtel des Voyageurs. Il n'y avait pas grand monde. Ceux qui ne travaillaient pas n'avaient aucune raison de traîner dehors avec ce temps-là. Le garçon d'écurie, lui-même, ne prit pas la peine de sortir quand Fanch lui demanda de lui indiquer la maison du juge. Il se contenta d'un vague geste de la main : « En face. » Et il ajouta entre ses dents : « Freppel ! »

La grossièreté du garçon hérissa Fanch qui s'abstint pourtant de toute remarque. Il n'aurait pas fallu que le malotru se venge sur Rouan et lui glisse quelque mauvaise herbe pour le rendre malade. Mordant sa langue, il feignit de ne pas avoir entendu, remercia d'un signe de tête et entraîna ses deux compagnes. Dès qu'ils furent sortis, Madeleine s'empressa de lui demander :

— Fanch ! Qu'est-ce que ça veut dire « Freppel » ?

— Oh, rien d'intéressant ! C'est à cause des élections de l'année dernière. Ce gars-là est de Landéda, où ils voulaient que leur maire devienne député. A Plouguerneau, on était pour monseigneur Freppel parce que c'était le candidat de monsieur Favé. Comme il a gagné, les Landéda se vengent comme ils peuvent. Ils nous appellent les « Freppel ». Leur maire, c'est monsieur Glaizot, qui a l'usine d'iode.

— Ah... Mais...

— Madeleine, ce n'est pas le moment de faire de la politique.

Rabrouée d'un ton las par sa tante, Madeleine ravala sa question. La politique ne l'intéressait pas, elle savait à peine ce que le mot signifiait, mais elle aurait dit n'importe quoi pour museler l'angoisse qui montait en elle. Elle aurait voulu que la place de Lannilis soit grande, très grande, et qu'il faille longtemps pour la traverser.

8

La maison du notaire et juge de paix, une impressionnante demeure de pierre, trônait face à l'église. Madeleine sentit son cœur se serrer à l'idée que son sort dépendait d'un personnage aussi riche. Fanch, quant à lui, gravit d'un pas décidé les quelques marches qui menaient à la porte, prêt à se battre pour sa cousine. A douze ans, elle avait déjà eu sa part de malheur ; il ne supporterait pas qu'on en rajoute. Annaïg les suivait, soucieuse et tellement lasse. Le heurtoir de cuivre résonna bruyamment et la porte s'entrouvrit bientôt. Vêtue de noir et portant la coiffe des femmes de Landerneau, une femme âgée apparut, qui les toisa et jeta d'un ton cinglant :

— Nous avons déjà donné !

Et elle s'apprêta à claquer le battant.

— Nous ne sommes pas des mendiants ! s'exclama Fanch d'une voix menaçante.

— Ah non ? Alors, que cherchez-vous ici ?

— Nous voulons voir le juge.

— Et pourquoi ?

Fanch s'énervait déjà.

— Etes-vous chargée de décider à sa place ?

— Vous n'entrerez pas, mal élevés ! On vous connaît bien, vous, les gens de la côte, toujours à chercher querelle aux braves gens, sales et mal embouchés que vous êtes.

Le bonnet bleu de goémonier que Fanch quittait rarement, la petite coiffe toute simple d'Annaïg, rien que cela aurait suffi à les désigner comme des habitants de la côte et la femme ne s'y était pas trompée. Mais il en aurait fallu plus pour démonter un garçon comme Fanch.

— Mal embouchée vous-même, la vieille ! répliqua-t-il. A-t-on le droit de recevoir les gens de cette façon ?

Bien évidemment, c'est à ce moment qu'une voix sévère retentit dans le vestibule.

— Fine ! Ce n'est pas à toi de juger. Quant à vous, jeune homme, que voulez-vous ?

La vieille avait été remise à sa place, cela suffisait à Fanch qui en ressentit une satisfaction moqueuse. Il lui fut d'autant plus facile de parler doucement au nouveau venu, qu'il distinguait à peine dans l'entrebâillement de la porte.

— Nous venons demander conseil à monsieur Grall pour affaires de famille.

— Vous avez de la chance, j'ai un moment libre. Fais-les entrer, Fine. Nous ne pouvons pas laisser sous la pluie des gens qui ont besoin de nous, voyons !

Ainsi, sans le savoir, c'était au juge que Fanch s'était adressé. Il se sentit soulagé, ayant craint de ne pas le trouver chez lui et, surtout, de ne pouvoir le comprendre. Mais il n'y avait plus à s'inquiéter : monsieur Grall parlait breton.

Suivi des deux femmes, Fanch entra dans le vestibule qu'éclairait une grande lampe à pétrole, comme aucun d'entre eux n'en avait jamais vu. Tous trois firent mine de ne s'étonner de rien, mais observèrent d'un œil attentif. Quel beau carrelage, blanc et rouge avec des dessins dans les angles ! Chez eux, on ne connaissait que la terre battue. Et ces rideaux, ce portemanteau de bois luisant, ces poignées de porte en cuivre jaune où se reflétait la lumière ! Un parfum de cire ajoutait une note de douceur supplémentaire. Même chez sa patronne, Madeleine n'avait pas connu un tel luxe. Bien que construite en pierre elle aussi, et pourvue d'un étage, sa maison restait une ferme. Ici, cela ressemblait à un rêve, un palais de légende. Si l'entrée offrait déjà tant de merveilles, que ne recélaient pas les autres pièces... Mais le juge ne leur laissa guère le temps de recenser ses trésors. Il avait déjà regagné son bureau et demandait d'une voix forte :

— Fine, remets une bûche et apporte du café chaud pour tout le monde. N'oublie pas le lait !

Précédant les visiteurs, la vieille servante poussa la porte d'une pièce encombrée de dossiers, de livres et de papiers en tout genre. Sur le bureau, un journal était resté ouvert. Sans doute l'arrivée des trois Plouguernéens en avait-elle interrompu la lecture.

Tandis qu'il s'installait dans son fauteuil derrière le grand bureau d'acajou qui occupait le centre de la pièce, le juge désigna le feu à ses visiteurs.

— Séchez-vous, il fait un temps à attraper la mort. Et en attendant le café, dites-moi ce qui vous amène.

Fanch et les deux femmes avaient ôté leurs sabots dans le vestibule et les avaient gardés à la main, restant pieds nus dans leurs gros bas tricotés. Ils posèrent leurs *botou koad* devant l'âtre. Avec un tel feu, sûr que même la paille qui en rembourrait l'intérieur sécherait en peu de temps !

Le dos au feu, de petits nuages de vapeur montant de ses vêtements trempés, son bonnet à la main, Fanch reprit la parole.

— Monsieur, *Aotrou* Grall, nous sommes de Tréménac'h. Je m'appelle Fanch Kernévez. Voici ma tante, Annaïg Jézéquel, et ma cousine, Madeleine Kernévez.

— Quel âge as-tu, Fanch ?

A la lumière de son bureau, le juge s'était rendu compte de la jeunesse du garçon.

— Seize ans, monsieur.

— Tu parles pour ta tante ? demanda le juge en se tournant vers Annaïg.

Celle-ci, très intimidée, eut une petite inclinaison de tête.

— Si vous voulez bien, monsieur.

— Soit !

La bonne apparut à ce moment, chargée d'un plateau où fumaient une cafetière et un pot de lait. Avec elle entrèrent des arômes délicieux qui effacèrent les odeurs moins plaisantes de la lampe à pétrole et des grands classeurs bourrés de dossiers. Sur le bureau, elle déposa une tasse en porcelaine blanche à dessins bleus et trois bols en faïence.

— Ah ! s'exclama le juge. Voilà de quoi nous réchauffer !

Son expression malicieuse en disait long. Dans tout Lannilis, et même au-delà, on connaissait son plaisir à faire enrager la vieille Fine, qui le lui rendait bien.

— J'ai à faire, bougonna-t-elle en sortant d'un pas rageur.

— Eh bien, vas-y ! rétorqua le juge. Je servirai moi-même.

Madeleine, qui commençait à avoir presque trop chaud devant le feu, suivit avec une curiosité passionnée les gestes de ce monsieur si puissant. D'une main sûre, il versait le café dans sa tasse et dans deux des bols. Arrivé au troisième, il s'interrompit et regarda Madeleine avec un petit sourire.

— Et toi, le petit chat mouillé ? Tu ne préférerais pas du lait ?

— Oh si, monsieur ! répondit-elle avec élan. *Ya, aotrou !*

Du café, elle en avait goûté, une fois avec Anna et deux fois à la ferme, et cela ne la tentait guère. Mais du lait, du bon lait mousseux, parfumé et chaud ! Elle en saliva d'avance, voyant le liquide crémeux remplir son bol.

— Si vous êtes réchauffés, approchez-vous et asseyez-vous. Oui, c'est cela, prenez cette chaise aussi.

Il but lentement une gorgée de café et se renversa dans son fauteuil.

— *Mad eo !* C'est bien. A présent, je vous écoute.

Fanch reposa son bol et prit son souffle.

— Ma cousine a perdu son père et notre grand-père est mort aussi. Comme ma mère...

Il marqua une hésitation, ne sachant trop comment dire la vérité.

— Ma mère, reprit-il, est parfois distraite. Elle est veuve. Deux fois. Et... Voilà. Nous ne pouvons savoir si elle a fait le nécessaire pour Madeleine.

— Ah ! Je me doutais bien de ce qui vous amenait. Je me souviens de ton père et de ton grand-père, fillette. C'est moi qui ai rédigé leurs testaments. Ils sont venus me voir parce que ton père se remariait.

— Oui, monsieur, interrompit Fanch. Avec ma mère.

— Je vois.

Sans préciser ce qu'il voyait, il termina sa tasse de café — « Je l'aime brûlant », leur confia-t-il avec un clin d'œil — et se leva pour aller prendre un dossier dans une grande armoire. En même temps, il leur demanda :

— Avez-vous pensé à m'apporter les certificats de décès ?

— Non, monsieur, répondit Fanch. Nous ne savions pas.

— Bien évidemment, fut le seul commentaire du notaire, qui se releva en soupirant pour aller ouvrir une petite porte que ses visiteurs n'avaient pas remarquée. Depuis le seuil, il appela :

— Léon ? Voulez-vous m'apporter le registre des avis de décès de cette année ?

Et, sans attendre, il revint s'asseoir. Quelques instants plus tard, un homme d'une trentaine d'années fit son entrée, salua d'une brève inclinaison de la tête les misérables clients de monsieur Grall et posa un épais registre sur le bureau.

— Merci, Léon, ce sera tout pour le moment.

Le notaire ouvrit le gros volume et, jetant un regard à ses visiteurs par-dessus son lorgnon, expliqua :

— C'est mon registre des avis de décès, pour vérifier les dates. Mais il faudra absolument me fournir les certificats.

Fanch se souvenait que sa mère était allée en chercher un à la mairie lors de son premier veuvage.

— Je m'en occuperai, monsieur.

— On ne te le donnera pas, voyons ! C'est ta tante qui doit y aller.

Annaïg retint un soupir. Encore une démarche à faire, encore du temps perdu ! Et cela lui rappelait les souvenirs pénibles du décès de son mari. Mais elle se tut. Il fallait le fairc et elle le ferait. De toute façon, le notaire ne lui demandait pas son avis. Bien au contraire, il posait de nouvelles questions.

— De quand datent les décès ?

— Du mois de juin de l'année dernière, répondit Annaïg.

— Quel jour ?

Annaïg eut un instant de silence. Les dates ! Elle était depuis toujours brouillée avec elles. Fanch, qui connaissait le problème de sa tante, la tira d'embarras.

— Le 10 juin, monsieur. Tous les deux.

— Le 10 juin ! Et nous sommes le 5 décembre !

Devant la visible perplexité déclenchée par son exclamation, le notaire haussa les épaules dans un mouvement un peu découragé.

— Mes amis, votre visite devenait urgente. En effet, la loi accorde un délai de six mois à compter du jour du décès pour ouvrir une succession. Il vous restait donc cinq jours avant de tomber sous le coup de l'article 27 de la loi du 22 frimaire an VII, qui régit les successions.

Ses interlocuteurs paraissant toujours aussi perdus, il laissa tomber :

— C'est ainsi que l'on comptait le calendrier pendant la Révolution. Mais laissons cela de côté. L'essentiel est que vous soyez venus dans les délais.

— Que se serait-il passé ? demanda Fanch.

— Oh, rien de bien grave, une simple pénalité financière.

Pas bien grave ! Comment pouvait-il parler ainsi à des gens qui voyaient si rarement la couleur de l'argent ? Sans échanger même un regard, chacun des Plouguernéens perçut la même réaction scandalisée chez les deux autres.

— Parce qu'il va falloir payer ? finit par s'enquérir Annaïg d'un ton un peu plus hardi. Même une orpheline ?

— Mais oui, il y a des droits. C'est l'impôt sur les mutations par décès institué par la loi... Oui, enfin, bref... De toute façon, cela ne montera pas loin, je pense.

Renonçant à donner de plus amples explications, le notaire tourna les pages du registre, de la fin vers le début et finit par marmonner :

— Voilà, nous y sommes. 10 juin 1890. Décès de Yann, etc. Décès de Job, etc. Bien. J'ai encore besoin d'une précision. Lequel des deux est mort en premier ?

Annaïg se tourna vers Fanch qui répondit pour elle.

— Notre grand-père, monsieur. Mon oncle Job a survécu toute une demi-journée.

— Les déclarations de décès ont bien été faites ainsi ? Oui ? Parfait ! Nous évitons ainsi les complications inévitables quand le fils décède avant le père.

Parfait ! Tous trois avaient sursauté. Aotrou Grall se rendait-il compte de ce qu'il disait ? Sans doute que non, car il poursuivait de son ton le plus sérieux, entièrement pris par la gravité de sa tâche.

— Je peux donc procéder à l'ouverture des testaments dès à présent, si vous le souhaitez. Cela vous permettra d'y voir plus clair dans la question de la tutelle puisqu'il va falloir régler cela aussi.

Tout en parlant, le notaire avait dénoué les ficelles qui fermaient le gros dossier posé devant lui. Madeleine l'observait de tous ses yeux. Au moment où il avait penché la tête pour défaire les nœuds, elle avait découvert la calvitie qui découpait un rond parfait sur le dessus du crâne, rose et brillant. Elle se promit de le raconter à Jeannette. C'était si drôle, ce rond tout rond ! Aussi rond que son ventre, ajouta-t-elle en elle-même, à la limite du rire malgré les circonstances. Et comment pouvait-il se sentir à l'aise dans des vêtements aussi étriqués ? Cette veste qui semblait lui coincer les épaules, ce pantalon étroit dans lequel il devait avoir du mal à bouger. Quant à cette bizarre cravate noire qui lui étranglait le cou... Même le patron, à la ferme, s'habillait plus normalement. Mais le plus fascinant, c'était la peau de son visage scrupuleusement rasé à l'exception d'une petite moustache qui lui donnait un air étrange, comme si on l'avait dessinée à l'encre au-dessus des lèvres. Sous les allures débonnaires, Madeleine devinait un homme impatient, ennemi des désagréments et prompt à montrer sa puissance pour les éviter. Un toussotement l'arracha à son examen.

— Brm, brm... Nous y voilà.

Le notaire leur montrait deux grandes enveloppes ornées, autre nouveauté pour Madeleine, d'une grande et épaisse tache rouge.

— Voici le testament de Job et voici celui de Yann, tous deux reçus en mon étude le 2 février 1887 et cachetés comme il se doit.

Un cachet ! L'institutrice leur avait fait une lecture, un jour, où il était question d'une lettre au cachet brisé. Elle avait bien expliqué de quoi il s'agissait, de la cire rouge où l'on imprime un dessin, mais Madeleine n'avait pu se le représenter. A présent, elle en voyait un, et même deux. Elle s'étonna qu'une journée puisse comporter des instants aussi différents, où l'on passait en deux heures de la tristesse du cimetière au monde fascinant d'un notaire, au surplus juge de paix. Elle aurait appris plus de choses en quelques minutes que pendant toute une année d'école, et ce n'était pas fini. Monsieur Grall sortait de la poche intérieure de sa veste un lorgnon qu'il ajustait sur son nez. Qu'il était drôle ainsi ! Elle aurait bien des choses à raconter, ce soir.

— Bien ! Comme tu es seule héritière, fillette, il n'y a personne d'autre à convoquer.

Un frisson parcourut Madeleine. Ces papiers contenaient un message de son père et de son grand-père, par-delà la mort et la séparation. C'était à la fois triste et passionnant.

— La représentante de la famille voit-elle une objection à la présence de deux mineurs ?

Le notaire s'était tourné vers Annaïg qui ne sut que répondre.

— Je ne comprends pas, monsieur.

— Ni votre nièce ni votre neveu n'ont atteint l'âge de la majorité, c'est-à-dire l'âge à partir duquel ils n'ont plus besoin de la permission de leurs parents ou tuteurs ou responsables légaux pour décider de leurs actes. Y a-t-il d'autres parents majeurs ou plus proches que vous ?

— Non, ses parents et ses grands-parents sont morts, et mon frère aîné aussi...

— Mon père, interrompit Fanch.

— Vous pouvez demander à ce qu'ils sortent, reprit le notaire.

— Non, non, répondit Annaïg, un peu effarée à l'idée de rester seule dans ce grand bureau où elle ne comprenait pas la moitié de ce qu'on lui disait.

— Bien. Il me semble que nous avons donc levé toutes les difficultés.

Le notaire fit une pause pour les regarder un instant, les coudes posés sur sa table, mains jointes par le bout des doigts. Toute son attitude proclamait la solennité de l'instant. Enfin, il déjoignit les doigts et prit une des deux enveloppes.

— Je vais à présent briser les scellés du testament de Yann Kernévez, puisqu'il est décédé le premier.

Dans le silence solennel qui s'était installé, le léger craquement de la cire les fit frissonner. Une fois l'enveloppe ouverte, une feuille de papier apparut, couverte d'une petite écriture nette qu'aucun des intéressés n'aurait pu reconnaître puisqu'elle appartenait à Léon, le clerc de monsieur Grall. Le testament de grand-père ! Madeleine sentit sa peau se hérisser, tandis qu'un long tremblement s'emparait d'elle. Sans même lever les yeux, le notaire lui dit :

— Va donc près du feu, fillette, tu y seras mieux et tu entendras aussi bien.

Madeleine n'était pas la première orpheline à s'asseoir dans son bureau. Il n'avait pas besoin de la regarder pour savoir ce qu'elle éprouvait en cet instant. Dans éprouver, il y a épreuve, pensa-t-il machinalement avant de commencer sa lecture.

— En ce jour..., etc. Je passe, ce sont les formules légales. Elles ne vous apprendront rien. Voilà, voilà... nous y sommes : « Moi, Yann Kernévez, sain de corps et d'esprit, époux de Jeanne Bergot, décédée, je déclare partager mes biens à parts égales entre mes deux seuls enfants survivants, mon fils Job, veuf de Maria Normand, et ma fille Annaïg, veuve d'Augustin Jézéquel, du Grouanec. A charge pour eux d'exécuter les deux legs suivants.

A ma petite-fille Madeleine, je lègue la croix en or de ma défunte épouse.

A mon petit-fils Fanch, je lègue mon couteau.

Fait en l'étude, etc.

Yann Kernévez, ne sachant ni lire ni écrire, ayant signé d'une croix en présence de, etc. »

Le notaire reposa la feuille de papier sur son bureau, prit le temps d'ôter ses lorgnons et regarda les trois « héritiers ».

— Bien. En ce qui concerne les deux legs particuliers, je suppose que vous savez mieux que moi où se trouvent la croix et le couteau.

Fanch et Madeleine, sans se consulter, hochèrent tous deux la tête. Tout se trouvait dans le coffre de leur grand-père, un petit coffre de marin où il rangeait ses affaires personnelles. Par méfiance d'Anna, il le cachait dans un recoin surélevé de l'écurie. A sa mort, Madeleine et Fanch, qui étaient dans le secret, y avaient rangé le fameux couteau et quelques objets lui ayant appartenu. La croix devait s'y trouver aussi, sans qu'ils puissent l'affirmer. En effet, ils n'avaient pas osé fouiller les secrets de *tad-kozh* au lendemain de sa mort. Ensuite, en l'absence de Madeleine, Fanch avait oublié le coffre.

— Reste la question de l'évaluation des biens à partager, reprit le notaire. Mais nous verrons cela quand vous aurez pris connaissance du second testament.

Avec les mêmes gestes solennels, il ouvrit le testament du père de Madeleine. Aussi concis que celui de son propre père, il instituait Madeleine héritière universelle et désignait Annaïg comme sa tutrice légale ou, « si elle se trouvait dans l'incapacité d'assurer cette responsabilité, mon collègue Tanguy Larvor, de Trolouc'h ». Job avait signé son nom, en grandes lettres hésitantes mais parfaitement lisibles.

Le cœur battant, Madeleine restait pétrifiée. Ainsi, son père ne s'aveuglait pas autant qu'elle le croyait sur le caractère de sa seconde épouse ! A moins que le choix d'Annaïg et de Tanguy ait été dicté par grand-père ?

Annaïg, de son côté, se sentait aussi bouleversée que sa nièce. Même si elle s'était toujours bien entendue avec son frère, elle n'imaginait pas qu'il lui faisait confiance à ce point. Il est vrai qu'il ne lui restait guère de famille à part elle...

Le plus à l'aise, en cet instant de tension, était Fanch qui en aurait souri de soulagement n'eût été le lieu. Il se contenta de hocher la tête avec approbation. La décision de son oncle lui ôtait un lourd souci. Bien sûr, il ressentait une certaine humiliation, mais la réalité lui apparaissait trop clairement pour qu'il regrette de voir sa propre mère écartée du testament. Et puis, grand-père lui avait légué son couteau, le bien le plus précieux d'un marin.

Sans leur laisser plus de quelques secondes pour assimiler la nouveauté de la situation, le notaire entreprit de conclure.

— Bien ! A présent que les questions relevant du notaire ont été vues, à défaut d'être réglées, je peux endosser l'habit du juge. Vous êtes donc la tutrice désignée par le défunt.

Il s'était tourné vers Annaïg.

— Cela veut dire que vous êtes responsable de votre nièce comme de votre propre enfant et qu'elle doit vous obéir comme à ses parents. Vous êtes libre d'accepter ou de refuser.

— Monsieur Grall, j'ai besoin de réfléchir.

— Je comprends bien, mais ne tardez pas trop. Je veux votre réponse dans deux jours. Vous viendrez à la même heure. La présence de votre nièce n'est pas indispensable. Apportez-moi en même temps les certificats de décès et une estimation des biens des défunts. Adressez-vous pour cela à monsieur Le Goff.

Henri Le Goff était l'expert de Plouguerneau.

— Je le connais, répondit Annaïg. C'est lui qui est venu à la ferme à la mort de mon mari.

— Bon. Dans ce cas, je crois que nous avons fait le tour de la situation. Ah ! J'entends midi qui sonne...

Sous-entendu : c'est l'heure de mon déjeuner, il va falloir vous en aller.

— Monsieur Grall ?

Le juge jeta un regard nuancé d'impatience à Annaïg.

— Monsieur Grall, combien cela va-t-il coûter ?

— Tout dépendra de l'évaluation. De toute façon, les droits et taxes diverses liées à la succession sont à la charge de celle-ci. C'est-à-dire que vous devrez prélever les sommes nécessaires sur les biens de votre nièce, dans la mesure où vous acceptez la tutelle. Et cela sous mon contrôle, bien entendu. Autre chose ? Bien, en ce cas, nous nous sommes tout dit pour aujourd'hui. N'oubliez pas : après-demain, sans faute !

D'une main décidée, il appuya sur la sonnette de son bureau. Quelques instants suffirent et Fine entra. De toute évidence, elle devait guetter le départ de ces clients peu reluisants.

— Fine ! Tu peux prévenir Madame et commencer à servir. J'arrive.

Le notaire prit quand même le temps de raccompagner lui-même Fanch et les deux femmes. Quand la porte retomba derrière eux, ce fut comme la tangible séparation de deux mondes étrangers l'un à l'autre.

Si les « Tréménac'hiz », ainsi qu'on nommait les habitants de Tréménac'h, avaient pu entendre l'échange entre le notaire et sa bonne !

— Décidément, grommelait celle-ci, ces païens de la côte n'auront jamais de manières.

Elle n'appelait jamais autrement les gens de la côte que « ces païens ».

— Tu es injuste, Fine, répondait le notaire. Ces pauvres gens se sont montrés très honnêtes.

— Honnêtes ! Ça, c'est sûr ! Aussi honnêtes que le mort qui parlait !

Le clerc qui sortait du bureau au même moment eut un sursaut qui fit rire monsieur Grall.

— Ne vous inquiétez pas, Léon. Cette histoire date de plusieurs années avant votre arrivée. Je ne vous l'ai jamais racontée ? Fine ! Dis à Madame que j'aurai quelques minutes de retard. Venez, Léon, que je vous raconte cela.

Et le notaire, si pressé de déjeuner quand il s'agissait de congédier ses clients, s'installa commodément dans son fauteuil.

— Voyons, c'était en... en 1882. Janvier 1882, précisément. Un froid abominable mais sec. Je m'apprêtais à passer une journée de travail sans me déranger quand on vient me demander d'urgence. Un fermier qui voulait dicter son testament avant de passer. Que faire ? Je devais y aller. Je m'emmitoufle, je prends ma serviette et nous voilà partis. Ce n'est pas très loin mais, avec le froid, je vous garantis que ce n'était pas une partie de plaisir.

Léon s'appuya contre le dossier de sa chaise, résigné. Sa mère l'attendrait et le déjeuner aussi. Le notaire poursuivait.

— Nous arrivons donc une demi-heure plus tard. Je trouve la famille rassemblée au grand complet. Comme le ciel s'était couvert entre-temps, je distingue à peine tout ce monde. Pas de feu dans la cheminée, ou si peu ! On m'amène devant un lit clos qui devait être aussi ancien que le Pont du Diable lui-même. Un travail de sculpture comme on n'en fait plus, vous pouvez me croire.

Au fait ! monsieur Grall. Au fait ! pensait Léon, de plus en plus désespéré. Il lui resterait dix minutes pour avaler sa soupe avant de revenir à l'étude.

— On m'avance donc une chaise, je m'installe comme je peux, je sors le papier, ma plume, l'encre, bref, *tutti quanti*. Souvenez-vous bien : j'y voyais à peine. Le mourant, au fond de son lit, commence à me chuchoter ses volontés. Impossible d'écrire sans lumière ! Je demande une chandelle, on me l'apporte de mauvaise grâce, je me remets à écrire et — toc ! — je fais tomber ma plume. Je me penche pour la ramasser, je ne la trouve pas, je prends la chandelle et, en me baissant, je découvre — tenez-vous bien !

Ça, pour se tenir, il se tenait, Léon ! Il se retenait même de devenir enragé. Monsieur Grall était un employeur correct mais, quand il commençait à raconter ses aventures, il valait mieux prendre patience.

— Je découvre donc, bien mussés sous le lit, deux gaillards qui s'occupaient de faire bouger le fond pour me donner l'impression que le vieux vivait encore. En même temps, l'un d'eux lui prêtait sa voix. Vous pensez bien que j'ai refusé de poursuivre. Ils étaient furieux.

— Et voilà, conclut le notaire en se levant enfin. Maintenant, Léon, vous connaissez l'histoire du mort qui parlait.

Les « païens » auraient apprécié l'histoire à sa juste valeur mais, pour l'heure, ils avaient bien d'autres préoccupations. La grand-place de Lannilis était vide à l'exception du facteur se hâtant vers la ruelle qui menait à la route de Brest. Non loin, devant l'église, un chien guettait, l'air affamé. Par chance, la pluie s'était arrêtée et, grâce à leurs vêtements séchés par le feu de monsieur Grall, le temps leur parut presque confortable. Derrière les nuages gris qui fuyaient dans le ciel, on distinguait même la lueur du soleil.

Fanch fut le premier à reprendre ses esprits.

— Allons ! Nous aurons le temps de réfléchir sur le chemin du retour.

Quelques minutes lui suffirent pour réatteler Rouan et payer l'écurie. Deux sous, ce n'était pas grand-chose, mais cela ne lui laissait pas de quoi acheter un morceau de pain à partager entre eux trois. Inutile de demander à Annaïg, encore plus démunie que lui. Tant pis ! La soupe du soir n'en paraîtrait que meilleure.

Le trajet commença dans le silence. Si le même soulagement les unissait, il entraînait des réflexions bien différentes pour chacun. Madeleine se serrait comme à l'aller contre sa tante, détendue, rassurée sur son sort. Qu'Annaïg accepte ou refuse, dans les deux cas elle se trouverait avec des gens qui l'aimaient. Une seule question la préoccupait : si sa tante acceptait de devenir sa tutrice, devrait-elle aller habiter chez elle, au Grouanec ? Une parente d'Anna, venue un jour demander du secours, avait affirmé que, dans sa jeunesse, des loups avaient dévoré un troupeau de vaches au Grouanec. Grand-père avait confirmé l'histoire, précisant que cela s'était passé en juillet 1872, qu'en fait de troupeau une seule vache avait été mangée et une autre mordue en plusieurs endroits. *L'Electeur du Finistère* en avait parlé et, au bourg, le café de la Marine avait affiché l'article. Quelle mémoire avait grand-père ! Il avait même ajouté que, douze ans après l'affaire du Grouanec, en octobre 1884 très précisément, c'était à Ploumoguer que l'on avait tué un loup...

Que ferai-je, se demanda Madeleine en frissonnant, que ferai-je si je rencontre des loups ? Mieux valait se renseigner.

— Ma tante ? Que faut-il faire quand on rencontre les loups ?

— Les loups ?

— Oui, chez toi, il y a des loups.

Au grand étonnement de Madeleine, Annaïg partit d'un incroyable éclat de rire. Fanch, qui n'avait pas suivi leur échange, se retourna, interloqué.

— Oh, Fanch ! Tu sais ce que craint ta cousine ? Les loups du Grouanec !

Fanch eut un sourire amusé. Il comprenait la réaction de sa tante, mais ne trouvait pas si drôle la question de Madeleine.

— Les loups, fillette, répondit enfin Annaïg, on en parle beaucoup, mais je n'en ai pas encore vu un seul. Ils ont eu peur des *pilhaouerien*, sans doute !

Tout en taquinant sa nièce, Annaïg avait bien compris ce que cela cachait : irait-elle vivre au Grouanec où elle ne connaissait personne à part sa tante ? Même ses cousins et cousines, elle ne les avait que rarement rencontrés. En tout cas, cela lui fournissait un élément important pour prendre une décision.

— Fanch ?

— Oui, ma tante ?

— Penses-tu que Tanguy sera chez lui ?

— Il m'a dit qu'il devait réparer le toit de l'étable. Il a découvert un accroc dans le chaume, hier.

Un silence.

— Tu reviens avec nous ? demanda Fanch, bien qu'il fût déjà sûr de la réponse.

— Oui. Il faut qu'on parle.

De tout le trajet, ils n'échangèrent plus que quelques mots. Par crainte de s'enliser dans les raccourcis, ils avaient suivi les chemins principaux. Cela n'empêchait pas Rouan de glisser de temps en temps mais, au moins, ils avançaient. Il leur fallut quand même une heure et demie pour couvrir la dizaine de kilomètres du retour. Le long paysage de dunes qui longeait la côte leur apparut noyé sous le ciel bas. Une odeur de sable mouillé en montait, mêlée à celle du varech et, par moments, à celle des vaches dans les crèches que dissimulaient les vagues de sable. La troupe habituelle de goélands ponctuait le tableau de ses cris hargneux.

La petite maison de Tanguy émergeait à peine de la grisaille où se fondaient son toit de chaume et ses murs de pierre pâle. Pourtant, elle était bien là, comme en témoignait le mince filet de fumée qui s'échappait de la cheminée, aussitôt rabattu par le noroît, le vent de nord-ouest. Le vrai froid était encore à venir, quand le vent passerait au nord-est, ce nordet qui vous gèle jusqu'aux os tandis que la Manche blanchit, mauvaise comme une teigne.

Jeannette les accueillit comme toujours à bras ouverts.

— Annaïg ! Quelle bonne surprise ! Viens vite près du feu. Fanch, tu t'en vas ? Attends donc que je fasse réchauffer la soupe.

— Je vais d'abord m'occuper de Rouan. A tout à l'heure.

Les deux femmes comprirent ce que le jeune homme ne leur aurait dit à aucun prix : il voulait savoir ce que faisait sa mère...

Elles soupirèrent puis Jeannette reprit.

— Cela fait si longtemps qu'on ne t'a pas vue chez nous. Tu as besoin de régler des affaires avec Anna ?

Jeannette avait prononcé la dernière phrase à mi-voix.

— Non.

Annaïg secoua la tête.

— Non. Je dois parler avec toi et ton mari.

Jeannette s'abstint de l'interroger. Si Annaïg devait parler avec Tanguy, cela ne pouvait être qu'à propos de Madeleine et, en ce cas, mieux valait se taire devant celle-ci.

— Il travaille dans l'écurie. Madeleine ? Veux-tu aller dire à Tanguy que nous avons besoin de lui ici ?

Jeannette, qui ne pouvait maîtriser plus longtemps son impatience, profita de ce qu'elles étaient seules.

— Dis-moi vite, Annaïg. Tout va s'arranger ?

— Mon frère a fait ce qu'il fallait. Mais il faut que ton mari soit là pour en parler. Cela vous concerne tous les deux.

— *Mad eo*. En attendant, prends ça.

Et Jeannette tendit à Annaïg, assise sur le banc de l'âtre, une écuelle de soupe fumante. Madeleine, qui rentrait à ce moment-là avec Tanguy, en eut sa part. Jeannette la laissa terminer son repas, qui fut expédié en quelques minutes, et l'envoya à la recherche de Marie et d'Yvonne, parties avec Goulven ramasser des berniques — les *brennigs*. Grillées sur le feu, crues ou préparées en pâté, elles ont fourni bien des repas à la table des goémoniers. De nos jours encore, quand on creuse le sable, on trouve régulièrement d'impressionnantes quantités de coquilles vides, témoins d'une frugale alimentation.

Madeleine sortie, Jeannette rejoignit son mari sur le banc de l'âtre. Ils faisaient face à Annaïg, qui prit son souffle. Comme elle craignait d'omettre le moindre détail, il lui fallut près de vingt minutes pour les mettre au courant. S'enhardissant au fur et à mesure que son récit lui confirmait la justesse de sa proposition, elle conclut d'une voix ferme.

— Alors, j'ai pensé à une chose. Ce ne serait pas bien de refuser à mon frère ce qu'il me demande. Seulement, je crois que Madeleine serait malheureuse au Grouanec. Et puis, sa maison est ici. Que dites-vous si je propose au juge d'accepter la tutelle à condition que la petite vive avec vous ?

Inutile de préciser que l'on parlerait ensuite des arrangements matériels. Jeannette avait à peine attendu qu'Annaïg se taise pour ouvrir la bouche, mais Tanguy l'interrompit d'un léger geste de la main.

— Je sais ce que tu vas dire, ma femme, et je suis d'accord avec toi. Il me semble pourtant que nous pourrions demander l'avis de la principale intéressée. Elle ne devrait pas tarder à rentrer, c'est marée montante.

En effet, la porte s'ouvrit bientôt sous la poussée des trois fillettes. Goulven, qui portait un plein panier de *brennigs*, les suivait d'un pas plus calme.

— Viens ici, Madeleine, dit Tanguy. Dis-moi, aimes-tu mieux vivre ici ou au Grouanec ?

— Oh, ici !

La réponse avait fusé si spontanément qu'Annaïg éclata de rire. Madeleine en rougit, mortifiée à l'idée d'avoir vexé sa tante et d'avoir, deux fois dans la même journée, déclenché son hilarité.

— Je vais regretter ton choix, Madeleine. Tu as le don de me faire rire !

— Il reste une question importante, intervint Tanguy.

Il se tourna vers Fanch qui les avait rejoints quelques minutes plus tôt.

— Excuse-moi, mais il faut en parler.

Le cousin de Madeleine approuva de la tête, sans un mot. Il fallait en parler, certes, mais ce n'était pas à lui de le faire. Un silence s'installa. Interloquée, Madeleine observait à la dérobée ces visages redevenus sérieux. La lumière se fit soudainement dans son esprit. La maison ! Son père lui avait tout donné. Anna n'avait donc aucun droit sur la maison. Elle blêmit.

La voyant changer de couleur, Jeannette se rendit compte qu'elle avait compris et adressa un léger signe de la tête à Annaïg.

— Leine, lui dit doucement Annaïg, je ne te demande pas de décider toi-même ce qu'il faut faire de la maison et des champs. Voici ce que je propose, en tant que tutrice. Et toi, Fanch, dis-moi ce que tu en penses.

Elle prit le temps de rassembler ses idées avant de poursuivre.

— La maison ne peut rester vide et, de toute façon, je ne voudrais pas mettre à la porte la veuve de mon frère ni mon neveu.

Tous approuvèrent de la tête. On ne chassait pas une veuve de la maison de son défunt. Cela arrivait chez les riches, ils en avaient tous entendu des exemples, mais chez eux ! Un chrétien ne faisait pas cela.

— Fanch, poursuivit Annaïg, tu entretiens la maison et tu t'occupes de tout depuis plusieurs mois. Le plus simple est de continuer ainsi. Qu'en dis-tu ?

— Cela me convient, ma tante, car les locataires de ma mère viennent d'avoir un autre enfant et je ne voudrais pas non plus avoir à les faire partir. A propos, ils m'ont demandé si la vache était à vendre. Ma mère ne la trait plus depuis longtemps et je ne suis pas très fort là-dessus. C'est Jeannette qui s'est chargée de vendre le beurre ces derniers mois. J'ai gardé l'argent pour toi, Leine.

Vendre Ruz ! Vendre la Rousse ! Madeleine se tourna vers sa tante.

— Moi, je veux bien m'occuper de Ruz. Je le faisais avant.

— Elle donne toujours bien ? interrogea Annaïg.

— Oui, répondit Jeannette. Moins depuis que ce n'est plus Madeleine qui l'emmène paître, mais je pense que cela vaut la peine d'essayer.

Sous-entendu : les quelques sous de la vente du beurre trouveront toujours leur emploi.

— Alors, Fanch, tu répondras que la vache n'est pas à vendre.

— Rouan non plus ! ajouta Madeleine.

Il fut entendu que Fanch conservait la charrette et le cheval avec la maison. Quant à la *Maria*, on en reparlerait plus tard, après l'expertise. Dans l'immédiat, elle ne craignait rien. Aidé de Tanguy et de ses fils, Fanch s'était occupé de la désarmer, de la préparer pour l'hiver.

— Ma tante ?

— Oui, Fanch ?

— Il reste une question à régler. Celle du loyer. Ma mère et moi, nous habitons la maison de Madeleine...

— Tu as raison, neveu. Non, Madeleine, ne dis rien. Il faut que tout soit juste. Dis-moi, Fanch, les locataires de ta mère payent combien ?

— Deux cents francs, ma tante. Je le sais parce que c'est moi qui ai dû m'en occuper à la dernière Saint-Michel.

A la Saint-Michel, chaque année, on fixait les loyers, on donnait congé et on louait. Il s'agissait, bien sûr, du loyer annuel.

— Puisque Madeleine conserve l'étable pour Ruz,

que dirais-tu de cent cinquante francs plus l'entretien et les réparations de l'étable ?

— J'en dirais que c'est juste, ma tante. Tanguy et Jeannette sont témoins.

La vie se réorganise, pensa Annaïg qui, en même temps sentit toute la fatigue de la journée s'abattre sur ses épaules. Elle soupira.

— Je dois m'en aller, à présent. Il faut prévenir l'expert.

— Ma tante, intervint Goulven qui n'avait encore rien dit. J'ai un collègue qui monte au Karrpont, tout à l'heure. Si tu veux, je t'accompagne chez lui, il pourra toujours t'*envoyer* au bourg.

Karrpont se trouve sur la route du Grouanec, à la sortie du bourg. La proposition de Goulven représentait donc une occasion inespérée pour Annaïg. Du bourg jusqu'à chez elle, il ne lui resterait plus que quatre kilomètres, mais d'un mauvais chemin qui montait raide par endroits.

— D'accord, dit-elle. Allons-y.

Après avoir serré Madeleine une dernière fois contre elle, Annaïg reprit la route avec Goulven. Madeleine la regarda s'éloigner dans le jour qui déclinait déjà. Etait-ce possible ? Hier encore, elle recevait les ordres de « Madame ». Aujourd'hui, sa tante fixait le loyer de sa maison. Ce matin, on enterrait Paol. Ce soir, elle commençait une nouvelle vie, dans une famille retrouvée. Surtout, elle n'était pas aussi pauvre qu'elle l'avait cru...

En effet, peu avant le départ d'Annaïg, Madeleine était venue la tirer par la manche.

— Ma tante, on a trouvé le coffre de grand-père et on a quelque chose à te montrer. Tu peux venir ?

Annaïg avait suivi sa nièce dans l'écurie de Rouan. Fanch les y attendait.

— Regarde.

A côté de quelques papiers, du couteau et de la petite

croix en or de la grand-mère, il y avait un vieux morceau de toile à voile soigneusement plié.

— Ouvre-le, tante Annaïg.

Le paquet contenait des pièces bien rangées. Il y en avait pour trois cents francs, les économies de grand-père Yann. Pas grand-chose au regard des riches, sans doute, mais une petite marge de sécurité pour des gens qui vivaient au jour le jour.

— Il ne faut pas le dire au notaire ! jeta Fanch. Il ferait payer des taxes.

Annaïg approuva de la tête, réfléchit rapidement. Cet argent serait revenu par moitié à son frère et à elle-même. Job mort, Madeleine lui succédait dans ses droits. C'était donc avec elle qu'il fallait partager. Elle le lui expliqua.

— C'est le début de ta dot, ma nièce.

A quoi Madeleine ne sut que répondre. A douze ans, pensait-elle au mariage ? Pourtant, l'idée d'avoir une dot la séduisait beaucoup. Ce serait une façon de dire : voyez, grand-père est toujours là, il a pensé à ma dot. Puis son cœur se serra. Ce n'était pas juste. Et Fanch ?

— Tante Annaïg, est-ce que j'ai le droit de partager avec Fanch ?

Sans laisser à sa tante la possibilité d'ouvrir la bouche, Fanch s'exclama :

— Il n'en est pas question, Leine ! C'est à toi, et tu en auras besoin plus que moi.

Il fut convenu que l'argent de Madeleine resterait dans le coffre de grand-père et Annaïg le confia à la garde de Jeannette.

C'est ainsi que Madeleine s'endormit, rêvant aux cent cinquante francs de sa dot avant même d'imaginer qu'il lui faudrait d'abord un fiancé pour se marier.

9

Les années passèrent, certaines assez rudes, mais jamais aussi noires que la noire année 1890. Même l'horrible mort de Louis ne souleva pas tant d'émotion. Ne supportant pas de revenir à Trolouc'h après le scandale du marché, il partit à Brest sans même dire adieu à sa mère et s'engagea dans la marine. On l'apprit par Saïk Morvan. Saïk conduisait le char à trois bancs qui assurait le service régulier de Brest. Sur la route, il dépassa Louis, parti la honte au cœur ct sans un sou en poche. Par égard pour les défunts Kernévez qu'il estimait, Saïk fit monter Louis et l'envoya avec lui. Malgré le désespoir qu'impliquait ce départ, cette fuite, tout le monde pensa que le fils d'Anna avait pris, pour une fois, une très sage décision. Et puis, on l'oublia.

Deux ans plus tard, un dimanche d'automne après la messe, un matelot de la Royale échoua au débit de boissons de Mélie Kervella. Il y avait beaucoup de monde, comme toujours au retour de la messe. On riait, on chantait, on sirotait un petit verre, quelques parties de dominos étaient déjà engagées avec force exclamations. Le marin commanda un rhum et commença à poser des questions. Comme il était né à trente kilomètres de Plouguerneau, il parlait un breton différent et on eut un peu de mal à le comprendre, au début. Pourtant, on finit par saisir ce qu'il voulait. Il cherchait la maison d'Anna. Il avait navigué sur le même bâtiment que Louis et lui avait promis, en cas d'accident, d'aller voir sa mère.

— Un accident. Tu parles ! racontait-il d'un air

important. Quand un gars prend la peine de s'entortiller un filin autour du cou et de s'accrocher dans la mâture, moi je n'appelle pas ça un accident !

Pourtant, le papier officiel indiquait bien « accident ». Qui croire ? Le grand-père maternel de Louis s'était déjà pendu. Peut-être était-ce dans la famille ? Quoi qu'il en fût, on expliqua au bavard que les ennuis ne manqueraient pas s'il parlait d'autre chose que d'un accident. L'idiot avait la tête dure et reprit la route de Brest plus vite qu'il ne l'aurait voulu, après une solide leçon de politesse. Les goémoniers savaient les vertus d'une bonne explication physique... Un ancien collègue de Louis se chargea de porter à Anna le papier qui disait simplement « disparu en mer ». Comme Louis ne possédait rien, on n'avait pas d'affaires à lui renvoyer. En revanche, l'administration lui versa quelques francs qu'elle consacra à embellir la tombe de Job, son obsession du moment.

Pour sinistre qu'elle eût été, la disparition de Louis s'oublia vite. En quelques mois, ce fut comme s'il n'avait jamais existé. Quant à Anna, on la voyait rarement, mais elle pesait sur l'esprit de tous. Un des vicaires, monsieur Le Moal, la visitait de temps en temps. Il faisait volontiers le tour des malades de la paroisse, mais repartait de Trolouc'h un peu plus découragé à chaque fois.

— Elle est dans les mains de son Créateur, disait-il à Jeannette. Mais je vois qu'elle ne manque de rien, grâce à vous. Espérons un miracle.

Hélas, le miracle se faisait attendre comme l'avait dit une commère au lavoir. Là, on ne se cachait pas d'appeler Anna *Koll he fenn* — celle qui a perdu la tête. Fanch, qui vivait le plus souvent chez les Tanguy, s'occupait d'elle tous les matins.

Un jour de printemps, l'année de ses quinze ans, Madeleine se sentit le courage de parcourir enfin les quelques centaines de mètres qui séparaient les deux maisons. Depuis la mort de son père, elle n'y était pas entrée une seule fois. Voyant Fanch prendre un pot de lait et un morceau de pain comme d'habitude, elle le rejoignit sans rien dire. Son cousin leva les yeux d'un air étonné.

— Je viens avec toi, réussit à dire Madeleine.

— Tu n'es pas obligée, chuchota Fanch, la gorge serrée.

— Non, mais je le veux.

Trop pudiques tous les deux pour oser l'exprimer, ils savaient bien que la réponse de Madeleine signifiait en réalité : « Je veux le faire pour toi. »

Fanch hésita, déchiré entre le grand soulagement de partager sa peine et l'épouvantable honte de laisser voir « celle qui avait perdu la tête ». Madeleine décida pour lui.

— Viens, dit-elle en s'emparant du lait.

Ravalant une bouffée d'orgueil blessé qui lui parut aussitôt méprisable, Fanch tenta une dernière résistance.

— Madeleine...

Instinctivement, il avait utilisé le prénom de sa cousine au lieu de son diminutif. Son ton lui-même s'était fait presque solennel malgré le chuchotement.

— Madeleine, tu ne diras rien...

Non, elle ne dirait rien et comprenait la réaction de Fanch. Elle se souvenait de la souffrance causée par les commentaires autour de la tombe de son père.

Tandis qu'ils cheminaient côte à côte, Fanch se sentit submergé par une émotion d'une intolérable douceur qui, jaillie du fond de sa solitude, balayait toutes ses défenses et le laissait affreusement vulnérable. La confiance de Madeleine le bouleversait, tout comme le soin avec lequel elle portait le pot plein de lait. Il prit conscience de la force avec laquelle les événements peuvent attacher deux êtres l'un à l'autre et entra ainsi dans le monde des adultes auquel il n'appartenait encore que par le travail et les responsabilités.

De son côté, Madeleine préférait ne pas penser à ce qu'elle allait voir. L'imagination lui paraissait depuis longtemps sa pire ennemie. A quoi bon se raconter des histoires à faire peur quand la réalité se charge de vous secouer à longueur de vie ?

En silence, les deux cousins atteignirent bientôt la maison, leurs deux ombres dansant sur le talus, Madeleine encore plus menue à côté des larges épaules de Fanch. Leur allure avait été d'autant plus rapide qu'il n'avait pas plu depuis deux semaines. Au creux des chemins, la boue et le sable avaient séché tandis que les rares ajoncs se couvraient de fleurs jaune vif, balises lumineuses au long des talus où on les avait plantés. Il en poussait un maigre buisson près de la maison d'Anna, lui faisant comme un ironique et cruel accompagnement d'or. Fanch fit signe à Madeleine de patienter et poussa lentement la porte au bois fendillé. Une voix étrange s'éleva du fond de la pièce, presque celle d'une petite fille.

— C'est toi ? C'est toi ? Viens que je te voie.

— C'est Fanch, *mamm*, Fanch. Je t'apporte ton repas.

— Qui es-tu, toi ? Que dis-tu ? Fanch ? Qui est Fanch ? Mon fils, dis-tu ? Tu es mon fils ? Mon Dieu, viens que je t'embrasse, petit ! Dieu soit loué ! Tu es revenu. Dis-moi que tu ne partiras plus, mon fils ?

Une silhouette noire émergea du lit clos, un bonnet gris mal assuré sur des mèches flottantes. Autrefois mince, Anna offrait à présent l'allure d'un squelette. La pensée fugitive de l'*Ankou* traversa l'esprit de Madeleine qui s'était figée sur le seuil, pétrifiée par l'apparition. Pendant ce temps, la folle s'accrochait à Fanch, le couvrait de caresses frénétiques, marmonnant qu'elle allait lui préparer son dîner. Elle s'agita quelques instants puis, pleurant qu'elle était trop faible, se laissa tomber sur le banc et reprit sa plainte.

— Tu es donc revenu, tu n'es pas mort. On m'a dit que tu étais mort, mais je vois bien que ce n'est pas vrai. Un beau gars en pleine santé comme toi ne meurt pas pour un hiver un peu rude. On ne se noie pas...

Anna mélangeait la mort de ses fils et celle de ses maris, les confondant dans une seule perte.

Madeleine, comme hypnotisée par la lamentation de la veuve, n'avait toujours pas fait un geste. Il fallut le bref aboi d'un chien tout proche pour la ramener au présent. Avec un léger sursaut, elle franchit le seuil d'un pas machinal puis, la démarche affermie, s'approcha de la table et s'y débarrassa du lait. Pendant ce temps, Fanch essayait de se dégager des bras de sa mère qui, même assise, ne l'avait pas lâché. Voyant cela, Madeleine décida qu'il fallait intervenir et, plus fort qu'elle ne l'aurait voulu, demanda :

— Fanch, où ranges-tu le lait ?

Le son de sa voix interrompit les démonstrations d'Anna qui laissa retomber ses mains, trop blanches sur sa jupe noire et, le regard vide, reprit ses questions : « Qui est là ? C'est toi ? » Fanch en profita pour lui échapper. Il prit dans l'armoire à lait — autrefois toujours bien garnie, aujourd'hui vide — une cruche où il transvasa le lait qu'il avait fait chauffer chez Jeannette. Puis il en remplit un bol à côté duquel il posa un morceau de pain. Son visage s'était durci, comme à chacune de ses visites. Sa mère ne le reconnaissait plus, le confondait avec les morts, ignorant la différence d'âge, de taille, de voix. Elle avait oublié son unique fils survivant, tout simplement oublié...

Plus encore que les autres jours, Fanch s'enfuit de la maison, poussant sa cousine devant lui. Ainsi, c'était cela qu'était devenue Anna, pensait Madeleine. Une femme qui ne reconnaissait pas son propre fils ? Cela lui paraissait impensable. Elle hasarda timidement :

— Fanch...

Mais l'autre la coupa d'un cri.

— Tais-toi, Leine ! Tais-toi !

C'est ainsi que Madeleine découvrit, à quinze ans, à la fois la folie de sa tante et l'épouvantable chagrin de son cousin. Sous la réprimande, elle s'était presque arrêtée au milieu du chemin mais, voyant Fanch s'éloigner à pas saccadés, elle courut pour le rejoindre et, sans un mot, glissa sa main dans la sienne. Fanch accepta le geste et s'étonna de découvrir, dans cette main qui ne tremblait pas, une force encore secrète. En arrivant chez eux, ils se lâchèrent, Fanch devant partir au goémon avec Tanguy sur le *Saint-Michel*.

Au moment où leurs mains se séparaient, Madeleine dit d'un ton tranquille.

— Je t'accompagnerai tous les jours et j'irai quand tu ne pourras pas. Il faut une femme dans une maison ! essaya-t-elle de plaisanter.

Fanch ouvrit la bouche, la referma, et Madeleine ajouta vite, avant de le quitter :

— C'est ta mère, mais aussi ma tante !

Madeleine prit l'habitude de remplacer Fanch auprès de sa mère chaque fois qu'il partait tôt. Anna ne la reconnut pas, à supposer qu'elle se rendît compte du changement de personne. Quand elle demandait : « Qui est là ? », Madeleine donnait son nom et Anna ne disait plus rien. Elle marmonnait toute seule, énumérant les prénoms de ses hommes. Elle finissait par se taire et Madeleine repartait, lui laissant à manger pour la journée. Quand elle en avait le temps, elle rangeait et nettoyait la maison, *sa* maison. Fanch, comme promis, assurait l'entretien du toit et des murs, mais ne savait comment s'y prendre à l'intérieur. Il payait régulièrement le loyer à Annaïg qui, à son tour, en reversait une partie aux Larvor pour la « pension » de Madeleine et gardait soigneusement le reste.

— Es-tu sûre que tu peux..., demanda Jeannette

d'un ton soucieux la première fois que Madeleine se rendit seule chez Anna.

Malgré une légère appréhension, Madeleine répondit d'un ton dégagé.

— Mais oui, Jeannette. Ce n'est pas si terrible et puis, tu sais, je m'habituerai.

D'un ton moins léger, elle ajouta :

— Jeannette, non seulement c'est ma tante, mais je ne peux pas faire comme si elle n'avait pas été la femme de mon père.

A cela, Jeannette ne répondit rien et se contenta de jeter un regard pénétrant sur Madeleine. La petite fille timide devenait une jolie jeune fille mais, se dit-elle, elle commence aussi à avoir des sentiments de femme. Qui sera le premier à la regarder ? Qui remarquera le premier les grands yeux bleus, le teint si frais sous le hâle du grand air, la taille fine, la grâce de la démarche ? Même la coiffe de tous les jours, qui durcissait certains visages, lui allait à merveille. D'ailleurs, Madeleine ne passait-elle pas de plus en plus de temps devant le miroir, chaque matin, à la fixer sur ses cheveux noirs, cette coiffe ? Pourtant, ce n'était guère compliqué. Il suffisait de ramasser tous les cheveux dans un serre-tête en toile noire dont on nouait les rubans une première fois sur la nuque puis sur le dessus de la tête. La coiffe elle-même, en toile blanche amidonnée, se composait d'une large bande qui encadrait le visage, avec un fond légèrement froncé. Une ou deux épingles piquées dans le serre-tête pour la fixer sur le dessus de la tête, le chignon bien serré dans le fond de la coiffe, un dernier nœud sur la nuque, et on était prête à se montrer. Tout l'art consistait à bien cacher les nœuds et, bien sûr, à ne pas laisser dépasser la moindre mèche. Cela faisait une tête blanche, légère, comme un point de lumière pour éclairer la tenue sombre.

Jeannette soupira. Il serait toujours assez tôt de penser au mariage ! Le travail, lui, n'attendrait pas.

— Leine, il faut butter les pommes de terre dans le petit champ, aujourd'hui. A moins que tu veuilles nous empêcher d'avoir des pommes de terre nouvelles ?

— Oh oui, Jeannette ! Et nous mangerons des *krampouezh* tous les jours !

C'était une plaisanterie de la maison. Madeleine aimait les crêpes par-dessus tout, les *krampouezh* de blé noir au goût si prononcé, surtout quand on y verse du beurre fondu, du beurre salé, bien entendu. Elle les aimait très chaudes et épaisses. Yvonne et Marie les réclamaient plutôt fines, jouant les mijaurées, mais quand elles arrivaient sur la table, peu importait l'allure de la crêpe ! Elles se régalaient comme tout le monde avec des mines de chattes gourmandes et se léchaient les doigts quand il n'y en avait plus.

— Yvonne et Marie nous rejoindront plus tard. Elles sont allées faire boire les vaches.

L'eau était rare du côté de Trolouc'h, et le plus souvent saumâtre. On emmenait boire les bêtes à une demi-heure de là, au ruisseau de Lost an Aod, du côté de Lilia. La prairie se trouvait en bord de mer et, comme celle du lavoir où allaient les femmes de Trolouc'h, aussi loin mais à l'opposé, était inondée par grande marée. Les filles de Jeannette profitaient du trajet pour faire paître les vaches sur les talus. Le lait serait parfumé car ce printemps-là avait fait éclore des quantités de fleurs comme on en avait rarement vu à Plouguerneau. De plus, aucune tempête n'était venue labourer la terre à sa façon depuis le mois de février et tout poussait à merveille. Plus on avait de lait, mieux c'était. Mais aussi, cela donnait aux deux sœurs l'occasion de voir tout le monde car on circulait beaucoup sur les chemins. Les langues travaillaient alors ! Parfois même plus que les jambes !

Jeannette et Madeleine s'activaient en silence, courbées sur la terre sablonneuse. La coupe du goémon noir aurait lieu dans deux jours et Jeannette profitait de la douceur du temps pour prendre un peu d'avance dans ses champs. Elle disait *ses* champs mais, en fait, cela incluait ceux de Madeleine. Anna ne cultivait rien et cela faisait mal au cœur d'imaginer le moindre lopin abandonné à la lande. On partageait la récolte, c'est tout.

— Que font donc Yvonne et Marie ? grogna Jeannette en se redressant.

Du coin de son tablier, elle s'essuya le visage. Le soleil de mai chauffait presque comme en été et cela ne rendait pas le travail plus léger à son dos. Après une heure seulement de maniement de la houe, elle se sentait déjà éreintée.

— Toujours en retard, ces deux-là ! reprit-elle. Heureusement que Goulven rentre bientôt du service. Il saura peut-être comment s'y prendre. Tu me les as gâtées, Madeleine.

L'intéressé se redressa à son tour, le visage luisant de transpiration. Elle savait que Jeannette ne lui reprochait rien, mais la remarque la toucha.

— Je m'en suis juste occupée comme si c'étaient mes sœurs, Jeannette. Et puis, tu sais bien qu'elles ne m'ont jamais beaucoup obéi.

— A qui obéissent-elles ? A leur père, et encore ! Parfois, je m'inquiète pour elles.

— Elles ont seulement le caractère rieur, toujours à bavarder et à plaisanter avec tout le monde. C'est vrai qu'elles se font attendre, mais une fois au travail, elles abattent la besogne de quatre à elles deux.

Jeannette eut un petit sourire.

— Tu les défendais déjà à dix ans !

Elles rirent ensemble et, du même geste, replongèrent vers le sol pour remonter de la terre sur les pieds de pommes de terre. Le buttage permet au sol de se réchauffer plus vite et améliore les rendements. Soudain, Jeannette poussa un cri. Ses filles étaient arrivées sans faire de bruit et Yvonne lui avait enlevé la houe des mains. Marie éclata de rire.

— Nous t'avons bien surprise ! s'exclama-t-elle tout en maniant la houe avec dextérité.

A peine arrivées, les deux filles travaillaient avec énergie, sans que cela les empêche de parler.

— Rentre, maman. Nous allons terminer avec Leine. Tu sais, les vaches ont la panse pleine ! Je suis sûre que Ruz va recommencer à donner autant de lait qu'avant.

Cela m'étonnerait, pensa Jeannette. Mais il serait toujours temps de parler du remplacement de Ruz, ce soir à la veillée. Au lieu de cela, elle donna une petite tape sur la tête de la bavarde.

— A condition que tu ne lui donnes pas le tournis à force de remuer la langue !

— Mais comment saurais-tu les nouvelles ? Tiens, sais-tu que l'instituteur s'est plaint à son chef le mois dernier, avant les Pâques ?

Cela lui fit dresser l'oreille. Dans la longue querelle qui opposait l'instituteur de l'école laïque au clergé, le moindre événement passionnait toute la paroisse.

— Que s'est-il passé ?

— Tu sais, les deux fils Le Ven, de Lilia, celui de Salou, et aussi Joseph Merdy et Eugène Stanc...

— Une bande de garnements !

— Mais non, maman, tu...

— Je sais, Marie, je sais, Yvonne.

En effet, les deux filles se relayaient à toute vitesse, chacune reprenant le récit là où l'autre l'avait laissé.

— Que s'est-il donc passé ? reprit Jeannette.

— Eh bien, comme ils sont à l'école laïque, monsieur l'abbé Kervella et puis aussi monsieur l'abbé Le Moal ont dit qu'ils n'auraient pas leur examen de catéchisme et qu'ils leur refuseraient l'absolution et qu'ils ne pourraient pas faire leurs Pâques ! débita Yvonne d'une seule traite.

— Pourtant, ce n'est pas leur faute si leurs parents ne peuvent pas payer l'école chrétienne, renchérit Marie.

— Yves dit que c'est injuste d'accuser l'école laïque d'être *ar skol an Diaoul*, commenta Madeleine.

L'école du diable !

— Si Yves le dit ! s'exclamèrent ensemble Yvonne et Marie avant d'éclater de rire.

Madeleine admirait toujours autant Yves, sinon plus, et les deux sœurs ne manquaient pas une occasion de taquiner l'un ou l'autre à ce sujet. Leurs victimes avaient pris l'habitude de feindre l'indifférence ou de répondre par une plaisanterie. Ce jour-là, de toute façon, l'histoire de l'instituteur les passionnait bien trop pour qu'elles insistent.

— Alors, reprit Yvonne, *ar skolaer* a écrit à l'inspecteur — oui, c'est comme ça qu'on m'a dit —, il a écrit à l'inspecteur pour se plaindre et il a demandé à monsieur Favé et à monsieur Kervella de revenir sur leur décision parce que ses élèves savent très bien leur catéchisme, et qu'il est bien placé pour le savoir parce que c'est lui qui leur apprend.

Tout cela dit d'une traite.

Jeannette soupira. Que penser ? D'un côté, l'attachement à la foi chrétienne. De l'autre, l'habitude des marins de juger par eux-mêmes. Que penser quand le clergé se conduisait de façon, en effet, injuste ? Ce n'étaient jamais les riches qui avaient des problèmes avec les prêtres, au contraire, ils s'arrangeaient très bien ensemble. Tout cela était trop compliqué pour son dos fatigué.

— Ne gâchez pas le travail, toutes les trois, finit par dire Jeannette, et pensez à couper de la fougère en rentrant. Il faut refaire la litière dans l'étable.

Comme Jeannette l'avait prédit, Ruz ne donna plus beaucoup de lait ce printemps-là et fut remplacée par une autre Ruz, plus jeune, un peu capricieuse mais généreuse et aussi rousse de poil. Madeleine ne laissa pas partir sans un serrement de cœur ce vestige de l'époque où vivaient son père et son grand-père, mais se consola en voyant la qualité du beurre qui sortait de la baratte grâce à Ruz numéro deux.

Goulven arriva au Koréjou le lendemain, en fin d'après-midi, quand tout le monde était dehors, les femmes aux champs et les hommes en mer. La marée remontait, les bateaux ne tarderaient pas. Il sut alors ce qu'il allait faire. Le temps de poser son sac dans la maison, il commença à atteler, sûr que les femmes ne tarderaient pas. Les voix de ses sœurs l'avertirent de leur approche et la première à l'apercevoir fut Yvonne. Elle poussa un cri de joie et se mit à courir, entraînant Marie, mais Goulven les écarta bientôt pour embrasser sa mère qui arrivait plus lentement.

— Enfin ! fut le seul mot de Jeannette. Enfin !

Les deux filles parlaient pour dix, comme d'habitude, pour une fois rejointes par Madeleine. Les questions et les commentaires s'entrecroisaient, ne laissant pas la moindre possibilité de réponse.

— Goulven ! criait l'une. Comme tu as changé !

— Pourquoi portes-tu la barbe ? s'étonnait l'autre.

— Tu vas la couper, dis ?

— Oui, j'attendais d'être ici pour le faire, répondit Goulven.

— Ce soir ? Tu n'attendras pas dimanche ?

Les hommes se rasaient le dimanche matin, pour aller à la messe.

— Où es-tu allé ? Comment était-ce ? Et le train ?

Ces questions-là, c'était Madeleine, devenue curieuse de tout ce qui se passait au-delà de Plouguerneau. Elle n'avait qu'une hâte : que le chemin de fer arrive enfin à Lannilis. C'était prévu pour l'année suivante. Elle voulait voir un train de ses propres yeux.

— Pas toutes à la fois ! s'exclama enfin Goulven. Le train ? Il va plus vite que nous autres à pied, tu peux me croire. Mais quelle fumée !

— Cela suffit ! Vous allez le rendre fou, intervint Jeannette.

Mieux valait grogner un peu que laisser voir ses sentiments. Elle se serait fait couper en morceaux plutôt que de montrer trop ouvertement sa joie, son soulagement de revoir son fils en pleine santé. Il avait même gagné un air de maturité qui lui plaisait bien. Jeannette rêvait d'avoir beaucoup de petits-enfants et la bonne mine de son aîné la rassura. Allons ! Celui-là n'aurait pas de mal à trouver une femme qui lui convienne.

Tout aussi pudique que sa mère, Goulven avait calculé son affaire pour couper court aux retrouvailles.

— Eh bien, les filles ! Que direz-vous au père quand il ne verra pas la charrette ?

— C'est vrai ! Vite ! Dépêchons-nous.

Pendant ce temps, au Koréjou, le *Saint-Michel* terminait son approche. Fanch affalait la grand-voile et rangeait le gréement sur l'arrière-tribord pour faciliter le déchargement. Le cheval viendrait à babord. Une exclamation de Tanguy lui fit lever la tête.

— Fanch ! Regarde qui arrive là-bas !

Le cheval fit gicler sous ses sabots l'eau qui lui monta bientôt jusqu'au poitrail, les roues de la charrette presque entièrement submergées.

— Tu ne sais plus te raser, mon fils ! s'esclaffa Tanguy.

— J'avais fait un vœu, mon père ! Salut, Fanch !

On n'avait pas besoin de grands mots pour dire le bonheur du retour au pays.

— Je suis venu vous donner la main, poursuivit le fils de Tanguy.

« Donner la main » est une façon plus concrète, plus généreuse aussi de dire « aider ».

— Ce n'est pas de refus, rétorqua Fanch avec un grand sourire.

C'est ainsi que Goulven retrouva son père après trois ans d'absence et peu de nouvelles. Quand on ne sait ni lire ni écrire plus que son nom, il est difficile d'échanger du courrier.

De son côté, si Fanch revit Goulven avec plaisir, une arrière-pensée lui gâcha un peu les retrouvailles. Continuerait-il de faire équipe avec Tanguy ou bien Goulven reprendrait-il sa place sur le *Saint-Michel ?* On ignorait ses projets. De toute façon, l'heure n'était pas aux inquiétudes mais au travail. Trop heureux de retrouver les sons, les odeurs et les gestes familiers, Goulven amarra la charrette au bateau. *Ar c'hrog bezhin* — le croc à goémon — plongea avec entrain dans le *tali* brun et humide. Goulven, qui se faisait éclabousser à chaque fois, entassa méthodiquement dans la charrette chaque *krogad* — le contenu de son croc — par-dessus l'autre, pour ne pas emmêler les algues. Certaines atteignaient déjà trois mètres de long. En pleine saison, les plus belles iraient jusqu'à cinq mètres. Malheur à celui qui ne les rangeait pas bien ! La charrette pleine, Goulven remonta aussi vite que possible sur la dune, là où se trouvait l'emplacement loué par son père pour y sécher le *tali*. Yvonne l'y attendait déjà.

— Marie, tu restes ici, avait dit Jeannette. Ne crois-tu pas que l'on peut avoir des *krampouezh* pour le retour de ton frère ? Tu sais qu'il les aime mieux que les *pouloud* et les pommes de terre.

Plat typique des pauvres, les *pouloud* étaient des boulettes de farine de blé noir travaillée avec du lait et que l'on faisait cuire dans du lait.

— Bien sûr qu'il les aime mieux ! s'exclama la moqueuse. Comme tout le monde ! Je m'en charge, maman.

Marie réussissait les crêpes mieux que personne. Ce soir, ce serait fête chez les Larvor et, dimanche, il y aurait du *kig ha fars* — *kig*, c'est la viande, *fars*, le fars. Dans le chaudron, on met de l'eau, des légumes, un morceau de viande de cochon, et le sac de toile qui contient le *fars*. Chaque femme avait, a toujours, sa recette. Le *fars du* — fars noir — se prépare avec de la farine de sarrasin, des œufs, du beurre, du lait, du bouillon, de la crème fraîche, même, selon le goût et le « secret » de chacune. On peut aussi faire du *fars gwenn* — fars blanc à la farine de froment. Quand la pâte était prête, Jeannette la versait dans un sac en toile épaisse, tissée très serré, et dont elle prenait grand soin. Si elle devait en faire un neuf, elle commençait par le laver et le relaver, jusqu'à ce qu'il ne risque plus de donner un mauvais goût à la préparation. Après usage, elle le faisait tremper dans l'eau claire, le brossait à la brosse dure et le faisait enfin bouillir sans savon ni lessive. Une fois propre et séché au soleil, il retournait dans l'armoire, sur l'étagère à linge. Quant au *fars*, on y ajoute du beurre salé et on se régale !

— Je vais rentrer les vaches, dit Madeleine qui, pour la première fois, se sentait presque importune.

Avec sa délicatesse coutumière, Jeannette comprit aussitôt.

— Bonne idée, répondit-elle. On pourra finir un peu plus tôt. Goulven doit en avoir à raconter !

Sur la dune, Goulven ôta le *talbenn*, le panneau qui fermait l'arrière de la charrette. Les algues commencèrent à glisser. Yvonne avait apporté un autre croc, son frère avait déjà pris le sien. Ils s'en servirent pour retenir les algues, les empêcher de s'emmêler.

— J'avais presque oublié que le *tali* peut être aussi long et aussi glissant, dit Goulven.

C'est ce qui rendait le travail difficile. De la même

façon qu'on ne pouvait charger n'importe comment, on ne pouvait se contenter de vider la charrette en vrac. Il fallait défaire le chargement dans l'ordre où il avait été construit, *krogad* par *krogad*, faute de quoi les rubans s'emmêlaient et, après, plus question d'étaler le *tali* pour le faire sécher. Les usines n'achetaient pas les algues fraîches mais les blocs de soude que donnait leur brûlage. Or, pour les brûler, il fallait d'abord les sécher. C'était sans doute, même, l'opération la plus importante de tout le processus. Une algue mal séchée, pas assez ou trop vite, pourrissait ou se cassait et, de toute façon, sa teneur en iode baissait.

Yvonne et son frère travaillaient donc avec méthode et, chaque fois qu'un petit tas était constitué, Yvonne donnait au cheval l'ordre d'avancer. De lui-même, il faisait quelques pas et le manège recommençait. Les deux jeunes goémoniers faisaient tomber un paquet d'algues, le cheval avançait. La charrette fut vite déchargée, à ce rythme, et Goulven redescendit à toute vitesse vers le Koréjou, debout avec sa sœur dans la charrette brinquebalante, croisant d'autres attelages menés par des voisins, des collègues de Trolouc'h ou d'ailleurs. Tout le monde le saluait, parfois avec de grands cris de satisfaction, mais toujours avec cette courtoisie discrète et dénuée d'artifices qui témoignait d'un profond savoir-vivre.

Ils remontèrent sur la dune avec un nouveau chargement, Yvonne accroupie au sommet des algues. Enfin, il y eut une série de petits tas, bien alignés.

— Le travail ne manquera pas demain, remarqua Goulven.

— Pour ça oui, renchérit Yvonne. Avec le séchage, tout le monde aura de quoi s'occuper. En tout cas, tu n'as pas perdu la main ! Pourtant, il paraît qu'on vous gâte dans la marine, que vous êtes comme des riches...

— Ah oui, des vrais messieurs ! Si tu avais vu ça, ma pauvre Yvonne. Des messieurs !

L'expression de Goulven ôta pour quelques instants à Yvonne l'envie de plaisanter.

— C'était vraiment dur ? finit-elle par demander.

Avec un mouvement de tête comme pour dire « tu ne peux pas savoir à quel point », Goulven lui répondit :

— Je suis trop content d'être ici pour y penser encore. Donne-moi plutôt des nouvelles de tout le monde.

— La première nouvelle, c'est qu'on est bien content que tu sois là parce que c'est *mare an aod*, dans quelques jours, et qu'on n'est jamais assez nombreux !

— Ah ! je vais devoir aiguiser ma faucille, alors. Elle doit s'être rouillée depuis toutes ces années !

— Non, non. Yves s'est chargé d'entretenir tes outils, ne t'inquiète pas. On n'allait pas laisser perdre une bonne faucille comme la tienne !

Le fils aîné des Larvor était en effet rentré juste à temps pour aller au *mare an aod*, à la coupe du goémon noir, des algues de la famille des fucus.

Le goémon noir — *ar bezhin du* — se coupe sur les rochers abordables à pied à marée basse. Ces algues non iodées font un riche engrais et leur récolte était aussi réglementée que celle des laminaires. Sur les îlots inhabités et accessibles seulement par bateau même à marée basse, seuls les inscrits maritimes — les professionnels de la mer — avaient le droit de les couper. Autrement, tout le monde y avait droit, à la condition d'habiter dans la commune ou d'y posséder plus de quinze ares de terres cultivées, même sans y habiter. Les gros paysans de l'intérieur qui avaient tant besoin d'engrais avaient vite trouvé à acheter les quinze ares nécessaires, au grand dam des goémoniers qui voyaient ainsi leur échapper une partie du marché. En effet, si des paysans non propriétaires voulaient du goémon d'engrais, ils l'achetaient aux récoltants autorisés, ou bien l'échangeaient contre d'autres denrées.

Il fallut attendre 1898 pour qu'un arrêté municipal de Plouguerneau modifie la situation et défende « à toute personne ne justifiant pas de son habitation dans la commune de participer à ces récoltes, même serait-elle propriétaire de terres à Plouguerneau ».

Quant aux règles de partage des algues, elles variaient selon les communes. A Plouguerneau, à chaque ferme correspondait un lot de grève. Les familles propriétaires avaient donc une place fixe dans la grève, tandis que les locataires en changeaient chaque fois qu'ils changeaient de ferme.

Quand arriva le jour d'ouverture de la coupe du goémon noir, il fallut se lever encore plus tôt que d'habitude ; la marée serait basse de très bonne heure. Les trois filles, qui ne s'étaient pas lassées d'interroger Goulven, se levèrent encore tout ensommeillées. Pourquoi la mer descendait-elle à de si mauvaises heures, certains jours ? soupirait Marie. A marée haute, on ne pouvait pas couper le goémon noir. Pourquoi le *bezhin du* pousse-t-il dans l'eau ? demandait absurdement Yvonne qui rêvait encore. Madeleine ne disait rien, plongée dans d'autres rêveries où elle s'imaginait prenant le train avec Yves et Fanch.

Des silhouettes sombres se devinaient dans les dernières ombres de la nuit. Il y avait déjà beaucoup de monde *dans la grève* car le goémon d'engrais se vendait bien. Ce serait une vraie course pour couper le plus possible avant le flot. On ne remonterait l'estran, la portion de la grève qui découvre à la basse mer, qu'avec la marée aux trousses.

— On n'aura pas deux jours à tout nettoyer, dit Goulven.

— Le *bezhin du* ne donne pas beaucoup cette année, renchérit son père.

— La concurrence sera dure pour le cinquième jour, conclut Yves.

Le cinquième jour après l'ouverture officielle de la coupe, on avait le droit d'exploiter les zones non attribuées.

— Fais attention à toi, cette fois, pouffa Marie en bousculant sa sœur.

— J'ai été attrapée parce que je travaille plus que toi, répondit Yvonne en lui rendant sa bourrade.

— Peu importe, Yvonne, sois prudente, interrompit Jeannette qui suivait avec la charrette, attentive à ne pas casser les roues sur les grosses pierres dans l'incertaine clarté qui précédait le lever du jour.

L'année précédente, Yvonne avait voulu prouver qu'elle travaillait mieux que sa sœur et, dans sa hâte, s'était blessée avec sa faucille. Les accidents étaient chose courante avec ces outils très aiguisés, mais Yvonne se sentait encore vexée, un an après, et détourna l'attention en interpellant Madeleine qui les rejoignait. Celle-ci se montrait distraite, ce matin, au point qu'elle avait failli oublier de mettre son jupon de molleton. Même dans l'eau froide, le molleton parvenait à protéger le corps, à conserver la chaleur. Au contraire, il se révélait d'autant plus efficace qu'il était mouillé. La *falz aod*, la faucille à goémon, pendait à son côté, attachée au cordon du jupon.

— Tu ne dis rien ? lui lança Yvonne. Tu rêves encore au chemin de fer, je suis sûre.

— Ne t'en fais pas, je rêverai moins tout à l'heure, répliqua Madeleine. Et puis, on le verra bientôt, ce train. Goulven a dit que les travaux entre Brest et Lannilis ont commencé.

— Tu crois qu'il nous a tout raconté ? interrogea Marie.

— Certainement pas ! Il a dû en garder pour les veillées de l'hiver prochain.

— Ou bien pour Marie-Renée Calvez ! souffla Marie en prenant garde que seule sa sœur l'entende.

C'était leur dernier grand sujet de conversation, le regard que leur aîné avait jeté à Marie-Renée, une grande et solide jeune fille de vingt-deux ans, à la sortie de la messe. L'avaient-elles imaginé, ce regard si rapide, si discret ? Elles auraient juré que non, mais n'en auraient pas mis leur main au feu pour autant. En attendant, cela les passionnait. On s'amusait bien à la noce chez les autres, mais une noce chez elles ! Elles se voyaient déjà à la tête d'une ribambelle de neveux et nièces, se disputant pour savoir laquelle leur apprendrait le mieux à marcher. L'opinion de Marie-Renée ? Elles n'auraient pas osé la lui demander ! De toute façon, l'heure n'était pas aux projets matrimoniaux.

Elles se turent car on était arrivé. Il restait quelques minutes pour que s'éteigne le phare de l'île Vierge, signal avant lequel on ne pouvait commencer la coupe. Ce matin-là, le garde-côte était présent. Ils étaient six pour tout Plouguerneau et surveillaient tantôt un site de coupe, tantôt l'autre. Dire qu'on les aimait beaucoup...

Le pinceau lumineux balayait le ciel régulièrement et tous comptaient : *unan, daou*... Un, deux, trois, quatre, cinq. Un éclat toutes les cinq secondes. Un, deux, trois... Cette fois, les cinq secondes s'écoulèrent sans que rien ne brille là-bas, dans l'ouest.

— C'est bon, dit Tanguy. Allons-y !

D'un bout à l'autre de la grève, chaque famille sur son lot, les dos se courbèrent. Il fallait travailler le plus vite possible à présent ; l'étale de basse mer ne durerait pas. Tout le monde prenait garde à ne pas glisser sur les algues. Dans les sabots, la paille qui protégeait le pied était déjà trempée. On n'entendait plus un mot, seulement le léger clapotis de la mer et les appels aigus des goélands. Une puissante odeur montait des varechs où se devinait toute une vie, trahie par des crissements, par un pétillement d'eau où couraient des étrilles et frétillaient de minuscules poissons. Pêcheur impénitent, Yves avait apporté un panier où il glissait les petits crabes à toute vitesse.

Les faucilles faisaient leur œuvre, tranchant net les touffes d'algues au ras des roches. Ils en faisaient de petits tas que Fanch chargeait dans la charrette à l'aide du croc. De temps en temps, une des petites vésicules pleines d'air, les flotteurs des algues, crevait avec un léger bruit mouillé. Quand la charrette fut pleine, Jeannette et Madeleine remontèrent la grève pour déverser la récolte sur la dune. Non loin, une famille qui ne possédait pas de charrette s'échinait à transporter son goémon sur des civières, de longs brancards, que l'on portait à deux, un devant, un derrière.

En revenant sur le lieu de coupe, Jeannette ne put retenir une quinte de toux. Tanguy se redressa aussitôt.

— Nous sommes bien assez pour le peu qu'il y a. Rentre. Et ce n'est pas la peine de nous apporter le café ici. Nous le prendrons à la maison. Il ne fait pas froid.

Jeannette ne discuta pas, trop anxieuse à l'idée de tomber malade. Elle n'aurait pas été la première, avec ces allers et retours sur la grève. Malgré les vêtements trempés, on avait chaud tant qu'on travaillait, mais on se refroidissait quand on revenait avec la charrette à vide. Et puis, c'était vrai, ils étaient assez nombreux et elle avait beaucoup à faire.

— Madeleine te remplacera, ajouta Tanguy. De toute façon, on ne fera pas beaucoup plus d'une charretée avant la marée.

Malgré tout, ils travaillèrent encore pendant deux heures, remontant vers la grève avec la mer, pliés vers le sol, le dos cassé, dans l'eau parfois jusqu'à la taille. Mais le travail ne s'arrêtait pas là.

— Il va faire encore plus chaud que je le croyais,

dit Tanguy en s'épongeant le front. La dune est déjà sèche. On va étaler tout de suite.

En principe, on étalait le goémon pour le faire sécher le lendemain de la récolte.

— Le temps va se maintenir, je crois. Il faudra les retourner après midi.

Les algues devaient sécher, certes, mais pas trop vite pour ne pas devenir cassantes et de mauvaise qualité.

— Je m'en occuperai, dit Goulven. Je les retournerai en rentrant de Lilia.

Personne ne fit le moindre commentaire. Si Goulven voulait dire ce qu'il allait faire à Lilia, il le dirait. Sinon, il serait de la dernière impolitesse de le lui demander. De lui-même, il finit par donner un début d'explication.

— Je dois voir Le Got « Kastor ».

Le Got, surnommé « Kastor », était charpentier à Lilia et construisait la plupart des bateaux qui naviguaient à Plouguerneau.

Toujours aucun commentaire. La mention du chantier Le Got suffisait. Goulven avait sans doute en tête de faire le goémon avec son propre bateau. Estimant qu'il en avait assez dit, l'intéressé changea de sujet.

— C'est toujours Jean-Marie Ronvel qui prend le goémon ? demanda-t-il à son père.

— Oui. Il lui en faut toujours plus. Sa femme est habile à acheter de la terre.

— Il finira par posséder tout Kernilis ! s'exclama Madeleine en riant.

L'avidité de Jean-Marie Ronvel et de sa femme ne manquait jamais d'étonner.

— Il finira par ne plus trouver assez de bras pour tout cultiver et qu'est-ce qu'il fera, ce jour-là ?

A présent, sur la dune, tous ceux qui avaient entendu le début de la conversation s'en mêlaient, à grand renfort de moqueries et de rires.

— Pour être juste, ajouta Tanguy, ses fagots sont toujours très bien.

Tanguy troquait son goémon d'engrais contre des fagots d'ajoncs. Il en poussait très peu sur les landes de Tréménac'h, trop peu pour alimenter le feu toute l'année. A la place, les femmes coupaient d'énormes quantités de fougère, parfois loin de chez elles, les faisaient sécher et les liaient ensuite en bottes pour les entreposer au-dessus de la crèche de la vache. Cela remplaçait les fagots d'ajoncs pour l'essentiel, mais on ne pouvait s'en passer pour le four à pain ni pour la nourriture des chevaux. Il fallait donc louer un lot d'ajoncs et l'exploiter avec soin, ne pas couper trop ni trop peu. Le bois de l'ajonc allait dans le feu et le reste dans un grand hachoir, le hache-lande, pour nourrir les chevaux. Tanguy louait ainsi une part de lande à ajonc à quelques kilomètres de chez lui, au-delà de Créac'h an Avel. Il complétait ses réserves grâce au goémon d'engrais livré à Kernilis.

— Son ouvrier s'entend à les faire, environ un mètre, juste assez longs pour qu'ils se rangent proprement, précisa Yves. Et jamais un seul rameau pourri.

— Tu n'aurais pas de mal à changer de client, sinon ! jeta une voix moqueuse, celle d'un collègue du hameau de Ménan.

— Pour ça non ! renchérit un autre. Il y en a un qui est venu de Saint-Pol, l'autre jour, voir s'il pouvait faire affaire. Paraît qu'ils en manquent là-bas, cette année.

— Eh ! Que veux-tu. Ils ont peur d'être un peu moins riches, peut-être, va-t'en savoir !

Les cultivateurs de la région de Saint-Pol-de-Léon, à une soixantaine de kilomètres, étaient de gros utilisateurs de goémon d'engrais, auquel ils devaient de belles récoltes. La richesse de leur terre lui avait valu le surnom de « ceinture dorée » du Léon. Les femmes de là-bas portaient volontiers de la fourrure à leur cape quand celles de la côte ne demandaient qu'une chose, avoir à manger chaque jour.

Chacun prenait des repères pour ne pas mélanger son goémon avec celui du voisin — ou plutôt pour éviter que le voisin se trompe... Bientôt, un tapis noir brillant couvrit de grandes portions de dune, un tapis d'où montait une odeur forte, entêtante. Un léger vent d'est s'était levé et rafraîchissait la température. Tanguy contempla le travail de sa famille. *Mad eo !* Puisque Goulven s'occuperait de retourner la récolte dans l'après-midi, il n'y avait plus à s'en soucier jusqu'au soir. Vers dix-sept heures, il faudrait mettre le goémon en petits tas et le protéger de l'humidité de la nuit. On recommencerait le lendemain, et encore le surlendemain. Au troisième jour, quelques heures suffiraient pour que les algues prennent l'aspect voulu. On pourrait alors en faire un grand tas.

— Fanch, j'ai besoin de toi, dit Tanguy. Je voudrais profiter de ce qu'on a du temps pour vérifier la grand-voile.

— Il y a aussi un aviron qui me paraît faible.

— Bon, on va voir ça.

Ils n'avaient pas besoin de montre ou d'indicateur des marées pour se comprendre. Avec une pleine mer en fin de matinée, ils pourraient reprendre la coupe du goémon noir en fin d'après-midi et travailler jusqu'à la tombée du jour, quand le phare s'allumerait. Ainsi vivaient les goémoniers, au rythme des marées, du vent et des saisons.

10

A dix-neuf ans, la fille de Job Kernévez avait gardé une silhouette assez menue. Ce qui frappait chez elle étaient de magnifiques yeux bleus dans un visage plutôt rond mais aux pommettes marquées, avec des lèvres nettement dessinées au-dessus d'un menton volontaire. On n'aurait pu parler d'une beauté exceptionnelle mais plutôt d'un charme irrésistible. Sa voix, surtout, ne laissait personne indifférent. Elle avait pris avec Yves le goût du chant et connaissait déjà un impressionnant répertoire de chansons, complaintes et chansons à danser. Mais celles-là, il valait mieux ne pas s'en vanter trop fort. Monsieur le curé interdisait la danse, pratique de païens, et surtout la *dans round*, la ronde pourtant bien innocente que l'on dansait sur la côte. Une fois, Madeleine avait commis l'erreur d'avouer à confesse qu'elle avait dansé, juste une fois. En plus d'une longue pénitence, elle avait connu la honte d'être désignée parmi les jeunes filles fautives au sermon du dimanche suivant, et de se voir refuser la communion. Elle se promit de danser quand cela lui plairait, mais de ne plus jamais le confesser !

De danses et de chants, il ne fut guère question en ce printemps de 1897. Le vent d'ouest ne se calma pas de plusieurs jours et les coups de vent d'avril frappèrent avec violence, détruisant tout ce qui tentait de pousser ou fleurir. Toutefois, revanche des goémoniers, ils offrirent une fabuleuse récolte de goémon épave.

Les tempêtes d'équinoxe, qui précèdent l'ouverture de la saison de coupe en mer, arrachent les algues à leurs champs marins. On voit arriver à la côte, flottant entre deux eaux, brassés par le ressac, les rubans lisses et bruns des laminaires, mêlés aux touffes de fucus que ses vésicules soutiennent à la surface. Tout cela forme le goémon épave qu'il faut se dépêcher de récolter à marée descendante. Une fois roulé sur une plage de sable, il n'était plus utilisable pour l'usine d'iode. On le gardait pour fertiliser les champs.

Une nuit où le vent d'ouest avait soufflé en rafales, ravageant tout sur son passage, Goulven avait couru à la Grève Blanche avant le lever du jour, profitant d'une accalmie. Le fils aîné des Larvor travaillait d'autant plus dur qu'il avait épousé la belle Marie-Renée l'année précédente et qu'il aurait aimé pouvoir louer une petite ferme à lui plutôt que de vivre encore chez ses parents. On avait ajouté un lit clos, mais le nouveau couple rêvait de sa propre famille et Marie-Renée lui avait chuchoté que dans quelques mois... Ils n'en avaient encore rien dit, tous les deux attentifs à préserver un peu de secret. Et puis, cela se verrait toujours assez tôt. Pour rendre tout cela possible, Goulven ne perdait pas de vue son objectif : finir de payer son bateau, ou plutôt de rembourser l'argent prêté par ses parents pour l'acheter. Cent francs, ce n'était pas grand-chose, encore fallait-il les avoir. Heureusement qu'Annaïg avait proposé un orme qui gênait le passage d'un de ses champs. Le bois n'était pas toujours facile à trouver et Goulven s'en était ainsi tiré à bon compte. Mais il n'y pensait pas tandis qu'il se raidissait contre le vent, pressé de savoir si le goémon flottait. Arrivé au-dessus de la Grève Blanche, il s'arrêta un instant, fasciné comme toujours par le spectacle de la tempête. De son point d'observation, il devinait le goémon, noir dans les bouillonnements d'écume blanche. La lumière du phare se reflétait sur les nuages sombres qui couraient dans le ciel.

Un voisin, qui avait aperçu Goulven tandis qu'il montait sur la falaise, le rejoignit et désigna le phare d'un mouvement de la tête.

— Il n'en a plus pour longtemps, celui-là.

— Crois-tu ? Il paraît que les travaux vont durer plusieurs années, répondit Goulven qui se méfiait de l'homme, connu pour son goût de la bagarre et du moindre effort.

— J'ai entendu dire qu'il serait tout en pierre.

— C'est ce qu'on dit.

On allait construire un nouveau phare sur l'île Vierge, un nouveau phare extraordinaire, le plus haut d'Europe. Les travaux devaient commencer au cours de l'été et cela faisait un sujet de conversation depuis plusieurs mois dans toutes les maisons de la côte. Il serait plus puissant et réduirait peut-être le nombre de naufrages. Ce qui voulait dire, aussi, moins d'épaves à récupérer.

— Il flotte, hein ? reprit le voisin, révélant ainsi son intérêt pour le goémon.

— Ça se peut, fut la réponse laconique de Goulven, conscient que l'autre cherchait à le retarder.

Sans un mot de plus, il redescendit vers Trolouc'h et prévint sa famille. Ils se dépêchèrent d'expédier les premiers travaux de la journée. Le reflux se produirait dans le milieu de la matinée et ils ne voulaient rien laisser perdre du précieux engrais. Tant que le goémon flottait, il appartenait à qui s'en emparait. Une fois échoué, il devait être partagé selon des modalités strictes, celles du *mare rann*. Les différentes récoltes de goémon avaient été soigneusement réglementées des siècles plus tôt par Colbert — qui avait des droits sur les algues, à quelle période de l'année pouvait-on les récolter, en quelles quantités et avec quels outils. En ce qui concerne le goémon épave, hier comme aujourd'hui, il se récolte tout au long de l'année, car le mauvais temps peut frapper en toute saison. Toutefois, les meilleures occasions se présentent en général en avril, au moment des grandes tempêtes d'équinoxe.

Les goémoniers avaient donc de bonnes raisons de se presser. Fanch, qui marchait derrière Tanguy sur la crête du talus — plus praticable que le chemin creux où l'on s'enfonçait dans le sable —, se tourna légèrement vers Yves et Goulven.

— Il y en a beaucoup ?

— Je n'ai vu personne à part Léon, répondit Goulven.

La question, en effet, ne portait pas sur la quantité de goémon à récolter mais sur le nombre de récoltants. Beaucoup auraient pensé qu'il était trop tôt après le début de la tempête pour que cela vaille la peine d'aller voir. Goulven, lui, se déplaçait toujours et il était souvent utile d'avoir un peu d'avance. Bien sûr, les voisins étaient déjà avertis, à les voir passer en procession, courbés sous un grain violent qui venait d'éclater et leurs grands râteaux de grève — *rastell aod* — sur l'épaule. Les sortirait-on sans raison, ces lourds râteaux de bois aux dents rabattues en oblique vers le très long manche ?

La pluie trempait leurs vestes en gros drap de laine écru — le *kab an aod* ou manteau de grève — que portaient les goémoniers par mauvais temps. Pourvu d'une capuche, ce vêtement possédait deux poches ventrales à ouvertures latérales où l'on glissait les mains pour les garder au chaud. Mais on ne se souciait pas que de l'utile : les épaulettes, destinées à protéger le corps quand on travaillait en appuyant un outil sur l'épaule, étaient élégamment crantées. Pour les coutures en losange, on utilisait un fil rouge vif qui ressortait avec vigueur sur le drap de laine blanc. Enfin, trois boutons allongés en buis fermaient le *kab an aod* sur le devant. Le *bragez bihan* et les *botou torchou foenn* — la large et courte culotte bleue et les sabots garnis de foin — complétaient ce costume de travail sur la grève.

Bien à l'abri sous leur capuche, arc-boutés contre le vent, ils arrivèrent en haut de la courte falaise qui domine Trolouc'h. Le chemin débouchait près de la chapelle Saint-Michel dont le nom remplace à présent celui de Tréménac'h. A quelques mètres de là, rebâti par le chanoine Favé en 1891, se dresse aussi l'ermitage de Michel le Nobletz qui s'y était retiré en 1607 et 1608. Cadet de petite noblesse locale, jugé fou par sa famille, Michel le Nobletz avait embrassé la carrière religieuse. Devenu père des Missions Bretonnes, il avait déversé sa rage rédemptrice sur la côte et les campagnes où il prêchait l'Evangile à grands coups d'images terrifiantes, vouant tout un chacun aux supplices infernaux pour des péchés qu'il craignait sans doute plus qu'on ne les commettait. Le sauvage prêcheur, si décrié de son vivant, même par sa hiérarchie, avait pris des odeurs de sainteté dès sa mort. Le puissant clergé breton du XIXe siècle finissant, qui ne se refusait pas le concours des images édifiantes, inclut l'oratoire de Michel le Nobletz dans le trajet des grands pardons de Plouguerneau. Quant à la tradition des « missions », elle s'était maintenue à travers siècles, les prêtres prêchant le repentir et la sobriété en tous domaines à l'aide de grands tableaux éducatifs, les *taolennoù*.

Dépassant les deux clochetons à leur gauche, les goémoniers laissèrent à leur droite les gigantesques rochers du Dolenn où la mer se brisait dans de spectaculaires jaillissements d'écume. Au large, sur le Lizenn Wenn, une longue chaussée rocheuse responsable de nombreux naufrages, les vagues éclataient, dévoilant par éclairs quelque dent de pierre. Par-dessus tout ça, un ciel immense mais d'un gris bleuté d'ardoise où défilaient de gros nuages de pluie encore plus sombres.

Goulven se réjouit de savoir que sa femme ne serait pas sur la grève par un temps pareil. Elle était partie au petit jour dans la charrette d'une cousine plus âgée qui, comme elle, allait vendre son beurre à Lannilis.

Au fur et à mesure de la descente vers la Grève Blanche, le vacarme augmentait, toujours dominé par les cris des goélands. Signe de mauvais temps, quelques mouettes à tête noire glissaient au ras de l'eau. Diaoulic — officiellement rebaptisé *ki du*, chien noir, par référence à son pelage, après une admonestation d'un des vicaires trouvant sacrilège le nom de Diablotin —, Diaoulic surgit, donnant de la voix. Il était resté un animal de petite taille, toujours aussi joueur et bon gardien. Ce jour-là, il en avait après un lapin qui détala à toute vitesse et disparut dans un terrier à la dernière minute. De frustration, le chien joignit son hurlement à celui du vent avant de courir pour rattraper la petite troupe.

La belle anse de Grève Blanche apparut, dessinant un souple croissant de lune bordé de dunes à l'herbe rase. Pas un arbre pour arrêter le regard, pas une maison. A l'autre extrémité de la grève, quelques silhouettes se hâtaient, poussées par le vent qui ralentissait l'équipe de Trolouc'h. Des deux bords, on pressa le pas. Quelques galets roulèrent sous les sabots puis ce fut le sable blanc, le sable si fin d'*An Aod Wenn*, la bien nommée. L'herbe courte des dunes, l'armérie maritime qui bientôt porterait des myriades de fleurettes roses ou mauves, s'écrasait sous les rafales. Le sable volait, giflant les chevilles nues. En effet, ceux qui portaient des sabots les ôtaient pour entrer dans l'eau. Les vagues éclataient sur les blocs rocheux qui soulignaient, de place en place, la douceur du sable.

— La baleine et le chien ne se sont pas mangés, glissa Yves à Fanch.

C'était leur plaisanterie à tous deux, dès qu'ils mettaient le pied sur cette grève. Un des rochers au dos arrondi rappelait la silhouette d'une baleine, vue dans un journal affiché par un commerçant du bourg qui prétendait lire le français couramment. Un autre offrait un profil de chien. Gamins, les deux garçons avaient beaucoup rêvé devant les formes créées par la mer, se racontant d'interminables histoires d'aventures et de voyages exotiques. Bientôt, le voyage deviendrait réalité pour Yves qui, à son tour, embarquerait pour plusieurs années de service dans la marine.

— Ohé, les garçons ! Ce n'est pas le moment de bavarder. Et méfiez-vous !

Quand on travaille dans l'eau jusqu'à la taille par un temps pareil, l'accident arrive vite. Suivant l'exemple de Tanguy, les jeunes goémoniers ôtèrent leurs sabots pour courir dans l'écume qui moussait à mi-hauteur de la plage sur le sable affreusement froid. Sautant d'un pied sur l'autre, ils entrèrent dans la vague, lançant leur grand râteau sur les rubans de *tali* qui se tordaient, violemment brassés. Ils avançaient aussi loin que possible car, près du bord, la violence du ressac soulevait le sable et le mêlait aux algues. Cela les abîmait, leur faisait perdre l'essentiel de leurs qualités. Les femmes viendraient un peu plus tard ramasser ces débris, les pieds dans quelques centimètres d'eau seulement, là où l'on risque moins de se faire renverser, rouler et emporter par la mer.

Ils n'arrêtaient pas de passer d'un pied sur l'autre, de crainte de sentir le sable se dérober s'ils s'y reposaient un instant de trop. Perdre l'équilibre dans de pareilles conditions signifierait aisément la noyade, le corps emporté vers le large par le jusant. Ensuite, le travail commencé, ce balancement leur permit de tasser le goémon sous leurs pieds, en un tas aussi solide que possible pour résister à la violence du ressac.

D'autres équipes rejoignaient les premiers arrivés.

Fanch les observait du coin de l'œil, craignant la concurrence de deux ou trois goémoniers prêts à tout pour augmenter leur part. Il n'aurait pas fallu laisser filer sa récolte quand certains se trouvaient dans les parages. Car c'est la loi du goémon épave : tant qu'il flotte, il appartient au plus rapide. Si le tas s'en va, il appartient à qui l'attrape. Tous travaillaient aussi dur que possible pour ramener le goémon entre les dents de leurs lourds râteaux et le remonter vers la limite des flots. Quand la vague repartait, ils la laissaient tirer et accrocher les algues entre les longues dents du *rastell* immobile ; quand elle revenait, ils la laissaient repousser l'outil, leurs mains glissant sur le long manche.

Les tas se formaient vite, mais le vent tournait et chassait la mer, accélérant le reflux. Quelques algues s'échouaient tandis que d'autres repartaient vers le large. Tanguy jeta un coup d'œil derrière lui à un moment où il remontait son *tali* à l'abri d'un rocher. Un hennissement familier avait attiré son attention. Debout dans la charrette, Jeannette arrivait, menant Gwalarn, son petit cheval au poil clair. Derrière elle, Madeleine encourageait Rouan, qui servait aux deux familles. Anna ne le savait même pas, retranchée dans un monde perdu, indifférente à tout.

Jeannette se mit au travail sans attendre, pieds nus sur le sable glacial, mais le haut du corps protégé comme pour les hommes par le *kab an aod*. C'était le seul vêtement que l'on portait aussi bien chez les hommes que chez les femmes. Plantant son croc dans les algues, Jeannette les soulevait, dégoulinantes, et les hissait plus haut qu'elle pour faire basculer la charge dans la charrette. L'eau salée lui coulait le long des bras, glissant dans ses manches sans qu'elle s'en rende compte, tant l'effort concentrait son attention. Par intervalles, elle faisait une brève pause pour s'essuyer les yeux, brûlés par les embruns. Dans la lumière un peu violette du mauvais temps, son impeccable coiffe blanche resplendissait dès que la capuche au blanc plus terne glissait. Jeannette se hâtait alors de la remonter, car le vent pinçait péniblement les oreilles malgré la coiffe qui les couvrait.

Dieu te garde, ma femme chérie, pensa Tanguy. Puis il reprit son labeur avec une vigueur accrue, satisfait d'avoir enregistré du coin de l'œil l'arrivée de trois autres *kabou* clairs, Madeleine suivie des deux filles, toutes trois portant un croc. Au moins, Jeannette ne serait pas seule en cas de problème. Cela n'empêcherait pas les filles de se faire chauffer les oreilles. Arriver en retard pour le travail, Tanguy ne l'admettrait jamais.

Même si Madeleine était consciente des exigences de la sécurité réciproque dans le travail, sa prcmière pensée en arrivant sur la grève avait été pour Yves. Elle l'admirait toujours, mais plus comme la petite fille qui guettait le bateau de son père du haut de la falaise. Comment aurait-elle pu se le cacher ? A la nouvelle du départ d'Yves pour le service, elle avait cru sentir son cœur s'arrêter. Quoi ! Tant d'années sans le revoir !

Comme si elle l'avait entendue penser, Yvonne s'exclama :

— Tu ne le trouves pas drôlement beau gars, mon frère, dis, Madeleine ? Regarde comme il tient bon dans l'eau ! Et tout le goémon qu'il ramène en un seul coup. Pas vrai qu'il est beau ?

— Espèce de délurée ! Tu n'as pas honte ? Que vas-tu chercher là ?

— Rien du tout, voyons. Tu t'es trahie, Leine !

La moqueuse avait raison : Madeleine avait rougi, mais comme elle avait pris beaucoup d'assurance depuis six ans qu'elle habitait avec les Larvor, elle bouscula Yvonne d'une grande bourrade affectueuse.

— Dis-moi donc plutôt ce que tu faisais du côté de

Landévennec, pas plus tard qu'hier ? cria-t-elle pour couvrir les hurlements du vent.

Au tour de l'autre de rougir !

— Moi, je ne le trouve pas si bien, ton Mikéal.

Mikéal était le nom d'un jeune goémonier qui semblait très intéressé par Yvonne et que la famille voyait d'un œil favorable.

Avec une profonde mauvaise foi, Madeleine asséna le coup de grâce :

— En tout cas, moins bien que ton frère !

Que répondre ? Yvonne prit le parti de rire, aussitôt imitée par Madeleine et Marie. Mais elles n'eurent guère le temps d'en profiter, Jeannette leur criait de se dépêcher. L'instant d'après, elles étaient à leur tour pieds nus, plantant le croc dans le *tali* dont les rubans froids glissaient contre leur peau. Elles travaillèrent ainsi pendant plus d'une heure, avançant au fur et à mesure que la mer reculait, défaisant les tas de goémon régulièrement construits par les hommes, en ligne bien droite pour éviter les contestations. Quand la charrette était pleine, elles remontaient à travers la grève sur la dune, les chevaux tirant fort dans le sable où les roues s'enfonçaient profondément. Elles devaient en même temps pousser à la roue pour les aider. Par un talus très large où la charrette pouvait rouler, elles rejoignaient leurs champs et y déchargeaient le goémon. Il resterait quelques heures en bordure des champs pour y être rincé par la pluie, lavé de son sel. Ensuite, on l'étalerait, l'enfouissant dans le sable pour qu'il s'y décompose.

Tout autour des Larvor, le même manège se répétait, le ballet des charrettes qui partaient pleines, souvent une femme perchée au sommet du tas d'algues, et revenaient vides, brinquebalant derrière le cheval qui avançait aussi vite que possible dans le sable. D'autres travaillaient avec les civières, peinant dans le sable où les pieds s'enfonçaient profondément. Après deux voyages, Jeannette quitta les filles et alla chercher des vêtements secs pour les hommes.

Tout le long de la grève, on finissait le travail. Les hommes s'envoyaient à distance de grands saluts du bras. La mer était partie trop loin pour la suivre, à présent. Après une longue descente en pente douce, la grève cédait la place à des fonds hérissés de cailloux.

Tandis que les hommes enfilaient un pantalon sec à l'abri, tout relatif, d'un rocher, les femmes continuèrent à charger le goémon. Entre deux efforts, Marie souffla :

— Ils sont trop jeunes.

Pas besoin d'en dire plus : ses compagnes avaient aussi remarqué les enfants qui travaillaient non loin d'elles. Dix ou douze ans, guère plus.

On les connaissait bien dans le secteur. Nés dans une famille de dix enfants, ils passaient au moins une fois par semaine quémander un morceau de pain ou un bol de soupe. Le père s'échinait en mer à faire le goémon et à pêcher le mulet chaque jour que le temps le permettait. En hiver, lui et les aînés de ses enfants se plaçaient comme domestiques dans une grosse ferme de l'intérieur. Si cela ne rapportait pas beaucoup d'argent à la maison, au moins cela faisait quelques bouches de moins à nourrir. Sa femme lavait pour plusieurs maisons du bourg, les mains gercées dans l'eau froide du lavoir, pendant des heures et des heures. Quelques sous par-ci, quelques sous par-là, un peu de pain mendié chez les voisins... On ne mourait pas tout à fait de faim. Mais les enfants dans l'eau par ce temps ! Combien avaient attrapé la maladie de cette façon, toussant jusqu'à en mourir. Le plus jeune semblait déjà mal en point, quinte de toux sur quinte de toux.

Sans cesser d'entasser le lourd *tali* dans la charrette, Madeleine adressa au ciel une prière silencieuse. Bonne Vierge, si vous ne pouvez empêcher la misère, aidez ce petit à guérir. Qu'il ne finisse pas comme Paol.

Les hommes revenaient, leur pantalon trempé à la main, le sec ne valant déjà guère mieux car, si ce n'était pas la pluie, c'étaient les embruns qui imprégnaient les vêtements jusqu'à la peau. A faire ce métier, on était plus souvent trempé que sec.

— Rentrez, dit Tanguy. Nous finirons.

Les quatre hommes reprirent les fourches des mains des femmes qui, sans un mot, exténuées, traversèrent la grève pour remonter le chemin des dunes. Plutôt que de suivre la côte, elles passèrent par l'intérieur, là où la pluie, cette petite pluie qui avait remplacé les grains violents et calmait le vent, paraissait moins insidieuse.

Suivie de ses filles et de Madeleine, Jeannette coupa à travers champs, escaladant les talus et se laissant glisser sur l'autre versant. Chacune à son tour, elles dégringolaient dans la fougère, leurs sabots dérapant sur toute cette humidité. Eh oui, leurs jupes se retroussaient très haut, mais qui s'en souciait ! Ce n'était pas la première fois qu'une femme basculait cul par-dessus tête. Si les garnements guettaient volontiers le spectacle de ces jupons envolés sur des derrières nus, on ne s'en formalisait guère.

Courant à moitié pour être plus vite au sec, elles longèrent une prairie inondée et traversèrent Stread an Iliz, le chemin de l'Eglise. Ce nom, elles l'ignoraient, disait la vérité : un siècle plus tard, on découvrirait par hasard l'église de l'ancienne paroisse de Tréménac'h ensevelie par les sables, là même où elles passaient tous les jours. Quand elles tournèrent pour rejoindre le petit chemin qui menait à leur maison, le même sursaut les saisit. Une forme sombre flottait un peu plus loin. Elles se ressaisirent aussitôt et Madeleine chuchota :

— Anna !

C'était en effet sa belle-mère qui errait, vêtue de noir, ses longues mèches blanches flottant dans le vent.

L'absence de la coiffe, à elle seule, témoignait de son délabrement. Quelle femme se montrerait ainsi en cheveux sur les chemins ? Marie et Yvonne esquissèrent un mouvement de recul, mais Madeleine les retint de la main :

— N'ayez pas peur, elle ne nous voit même pas.

— Elle est aveugle ? demanda Yvonne à voix basse.

— Non, elle est dans un autre monde.

— Pauvre femme, soupira Jeannette. Elle aura bien souffert.

— Elle ressemble à une des pécheresses sur le tableau que nous a montré monsieur Favé à la dernière mission, glissa Marie avec un petit rire.

Les missions étaient des périodes de prêche, des retraites, où il valait mieux être vue si l'on voulait rester une femme respectable et être admise à faire ses Pâques.

— Tu n'as pas honte ! s'exclama Jeannette. Je te souhaite de ne jamais connaître ce qu'elle a connu.

— Pardon, maman.

Si rapide qu'ait été leur échange, cela avait suffi à Anna pour disparaître dans le crachin.

— Je vais voir, dit Madeleine.

En quelques instants, elle atteignit la porte de la maison, de *sa* maison. Ce n'était pas souvent qu'elle y pensait comme à *sa* maison, mais, Yvonne avait raison, même si elle plaisantait, Madeleine commençait à rêver de la famille qu'elle fonderait un jour. Elle avait déjà la maison. Elle n'osait encore franchement s'avouer le nom de l'homme qu'elle désirait comme mari. D'ailleurs, le savait-elle vraiment ? Un curieux mélange s'effectuait dans son esprit, si pas dans son cœur, où se superposaient les images de son cousin et d'Yves. On n'épouse pas son cousin germain, elle ne l'ignorait pas, mais Fanch possédait toutes les qualités qu'elle espérait trouver chez un homme. Yves aussi, certes, mais il lui semblait encore inaccessible, encore trop proche du « grand » qu'elle admirait dans son enfance. Cela l'impressionnait par trop, de s'imaginer dans les bras d'Yves Larvor.

S'interdisant de penser plus longtemps à ses futures amours, Madeleine poussa la porte avec précaution, de crainte d'effrayer Anna par un mouvement brusque. On ne voyait rien. Pas la moindre braise dans l'âtre, pas la moindre chandelle dans la maison pour donner un peu de lumière. Par l'unique petite fenêtre pénétrait le reflet gris du jour, lui aussi éteint.

— Anna ? souffla Madeleine.

Un faible bruit de vêtements bougés lui parvint.

— Anna ? répéta-t-elle. Tu es là ?

Se dirigeant à tâtons vers le renfoncement du mur où elle avait l'habitude de laisser chandelle et allumettes, Madeleine ne cessait de redire de son ton le plus calme :

— Anna, c'est Madeleine. Je vais te faire du feu. Tu ne peux pas rester ainsi. Je vais allumer un bon feu qui te réchauffera. Tu dois être trempée. Il faut te sécher.

Au moment où elle atteignait les allumettes, elle sentit une main glacée effleurer la sienne. Réprimant un frisson, elle prit la boîte et la chandelle posée à côté et gratta vite une allumette. Dans la brève lueur, elle vit surgir le visage décharné de la veuve. Elle réussit à lui sourire.

— Tout va bien, Anna, je suis venue m'occuper de toi.

La chandelle plantée dans le petit bougeoir à main en fer-blanc, elle s'avança jusqu'au milieu de la pièce puis posa la lumière sur la table et se retourna.

— Je vais chercher un fagot. Je reviens tout de suite.

Elle courut jusqu'à la crèche où Fanch entreposait les fagots de fougères et d'ajoncs. Il lui fallut ensuite quelques minutes pour qu'une flamme s'élève dans l'âtre froid ; bientôt, la fougère craquait, chassant l'humidité. Madeleine alla prendre par la main sa belle-mère qui n'avait toujours pas bougé et la fit asseoir sur le banc de la cheminée. Elle n'éprouvait plus la moindre crainte, trop absorbée par son inquiétude.

— Anna, es-tu restée longtemps sous la pluie ? Laisse-moi te mettre des vêtements secs.

Il lui était facile de trouver jupon et corsage dans l'armoire puisque c'était elle qui les y avait rangés lors de la dernière lessive. Ensuite, elle fit chauffer le lait qu'elle avait apporté le matin même et auquel Anna n'avait pas touché. Elle la força à boire, ne cessant de lui parler, de la rassurer. Elle s'était déjà occupée d'un enfant malade et trouvait étrange de traiter de la même façon une femme bien plus âgée qu'elle. Une vieille femme, se dit-elle avec tristesse. Voilà ce qu'était devenue la femme de son père. Une vieille qui n'avait plus sa tête.

Un vilain frisson lui parcourut l'échine, non pas de froid ni de crainte mais de franc désespoir. Avait-elle le droit de laisser Anna seule ? Ne devait-elle pas revenir vivre dans cette maison pour veiller sur cette femme qui l'avait détestée ? Pourtant, Anna avait un fils ! La réponse, elle la connaissait déjà. Fanch passait de nombreuses heures en mer pendant toute la saison du goémon, de mai à septembre. Même si les femmes travaillaient tout autant, elles restaient à terre, jamais trop loin de chez elles, toujours prêtes à intervenir. Mais quelle vie serait-ce pour une fille de dix-neuf ans ?

— Anna, je dois m'en aller pour un moment, mais je reviendrai vite. Je te laisse un fagot, tu n'auras qu'à remettre de la fougère dans le feu.

Un léger mouvement des yeux, un chuchotement.

— Qui es-tu ?

— Madeleine.

Un silence puis de nouveau un chuchotement.

— Ah... Madeleine...

Et Anna retomba dans son immobilité.

Madeleine attendit un instant puis se sauva. Il fallait parler à Jeannette. Elle saurait quoi faire. Elle saurait ce qui serait juste.

11

La tempête ne se calma pas de sitôt et d'importantes quantités de goémons de toutes espèces s'échouèrent, dessinant une large et épaisse frange noire au long des grèves. On allait les ramasser de préférence sur les plages de galets car, sur le sable, ils arrivaient très abîmés par le frottement des petits grains abrasifs.

Tout le monde avait le droit de les ramasser, à raison d'une part par personne présente au moment où s'éteignait le phare de l'île Vierge, tout blanc sur l'horizon. C'était le système du *mare rann* tel qu'on le pratiquait à Plouguerneau — le partage de la marée. Tous les membres d'une famille devaient se trouver sur la grève au bon moment pour faire nombre, du plus jeune au plus vieux. Les mères venaient avec leurs enfants qui faisaient acte de présence avant de filer à l'école, du moins ceux qui y allaient. Parfois, certaines parmi les plus pauvres amenaient même leurs nourrissons, chaudement serrés contre elles. Surtout, c'était la loi, il fallait arriver avant l'extinction du phare. Après, inutile de réclamer sa part ! Plus personne ne serait accepté. C'est pourquoi tous se dépêchaient, Yvonne et Marie faisant exception à leur habituel retard. A moitié courant dans la nuit, n'évitant pas toujours les profondes flaques d'eau stagnante, elles sautaient d'un talus à l'autre pour monter vers la chapelle Saint-Michel, ensuite traverser la lande puis ralentir avant d'aborder l'abrupte pente de galets qui prolonge l'anse de Grève Blanche à l'est. En franchissant le chemin douanier qui longe la côte, Yvonne pesta. La tempête avait projeté des galets sur le chemin et elle en avait violemment heurté un gros avec son sabot.

— J'espère qu'il n'est pas fendu !

— Tu devrais aller pieds nus ! plaisanta Marie. Tu ne veux pas que Mikéal voie tes jolis pieds ?

— Arrête ! Ce n'est pas drôle.

Elle avait parlé d'un ton si sec que Marie s'arrêta un instant, interloquée, avant de comprendre. L'affaire était donc si sérieuse qu'Yvonne se blessait d'une taquinerie sans méchanceté ? Toutes portaient des sabots. Laquelle aurait pu se targuer de garder des pieds fins et blancs ? C'était grotesque ! Consternée, Marie courut pour rattraper sa sœur.

— Sotte ! lança-t-elle en lui donnant une tape sur l'épaule. Je ne voulais pas te faire de peine.

Juste avant de rejoindre les autres, comme Yvonne ne se déridait pas tout à fait, Marie chuchota d'un air contrit :

— Tu sais, si j'étais riche, je t'achèterais des vrais souliers.

— Si nous étions riches ! Ah, Marie, si nous étions riches... Moi, je t'en achèterais dix paires !

— Pour mes deux pieds ! Pour le coup, nous serions *en grand*.

Les brouilles ne duraient jamais longtemps entre les deux sœurs et elles éclatèrent de rire avant de saluer Madeleine qui arrivait, accompagnée d'Anna. En dépit de l'étrangeté de la situation, les Larvor avaient été de l'avis de Madeleine et celle-ci avait repris sa place dans le lit clos de son enfance. Tout était allé très vite, trop vite pour laisser à Madeleine le temps de réfléchir. Tant d'émotions mêlées et contradictoires l'avaient secouée en quelques heures qu'elle ne savait plus où elle en était. Elle avait hâte que se termine la récolte du goémon épave, car cela lui donnerait enfin un répit.

Anna semblait bien se porter de ce changement et, dès le lendemain de l'installation de Madeleine, donna l'impression de revenir dans la vie. Par instants, elle reconnaissait son entourage, posait une question. Dans l'espoir qu'une vie normale rendrait la raison à sa belle-mère, Madeleine avait convaincu Fanch de la laisser participer au *mare rann*. Cela ferait une part de plus, un peu plus de goémon à vendre ou à troquer. Il avait fini par céder, conscient de ne pouvoir négliger quelques francs ou quelques fagots supplémentaires. Et — qui sait ? — le travail réveillerait peut-être la mémoire d'Anna. De plus, à présent que Madeleine s'occupait de sa mère, il ne se sentait plus le droit de décider. Quant à la possibilité de revenir lui aussi dans la maison, il ne fallait pas même y penser. L'inconvenance de la situation n'aurait échappé à personne.

— Tu as donc réussi ? chuchota Jeannette en voyant Madeleine arriver dans la pénombre aux côtés d'une silhouette hésitante.

— Bonjour, Anna, assieds-toi ici, poursuivit-elle de son ton habituel. Tu seras bien, la pierre est presque sèche. De toute façon, tu n'en as pas pour longtemps à attendre.

Anna ne répondit rien, le regard fixé sur l'eau encore noire en cette fin de nuit. Puis, d'un geste mécanique, elle retrouva le vieux réflexe. Elle se plia en deux, allongea les bras vers les goémons échoués autour d'elle et commença à les remuer, délimitant un petit territoire de ramassage. Le brassage des algues en éveillait le parfum tonique, avec mille petits bruits d'eau. Tout autour d'Anna, chacun en faisait autant, avec les mains, un croc ou une fourche, marquant sa zone de travail. Avec l'approche du jour, une légère brume se leva et les *kabou* dont la plupart s'étaient vêtus dessinèrent comme un lent ballet de touches fantomatiques au long de la grève.

Quand elle eut terminé, Anna se redressa, l'air égaré, et repoussa sa capuche. Elle ne savait déjà plus ce qu'elle venait de faire et lança un long regard interrogateur vers Madeleine.

— Pourquoi sommes-nous ici ? finit-elle par demander d'une voix inquiète.

— Nous sommes venues réserver nos parts.

— Ah...

Un long hochement de tête, et la veuve retomba dans sa rêverie pour ne plus en sortir. Madeleine l'installa sur la pierre que Jeannette lui avait réservée.

Toute la famille de Tanguy, y compris Marie-Renée, se trouvait là, chacun aposté près de la zone qu'il avait marquée.

La nuit pâlissait, les étoiles s'estompaient entre les nuages. Il restait à peine quelques minutes. Un dernier éclat, le phare s'éteignit. Il y avait vraiment beaucoup de monde sur la grève mais, en peu de temps, elle se vida plus qu'à moitié. Les enfants partirent à l'école et les femmes rentrèrent chez elles. Seuls restèrent les hommes, pour une besogne d'autant plus dure que, sur les galets, on ne pouvait utiliser les charrettes. Tout le transport devait se faire à l'aide des civières. Constitués en équipes de deux, Tanguy et Goulven, Fanch et Yves, ils commencèrent à entasser le goémon sur les brancards pour remonter leur lourde charge sur la dune. Une fois arrivés sur leur zone de séchage, ils déversèrent leur récolte en l'étalant sommairement.

Fanch profita d'un instant où ils reprenaient haleine.

— Ne t'en fais pas, dit-il à Yves. Je te remplacerai.

Yves avait en effet reçu la veille sa feuille de route. Il devait se présenter au centre de Brest sous huit jours.

— Au moment où le père a besoin de moi ! répondit-il, incrédule.

Ne savaient-ils pas, dans les bureaux de la marine, que la saison du goémon ne dure guère mais doit faire vivre le goémonier toute une année ? Et, de plus, au moment où allaient commencer les travaux du grand phare de l'île Vierge. Comme il regrettait de ne pouvoir en suivre la construction ! Ce serait passionnant. De plus, il y aurait peut-être quelques *gwenneg* à gagner, qui sait ? Ou du matériel à récupérer ? Suivant le fil de sa pensée, tout en redescendant la grève de galets, il avoua d'un ton mi-blagueur pour cacher qu'il révélait le plus profond de lui-même :

— Tu sais, Fanch, c'est ça que j'aime. Construire. Je voudrais en faire tous les jours, des maisons comme on a fait l'automne dernier pour Goulven Goasduff.

Les Goasduff, des cousins d'un hameau voisin, avaient dû quitter leur ferme car le bail n'avait pas été renouvelé. Le propriétaire demandait trop. Comment payer quand on a si peu d'argent ? De plus, comme si cela ne lui suffisait pas, il exigeait sans cesse des journées de travail gratuites, ainsi que les propriétaires en avaient le droit. Celui-là passait devant l'un ou l'autre de ses locataires et, du haut de son cheval, ordonnait :

— Tu viendras demain avec un tel ou une telle. Il faut faire telle ou telle chose sur ma ferme.

Et l'on ne pouvait pas dire non si l'on ne voulait pas être chassé. La famille de Goulven Goasduff avait fini par dire non à cet esclavage où le pire n'était pas le travail mais le mépris.

Ils s'étaient donc installés sur une minuscule parcelle, une bande sablonneuse allongée entre deux talus, lointain héritage d'un aïeul aussi pauvre qu'eux. Il n'y avait rien à tirer de cette lande mais, au moins, personne ne les en chasserait. Tous les collègues, apparentés ou non, avaient uni leurs forces et, en un jour, avaient bâti un abri. Des blocs de tourbe pour les murs, quelques pierres pour l'encadrement de la porte et de la fenêtre, du chaume et des fougères pour le toit, cela les protégerait des intempéries. Pour le plan, rien de plus simple. Les Goasduff avaient transporté leurs meubles sur le site de leur future maison et les avaient posés à leurs places respectives, fixées par une longue tradition. La table perpendiculaire à la fenêtre, les lits clos autour de la pièce et, dans le fond, l'armoire à linge. A l'entrée, l'armoire à lait et la baratte. On avait monté les murs autour des meubles, dans la journée. Beaucoup de mains, un savoir-faire hérité de nombreuses générations, cela faisait des miracles. Plus tard, on pourrait penser à construire des murs de pierre de la même façon, en s'y mettant tous. On s'entraidait pour tout et malheur à qui s'excluait de cette communauté.

— Oui, c'est ça que j'aime, répéta Yves.

Après un silence que Fanch respecta soigneusement, il conclut avec un sourire qui se moquait de lui-même.

— Mais on ne peut pas construire une maison tous les jours, c'est sûr !

Fanch hocha la tête devant cette évidence.

— Tu vois, poursuivit Yves sans doute mis en veine de confidences par l'idée du départ tout proche, tu vois, quand je vais chez Le Got, je me dis que j'aurais peut-être dû laisser le goémon et apprendre avec lui.

— Construire des bateaux ?

— Oui.

Il n'y avait rien à ajouter. A son retour du service, Yves aurait passé vingt-cinq ans. Devient-on charpentier de marine à cet âge-là ? Et puis, personne ne l'avait fait avant lui : un gars de Tréménac'h apprenti chez Le Got « Kastor », de Lilia, on n'avait jamais vu ça !

Ils finirent de remonter le goémon sur la dune et le répartirent en petits tas.

— Tiens, le vent change, constata Goulven, qui travaillait avec son père non loin d'eux.

En effet, les nuages qui assombrissaient le ciel depuis plusieurs jours se disloquaient, et du bleu apparaissait dans des échancrures de plus en plus larges. En moins d'une heure, le ciel était nettoyé et le soleil brillait comme s'il ne s'était rien passé. La mer, jusque-là d'un bleu profond où tranchait violemment le blanc de l'écume sur les brisants, reprenait des teintes de turquoise et d'émeraude, comme certains marins prétendaient en avoir vu de l'autre côté du monde, dans un océan au nom de rêve, le Pacifique.

Sachant à quoi pensait chacun, Yves et Fanch échangèrent un coup d'œil entendu avant de reprendre le chemin de la maison.

— Peut-être que tu vas le voir, toi, ce Pacifique, dit Fanch.

— Ou toi ?

— Tu sais bien que je vais demander à être exempté à cause de ma mère. A moins qu'ils me trouvent mal fait comme ce pauvre Mikéal.

— Il n'est pas le premier à être réformé parce qu'il est petit ! J'en connais plus d'un ici même. Moi, je trouve qu'il a de la chance de ne pas partir, soupira Yves.

— Tu pourrais te couper un doigt comme Léon !

— Léon ? Ah oui ! Se couper l'index pour ne pas pouvoir manier le fusil et prétendre que c'est arrivé en travaillant ! Je ne voudrais pas qu'on parle de moi comme on parle de lui. Mais ils le savent, au conseil de révision, que certains se mutilent exprès pour ne pas partir.

Le chemin devenait trop étroit pour qu'ils puissent passer de front. Ils attendirent de pouvoir de nouveau marcher côte à côte avant de poursuivre leur conversation.

— Ils diront peut-être que je n'ai qu'à déléguer ma solde à ma mère.

C'était le grand souci de Fanch. Comment concilier le fait que sa mère avait besoin de lui avec son envie de découvrir autre chose que son petit pays de Plouguerneau. Etait-ce le sang aventureux de l'ancien envahisseur viking qui courait dans ses veines ? Ou cette soif désespérée mais sans nom qui avait déjà coûté tant de vies à sa famille et qu'il essayait d'étancher autrement que par la mort ? Mais si sa mère disparaissait pendant qu'il se trouvait au loin ? Se pardonnerait-il d'avoir failli, de s'être dérobé...

— De toute façon, reprit Yves, c'est mal fait. Je donnerais tout ce que j'ai pour ne pas partir et toi, tu risques de rester...

— Alors que je voudrais partir, conclut Fanch en baissant la tête.

Il cogna rageusement dans une pierre qui encombrait le milieu du chemin et l'envoya sur le côté.

— Si j'étais exempté, surtout si cela se décidait demain, sais-tu ce que je ferais ?

Yves ne répondit rien, attendant la suite.

— Je te remplacerais, et cela ne te coûterait rien.

— Cela ne se fait plus, tu le sais, soupira Yves.

Jusqu'à peu de temps auparavant, on pouvait se faire remplacer si l'on avait eu un mauvais numéro au tirage au sort. Un mauvais numéro, cela voulait dire qu'on ferait son service. Sinon on y échappait. Les remplaçants étaient parfois payés fort cher, plusieurs milliers de francs. Bien sûr, seuls les riches pouvaient se le permettre mais, à y réfléchir, quelques milliers de francs pour cinq ou sept ans de sa vie... ce n'était pas si cher payé. Même les familles moins aisées préféraient parfois se mettre dans la gêne pour payer un remplaçant et garder à la ferme un fils dont les bras valaient beaucoup plus.

— Oui, je te remplacerais et... et, toi, tu veillerais sur ma mère et sur Madeleine.

Fanch n'abordait le sujet qu'avec gêne. Pour lui, les sentiments de sa cousine étaient clairs, même si elle en restait encore inconsciente. Comment demander à son ami s'il épouserait Madeleine ou pas ? Ils n'en avaient jamais parlé et Yves n'avait jamais donné le moindre signe qu'il y songeât. D'ailleurs, il répondit d'un ton très naturel.

— Bien sûr que je le ferais.

Puis il se rendit compte que Fanch était réellement très préoccupé.

— Oui, je le ferais, quoi qu'il arrive, répéta-t-il d'un ton ferme.

Il lui venait brusquement à l'esprit que Fanch s'inquiétait peut-être de l'espèce de malédiction qui frappait sa famille. En serait-il lui-même victime ?

— Allons, lui dit-il d'un ton bourru, tout ira bien, tu te marieras, tu auras de beaux enfants et nous aurons un bateau à nous.

— Oui, dommage que nous n'ayons pu garder la *Maria*.

Un voisin avait proposé peu après le règlement de la succession de Job et de son père de racheter la *Maria*, au grand soulagement d'Annaïg. Cela permettrait dc finir de payer la tombe. Les collègues avaient voulu se cotiser, mais Annaïg avait refusé. Comment accepter de l'argent, sachant qu'il manquerait, dans des maisons aussi pauvres que la sienne ? Mieux valait vendre. C'est un peu, avait pensé Annaïg, comme si Maria, qui avait donné son nom au bateau, accueillait son mari depuis l'au-delà.

Mais Fanch n'avait pas lancé la conversation pour parler de bateau.

— Et toi, demanda-t-il, tu te marieras quand tu reviendras ?

— Je suppose, répondit Yves avec un léger haussement d'épaules. En fait, je n'y ai pas encore songé, ajouta-t-il d'un ton un peu pensif.

C'était curieux, en effet, qu'un jeune homme ne pense pas au mariage. Incertain de ce qu'il ressentait, il se tourna à moitié vers Fanch pour dire avec un sourire hésitant :

— Tu te rends compte ? Je n'y ai jamais pensé !

— Pourtant, tu as regardé Marga Saout, au pardon de l'année dernière ? Je reconnais que c'est une sacrée belle fille ! suggéra Fanch avec un sourire en coin.

— Oh ! Je l'ai regardée seulement parce qu'on m'a raconté de drôles d'histoires sur son compte. Paraît qu'elle croit encore aux vieilles choses, la Lune, tout ça.

Quelques femmes pratiquaient encore des rites de fertilité liés à la Lune, à en croire le clergé qui cherchait à éradiquer jusqu'au souvenir des anciennes croyances.

— Pourquoi pas ? s'étonna Fanch. Peut-être que ça marche mieux que les pèlerinages et les cierges.

Mais zut pour les croyances ! On s'était encore écarté du sujet qui intéressait Fanch.

— Tiens, reprit-il en espérant que l'astuce ne se verrait pas trop, sais-tu si Madeleine y croit ?

— Bien sûr que non ! Elle a fait ses communions et elle va à l'église tous les dimanches avec ma mère et mes sœurs.

— Cela ne l'empêche pas de mettre une pierre autour du feu !

Selon la coutume, on faisait un grand feu pour la Saint-Jean, un *tantad*, et chacun mettait une pierre autour du feu pour réserver sa place au paradis.

— Elle y met une pierre comme tout le monde ! Et personne ne se cache. Tandis que Marga fait ses affaires la nuit, quand les autres dorment.

— Tu as raison, concéda Fanch d'un air innocent, Madeleine ne se cache jamais. Elle est trop honnête pour cela. En voilà un qui aura de la chance, ajouta-t-il pour faire bonne mesure.

— Qui cela ? demanda Yves, toujours aussi loin de comprendre les allusions de Fanch.

— Son mari, voyons ! A quoi penses-tu ?

Et Fanch feignit de rire, de trouver drôle la question d'Yves. Mais il était allé un peu trop loin. Yves s'arrêta net dans le chemin.

— Fanch ! Qu'est-ce que tu essayes de me faire dire ?

— Moi ? Mais rien...

L'orage éclata d'un seul coup.

— Arrête ! J'ai compris ! cria Yves.

Il aurait voulu retenir les mots, mais c'était plus fort que lui, ils se bousculaient pour sortir tant il se sentait violemment blessé.

— De quoi te mêles-tu ? Si tu veux Madeleine, épouse-la ! Est-ce que je t'ai demandé de faire l'entremetteur, le *bazhvalan* ?

Consterné, Fanch baissa la tête. L'autre avait raison, il s'était mêlé de ce qui ne le regardait pas. Pourtant, cela ne justifiait pas une telle colère. Il leva la main dans un geste d'apaisement.

— Je n'ai rien dit, Yves, oublie tout ça. Excuse-moi. Tu as raison.

— A tout à l'heure ! dit Yves d'un ton violent.

Mais la journée devait être placée sous le signe de la colère. Des invectives, des cris s'élevèrent non loin des jeunes gens.

— Marie ! s'exclama Yves. C'est sa voix ! Celle de Madeleine aussi. Vite, allons voir !

L'idée que les filles puissent avoir un problème avait instantanément effacé son emportement contre Fanch. Ils se mirent à courir tous les deux en direction des voix.

Quelques dizaines de mètres plus loin, Marie et Madeleine faisaient face à un voisin de Stread an lliz. Leurs vaches broutaient l'herbe du talus.

— Que se passe-t-il ? intervint brutalement Yves. Pourquoi cries-tu sur mes sœurs, Jakez ?

Dans son énervement, il avait inclus Madeleine parmi ses sœurs.

— Regarde mon talus ! Ta vache a fait tomber une pierre, mon talus est fichu !

— Ce n'est pas vrai ! hurla Marie d'une voix véhémente. Ta pierre était déjà à moitié sortie de terre et ce n'est pas le pied de ma vache qui l'a fait tomber, c'est toi en tapant de l'autre côté avec ta serpe à ajonc. Tu ne sais même pas t'en servir comme il faut et tu accuses les autres ! C'est toujours pareil avec toi !

— Suffit, Marie, dit Yves d'une voix menaçante en se tournant vers Jakez. Ma sœur a raison, on te connaît. Toujours à chercher des histoires et à essayer de faire faire ton travail par les autres.

— Oh, toi, tu fais le malin aujourd'hui, mais demain tu ne seras plus là. Alors, tes sœurs, elles seront bien obligées de répondre des dégâts de leurs bêtes. De toute façon, Madeleine n'est pas ta sœur. On se demande plutôt ce qu'elle est.

— Je suis la fille de Job Kernévez et de Maria Normand, cria Madeleine, scandalisée. Et j'en suis fière !

— Lâche ! hurlait Fanch en même temps. Si Yves n'est pas là, moi j'y serai et compte sur moi pour te surveiller. Crois-moi qu'on viendra encore t'aider à refaire ton toit quand tu parles de cette façon à des jeunes filles !

L'autre crut malin de sortir son couteau. L'affaire ne traîna pas.

— Rentrez tout de suite, intima Yves aux filles qui s'empressèrent de s'embusquer avec les vaches derrière le tournant du chemin pour ne rien perdre de la suite des événements.

Les deux garçons s'avancèrent sur Jakez qui reculait dans son champ, le couteau toujours à la main. Se rendant compte qu'il avait perdu d'avance, il finit par faire un grand geste de la main en prenant un ton conciliant.

— Allons, les gars, je plaisantais, on ne va pas se fâcher. D'ailleurs, regardez, je le range, mon couteau. Voilà, plus de problème. Allons, il me reste un coup de rhum, venez trinquer chez moi.

Sans un mot, Yves et Fanch encadrèrent la brute et malgré ses supplications lui infligèrent une solide correction. Se réconcilier sur le compte d'un Jakez, cela n'avait rien de déplaisant. Quand l'autre fut à terre, Fanch se pencha sur lui.

— Ouvre grand tes oreilles, saligaud, chuchota-t-il. Si jamais tu t'avises de faire le moindre mal à qui que ce soit, ou même seulement d'insulter qui que ce soit, les sœurs d'Yves, ses parents, ma cousine, ma mère — tu entends, qui que ce soit —, je te...

Un grand dicton affirme qu'en mer un homme n'a que deux choses sur lesquelles compter : son couteau et sa virilité. Ce que Fanch suggéra à Jakez, c'était la possibilité de n'avoir un jour plus que son couteau. Et encore ! Suprême injure, il le lui confisqua.

— Bien dit, Fanch ! approuva Yves.

Puis il se pencha pour ramasser la pierre à l'origine du litige. La faisant sauter dans sa main, il nargua Jakez dont le nez saignait.

— C'est ça qui te faisait souci ? Eh bien, va la chercher !

Et il la lança de toutes ses forces, aussi loin que possible. Il s'apprêtait à ajouter qu'il considérait Madeleine comme sa sœur quand il s'arrêta, troublé. C'était vrai : qu'était Madeleine pour lui ? Mais il n'eut pas le temps de s'attarder à cette idée qui le dérangeait. Le rire des deux filles, qui avaient assisté à toute la scène depuis leur cachette, s'éleva joyeusement, mêlé à celui de quelques voisins. C'était étrange comme tout le monde se trouvait averti dès qu'il se passait quelque chose d'intéressant.

— Bien fait ! s'exclama un homme qui arrivait. Depuis que tu cherches des histoires à tout le quartier, Jakez, il était temps que quelqu'un te donne une leçon.

L'autre essaya de crâner.

— Je le dirai à monsieur l'abbé Kervella. Il sait que je suis un bon chrétien. Vous, vous êtes des sauvages et je lui dirai que vous vous êtes mis à deux pour me frapper.

— Quelqu'un l'a frappé ? demanda Yves en se tournant vers Fanch.

— Moi, je n'ai rien vu, répondit celui-ci avant de se tourner à son tour vers le spectateur le plus proche. Et toi, Denez, tu as vu quelque chose ?

— Moi ? Rien du tout. Mais ce pauvre Jakez saigne du nez ? Il a dû tomber de son banc. Tu sais, il paraît qu'il a du rhum de contrebande chez lui et... *Trist eo* ! C'est triste. On devrait peut-être demander conseil à l'abbé.

— Il s'est passé quelque chose ? renchérit un autre.

— Moi, je n'ai rien vu, ajouta la femme de Denez. Mais ça n'a rien d'étonnant avec ce Jakez, mauvais garçon comme il est. Il a dû tomber, c'est sûr. Quelle misère ! Tu devrais avoir honte, Jakez. Tu sais que chez nous, on n'aime pas la violence.

Ce qui était vrai.

Sur quoi, chacun retourna à ses occupations en ricanant sous cape, satisfait d'en avoir une bien bonne à raconter aux malheureux qui avaient raté ça. Ah, mon pauvre, si tu avais vu ça ! Une bonne correction, qu'il a pris, le Jakez.

Si l'incident avec Jakez avait effacé tout nuage entre Yves et Fanch, il n'en restait pas moins que les remarques de Fanch puis de cet abruti de Jakez avaient beaucoup troublé Yves. Tout lui paraissait si simple jusque-là. Madeleine était...

Qu'était donc Madeleine, pour lui ? Une orpheline recueillie par ses parents comme dans une de ces histoires pieuses qu'on racontait au catéchisme ? Allons, ses parents n'avaient pas « recueilli » Madeleine, ils lui avaient ouvert la porte comme à l'un de leurs enfants. La fille de Job Kernévez n'était pas abandonnée. Elle avait choisi de vivre à Trolouc'h plutôt qu'au Grouanec, et elle avait bien fait puisque, de toute façon,

Annaïg s'était remariée depuis peu et était revenue vivre sur la côte. Son exemple n'encouragerait certes pas une autre fille de Tréménac'h à se marier à la campagne ! Malgré sa jeunesse à l'époque des faits, Yves avait remarqué le scandale que provoquait ce mariage considéré contre nature. Une fille de Tréménac'h aller vivre au Grouanec ! La preuve que l'idée ne tenait pas, c'est que la pauvre Annaïg s'était retrouvée veuve très tôt.

Il y avait toutefois un point acquis dans tout cela : Madeleine était orpheline et les Larvor l'avaient prise sous leur protection. Oui, cela pouvait se dire ainsi : sous leur protection. Quant à la pension, ils l'avaient refusée dès que Madeleine avait été en âge de travailler comme une adulte et d'apporter sa quote-part au bien-être commun. Mais Yves ne se sentit pas beaucoup plus avancé pour autant. Qu'était Madeleine pour lui ? Le temps où il la protégeait lui-même, parce que c'était une petite fille et lui un « grand », un garçon de surcroît, ce temps était révolu. Une sœur ? A y regarder de près, il n'éprouvait pas les mêmes choses pour elle et pour ses vraies sœurs. Où se situait la différence ? Il n'aurait su le dire exactement, sauf à supposer qu'il doive choisir entre elles trois pour se marier. Avec ses sœurs, il ne pouvait même imaginer la chose. Madeleine ? Ce serait honorable, au moins. Après tout, elle montrait toujours du cœur à l'ouvrage, chantait plus souvent qu'à son tour, connaissait de mieux en mieux les plantes pour soigner hommes et bêtes, savait tenir une maison et était capable de prendre soin d'une vieille femme qui lui avait fait du mal... A bien y réfléchir, c'était sans doute cela qui caractérisait de plus en plus Madeleine, sa capacité à s'occuper des plus faibles qu'elle. Et cela sans s'afficher, sans prétendre en tirer gloriole comme certaine pieuse personne du bourg qui gagnait son paradis avec « ses » pauvres. Un étrange sentiment naquit alors dans l'esprit d'Yves, un nouveau respect pour cette jeune inconnue que Madeleine lui paraissait devenue. Il se rendait compte qu'il la connaissait mal, en réalité, qu'il ignorait tout de ses aspirations profondes, de ses pensées les plus personnelles. L'habitude l'avait aveuglé.

Plongé dans ses réflexions, Yves avait pris le chemin du bourg au lieu de s'arrêter à Trolouc'h pour la collation de midi. Et Fanch ? Où était-il ? Il avait dû se rendre compte du besoin de solitude de son ami et avait préféré le laisser tranquille. Yves en aurait fait autant, dans une situation semblable. A l'idée de leur profonde entente, il sentit son cœur se serrer. Comme Fanch allait lui manquer au cours de ces cinq années d'exil ! Presque courant, il fit demi-tour et faillit se cogner dans un collègue du hameau de Keruzal.

— Salut, Yves ! Il paraît que tu as donné une leçon à Jakez ?

— Jakez ? Jakez qui ? Qui c'est ça, Jakez ? répondit-il sur le ton convenu pour ce genre de réplique.

Satisfait, l'autre cligna de l'œil et conclut :

— Tu seras chez Mélie, dimanche ? Je t'offre un verre, et je ne serai pas le seul, tu peux me croire !

Dimanche ! Il serait en train de faire ses adieux à sa famille, à tout ce qui lui tenait à cœur, dimanche.

— Je n'aurai pas beaucoup de temps, tu sais. Je pars, j'ai reçu ma feuille de route.

— Viens quand même. Tu peux pas partir comme ça.

— Je verrai. A plus tard !

Yves prit son élan et, avec un arrêt au puits pour se laver les mains, rejoignit en quelques minutes le toit familial où l'on se mettait à table.

— Viens vite, lui dit Jeannette, c'est prêt.

A midi, on mangeait le plus souvent de la bouillie de blé noir. Obéissant à sa mère, Yves s'assit au bout du banc. Du plafond pendait le tourniquet à cuillères où il prit la sienne. C'était, comme celle des autres, une simple cuillère en buis au manche décoré d'entrelacs gravés à la pointe du couteau. Yvonne, assise sur un petit tabouret devant le feu, finissait de tourner la bouillie dans le chaudron. Elle prit un épais chiffon de laine et, soulevant le lourd récipient de fonte par l'anse, l'apporta sur la table. La motte de beurre s'y trouvait déjà. De son couteau, Tanguy en coupa un épais morceau qu'il déposa sur la bouillie où il se mit à fondre. Tous plongèrent leur cuillère dans le chaudron et commencèrent à manger. A sa grande surprise, malgré sa gorge serrée à l'idée de la séparation, Yves se découvrit une faim de loup et fit honneur à la délicieuse bouillie de sa sœur. Et c'est alors, tandis qu'il dégustait son repas, qu'il prit conscience de l'absence de Madeleine. Depuis qu'elle habitait avec Anna, elle venait souvent avec elle pour le repas de midi. Aujourd'hui, sa place restait vide.

— Où est Leine ? demanda-t-il.

L'instant d'après, il regrettait sa question. Cela ne serait-il pas interprété comme une attention très personnelle ? Mais non, se raisonna-t-il. Compte tenu de l'incident de la matinée, sa question était normale.

— Elle a préféré préparer le repas avec Anna, répondit Jeannette. Elle pense qu'en lui faisant mener une vie normale elle peut l'aider à reprendre goût aux choses.

Yves se rendit compte alors que Fanch était déjà en train de se lever.

— Je vais voir comment ça se passe, dit-il. Et je voulais vérifier la toiture de la crèche, j'ai l'impression que l'eau coule à l'intérieur. Tanguy, je descendrai au Koréjou juste après.

— Dis à Leine que je vais au bourg tout à l'heure chercher de l'épicerie pour maman, intervint Marie. J'irai voir en partant si elle a besoin de quelque chose.

— Profites-en pour demander à l'hôtel s'ils veulent des ormeaux. Je ferai la grande marée d'après-demain.

S'ils font mine d'hésiter, fais-leur comprendre que j'ai d'autres clients.

— D'accord ! Compte sur moi.

Ravie d'être chargée d'une mission pour le compte de Fanch, Marie s'empressa pour aider sa mère à ranger la maison rapidement puis s'occupa de faire cuire la nourriture du cochon.

Yves descendit au Koréjou avec son père. L'oncle Célestin, avec qui il naviguait toujours, l'y attendait déjà. La saison du *tali* approchait, il était temps de s'occuper de la remise en état des bateaux, temps de les réarmer. Le *Saint-Michel* avait passé l'hiver au mouillage et, chacun à son tour, ils étaient allés régulièrement écoper l'eau de pluie accumulée dans le fond. Comme les autres, il avait été échoué deux jours plus tôt puis remonté au sec sur la dune, orienté dans le sens des vents d'ouest, les vents dominants. Faute de prendre cette précaution, on avait vu des accidents se produire.

— Tiens ! Le trou de nable a dû se boucher, remarqua Tanguy.

Il restait en effet un peu d'eau dans le fond du bateau. Le trou de nable, percé dans la quille pour que l'eau puisse s'évacuer, était normalement bouché par une forte cheville, *an ibil*. Tanguy l'avait ôtée l'avant-veille, mais de l'eau stagnait toujours dans le fond.

— Peut-être une famille de bigornes qui s'est logée en bourgeoise, suggéra Célestin avec un clin d'œil.

Il était venu comparer l'état du *Saint-Michel* avec celui de son propre *Kan ar Mor*, Chant de la Mer.

— Tu parles ! Le bourg tout entier, oui ! répondit Tanguy sur le même ton tout en passant le doigt dans le nable. Il ôta les débris d'algues qui s'étaient accumulés et l'eau s'écoula.

— Et voilà ! A présent, on le retourne. Tu es prêt, Fanch ?

— *Ya.*

— *Mad eo*. On y va.

Côte à côte, les deux hommes poussèrent sur le flanc du bateau, jusqu'à ce que la quille apparaisse, l'autre bord reposant sur le sable. Restait à la retourner complètement. Sans un mot, tant ils avaient à présent l'habitude de travailler ensemble, Fanch passa de l'autre côté. Retenant et tirant tout à la fois le bateau, il sentait la poussée de Tanguy sur la coque. Le moment délicat était toujours celui où le bateau se trouvait en équilibre sur son plat-bord, perpendiculaire au sol. C'était au tour de Tanguy de l'empêcher de retomber brutalement sur Fanch. La manœuvre aboutit sans difficulté et le *Saint-Michel* se retrouva *war he ginou*, « sur sa bouche ».

Fanch s'écarta légèrement pour laisser Tanguy faire le premier tour d'inspection, en réalité pour ne pas lui gâcher le plaisir des retrouvailles. Tanguy éprouvait toujours un plaisir non dissimulé à voir les formes pleines et douces de la coque, la légère inclinaison de l'étrave, l'allongement qui lui faisait un arrière léger à l'œil et stable sur l'eau. Et la solide arête de la quille, bien droite, avec le trou de nable sur l'arrière, comme un œil ouvert dans le bois. Tanguy passa la main sur les *dragou*, les bordés d'échouage, un des points qui souffraient le plus. Puis il examina la quille.

— *Houarn ar c'hein*, dit-il simplement.

— Tu penses qu'elle nous fera encore la saison ? interrogea Fanch.

Houarn ar c'hein, la bande molle, est une bande de fer clouée tout au long de la quille pour la protéger. Fanch à son tour y passa la main. Par endroits, le fer montrait des traces d'usure profonde.

— Quand on a talonné ?

Tanguy hocha la tête. En septembre dernier, surpris par un brusque coup de vent, ils avaient cherché refuge dans une anse à l'est du Koréjou et, à l'entrée de la passe, avaient assez durement heurté le fond. Le résultat était devant leurs yeux.

— Il pourrait tenir, dit Tanguy.

Sous-entendu : mais s'il ne tient pas...

— J'ai encore un fer de roue de la charrette, proposa Fanch.

— Il m'en reste un aussi. On regardera quel est le mieux.

— Je pourrai le monter à la forge ce soir. Nous l'aurons plus tôt.

Il fallait décintrer le vieux fer de roue avant de l'utiliser, lui redonner une forme allongée et droite.

— En même temps, tu porteras la vieille faucille à refaire.

Tanguy observa encore un instant son bateau.

— On va le brosser aujourd'hui. On pourra calfater et commencer le coaltar demain. Ça devrait être bon, avec le vent ; le temps restera sec.

Le vent était passé au nord-est, amenant l'éclaircie du matin et le beau temps.

— Annaïg nous a fourni de la belle étoupe, cette année.

— Oui, elle a eu une bonne récolte.

L'étoupe est de la filasse de lin ou de chanvre qui sert à calfater, à combler les espaces entre les différentes pièces de la coque. Ensuite, on passe un mastic, le brai, et du goudron, le coaltar.

Tandis qu'ils évaluaient le travail, ils furent rejoints par Yves et Célestin.

— On en a facile jusqu'à dimanche, dit Tanguy. Regarde-moi la quille.

— Ah oui ! Quand tu as talonné, répondit Célestin.

Tout se savait, à commencer par ce qui concernait la navigation.

— Et toi, où en es-tu ? demanda Fanch.

— Eh bien... Pour tout dire, je me demande s'il ne va pas être temps de prendre ma retraite.

Les autres attendirent. Si Célestin avait envie de parler, il le ferait. Se grattant la tête, il finit par reprendre.

— *Kan ar Mor* se fait vieux. Moi aussi. Yves s'en va. Le goémon n'est plus payé comme avant. Je pourrais peut-être demander ma pension d'inscrit.

— Il y a beaucoup à faire ?

— Oui.

— Si tu veux, proposa Tanguy, on vient t'aider pour terminer sur *Kan ar Mor* avant dimanche et tu nous donnes la main sur le *Saint-Michel* après.

— A quatre, c'est faisable, confirma Yves, navré à l'idée que son départ incitât l'oncle Célestin à arrêter le goémon.

Goulven les rejoignit à ce moment-là. Informé, il proposa aussitôt de compléter l'équipe, à charge pour Célestin de l'aider ensuite sur son propre bateau, la *Marie-Renée*.

— Et puis, mon oncle, si tu ne trouves personne pour remplacer mon frère, tu peux toujours venir avec moi.

— Tu ne navigues plus seul ?

C'était l'idée de Goulven, à l'origine, de faire comme une partie des goémoniers, travailler seul pour ne pas avoir à partager l'argent du goémon. Cela lui avait permis de payer presque toute sa dette à ses parents en une année mais, à la réflexion, on travaillait mieux, et surtout plus en sécurité, à deux.

— Penses-y, mon oncle, j'en serais content, confirma Goulven.

— J'y penserai, conclut celui-ci avant de cracher le jus de sa chique d'un trait vigoureux, une habitude qu'il avait prise sur le tard et qui lui procurait un grand plaisir.

Yves éprouva un soulagement mêlé de tristesse à l'idée que son absence serait si facilement comblée. Mais que faire ? C'était la vie. Et puis, ce serait une bonne chose que Goulven ne navigue plus seul. Il l'avait surpris en train de réparer le berceau qui avait servi pour les enfants de Tanguy... Dire qu'il ne verrait pas son premier neveu ou sa première nièce avant plusieurs années. Combien d'enfants seraient nés quand il rentrerait ? Heureusement qu'il y avait beaucoup à faire d'ici à dimanche. Cela l'empêcherait de trop penser à tout ce qu'il laissait. Cela empêcherait peut-être la confrontation avec ses sentiments à l'égard de Madeleine. Il haussa les épaules. De toute façon, rien ne pouvait se décider avant son retour, dans cinq ans. Cinq ans !

12

La remise en état des bateaux occupa presque tout leur temps et la fin de la semaine arriva très vite. Les femmes retournèrent plusieurs fois le goémon sur la sécherie puis le mirent en meules. Recouverts de vieux morceaux de voile, les tas attendraient d'être brûlés à la fin juin. Le résidu du brûlage, la soude, serait ensuite vendu aux usines d'iode. Encore une chose à laquelle il ne participerait pas, se disait Yves, de plus en plus malheureux au fur et à mesure qu'approchait son départ. Les aventures lointaines qui faisaient l'essentiel de ses jeux avec Fanch dans l'enfance lui paraissaient à présent sans intérêt. C'était ici qu'était sa vie, ici les gens avec lesquels il voulait vivre, et non pas des inconnus dont il ignorait la langue. Sa feuille de route même était écrite en français. De toute façon, il ne savait pas lire, pensa-t-il. Il avait demandé à l'abbé Le Moal de le faire pour lui. Encore ne l'envoyait-on pas plus loin que Brest ! Un conscrit d'un hameau à l'autre bout de Plouguerneau, vers la campagne, avait dû se rendre à Marseille, à pied, ne parlant pas un mot de français et, bien sûr, sans argent. Celui-là partait pour l'Algérie, un pays où il faisait chaud, disait-on, un pays où des arbres poussaient dans le sable, où les hommes portaient de grands vêtements longs et les femmes des voiles... Un pays païen où, répétaient les prêtres, on devait envoyer de nombreux missionnaires. Et ici, se dit encore Yves, ne faudrait-il pas en envoyer, des missionnaires, contre la pauvreté ? Contre le manque d'argent, contre la dureté du travail, la maladie, les enfants à peine nourris dans certaines familles, vêtus de vêtements dont pas un chrétien n'aurait voulu ! Sa mère lui avait paru si fatiguée, ce matin, tandis qu'il la regardait commencer la journée. Elle n'avait pas cinquante ans et, brusquement, il l'avait trouvée vieille. Etait-ce cela que ses sœurs deviendraient à leur tour ? Ses sœurs et... Madeleine.

Yves reposa le « bouchon » avec lequel, aux côtés de son frère, il finissait de coaltarer la *Marie-Renée*. Il avait confectionné lui-même ce bouchon, comme les autres goémoniers, avec de l'étoupe ligaturée sur une branche fourchue. Certains utilisaient de vieux chiffons à la place de l'étoupe. A la fin du travail, ces pinceaux de fortune seraient jetés au feu, le même feu qui chauffait le pot de coaltar et de brai mélangés. Conscient que son cadet avait le cœur lourd, Goulven lui jeta un coup d'œil en coin sans cesser de travailler.

— *Breur*, j'ai un secret à te dire avant que tu partes.

— Je crois que j'ai deviné.

— C'est vrai ?

— Oui, et je regrette bien de ne pas être là pour le baptême.

Goulven rit de bonheur.

— Comment sais-tu ?

— Le berceau.

— Et tu n'as rien dit ?

— Ce n'est pas mon affaire.

— Pas mal vu, *breur*. Je te le demande, continue à te taire. Marie-Renée a peur.

— Peur ? s'étonna Yves.

— Oh, des sottises de femme, répondit Goulven en haussant les épaules. Que l'enfant vienne mal, par exemple. Est-ce que je sais, moi !

— Elle en a parlé à sa mère ?

— Non, surtout pas ! Tu sais comment elle est. Elle voudrait se mêler de tout.

Yves eut un petit rire. La mère de Marie-Renée, ce

n'était pas rien, en effet ! Pas la peine de demander qui avait le dernier mot, chez elle.

— Elle devrait en parler à notre mère, alors.

— C'est bien ce que je pense et, pour tout te dire, je me demande si elle ne l'a pas fait sans m'en avertir. Tu vois, quand une femme attend un enfant, ça la change. Il y a des moments, je ne la reconnais pas.

— Tu exagères !

— Oui, peut-être.

Goulven retrempa son bouchon dans le pot de coaltar avant de conclure d'un ton pensif :

— Sans doute que cela me change aussi, l'idée d'avoir mon premier enfant.

Un silence pendant lequel Yves reprit son bouchon pour continuer son travail.

— C'est drôle, tu sais, je n'ai jamais pensé au mariage mais, maintenant, je me dis que j'aimerais avoir beaucoup d'enfants.

— Ça, mon pauvre, ce n'est pas difficile ! Le problème, c'est de les nourrir. Et de les loger. Et de les habiller.

— Tu as trouvé une maison ?

— Il paraît que la ferme voisine de celle d'Anna, à Landévennec, va se libérer.

— Mais le propriétaire voulait presque doubler le loyer ?

— C'est ce qu'on dit, mais il faut voir.

Yves se rendit compte que, à son tour, comme Fanch l'avait fait avec lui, il abordait une question très personnelle.

— Goulven, ne te fâche pas si je te dis ça, mais la maison paraît déjà vide sans Leine. Fanch devra peut-être partir. Moi, je m'en vais. Si toi aussi... On ne peut pas laisser nos parents seuls. Et puis, quand le bébé sera né, Marie-Renée ne pourra pas s'en occuper tout le temps. Elle sera peut-être contente d'avoir Marie et Yvonne pour l'aider...

— J'y ai pensé, vois-tu. Et puis, je me dis que nos petites sœurs partiront aussi un jour. Regarde Yvonne, elle ne le rebute pas, le Mikéal !

Ils en avaient beaucoup dit, pour des hommes qui n'avaient pas l'habitude de discuter les affaires familiales même entre eux. De toute façon, ils s'étaient compris dès le début, pensant de la même manière sur les choses essentielles. Etant l'aîné, Goulven était prioritaire pour rester sur la terre familiale, mais il préférait avoir l'accord d'Yves. Restait une question encore plus délicate à aborder.

— Yves ?

— Goulven ?

— C'est difficile à te dire mais, heu... C'est...

— Quoi donc, vieux frère ?

— Je me mêle de ce qui ne me regarde pas mais, tu sais, Madeleine...

— Ah ! l'interrompit Yves. Toi aussi !

— Moi aussi ?

— Fanch m'a déjà parlé.

— Ah...

Un temps de silence puis un juron de Goulven. Un goéland, passant en rase-mottes, venait de saluer le bateau à sa façon désinvolte.

— Un généreux, sans doute, se moqua Yves. Il veut t'éviter d'avoir à refaire les lettres.

Le bon moment de la « peinture » était celui où l'on redessinait les lettres du nom du bateau et son numéro d'immatriculation, qui commençait par LC car on était dans le quartier maritime du Conquet. Le rattachement à Brest — BR — viendrait plus tard.

— Ouais, tu peux rire, contra Goulven, mais tu ne m'as pas répondu.

— Je sais. Mais que veux-tu que je te dise ? Je n'y avais pas pensé. Je la connais trop bien et pas du tout à la fois.

— Fais attention qu'un plus malin que toi te la souffle. Elle est plus solide qu'elle n'en a l'air, crois-moi.

— Mais c'est presque une sœur pour moi ! protesta Yves.

Goulven se tut. Il avait dit ce qu'il avait à dire, c'était à son frère de savoir ce qu'il voulait.

Le dimanche vint, le dernier dimanche qu'Yves passerait avec sa famille avant longtemps. Ils allèrent à la messe tous ensemble, prier pour celui qui partait. Au retour, Yves dut s'arrêter chez Mélie Kervella. On ne lui aurait pas pardonné de ne pas venir trinquer une dernière fois avec les collègues, mais il s'éclipsa dès que possible pour s'asseoir à la table familiale. Pour l'occasion, Jeannette avait acheté un morceau de viande. Marie et Yvonne avaient tenu à préparer elles-mêmes le *kig ha fars*, la viande de cochon cuite dans du bouillon avec des légumes et le fars de blé noir. Ils mangèrent d'abord une soupe, puis Yvonne apporta le plat avec la viande coupée et posée au milieu. Autour, elle avait disposé les tranches de fars. Toutes les mains se tendirent bientôt pour se servir. On n'avait pas de fourchette et on s'en passait bien. On prenait le morceau de viande avec les doigts et on le posait sur son fars. De temps en temps, on demandait à Marie, qui était à côté de la niche du mur où on la gardait, de passer la cruche d'eau. C'était la mauvaise place, à table. Il y avait toujours quelqu'un pour avoir soif et, une fois la cruche vide, on devait aller la remplir au puits.

Yves, toujours plongé dans ses pensées, savourait chaque bouchée, se disant qu'il n'en remangerait pas de sitôt, là où il allait. A un moment, il sentit qu'on le poussait du coude.

— Tu ne nous entends plus ? demanda Marie en riant.

— C'est tellement bon ! Tu es bonne à marier, sœurette !

Zut ! Que n'avait-il pas dit. Lui qui voulait à tout prix éviter ce sujet ! Par chance, Marie se contenta de rougir et Madeleine se précipita à sa rescousse.

— Je te demandais si tu pourrais nous envoyer des nouvelles comme Goulven faisait ?

— Bien sûr ! Pourquoi pas ? Il suffit que je trouve quelqu'un capable d'écrire.

— Et nous t'enverrons des nouvelles aussi, comme nous l'avons fait pour Goulven, ajouta Jeannette. A la mairie, ils savent comment il faut s'y prendre.

Ils terminèrent de manger et les filles finissaient de laver la vaisselle quand des appels se firent entendre. Une bande de jeunes goémoniers et de jeunes filles du quartier venait saluer Yves avant le départ. Parmi eux, Mikéal restait plus discret, cherchant Yvonne des yeux.

— Viens avec nous, Yves, on va faire une partie de boules et jouer aux dominos chez Mélie Kervella ! On va bien s'amuser.

— Non, non, j'ai encore à faire. Mais les filles peuvent aller avec vous, dit-il pour faciliter les choses à Yvonne.

— Oui, venez les filles !

Jeannette, qui observait la scène du coin de l'œil, eut un petit sourire et fit signe à ses filles. Allez-y, vous êtes jeunes, profitez-en — voilà ce que cela voulait dire. Surtout, cela impliquait que Mikéal était accepté, qu'il pouvait envoyer quelqu'un faire la demande pour lui. Bien sûr, Yvonne était encore très jeune, mais quand on a affaire à un homme gai et travailleur, la jeunesse est une chance supplémentaire. De plus, pensa Jeannette avec un serrement de cœur, il ne risquait pas de partir au loin pour plusieurs années. C'est vrai qu'il était assez petit, même pour ici, mais cela ne l'empêchait visiblement pas de travailler dur. Yvonne n'était guère plus grande, après tout ! Debout sur le seuil de sa maison, elle regarda la joyeuse bande qui s'éloignait en chantant. Certains esquissaient même une *dans round*, la danse interdite.

P'edon war bont an Naoned
An deiz all o kanañ...

Quand j'étais sur le pont de Nantes
L'autre jour en train de chanter...

Dans sa jeunesse, on dansait sans remords, se souvint Jeannette. Personne ne prétendait que c'était un péché, à l'époque. Bien sûr, on profitait de la fête pour se chahuter un peu, sans fausse pudeur, mais cela restait très innocent, très chaste. Sinon, comment garçons et filles auraient-ils fait connaissance ? Mais son Yvonne, c'était bien tôt pour la voir partir. Partir, oui, car elle irait du côté de la famille de Mikéal, pour sûr. Ils avaient de la place, là-bas et, de toute façon, Mikéal avait le caractère trop indépendant pour venir vivre chez ses beaux-parents. Pourvu que Goulven décide Marie-Renée à rester, au moins ! Jeannette se détourna rapidement car elle sentait une larme prête à couler. Elle fut donc très surprise quand, rentrant dans la maison, elle s'aperçut que Marie était là et s'occupait de recoudre un bouton au gilet de Fanch.

— Tu n'es pas allée avec eux ?

— Non, maman. Je préfère rester ici.

Cela n'était pas dans les habitudes de Marie. Jeannette hésita un instant puis vint s'asseoir en face de sa fille. D'après son expérience, ce qu'on ne disait pas provoquait toujours des catastrophes. Il fallait savoir dépasser sa pudeur, parfois.

— Marie ? Dis-moi la vérité.

Mais Marie ne pouvait rien dire, trop occupée à s'empêcher de pleurer. Sa mère remarqua la petite bouche qui tremblait, tirée vers le bas.

— Il va venir du monde, tu sais bien, à cause d'Yves. Tu voudras faire le café ? Pendant ce temps, je vais terminer...

Jeannette tendit la main pour prendre l'aiguille de Marie et son ouvrage, mais s'aperçut que sa fille hésitait à le lui donner.

— Tu as raison, ma fille, tu couds bien mieux que moi avec tes jolis yeux tout jeunes !

Sans le savoir, Marie avait révélé son grand secret. Quand une femme tient à recoudre les boutons d'un homme en particulier, pas une seule autre femme ne se tromperait sur les sentiments qui l'animent. J'espère que ce sera moins compliqué qu'entre Madeleine et Yves, se dit Jeannette. Pourtant, si elle souhaitait de tout cœur voir Madeleine entrer pour de bon dans la famille, elle se sentait plus perplexe à propos de Fanch. Elle l'aimait beaucoup et Tanguy s'était toujours félicité de l'avoir choisi comme équipier, mais... Il y avait plus d'un mais. Après tout, il existait une fragilité dans sa famille maternelle, c'était le moins que l'on puisse dire. Peut-être était-ce là l'origine de son esprit particulier, aussi sauvage que ses manières étaient douces et ses affections fortes. Fallait-il pour sa petite Marie un homme capable de la brûler dans une de ces passions sans limite comme savait en faire naître ce pays au cœur entier ? Entre pauvres, on se mariait difficilement par intérêt et l'amour pouvait tout détruire sans obstacle, s'il le voulait. Elle-même et Tanguy s'étaient mariés par amour, un choix que rien n'avait entamé depuis près de vingt-cinq ans. Elle avait dû résister, pourtant, résister à sa mère qui lui avait trouvé un meilleur parti, disait-elle. En réalité, ce beau parti s'était révélé un violent qui, une fois marié avec une amie de Jeannette, s'était mis à la battre, jour après jour. La malheureuse avait fui au bout de deux semaines pour regagner la maison paternelle et ne plus la quitter.

Il fallait faire un dernier essai, se reprocha Jeannette.

— Allons, Marie, tu es jeune, va avec les jeunes. Ce sont mes amies qui vont venir cet après-midi. Ce ne sont pas des fréquentations pour une fille de ton âge.

— J'ai terminé ma couture, maman. Je m'occupe du café.

Bon ! Puisqu'il n'y avait rien à faire... Autant accepter. Mais, quand même, maugréa Jeannette en elle-même, sa cadette était encore bien gamine pour avoir des peines de cœur. Car — inutile de se le cacher — c'était cela qui l'attendait ; l'union de Marie et de Fanch serait celle de la source et de l'océan par grande tempête. L'âme légère de Marie ne résisterait pas à l'esprit tourmenté de Fanch. Pourtant, Jeannette comprenait sa fille. Fanch Kernévez apportait un élan irrésistible, un rêve de conquête, d'envol vers de larges horizons, libre de toute crainte. Ses vingt ans laissaient présager un homme impressionnant. Quelle fille un peu rêveuse aurait pu résister ? Or, sous ses airs moqueurs, Marie était avant tout affectueuse, douce et rêveuse, bien plus vulnérable qu'on ne l'aurait imaginé. Yvonne, apparemment plus susceptible, se montrerait à la longue d'une grande résistance, Jeannette en était convaincue. Quant à Madeleine, elle ne se faisait aucun souci : profonde dans ses sentiments mais très détachée des petites choses, elle ne se laissait pas atteindre aisément. La petite fille perdue devant la tombe de son père s'était forgé un caractère solide et affrontait la vie sans faiblesse. Il suffisait de voir comment elle avait pris en main la situation d'Anna, comment elle réussissait à la faire revivre par moments. Et elle avait en commun avec Fanch de n'avoir peur de rien, ni homme ni bête. Si elle avait un point faible, c'était peut-être son orgueil, vite blessé.

Jeannette fut interrompue dans ses réflexions maternelles par Yves.

— *Mamm*, as-tu besoin de moi ? Je vais aider à coaltarer le *Saint-Michel*.

— Vous avez fini la *Marie-Renée ?*

— Oui, hier, et le *Kan ar Mor* d'oncle Célestin, aussi. Pour le *Saint-Michel*, il a d'abord fallu changer la bande molle, tu sais bien.

— Va donc les aider, ce sont des voisines que je vois venir. J'enverrai Marie si quelqu'un vient pour toi.

Et Jeannette ajouta en elle-même tandis qu'Yves, laissant les femmes entre elles, descendait vers le Koréjou : oui, mon fils, j'ai besoin de toi ; si tu savais comme nous avons tous besoin de toi...

Yves partit le lendemain à l'aube. Il y avait trente kilomètres jusqu'à Brest. Par souci d'économie, il irait à pied. Avec un peu de chance, quelqu'un le prendrait. Il n'avait pas parlé avec Madeleine, trop peu sûr de ses sentiments. Simplement, pour marquer qu'il n'était pas indifférent, en voyant Yvonne et Mikéal côte à côte sur le chemin, il avait dit sur le ton de la plaisanterie, mais en regardant Madeleine :

— J'espère que tout le monde ne se mariera pas en mon absence !

Marchant dans la fraîcheur de ce matin d'avril, il regrettait ses paroles. Ne sonnaient-elles pas comme une demi-promesse alors qu'il ne s'était pas engagé ? De quel droit demandait-il à Madeleine de l'attendre sans être certain de la vouloir ? Il lui faudrait — il leur faudrait, corrigea-t-il pour lui-même — attendre cinq longues années, à présent, avant d'avoir la réponse.

La saison du *tali* commença peu après le départ d'Yves. L'oncle Célestin fit équipe avec Goulven sous prétexte, dit-il, de lui apprendre — oh ! *gast*, pas à chanter, ça non ! — mais à « brailler un peu moins mal »...

La récolte fut bonne et le temps propice à un bon séchage. A la mi-juin, de magnifiques meules d'algues noires et sèches s'alignaient sur les dunes, attendant d'être défaites puis brûlées à partir de la Saint-Jean. L'été, que l'on inaugurait par le grand feu sur la plage — le *tantad* de la Saint-Jean —, donnait le signal des premiers brûlages de goémon. Ensuite, tout au long de la saison, ils s'échelonneraient de quinze jours en quinze jours selon un rythme de travail précis : récolte, séchage, brûlage et livraison à l'usine.

La famille Larvor avait ses fours sur la presqu'île de Penn Enez, à l'entrée du Koréjou. Tanguy les avait creusés lui-même, vingt ans plus tôt, deux tranchées de cinq mètres dans la dune, dallées de grandes pierres plates dans le fond, elles-mêmes posées sur des galets.

— Pourquoi ? lui avait demandé Goulven, qui venait d'avoir cinq ans, à l'époque. Pourquoi tu mets des galets sous les grandes pierres ?

— Pour laisser l'air circuler. Et sur les côtés, c'est pour éviter que le goémon touche la terre. La température ne monterait pas assez et, si tu veux de la soude de belle qualité, il faut chauffer très fort.

Les espaces entre les dalles avaient ensuite été jointoyés à l'argile pour assurer l'étanchéité du four. D'autres dalles avaient été placées sur chant dans la largeur de la tranchée tous les demi-mètres environ, de façon à former des séparations, également jointoyées à l'argile. Enfin, d'autre pierres plates protégeaient les bords du four, traçant ainsi comme une double allée de part et d'autre d'un profond et large caniveau.

Quand Tanguy commença de défaire la première meule de *tali* séché, il ne put s'empêcher de penser une fois de plus à Yves. Pourtant, se reprochait-il, il aurait dû être accoutumé aux absences depuis longtemps. Goulven avait fait son service quelques années plus tôt, déjà. Et, en remontant dans le passé, son propre frère aîné n'avait-il pas été envoyé à la guerre en 1870 ? Il s'en souvenait comme d'hier, les jours si longs sans son frère et, à la fin, les nouvelles terrifiantes. On avait parqué l'armée de Bretagne dans un camp, à Conlies, parqué plus mal que des bêtes, dans la boue d'un hiver glacial, sans pain. Cinq hommes de Plouguerneau n'en étaient pas revenus, morts ou disparus, et, parmi eux, son frère, mort de faim et de maladie. Ceux qui étaient rentrés, les poumons malades, avaient raconté peu à peu l'horrible vérité. Cela s'était su. Les messieurs de Paris craignaient les Bretons, les appelaient Chouans et refusaient de leur donner armes ou pain. Ils étaient morts par centaines, des soldats qui n'avaient pas aperçu l'ennemi une seule fois, mais que l'on avait arrachés à leurs foyers uniquement pour les envoyer crever comme des chiens.

Tanguy frissonna sous le soleil de juin. Allons, cela ne servait à rien de rouvrir les vieilles blessures. Mais, parfois, cela faisait beaucoup. Il valait mieux penser à son premier petit-enfant. Marie-Renée ne pouvait plus le cacher. Fille ou garçon ? Il s'en moquait bien pourvu que ce soit un bébé en bonne santé et que la mère se porte bien ! On prendrait ce qui viendrait comme un don du ciel, sans rien demander d'autre, comme il l'avait fait pour ses propres enfants, eux qui représentaient tant d'amour, tout son amour pour sa femme, intact depuis le premier jour. A l'évocation de Jeannette, Tanguy sentit le courage lui revenir et il redoubla d'énergie pour défaire la meule. Il n'y avait pas de temps pour rêver. La semaine suivante, on pourrait faire deux marées par jour. En attendant, il fallait brûler et faire de la place sur les sècheries. Et puis, sans doute devait-on s'estimer heureux que la durée du service ne soit pas de sept ans comme cela était le cas pour les « terriens », ceux qui n'étaient pas inscrits maritimes.

Fanch le rejoignit à ce moment et l'aida à finir de charger la charrette.

— Goulven et Célestin sont allés préparer les feux. Ils nous attendent, dit-il.

— *Mad eo.*

Il ne leur fallut guère longtemps pour apporter le goémon auprès des fours, quelques allers et retours avec la charrette aussi pleine que possible.

Goulven s'occupait déjà de déposer dans chaque section des deux fours une poignée de fougère sèche, puis des fagots d'ajonc sommairement défaits. Un léger vent de nord-est soufflait, à peine perceptible. S'il avait été plus violent, ils se seraient abstenus de brûler, pour éviter que la fumée parte à l'intérieur des terres. Leurs fours, comme les autres, étaient construits perpendiculairement au lit des vents dominants du Finistère nord, les vents de nord-est, sud-ouest. Les goémoniers sc tenaient dos au vent.

— A toi l'honneur, Célestin, dit Tanguy en lui tendant son briquet.

En quelques instants, une fine fumée s'éleva du premier four où les ajoncs craquèrent bientôt. De longs manches de fer en dépassaient, appuyés contre les dalles du bord. C'étaient les *pifouns*, des pelles très étroites qui serviraient à remuer les cendres. Tanguy choisit une poignée d'algues bien sèches et les éparpilla dans le feu. La fumée s'épaissit aussitôt et il commença d'ajouter poignée après poignée d'algues, bientôt imité par Célestin. Fanch et Goulven s'occupaient du second four. Les *pifouns* jouaient leur rôle, qui consistait à soutenir ces premières brassées au-dessus des fagots pour que le feu prenne bien partout.

Célestin hocha la tête d'un air appréciateur.

— Il brûle joliment, cette année, fit-il remarquer.

Tanguy répondit du même geste de la tête. Avec un peu de chance, ils feraient une bonne saison malgré les menaces qui pesaient sur le *tali* à cause de l'iode chilien, infiniment moins cher. D'épais rideaux d'une fumée dense, presque jaune, montaient à présent de toute la presqu'île, leurs volutes plongeant la maison de garde occupée par les douanes dans une atmosphère étrange peuplée de silhouettes sombres. L'odeur surtout saisissait, puissante, un peu âcre, presque enivrante. On apercevait de hauts panaches tout au long de la côte, à l'est comme à l'ouest, aussi loin que le regard pouvait porter. Certains jours, la mer en était obscurcie jusqu'à Ouessant et les marins se plaignaient. Des enfants couraient sur la dune, d'un four à l'autre, criant, riant. C'était fête pour eux, ils jouaient à cache-cache dans la fumée et toussaient avec exagération. Un jeu ? En réalité, jeu et obéissance aux recommandations parentales. Les goémoniers pensaient que la fumée du *tali* était très bonne pour la santé. Ne donnait-il pas l'iode, un médicament très recherché ? Les paysans, eux, pestaient contre la fumée quand le vent tournait du mauvais côté, persuadés qu'elle nuisait aux cultures. En cela, ils n'avaient peut-être pas tout à fait tort, compte tenu de l'acidité de ces fumées.

L'équipe de Tanguy s'organisa. Tandis qu'il surveillait les fours avec Célestin, Goulven et Fanch déchargeaient les algues et les leur passaient par poignées, comme s'ils brandissaient d'étranges chevelures vouées au feu, des chevelures craquantes et qui grattaient les mains.

— Hé, Goulven ! cria Célestin d'un ton moqueur. N'oublie pas les *pifouns* dans le feu, c'est mauvais pour la voix !

On se demandait pourquoi ! Mais l'oncle Célestin avait des plaisanteries bien à lui.

— Tu es sans pitié, mon oncle ! répondit Goulven en riant. Pour la peine, ne veux-tu pas nous redire cette drôle de chanson... ?

— Ah ! Tu oses appeler ce chef-d'œuvre une drôle de chanson, galopin !

On commença à dresser l'oreille autour d'eux car, si Célestin s'y mettait, on était assuré de s'amuser. Tandis que Goulven retirait du four les *pifouns* devenus inutiles car le feu était parfaitement lancé, Célestin entonna d'une voix pincée, comme celle d'une femme qui fait des mines.

Ne ket brao, Jakou,
Ober barzh he bragou !

Ce n'est pas beau, Jakou,
de faire dans son pantalon !

Même déformée, sa voix portait et, sur la dune, ce ne fut qu'un éclat de rire. Les gamins en hurlaient de plaisir, reprenant les paroles avec Célestin. Ils partirent ensuite raconter la dernière de Célestin dans tout Tréménac'h. Les heures passèrent ainsi, interrompues seulement par l'arrivée des femmes. Madeleine et Yvonne apportaient de grands paniers avec les casse-croûte. Marie s'était chargée de l'eau. Tandis que les hommes faisaient la pause, les femmes les remplacèrent.

— Marie-Renée est à la maison, elle s'occupe des bêtes, glissa Jeannette à Goulven qui n'osait rien demander.

Il lui fit un petit sourire en guise de réponse et de remerciement. Encore trois mois... Heureusement que le travail l'empêchait de trop penser, car il serait devenu fou d'impatience. Mieux valait se concentrer sur autre chose.

Adossé à un tas de *tali*, il prit une bouchée de pain qu'il mâcha tranquillement et fit passer avec une gorgée d'eau.

— Tu es allé à l'île Vierge ? demanda-t-il à Fanch.

Celui-ci, qui avait la bouche pleine, répondit d'un signe de la tête avant de confirmer.

— Oui, ils creusent les fondations. C'est énorme. Mais je pense qu'ils auront un problème d'eau. Il y a tellement de monde à travailler là-bas. La citerne ne suffira pas.

— T'en fais pas, intervint Célestin, j'en connais qui sauront faire payer leur eau !

— A propos, reprit Fanch, il paraît que Yonn voulait faire le passeur pour les ouvriers, mais il s'est fâché avec le chef dès le premier jour et ils l'ont menacé de lui envoyer les gendarmes s'il mettait les pieds sur le chantier !

Marie, qui avait les mains pleines d'algues, se retourna un instant.

— Tu as dû te sentir bien vengé, dit-elle en riant.

— C'est sûr, confirma Fanch en riant à son tour.

Il avait rarement revu Yonn depuis le jour béni où il l'avait quitté pour embarquer avec Tanguy. La mise au pas de la brute par de plus puissants que lui ne pouvait que le réjouir.

— Tiens, qui voilà ? s'exclama Célestin. Mon amie Annaïg !

Annaïg et Célestin se connaissaient depuis l'enfance et s'étaient toujours très bien entendus. C'était Célestin qui avait présenté Annaïg à son second mari, un de ses amis. Comme celui-ci avait préféré faire la marée et ne commencer à brûler que le lendemain, Annaïg en profitait pour leur rendre visite et « donner la main » si nécessaire. Elle se laissa tomber à côté des hommes sur l'herbe tiède de la dune et, après les échanges de civilités, se tourna vers Fanch.

— Marie m'a dit que tu passes bientôt devant le conseil de révision ?

— Oui, ma tante. Dans deux semaines.

— Ah !

Comme Jeannette s'interrompait pour venir la saluer, Annaïg se leva et alla à sa rencontre.

— Je vois que vous êtes nombreux, dit-elle, mais si tu veux, je te remplace un moment.

— Je veux bien, je vais m'asseoir.

Jeannette s'asseoir au lieu de travailler ? Cela ne manqua pas d'étonner Annaïg. Voyons, quel âge avait son amie ? Trois ans de plus qu'elle, seulement. Mais ce n'était pas le moment d'y penser.

Annaïg s'arrêta brièvement à côté de sa nièce.

— Madeleine, lui glissa-t-elle rapidement. Madeleine, veux-tu t'arranger pour me voir dimanche ? A la sortie de la messe, par exemple ?

— Bien sûr, ma tante. Je n'y manquerai pas.

Puis Annaïg prit son poste au bord du four, éparpillant dans le feu les grosses poignées d'algues que Marie lui présentait. Jeannette, assise à côté de son mari, reprenait son souffle et la regardait pensivement. En voilà une à qui on a donné une seconde chance, se disait-elle. Annaïg avait beaucoup changé depuis son remariage. Elle avait perdu cet air traqué dû au veuvage, aux difficultés matérielles, aux inquiétudes pour ses enfants. La ferme qu'elle louait au hameau de Porz Bezinog avec son mari était bien située, avec des champs de relativement bonne terre par rapport à ceux de Trolouc'h et des environs. Deux sources lui procuraient une eau claire et permettaient d'irriguer les champs sans difficulté, d'autant qu'ils étaient regroupés à peu de distance de la maison.

Mais Jeannette eut bientôt d'autres motifs de réflexion que le bonheur d'Annaïg. Fanch se leva et alla prendre la place de sa tante.

— Merci, ma tante, dit-il, j'ai fini mon casse-croûte. Allez, Marie, assez paressé !

— Moi ! s'exclama Marie d'un ton outragé. Tiens, nous verrons si tu peux me suivre !

Et elle se mit à lui présenter le *tali* à toute vitesse,

se baissant et se redressant d'un même geste. En effet, Fanch ne pouvait pas suivre, car on ne peut se contenter de jeter le goémon n'importe comment dans le feu. Il y a un geste particulier pour le secouer, le délier en quelque sorte, de façon à faciliter la combustion.

— Doucement, Marie, je me rends ! Il ne faut pas gâcher le travail, quand même !

Marie se contenta d'afficher un petit sourire de satisfaction assez malicieux, sachant que Fanch avait raison. Il fallait terminer aujourd'hui même, mais pas au prix d'un travail gâché, d'autant que le plus dur restait à venir. Dans le milieu de l'après-midi, quand toute la récolte fut brûlée, ils purent commencer à brasser la soude en fusion, les cendres d'algues qui fondaient à la chaleur. Les *pifouns* entrèrent en action, les goémoniers remuant la lourde masse brûlante de toutes leurs forces. Plus la soude serait remuée, *pifounée*, mieux elle se solidifierait. Sinon, elle resterait fragile, granuleuse et cassante.

— Quand je pense, maugréa Célestin, que l'usine voudrait qu'on brûle à petit feu, sans chauffer !

— Et qu'on ne *pifoune* pas, compléta Goulven.

— Mais s'ils avaient raison ? demanda Fanch entre deux efforts.

Tanguy préféra s'abstenir de tout commentaire. Les industriels qui leur achetaient la soude prétendaient que la chaleur et le brassage nuisaient à sa qualité, faisaient tomber sa teneur en iode. Allons ! De quoi aurait-ce l'air ? Comment obtenir, sans cela, ces beaux pains de soude solides et de consistance homogène que leurs pères fabriquaient déjà ? Pourtant... comme disait Fanch, et s'ils avaient raison ? Que de travail en moins... Mais va-t'en savoir ; et si ce n'était qu'un prétexte inventé par l'usine pour payer moins cher en imputant la chute des cours aux goémoniers ? Jamais le goémonier n'avait raison contre l'usine, de toute façon... Alors, à quoi bon ? Mieux valait faire la soude comme on l'avait toujours faite, en la malaxant longuement malgré la chaleur étouffante du four. D'ailleurs, ils savaient si bien ce qu'ils faisaient que Tanguy et Célestin, sans se consulter, relevèrent leurs *pifouns* en même temps, aussitôt imités par Fanch et Goulven. Il n'y avait plus qu'à laisser la soude se solidifier et refroidir toute la nuit.

Pendant ce temps, les femmes étaient rentrées s'occuper des tâches ménagères et des bêtes.

— Ce n'est pas le *pifounage* qui aidera les vaches à se traire toutes seules, avait affirmé Célestin de son ton le plus sérieux.

— Non, avaient-elles répondu. Mais toi, tu t'es trop *pifouné* la cervelle !

De cette réplique qui avait fait rire toute la dune, à commencer par lui-même, il resta un surnom à Célestin, celui de « tête pifoun ».

De toute façon, il fallait faire le pain de la semaine. Tant qu'à avoir chaud devant un four, autant que ce soit tout en un seul jour, estimaient-elles. Elles avaient préparé la pâte à pain la veille pour pouvoir enfourner en fin d'après-midi. Cela, c'était l'idée de Madeleine.

— Le four est-il libre demain ? avait-elle demandé aux voisines. Thérèse, tu m'as bien dit que tu cuis ton pain demain matin ? Alors, nous utiliserons le four après toi, quand tu auras fini.

Et l'autre fut attrapée, un tour que Madeleine lui réservait depuis un certain temps. C'est tellement plus facile de faire son pain quand le four est encore chaud, chauffé par les fagots d'une autre maison ! Alors, il en fallait moins pour le porter à bonne température. Thérèse s'arrangeait toujours pour arriver après les autres, leur laissant le soin de chauffer *ar fourn* pour elle. Aurait-elle offert un fagot en échange, de temps en temps, Madeleine n'aurait rien dit. Mais là ! Elle exagérait.

Madeleine et Marie remontèrent de la dune de Penn Enez par le cordon de galets où elles préféraient marcher pieds nus, gardant leurs sabots à la main. Les pierres étaient chaudes de soleil, et sèches surtout. Passant par la réserve de fagots d'ajoncs, elles en portèrent deux au four qu'utilisaient les familles de Trolouc'h. Elles constatèrent avec satisfaction qu'il s'en dégageait encore une douce chaleur. Avec un regard entendu, elles défirent les fagots et commencèrent à les enfourner. Il n'en faudrait que deux au lieu de trois, grâce à la ruse de Madeleine.

— A toi l'honneur, Marie, dit Madeleine d'un air moqueur, imitant le ton de voix de Thérèse.

— Je t'en prie, ma chère, répondit Marie du même ton en lui tendant le briquet, répétant sans le savoir le geste qu'avait eu son père à l'égard de Célestin.

— D'accord, je veux bien, mais c'est pour ne pas te faire affront !

Riant sous cape, ravies du tour joué à Thérèse, elles regardèrent la petite flamme s'élever et lécher les premières brindilles. Comme l'ajonc était très sec, le feu ronfla en quelques minutes. Il ne faudrait guère plus d'une demi-heure pour que le four soit à point.

— Crois-tu qu'on aura assez de pâte pour faire de la galette pour ce soir ? demanda Marie. Moi, je le crois.

— Moi aussi, répondit Madeleine d'un air à la fois sérieux et gourmand. Reste à surveiller le feu, je vais voir s'il y a ce qu'il faut.

Dans les corbeilles, une dizaine de belles miches de farine de froment avait levé. Il restait un peu de pâte dans une autre corbeille, laissée de côté par Jeannette qui connaissait le goût de sa famille pour la galette de pain. Madeleine posa la pâte sur la table, l'étala et y fit de petits trous à l'aide d'une épingle. Elle l'enveloppa ensuite dans un linge parfaitement propre et la porta au four.

— Le four sera bientôt rouge, annonça Marie. On peut mettre la galette tout de suite. Passe-moi la pelle.

Madeleine posa la galette sur la large pelle en bois que Marie lui tendait et celle-ci poussa la galette dans l'ouverture du four.

— Pas trop loin, elle serait pleine de charbon, la pria Madeleine.

Marie poussa un grand soupir.

— On ne me le pardonnera donc jamais ?

— Bien sûr que si, mais il vaut mieux ne pas recommencer.

Distraite on ne sait par quelle rêverie, Marie avait laissé à moitié brûler une galette, l'année précédente, et personne ne l'avait oublié. C'était resté un sujet de plaisanterie, mais aussi une occasion de rappeler l'importance d'avoir « la tête à ce qu'on fait ».

— Quand ce ne sont pas les loups, c'est ma galette qui sert à effrayer les enfants, se plaignit encore Marie.

En effet, si une campagne de chasse systématique et d'empoisonnement à la strychnine avait fait disparaître les loups de Bretagne, le souvenir de leur présence récente alimentait toujours les craintes.

— A la différence, rappela Madeleine en riant, que l'on a fait la chasse aux loups. Souviens-toi, c'était dans le journal, paraît-il.

— Oui, oui. *Le mercredi 28 mars 1891, à 6 heures du matin, à la ferme de Kerzu-Creis, près de Saint-Renan, chez la veuve Kerboul, on a tué un vieux loup qui pesait quarante kilos ! Le méchant loup avait attaqué le bon chien de garde qui a donné l'alerte.* Tu vois, je la sais par cœur, l'histoire du dernier loup de Bretagne.

— Pourvu que tu ne nous fasses pas la dernière galette !

Madeleine n'avait pu retenir sa langue, mise en joie par le tour joué à Thérèse. Elle se rendit compte aussitôt que Marie prenait mal la plaisanterie.

— Excuse-moi, Marie, je ne voulais pas... commença-t-elle.

— Ce n'est pas grave, rétorqua Marie qui, tournée vers le four, surveillait doublement la galette en train de gonfler.

— Je te promets de ne plus jamais en parler, ajouta quand même Madeleine, consciente d'être allée trop loin dans un contexte déjà délicat.

Sans en avoir de preuve, d'instinct, Madeleine soupçonnait Marie d'être amoureuse de Fanch. Or, il existait entre Fanch et Madeleine une intimité, une complicité qui pouvait — peut-être — susciter la jalousie. Il fallait éclaircir la situation à la première occasion. Devant le four, c'était trop compliqué et l'on risquait de les entendre. Mieux valait faire bonne figure et attendre.

Marie, de son côté, avait repris la pelle en bois et retourné la galette.

— Elle aura juste le temps de refroidir pour le souper, dit-elle.

— Et le four est rouge, ajouta Madeleine. On va pouvoir enfourner.

Bientôt, la galette de pain avait retrouvé son habit de linge blanc dans le panier posé à côté des corbeilles. Madeleine était allée tirer un seau d'eau au puits voisin. L'une après l'autre, se relayant à cause de la chaleur, elles nettoyèrent le four des cendres et du charbon de bois avec un chiffon trempé dans l'eau et fixé à un long bâton. Elles remouillaient le chiffon à chaque passage, le débarrassant en même temps des salissures du four. Quand il fut propre, elles y poussèrent les tourtes gonflées. Jeannette en avait préparé une dizaine, pas trop grosses, préférant en faire un peu moins et plus souvent pour éviter les restes de vieux pain. Avec une dizaine de tourtes, elle avait assez pour sa famille et pour la pâtée du cochon pendant une huitaine de jours.

Quand le four fut plein, elles ajustèrent devant l'ouverture la grande pierre plate qui évitait de perdre la chaleur trop vite.

— On aura le temps de faire cuire aussi des pommes de terre, constata Marie.

— Tu as raison. J'emporte la galette et je reviens avec les *patatez*.

— Je vais en profiter pour nettoyer le talus.

A tour de rôle, les familles qui utilisaient le four commun en nettoyaient les abords. Il n'aurait pas fait bon s'abstenir de ce partage des tâches dès que l'on profitait de l'installation. Marie portait sa faucille attachée au cordon de sa jupe et se mit aussitôt à l'ouvrage.

— Et moi, j'ai encore le temps de biner les légumes.

Chaque famille faisait pousser quelques légumes pour la soupe et le *kig ha fars*, dans un petit jardin ou dans les coins des champs, à côté des « choux-vaches », ainsi nommés car ils étaient destinés à l'estomac des vaches.

Bien sûr, il faut le faire, pensa Madeleine tout en redescendant déposer la galette chaude. Mais ce n'était pas urgent. Pourquoi ai-je eu besoin de me justifier, comme si je ne faisais pas ma part de travail ? Marie et moi devons-nous nous parler à présent de façon si raide ? Elle réfléchit à l'opportunité de demander l'avis de Fanch. Peut-être aurait-il une idée sur la façon de tout arranger. A moins qu'il soit le dernier qui puisse le faire ? Madeleine eut une pensée de regret pour l'époque, pas si lointaine, où leurs sentiments d'enfants n'auraient jamais pris des chemins aussi compliqués.

Allons ! Elle aurait tout le temps de réfléchir plus tard, quand la journée de travail serait finie. Madeleine se secoua et décida que, ce soir, elle mangerait à la table de Jeannette. Pas question de subir le sinistre tête-à-tête avec Anna. La soude était belle, les hommes la livreraient demain et le compte de la famille chez l'usinier commencerait à se remplir. La saison avait très bien débuté et l'on n'avait à déplorer aucun accident, jusqu'alors. Que demander de plus ? Elle soupira. Oui, c'était bien la question : que demander de plus ?

13

Le lendemain, ils se levèrent à quatre heures du matin, avant le soleil, pour pouvoir partir le plus tôt possible à l'usine. Il fallait d'abord extraire du four, arracher à leur moule de pierre les « pains » aux reflets d'un profond vert-noir, dix pains d'un poids de soixante-dix à quatre-vingts kilos chaque. Cette année, si la saison tenait ses promesses, il y aurait dix fois autant de soude à vendre. En tout cas, il n'était pas question de les stocker plutôt que de les livrer au fur et à mesure, car les blocs se seraient vite imprégnés d'humidité et effrités. De plus, on n'aurait pu emporter en une seule fois la production de toute une saison, soit de cinq à huit tonnes.

Le dessus des blocs était refroidi, mais le fond restait encore chaud malgré la fraîcheur du petit matin. Pour les sortir, le groupe de Tanguy avait apporté des barres à mines et des *pifouns*. Tous s'étaient protégé les mains avec de vieux chiffons.

— Aïe ! s'exclama Fanch. Première brûlure de la saison.

Les brûlures de la soude piquaient terriblement et mettaient longtemps à guérir. De toute façon, avec l'eau de mer, ils avaient la peau irritée en permanence et la moindre blessure durait des semaines entières.

— Pas grave, railla Goulven. L'iode, ça guérit tout.

— On verra si ça guérit ta défaite aux dominos de dimanche prochain ! rétorqua Fanch.

— Ou aux boules, renchérit Célestin.

— Vous y êtes ? prévint Tanguy. On le sort.

Unissant leurs forces, ils sortirent le premier pain de soude et le déposèrent un peu plus loin sur la dune couverte de rosée, à l'endroit qu'ils réutilisaient d'année en année et où l'herbe ne repoussait pas, brûlée par l'iode.

— Un peu moins de force, Fanch, tu risques de casser le bloc.

— Bien, Tanguy.

Le travail de démoulage leur prit trois grandes heures et le soleil montait dans le ciel quand ils terminèrent.

— Allons, c'est l'heure du casse-croûte, déclara enfin Tanguy. Célestin, tu manges avec nous.

— Volontiers, collègue ! Volontiers. J'ai cru entendre ta femme me dire à l'oreille qu'il y aurait des *pouloud*. Hé, hé !

Connaissant le goût de l'oncle Célestin pour les *pouloud*, Jeannette lui avait en effet annoncé que, même si ce n'était pas l'usage, elle en ferait pour lui ce matin-là. Qui n'aurait pris plaisir à gâter un peu l'oncle Célestin, toujours de bonne humeur ? Jeannette avait précisé — même ! — qu'elle laisserait les derniers *pouloud* un peu attacher dans le fond, comme il aimait. Quand on faisait bouillir le lait quelques minutes de trop, ils étaient rapides à brûler et à brunir dans le fond du chaudron. Célestin était le seul à les aimer de cette façon dans toute la famille, et il évitait de trop se remplir le ventre au début du repas, sachant qu'on lui réservait les derniers, cuits à son goût.

— Il y aussi du pain frais, dit Yvonne en posant sur la table une miche dorée et craquante, dans laquelle Célestin coupa, à l'aide de son couteau de marin, de belles tranches à la mie serrée, nourrissante. Avec le beurre salé fait à la maison, c'était un régal.

— A propos, reprit Jeannette à l'intention de son mari. Il faudra regarder le fond du four, j'ai l'impression qu'une pierre est en train de se desceller.

Tanguy hocha la tête en la regardant. Oui, ma femme, cela voulait-il dire, dès demain, je m'en occuperai, du four à pain. Je sais que c'est notre tour de l'entretenir.

Le repas expédié, Fanch et Goulven se chargèrent d'atteler les deux charrettes, et ils redescendirent sur la dune pour charger les blocs un peu refroidis. Le fond des charrettes avait été recouvert d'un morceau de voile hors d'usage, çà et là roussi par la soude encore chaude. Quand tous les pains furent chargés, la toile fut soigneusement rabattue par-dessus. Ensuite, armés de sommaires balais de genêt, ils récupérèrent cendres et débris répandus sur le sol, puis en remplirent deux sacs à pommes de terre. Cela aussi, cela se vendait et ils n'en auraient pas gâché une miette. Même si on ne l'avait pas fait pour l'argent, on l'aurait fait par respect de son propre travail. Les quatre hommes eurent un regard de satisfaction et d'espoir mêlés en vérifiant une dernière fois leur chargement, et hue ! les chevaux se mirent en mouvement.

Sur les galets, ils avancèrent avec précaution, de crainte de briser une roue. Seuls Célestin et Tanguy devaient se rendre à l'usine, accompagnés de Jeannette et d'Yvonne. Yvonne était venue à la demande de Célestin pour lui servir de « second », car il voulait rester libre de « naviguer » d'une charrette à l'autre. Or, Yvonne avait toujours montré un don pour se faire obéir des chevaux. Là où les autres n'obtenaient rien, ni par la douceur ni par les coups, elle savait glisser à l'oreille de l'animal quelques mots qui le décidaient. Que disait-elle ? C'était son secret et elle le gardait jalousement, consciente que cela lui donnait un peu plus de valeur encore aux yeux de son futur mari. Quant à Jeannette qui, comme toutes les femmes, gérait le budget de la maison, elle voulait tâter l'ambiance de l'usine en ce début de saison. Et puis, c'était la coutume ; les femmes accompagnaient leurs maris pour la livraison, en particulier le jour de la paye. Ce jour sacré entre tous tournait parfois à la malédiction, pour peu qu'on se laisse aller à faire la fête au retour. Des femmes imprévoyantes avaient vu rentrer leur mari les poches vides. Comment faire vivre sa famille quand il n'y a plus un sou à la maison ?

Madeleine les vit partir avec un serrement de cœur. Pour elle, ni père, ni frère, ni mari avec qui aller vendre la soude et, plus tard, rapporter de l'argent à la maison. Nul homme avec qui faire équipe. Elle se sentit très seule et, doucement, laissa émerger la pensée d'Yves. Où était-il en ce moment ? Que faisait-il ?

Une demi-douzaine de familles avait calculé comme le groupe de Tanguy et ce fut un véritable convoi qui partit de Tréménac'h vers le milieu de la matinée pour se rendre à l'Aber-Wrac'h, à l'usine Glaizot. On faisait presque toujours le trajet à plusieurs, pour l'amusement, pour la sécurité, peut-être pour se sentir plus fort en face de l'usinier, toujours prêt à rogner sur le prix sous prétexte d'une mauvaise qualité du produit ou d'une concurrence étrangère trop rude. Pourtant, l'Etat taxait lourdement les importations pour protéger le marché intérieur. Les goémoniers parlaient souvent du déséquilibre de la situation, toujours en leur défaveur. Celui qui aurait voulu faire jouer la concurrence en aurait été pour ses frais : les usines d'iode du Finistère étaient regroupées en un puissant syndicat qui dictait sa loi. Même les bonnes raisons des usiniers recevaient mauvais accueil car on était là dans l'opposition du pauvre et du riche, sans discussion possible. Les goémoniers ne voyaient rien d'autre, eux qui mangeaient rarement à leur faim tandis que les usiniers vivaient dans le luxe. Vraiment, se disait-on, le pauvre n'était rien face au riche. Il n'avait qu'à se taire.

Si personne n'aurait osé formuler tout cela à voix

haute le jour de la première livraison, de crainte d'attirer la malchance, tous y pensaient, partagés entre la fierté de leur travail et la colère d'en vivre si mal. Cela ne les empêchait pas d'aimer profondément leur métier, malgré sa dureté et ses dangers, ni d'apprécier les bons moments de leur vie. Certains, comme Célestin, possédaient même une sensibilité aiguë à ce que d'autres, dans d'autres milieux, auraient appelé la « poésie ». Ainsi, dès le départ, il interpella Yvonne.

— Ecoute, dit-il. Ecoute ! As-tu meilleure oreille que ton frère ? L'entends-tu, la chanson des roues ?

— Je ne suis pas sûre, oncle Célestin. Redis-la nous.

— Ah ! Je savais bien. Je le savais ! Ecoute, les roues chantent à deux voix, brr — rom, brr — rom...

— Une sourde, une sonore.

— Voilà, tu les entends !

Pour rien au monde, Yvonne n'aurait privé l'oncle Célestin du plaisir de parler de la musique des roues. Qui mieux que lui savait attirer l'attention des enfants et des adultes sur les rythmes et le chant spontané des outils ou de la nature ? On le connaissait bien, dans les campagnes, le bruit de ces convois, les grandes roues cerclées de fer qui donnaient une musique particulière à chaque tour. On le connaissait bien mais la plupart se contentaient de l'entendre sans rien en tirer. Avec Célestin, il en allait tout autrement. Au lieu de lasser les oreilles, le bruit faisait une compagnie et donnait le rythme aux chansons car, en dépit de tout, on profitait joyeusement de ces heures de route.

On s'écarta pour les laisser passer, au bourg, tandis qu'ils rejoignaient la route de Lannilis. Entre Tréménac'h et l'Aber-Wrac'h, il y avait une quinzaine de kilomètres, au moins quatre heures de route puisqu'il fallait compter le temps de laisser souffler les chevaux. Pas moyen de prendre les *ribin*, les raccourcis, ni d'aller vite avec des chargements aussi lourds, sept cents à huit cents kilos en moyenne. Encore beau que le fond et les essieux y résistent ! Les charrettes des goémoniers étaient plus petites et plus légères que celles des paysans, prévues pour transporter de très lourdes charges et assez larges pour y atteler deux chevaux de front.

Pour aborder la longue montée de la route qui longeait le ruisseau du Traon, tous descendirent de voiture afin de soulager les chevaux. Yvonne était à la bouche de Capitaine, le cheval acheté par son père deux ans plus tôt, tandis que Tanguy encourageait Rouan.

— Il se fait vieux, dit-il à sa femme en lui désignant le cheval d'un signe de tête.

— Oui. Madeleine va devoir y penser. Ça ne lui plaira pas de le remplacer, je crains, comme pour Ruz. Tu te souviens ?

— Si je m'en souviens ! Mais elle l'a vite oubliée quand elle a goûté le beurre de la nouvelle, hein ?

Ils étaient heureux de se retrouver ensemble, même au milieu d'un convoi. Célestin, laissant Yvonne conduire Capitaine, allait d'une charrette à l'autre, plaisantait, lançait des chansons et, mine de rien, apprenait tout sur tout le monde. Ce n'était pas par hasard si on lui demandait de faire le *bazhvalan*, l'entremetteur, pour les demandes en mariage. Il connaissait l'état des affaires de chacun, mais aussi le caractère des gens, leurs ennuis et leur courage pour y faire face. Il lui était arrivé de déconseiller un mariage au jeune homme qui lui demandait de tâter le terrain pour lui du côté des parents d'une belle. La belle, en effet, avait déjà choisi son homme et risquait fort de se trouver en mauvaise situation si l'on voulait la marier à un autre. Pas facile d'accepter un enfant que l'on n'a pas fait, aurait-il pu dire au soupirant. Mais le secret — qu'il n'était pourtant pas seul à avoir surpris — ne lui appartenait pas et, après tout, c'était au fautif de réparer. Ainsi,

Célestin profitait de ce moment de détente sur la route pour écouter, glisser un avis, aiguiller un choix. Bien sûr, cela lui donnait soif, car la route était longue et sèche sous le soleil de l'été. Pas grave : on saurait le remercier de sa complaisance et de ses bons conseils dès qu'on aurait touché le premier argent, lors de la prochaine livraison, à la mi-juillet. Car Célestin avait un point faible : il ne refusait jamais un petit verre. Par chance, l'alcool ne le rendait pas à moitié fou comme la plupart des autres goémoniers, peu habitués à boire, sauf leur verre du dimanche.

Comme ils arrivaient en haut de la côte, au tournant de Beg ar C'hastell d'où l'on découvre l'aber jusqu'à la mer, une femme âgée qui était assise sur le talus fit signe à Jeannette.

— Tu es l'amie d'Annaïg, pas vrai ?

Jeannette s'arrêta près de la vieille pour parler plus commodément. Elle rattraperait vite le convoi, à l'allure où ils allaient. On était allé lentement parce que la route montait, on irait presque aussi lentement à présent qu'elle descendait.

— Oui, répondit-elle à la vieille. Je suis l'amie d'Annaïg. Tu la connais donc ?

— Si je la connais ! Dis-lui qu'on la regrette bien au Grouanec. Dis-lui que Maria la regrette tous les jours.

— Tu es donc Maria *loulic du ?*

On l'appelait ainsi car elle portait en toute saison un curieux chapeau noir, *loulic du*, totalement incongru sur la côte. C'est un chapeau de dame de la ville, affirmait-elle à qui voulait l'entendre, mais personne n'avait pris la peine de vérifier.

— C'est bien moi, confirma-t-elle.

— Annaïg m'a parlé de toi. Tu devrais aller la voir dans sa nouvelle maison. Je suis sûre qu'elle te fera bon accueil.

— Je te remercie, ma fille, je vais suivre ton conseil. Que Dieu te bénisse !

Inscrite à la mairie comme mendiante professionnelle, Maria faisait partie des mendiants qui sillonnaient le pays, parfois seuls, parfois en couple, demandant l'aumône à chaque ferme. On osait rarement la renvoyer les mains vides. On lui donnait un morceau de pain, un peu de lait ou de farine, un bol de soupe, ce qu'il y avait. Elle colportait les nouvelles et parfois se chargeait d'un message pour l'un ou l'autre. Annaïg lui offrait régulièrement gîte et couvert, trouvant en Maria encore plus pauvre qu'elle.

— *Kenavo*, Maria. Au revoir, et que Dieu te bénisse toi aussi.

Jeannette rejoignit Tanguy en quelques minutes. Nul besoin d'explications, tout le monde connaissait ou avait entendu parler de Maria *loulic du*.

Le convoi traversa l'aber au pont suspendu de Paluden dans le vacarme assourdissant des roues cerclées de fer sur la chaussée de bois. Il y avait quelques centaines de mètres de plat avant la rude montée sur Lannilis, et ils en profitèrent pour faire faire une pause aux chevaux, vérifier les attelages et les chargements. Il aurait été trop pénible pour les chevaux de devoir s'arrêter et repartir en pleine montée, même si, par chance, le sol était parfaitement sec. Quand le convoi se remit en marche, on chantait et plaisantait bien moins et, avant même d'avoir atteint le milieu de la côte, plus personne ne s'occupait d'autre chose que de bien mener son cheval. Bien entendu, pas un n'était resté à se faire promener en plus du chargement. Arrivés enfin tout en haut, sans entrer dans le bourg de Lannilis, ils bifurquèrent sur leur droite, en direction de Landéda et de l'Aber-Wrac'h, le port qui se trouve à l'embouchure de la rivière du même nom. A partir de là, la route restait à peu près plate, jusqu'à la brève descente de l'arrivée. Comme ils laissaient souffler les chevaux, le sifflet d'un train retentit non loin. Le chemin de fer qui avait tant fait rêver Madeleine avait atteint Lannilis en 1894. Depuis, elle était plus d'une fois allée contempler locomotives et voitures, en fait à chaque fois qu'elle venait vendre son beurre. Elle s'était promis de le prendre un jour, ce train. Mais avec quel argent ? Et pour aller où ?

— Vous croyez vraiment qu'ils vont continuer les travaux ? demanda un des goémoniers à la cantonade.

On parlait en effet de prolonger la ligne jusqu'à l'Aber-Wrac'h, pour faciliter le travail de l'usine.

— C'est bien possible, répondit Célestin. Il paraît qu'on a vu des messieurs en train de prendre des mesures avec des drôles d'appareils, il y a quelques semaines seulement de cela.

— Ils mcsurent l'herbe, peut-être, dit un autre avec un sourire en coin.

— Les pauvres messieurs ! reprit le premier. Ils vont se fatiguer.

C'était toujours bon de se moquer des « messieurs » dont on savait qu'ils vous auraient à peine adressé la parole. Pourtant, les goémoniers accomplirent la dernière partie de la route dans un esprit moins léger qu'au départ, y compris Célestin. C'était un moment important, celui de la première livraison. Il faudrait surveiller la pesée, comme toujours, sans aucun moyen de s'assurer que le poids annoncé serait bien le poids marqué sur le compte du goémonier. Comment vérifier une écriture quand on ne sait pas lire ? Cela ne les empêchait pas de savoir compter, pourtant, même si certains avaient des systèmes bien à eux, tout à fait indépendants du système numérique officiel qu'ils ignoraient.

Jeannette, qui connaissait assez son mari pour savoir à quoi il pensait en ce moment précis, lui adressa un petit sourire.

— Ce n'était pas le meilleur moyen de le rendre généreux, crois-tu ?

Tanguy hocha la tête avec un drôle de soupir accompagné d'un petit sourire en biais. L'ironie de la situation ne lui échappait pas.

— Ça, c'est sûr, mais que voulais-tu faire d'autre ? On était bien obligés.

Plouguerneau n'avait guère simplifié ses rapports avec le fondateur et propriétaire de l'usine, monsieur Glaizot. En effet, lors des élections législatives de 1881, 1885 et 1889, le chanoine Favé avait fait voter tout Plouguerneau pour son candidat, monseigneur Freppel, d'abord contre le docteur Morvan, de Lannilis, puis contre le républicain Glaizot, maire de Landéda dont dépendait l'Aber-Wrac'h, et qui avait été battu. Monsieur Favé avait même encouragé et soutenu la candidature de monseigneur Freppel, candidat catholique royaliste, contre l'avis de son supérieur, l'évêque de Quimper.

Il existait de meilleurs moyens de créer des relations de confiance entre pays voisins, sans doute ! Mais que faire ? On n'avait pas le choix. Les prêtres répétaient à tous les paroissiens qu'ils devaient « bien » voter et menaçaient de leur refuser l'absolution ou même l'entrée de l'église s'ils votaient « mal ». Les femmes, en particulier, qui venaient à confesse plus souvent que les hommes, étaient fermement priées de conseiller leurs maris dans le bon sens. Elles ne votaient pas — quelle drôle d'idée, que des femmes puissent voter ! — mais le clergé savait utiliser leur influence familiale à bon escient. Qui aurait pris le risque de se faire mettre au ban de la communauté ?

Huit années s'étaient écoulées, mais l'affaire restait présente dans toutes les mémoires. La défaite de Glaizot avait placé les goémoniers dans une situation d'autant plus délicate qu'il n'y avait pas d'autre usine avant Portsall ou Lampaul-Plouarzel, trop loin et surtout par des routes trop incommodes pour seulement y songer, que ce soit par terre ou par mer.

Quand ils entamèrent la brève descente sur l'Aber-

Wrac'h, une vue extraordinaire s'offrit à eux. L'estuaire de la rivière, ce que l'on nomme en fait aber, s'élargissait avec ampleur, accueillant une centaine de bateaux, voiliers de pêche ou goémoniers, et deux grands navires de guerre, ancrés dans le milieu du courant. Près d'eux, un superbe trois-mâts danois se balançait doucement, dans l'attente du flux pour remonter la rivière jusqu'à la cale de Paluden, où il déchargerait sa cargaison de bois. Dans ce pays sans forêts, le bois représentait une denrée rare et chère, et son commerce faisait l'essentiel des activités du petit port de Paluden.

Sous le soleil qui tombait d'aplomb, la mer éblouissait, d'un bleu intense et argenté, comme un miroir sans fond. Sur l'autre rive, presque noyés dans une fine brume de chaleur, on devinait les hameaux goémoniers de Lilia, Perros et son port, le Bilou, l'île Terc'h... Des voiles glissaient avec lenteur, à peine remplies par une brise paresseuse, sur la surface lisse qui paraissait comme celle d'un lac. Rien n'aurait pu se révéler plus trompeur. Il aurait suffi d'une risée un peu forte pour que tout ce calme disparaisse en un éclair. Vers l'ouest, on découvrait la Manche et la sortie de l'aber, jalonnée de terribles « cailloux » ourlés d'une écume blanche, annonciatrice de danger. Sur un îlot de la rive gauche, la silhouette ruinée du Fort Cézon veillait encore, souvenir des défenses élevées par Vauban contre les attaques anglaises. Dans le lit de l'aber, comme on était encore à marée basse, des goélands se dandinaient, au milieu de cochons en liberté qui fouillaient les débris de goémon en quête de la moindre denrée comestible.

On n'entendait plus rien parmi les goémoniers, silencieux, concentrés avant l'épreuve de la pesée et du prélèvement d'échantillons. De toute façon, il régnait sur le port un certain vacarme, cris d'animaux mêlés au bruit de l'usine, au roulement des charrettes et aux appels des marins sur les grands voiliers de la République. Par-dessus tout, une musique étrange montait d'un ketch aux lignes fines, battant pavillon anglais. Il n'y avait pas si longtemps, un tel pavillon eût été considéré comme ennemi, avec toutes les conséquences de droit ou... de moindre droit !

Tanguy se sentit frémir devant ce spectacle, tout son sang de Celte mis en alerte. C'était cela qui l'avait poussé à prendre Fanch avec lui, cet élan vers le large et l'inconnu qu'il sentait si puissant dans l'esprit du jeune homme. Mais on arrivait devant l'usine, sur le quai. Le long bâtiment aux murs en pierre du pays alignait ses ouvertures, portes et fenêtres se succédant presque sans interruption. Au milieu, un vaste porche s'ornait d'une grande inscription : « Usine Glaizot, fondée en 1870. » Une sorte de pignon à colombage surplombait ce porche, une avancée reprise par les grandes lucarnes de l'étage, trois de chaque côté. Pas moins de six larges groupes de cheminées s'alignaient sur le toit couvert d'ardoises.

Les goémoniers s'engouffrèrent sous le porche et entrèrent dans la cour. Quelques charrettes les précédaient, des goémoniers de Landéda. Certains se connaissaient et l'on se salua, d'un groupe à l'autre, échangeant des commentaires qui n'engageaient à rien sur la saison et la qualité de la soude. Une certaine ironie réciproque sous-tendait les rapports entre les deux communautés. A Landéda, quand on avait dit « les Plouguerneau », on avait tout dit. En face, on ne considérait guère mieux « les Landéda ». Enfin, ce fut le tour de Tréménac'h.

— Ton nom ? demanda l'employé au premier de la file.

— Yann Bosser.

— Bateau ?

— Le *Sainte-Anne*, LC 2980.

LC pour Le Conquet où étaient immatriculés les bateaux de Plouguerneau.

— Bien. Vas-y.

L'un après l'autre, ils répondirent aux mêmes questions tandis que des employés de l'usine déposaient les pains de soude sur la balance et annonçaient le poids, noté au fur et à mesure sur le compte du goémonier. Chaque livraison était soumise au rituel de la prise d'échantillon, un employé cassant pour cela un coin des pains avec un petit marteau. Les échantillons étaient ensuite déposés au laboratoire de l'usine pour une analyse destinée à déterminer la teneur en iode de la production. A ce moment seulement, l'usine décidait du prix qu'elle paierait à chacun. Combien auraient-ils ? Moins d'un franc le kilo comme l'année dernière ? Les goémoniers n'avaient aucun contrôle sur cette phase de l'opération, ce qui donnait libre champ à toutes les suppositions.

— Ne va pas mélanger le *chantilhoun* de ma belle soude avec celui d'un autre, grogna Célestin à l'intention de l'employé.

Les femmes n'étaient pas les moins méfiantes. A sa grande surprise, Tanguy entendit sa fille s'enquérir d'un ton hargneux :

— Et qu'est-ce qui me prouve que l'analyse sera bien faite ?

— Tu peux toujours demander une contre-expertise au laboratoire de la marine, à Brest, si tu n'es pas satisfaite, répondit l'employé d'un air narquois, sachant que cela aurait représenté une entreprise bien compliquée pour une pauvre fille de la côte.

— Et pourquoi pas ? Ce serait peut-être une bonne idée, intervint Célestin.

Le ton commençait à monter, les employés prenant de très haut les remarques des goémoniers. Ils menaçaient déjà de faire jeter dehors les fauteurs de trouble quand ils se turent, l'expression embarrassée.

— Que se passe-t-il ? interrogea un homme élégant à la voix autoritaire.

Monsieur Glaizot en personne ! L'ambiance se refroidit aussitôt. Il s'adressa d'abord à ses employés.

— Allons, faites votre travail sans ennuyer les braves gens !

Ensuite, il se tourna vers le groupe de Tréménac'h.

— Et vous, mes amis, vous ai-je jamais trompés ? Ne savez-vous pas que je vous donne le meilleur prix possible de votre soude et que je vous paye sans discussion au jour dit ? Mais peut-être avez-vous besoin d'argent ?

Il fit signe au contremaître.

— Si ces gens ont besoin d'une avance, qu'on la leur donne.

Dès qu'il eut le dos tourné, le contremaître jeta un regard hostile aux rebelles.

— Vous voulez vraiment une avance ? Dix francs, pas plus !

Tous éprouvèrent de la colère à l'entendre, ce monsieur qui leur proposait une aumône de dix francs pour plusieurs semaines d'un labeur exténuant. Pourtant, qui refuserait l'aubaine ? Au lieu d'attendre le résultat des analyses et la mi-juillet pour être payés, ils auraient bien l'usage de ces quelques francs. Bien sûr, ils manqueraient à l'arrivée, mais comment faire ?

— Au moins, nous aussi on pourra manger, comme ça, grommela Jeannette, pour une fois rouge de colère.

La pesée et la prise d'échantillons s'achevèrent dans une ambiance lourde. Célestin eut le dernier mot, tandis qu'il faisait faire demi-tour à Capitaine.

— Tu es bien riche, dit-il à l'employé le plus agressif, tu es bien riche pour t'en prendre à nous comme un maître, pas vrai ?

L'autre, qui gagnait un salaire guère glorieux pour dix heures de travail quotidien, rougit sous l'insulte mais se tut, conscient de la justesse de la remarque.

— Tiens, conclut Célestin, tu rougis. C'est bon signe, tu n'es pas encore tout à fait de leur côté, hein ?

Sur quoi, il tourna les talons avec un aimable *kenavo ar wech all*, au revoir et à la prochaine ! En temps normal, avec dix francs en poche, tous seraient allés au café prendre un peu de bon temps, mais l'accrochage avait laissé un goût amer. De plus, ils avaient besoin de cet argent jusqu'au dernier sou et les femmes l'avaient déjà soigneusement serré dans leur poche, gardiennes attentives de l'avenir matériel de la famille.

Si le retour à Trolouc'h s'effectua à plus grande vitesse que l'aller, la bonne humeur ne revint que passé Lannilis. De l'autre côté du pont, on arrivait chez soi, comme en témoigna l'allusion lancée par Célestin au collègue qui le précédait et s'engageait sur le pont à vive allure.

— Ne va pas te prendre pour notre recteur !

— Ce serait moins grave, tu sais bien que nous autres ne travaillons pas avec notre tête.

Si risquée que fût la remarque, elle n'en fit pas moins sourire tous ceux qui l'entendirent. L'année précédente, le chanoine Favé avait été gravement blessé à la tête dans un accident de voiture. Son cheval s'était emballé en traversant le pont. Cela avait causé une grande émotion, car même ceux qui n'approuvaient pas tout ce que faisaient les prêtres se sentaient solidaires de la paroisse à la moindre menace. Ainsi, tous se sentaient choqués par l'enquête en cours sur les conditions de l'élection de l'abbé Gayraud, le nouveau député de la troisième circonscription de Brest, dont faisait partie Plouguerneau. L'abbé Gayraud, démocrate chrétien, l'avait emporté contre le comte de Blois, candidat catholique monarchiste. Les choix politiques restaient toujours très complexes, sur la côte.

Quoi qu'il en soit, le chanoine Favé avait contribué à faire élire l'abbé Gayraud par un soutien efficace, comme il l'avait fait pour monseigneur Freppel, puis pour monseigneur d'Hulst après lui. Le combatif curé dominait la vie politique de la circonscription, véritable militant au service de l'Eglise et du bien-être spirituel de ses paroissiens. Il se montrait également très actif dans le domaine des « missions », ces périodes de prêches auxquelles tous devaient assister. Si plus d'un regrettait de devoir ainsi perdre des journées de travail ou de repos, en revanche tous se sentaient fiers quand on demandait « leur » curé dans telle ou telle importante paroisse des alentours pour y prêcher une mission. Son talent oratoire, sa capacité à se mettre à la portée de tous et sa parfaite aisance en breton faisaient de lui un prédicateur recherché. De la même façon, un mois plus tôt, le 31 mai précisément, qui ne se serait pas senti honoré de la visite pastorale de l'évêque de Quimper, monseigneur Valleau, à l'occasion du soixante-neuvième anniversaire de monsieur Favé ? Tout Plouguerneau s'était mobilisé pour accueillir l'évêque comme il se devait.

— N'empêche que c'était un sacré accident, reprit le goémonier qui avait plaisanté et poursuivait son idée. Heureusement qu'il remarche à présent.

Il avait fallu près d'un an au recteur pour se remettre à peu près et il l'avait démontré à l'occasion de la visite de l'évêque, allant lui-même à sa rencontre à l'entrée du bourg.

— Célestin ! cria-t-on d'un autre point du convoi. Oh ! Célestin ?

— Pas la peine de brailler, je t'entends.

— Crois-tu qu'ils vont annuler l'élection ?

— Comment saurais-je ?

Le sujet passionnait tout le monde. L'homme qui avait lancé la discussion insista.

— Voyons, Célestin, toi qui entends tout, tu dois bien avoir une idée ?

— Mon idée, c'est que certains voudraient bien

devoir voter à nouveau pour boire encore une fois sur le compte d'un autre !

Son commentaire déclencha une série de réflexions acides chez les femmes et de grimaces réjouies chez les hommes. Les campagnes électorales se déroulaient en grande partie dans les cafés où les agents électoraux offraient à boire aux électeurs pour les convaincre de bien voter. Il était difficile de résister et monsieur Favé le savait bien, qui exhortait ses paroissiens à « ne pas vendre leur conscience pour de la boisson ». Ses discours portaient d'autant mieux qu'ils lui valaient régulièrement des réprimandes ou des sanctions, en particulier la suspension de son traitement par l'administration des Cultes. Plus d'une plainte avait été déposée contre lui, l'accusant d'ingérence abusive dans les affaires électorales, d'avoir exploité les sacrements à des fins politiques et d'avoir opprimé les consciences dans un but profane. Quand on ne le sanctionnait pas pour ses activités politiques, c'était pour avoir fait ses sermons ou le catéchisme en breton. Cela n'aboutissait qu'à resserrer les rangs des Plouguernéens derrière leur curé. Dès qu'on l'attaquait, peu importait qu'il eût tort ou raison, ils faisaient bloc autour de lui, comme des assiégés.

Jeannette, que ces discussions exaspéraient toujours, se pencha légèrement vers son mari.

— Crois-tu, lui demanda-t-elle dans un soupir, crois-tu que tout cela nous mettra de la viande plus souvent dans la marmite ?

Tanguy lui répondit d'un clin d'œil accompagné d'un petit sourire de complicité. Jeannette en aurait rougi de plaisir. Cela valait toutes les paroles. Pour eux, monsieur Favé pouvait bien faire élire qui il voulait. Ils s'aimaient, leurs enfants se portaient bien et leur famille restait relativement protégée des coups du destin par rapport à bien d'autres ; enfin, ils croyaient en Dieu et en une vie qu'ils espéraient meilleure après la mort. Le reste n'avait aucune importance.

14

— Qui m'accompagne ? s'écria Fanch. Qui vient voir les travaux du phare avec moi ?

On était dimanche, le premier dimanche de juillet, et les goémoniers laisseraient passer la marée sans sortir. L'Eglise leur interdisait de travailler ce jour-là, ne serait-ce que pour ne pas pénaliser les plus pieux par rapport à ceux que le fait de manquer la messe n'aurait pas dérangés. On était donc dimanche, le soleil brillait et il se passait des événements passionnants sur l'île Vierge. Pas question de rester chez soi dans ces conditions.

— Qui vient voir le phare avec moi ? redemanda Fanch.

— Moi ! s'écria Marie. Je viens.

— Et moi aussi, ajouta Yvonne. Je vais demander à Madeleine, elle est chez elle.

— Non, ne te dérange pas, l'arrêta Fanch. J'y vais.

Depuis deux jours, Anna avait recommencé à ne plus sortir, minée par la vue de Marie-Renée. Le matin même, elle avait refusé d'accompagner les autres femmes à l'église. Quand Madeleine revint pour préparer le repas, elle l'apostropha avec véhémence.

— Tu as vu, dit-elle, tu as vu ? Maria va avoir un enfant, un enfant de Job. Pourquoi, dis-moi, pourquoi elle et pas moi ?

— Ce n'est pas Maria ! cria Madeleine, bouleversée. C'est Marie-Renée, la femme de Goulven Larvor. La femme de Goulven Larvor, entends-tu ? Maria, c'était ma mère !

Anna n'en démordit pas et Madeleine, à la torture, dut entendre la rivale de sa mère dévoiler l'étendue de sa jalousie, mais aussi de sa douleur.

— Il la voulait, il ne voulait qu'elle. Et moi ? Moi ? Il ne m'a jamais regardée. Pourtant je l'aimais bien mieux, et je lui aurais donné des fils, moi. Autant de fils qu'il l'aurait voulu.

— Anna, c'est le passé, essaya-t-elle de dire, au bord des larmes. Il faut oublier. Je t'en prie, Anna.

Peine perdue. Non seulement Anna refusa d'entendre, mais elle insista, répétant à Madeleine que c'était une petite fille qui allait naître. C'est moi ! cria Madeleine la première fois. Elle renonça bien vite, essayant de se boucher les oreilles pour ne pas entendre. Anna revivait le passé et entreprit bientôt de raconter à Madeleine comme elle était née, comment sa mère l'habillait et s'occupait d'elle. Alors, Madeleine écouta avec beaucoup d'attention, comparant ce que disait Anna avec ses maigres souvenirs. Elle finit même par poser des questions.

— Anna, comment était ma mère ?

— Qui, dis-tu ?

— Maria.

— Ah, mon Dieu ! Jolie ! Si tu savais comme ta mère était jolie !

Anna eut un bref coup d'œil rusé vers Madeleine.

— Oui, vraiment jolie. Pas comme toi ! ajouta-t-elle d'un ton railleur.

Elle laissa juste le temps à Madeleine de comprendre ce qu'elle venait de dire et reprit.

— Job en était fou, de cette Maria. Tout le monde l'aimait, Maria. Une fois, je les ai entendus, c'était après la naissance de Madeleine. Job lui disait qu'elle était aussi belle dans son âme que sur son visage. Pourquoi ne m'a-t-il jamais dit ces choses-là, à moi ?

Par quels étranges chemins lui parvenaient ainsi des souvenirs sur ses parents, pensa Madeleine. Peut-être étaient-ils tout près d'elle en ce moment même, en train de souffler à Anna ces paroles qui faisaient à la fois tant de mal et tant de bien ?

— Et ils t'aimaient ! Comme ils t'aimaient !

— Anna, chuchota Madeleine, tu me reconnais à présent ?

— Oui, je sais bien qui tu es. Comme j'ai été jalouse, comme je t'ai détestée ! D'ailleurs, je ne t'aime toujours pas. Ne m'en veux pas, c'est ainsi. J'aimais ton père.

Un silence s'installa, que Madeleine se garda bien d'interrompre. Mais elle pleura quand Anna reprit la parole.

— Je l'aime toujours. La mort n'y fait rien. Au contraire, elle nous rapproche. Je vais le revoir. Bientôt. Et Maria ne pourra rien y redire. Personne.

Brusquement, Anna leva les yeux sur Madeleine, la fixa avec violence.

— Mais pas si vite pour que tu sois débarrassée de moi dès demain, ma fille !

Sa colère la laissa prostrée, silencieuse sauf pour se plaindre d'avoir froid.

Tout en rangeant, Madeleine réfléchit, étonnée de trouver une forme de paix dans une situation aussi pénible. Des choses importantes étaient enfin dites et elle se sentait plus libre de ses sentiments à l'égard d'Anna. Inutile de se cacher la vérité, Anna avait raison en employant le mot « débarrassée », aussi rude soit-il. Madeleine avait présumé de ses forces, trop fière des quelques succès remportés avec ses tisanes. Elle se voyait guérir Anna, lui rendre la raison et la santé comme par miracle. Quelle folie ! A se demander qui était la plus folle, d'elle ou d'Anna ? Et pourquoi ? Pour être quelqu'un et non plus seulement la fille du goémonier qui s'était stupidement noyé au port. A l'époque pas si lointaine où elle servait chez Franseza Kéravel, combien de fois ne l'avait-elle pas entendu sur son passage, ce commentaire infamant : « Oui, c'est la fille à Job Kernévez, tu sais bien, celui qui s'est noyé à cause de son propre père, un vieux qui aurait mieux fait de rester chez lui... » Encore aujourd'hui, il arrivait qu'un vieillard à la vue incertaine demande qui elle était et on lui répondait : « Oui, c'est la fille de ce goémonier, tu sais bien... » Croyaient-ils qu'elle ne les entendait pas, leurs ignobles chuchotis ? Son malheur la poursuivrait-il toute sa vie ? Que n'aurait-elle pas donné pour les faire taire !

Après les larmes de peine, des larmes de rage coulèrent sur les joues de Madeleine. Elle les essuyait furieusement d'un coin de son tablier quand Fanch entra.

— Leine, nous allons au phare. Tu viens aussi ?

— Non, j'ai à faire.

— C'est dimanche, voyons !

— Non !

Malgré elle, Madeleine avait crié. Abasourdi, Fanch recula d'un pas.

— Excuse-moi, Fanch, je ne voulais pas crier, mais je suis fatiguée et j'aimerais rester un peu seule.

— Leine ? Tout va bien ?

Et Fanch indiqua d'un regard rapide le coin où sa mère se tenait. Celle-ci dut le sentir et leva les yeux.

— Tout va bien, elle te dit ! Elle vient juste de comprendre des choses désagréables. Ah, ah !

Madeleine en resta bouche bée, laissant Anna rire tout son soûl. Le regard de Fanch allait de l'une à l'autre.

— Que s'est-il passé ? demanda-t-il d'un ton fâché.

— Rien ! cria Madeleine.

— Rien, reprit Anna aussitôt. Laisse-nous régler nos comptes. Tu n'as rien à faire là-dedans. Va plutôt voir ton phare ! Tu vois, nous sommes d'accord au moins contre toi.

— Non ! s'emporta Madeleine. Moi, je ne suis pas

contre toi, Fanch. Mais je t'en prie, crois-moi et ne t'inquiète pas. Ta mère a raison, ce sont nos affaires.

La colère l'avait libérée et elle ajouta d'un ton plus léger :

— Après tout, je ne suis pas si fatiguée. Cela me fera du bien d'aller voir l'île Vierge. Laisse-moi le temps d'ôter mon tablier et je vous rejoins.

— Alors, tu me laisses seule, ma chère ? ricana Anna.

— Oui, je te laisse seule avec tes idées désagréables.

Puis, sans plus écouter un seul mot de sa belle-mère, Madeleine rangea son tablier, prit dans l'armoire son châle des dimanches imprimé de petites fleurs, le croisa et l'épingla soigneusement sur sa poitrine. Un coup d'œil au petit miroir accroché à côté du lit pour rectifier sa coiffe et elle fut prête.

La petite bande augmenta au fur et à mesure de sa progression, jeunes gens et jeunes filles voulant profiter le plus gaiement possible de cette journée radieuse. De Trolouc'h à la pointe de Kastell Ac'h d'où ils auraient la meilleure vue sur l'île, il y avait une grande heure de marche. Il leur en fallut deux, à force de s'arrêter pour entraîner tantôt l'un, tantôt l'autre. Ils furent bientôt une vingtaine à dévaler les sentiers sablonneux ou à suivre la crête des talus pour contourner les champs. Selon les creux et les reliefs, ils apercevaient de temps en temps la petite tour carrée et blanche de l'ancien phare.

— Vous savez ce qu'ils avaient imaginé ? demanda un des nouveaux venus.

— De construire le nouveau phare avec les pierres de l'ancien ! s'esclaffa un autre.

Au milieu des éclats de rire, Marie renchérit :

— Ah ! Et comment éclairaient-ils en attendant ?

— L'ingénieur serait resté sur son tas de pierres avec une lanterne à la main toute la nuit ! expliqua le farceur au milieu des rires.

La réutilisation des pierres du petit phare avait effectivement été envisagée et abandonnée, car on ne pouvait laisser les parages sans éclairage.

— D'où viennent les pierres, alors ? demanda une fille à l'allure décidée, connue pour préférer aller en mer plutôt que de travailler la terre.

— Les pierres ordinaires viennent de la carrière de l'île, mais les pierres de taille en kersanton, ils vont les chercher à Logonna.

— Comme pour le grand calvaire du bourg ?

— Oui, c'est la même pierre.

Logonna, au sud de Brest, possédait en effet un beau gisement de ce granit recherché pour la beauté de son grain, le granit de kersanton.

— Dites, il va être beau, le nouveau phare. Peut-être qu'ils vont renoncer à l'allumer, de peur de l'abîmer ?

Beaucoup de blagues furent dites, cette après-midi-là et l'on rit beaucoup. Seule Madeleine, par instants, éprouvait une sorte d'écœurement à une sottise un peu trop forte. Cela finit par se remarquer.

— Madeleine ! cria un des jeunes goémoniers qu'elle connaissait le moins et qui voulait se faire remarquer d'une des jeunes filles. Madeleine ! Tu boudes ?

— Mais non ! s'exclama une fille qui se trouvait non loin d'elle. Elle se languit d'un bel homme.

La gifle partit toute seule et la fille en resta la bouche ouverte. Sidérée par son propre geste, Madeleine aurait voulu disparaître.

— Excuse-moi, balbutia-t-elle, je suis désolée... Je ne voulais pas...

— Ce n'est pas grave, c'est ma faute. Excuse-moi, toi aussi.

L'incident était passé inaperçu d'une partie du

groupe et s'oublia vite, sauf pour Madeleine et Marie. Trop occupée avec Mikéal, Yvonne n'avait rien remarqué. Comment interpréter la réaction de Madeleine ? se demandait Marie avec angoisse. Ce bel homme dont la seule mention lui avait fait perdre son sang-froid, était-ce Yves, parti sans se déclarer vraiment ? Ou bien, malgré la parenté, son cousin ? Dans les deux cas, la déception pouvait expliquer la gifle. A moins que Madeleine ne cache un secret. Un autre homme ? Un homme attiré par le nouveau champ qu'Annaïg voulait acheter au nom de Madeleine ?

Après la messe, Madeleine avait raccompagné sa tante chez elle. L'affaire était simple. Il y avait un champ à vendre à côté d'une parcelle que possédait Madeleine, à Trolouc'h. Annaïg lui avait proposé de l'acheter pour elle, grâce à l'argent qu'elle lui gardait depuis la mort de son père. Madeleine avait dit oui aussitôt, intéressée par ce terrain qui, aussi minuscule soit-il, lui permettrait d'agrandir son champ, lui-même trop petit pour y labourer avec un cheval. Il fallait tout faire à la main. Elles étaient convenues de se rendre ensemble à la vente, prévue le mardi suivant. Madeleine en avait parlé aussitôt à Tanguy, qui avait confirmé l'intérêt de cet achat.

— Tu l'auras à bon prix, avait-il ajouté, car il n'avantage que toi. Qui voudrait d'un champ étroit comme ça ? Il faudrait acheter aussi le tien, pour que cela vaille la peine. Et comme tu ne vends pas...

Très excitée à l'idée de pouvoir mieux exploiter sa petite ferme, Madeleine avait d'autant plus mal vécu la scène avec Anna. Pourquoi lui avait-elle gâché son plaisir ? Ou bien y avait-il autre chose ? Mais cela, Madeleine refusait d'y penser, écartant bien vite la pensée que l'absence d'Yves pesait à tout le monde mais à elle en particulier. Pour effacer la mauvaise impression qu'elle craignait d'avoir donnée, elle feignit de s'amuser et finit par réellement apprécier la promenade. Même vus depuis la terre, les travaux paraissaient déjà impressionnants.

— Crois-tu qu'on pourra y aller voir de près ? demanda Madeleine à Fanch.

— Je voudrais voir qu'ils m'en empêchent ! répondit-il. Nous irons, en canot ou à pied, à la prochaine grande marée.

Par marée de très grande amplitude, on pouvait rejoindre l'île Vierge à pied, du moins si l'on ne craignait pas de se mouiller par endroits.

— Le dimanche, dit Marie, il n'y a personne.

— Si, intervint un autre garçon, ils laissent un gardien. Au cas où ils feraient naufrage !

Des sourires entendus saluèrent cette allusion au *pensé*, le droit de pillage que s'octroyaient depuis toujours les habitants des côtes quand un vaisseau faisait naufrage chez eux. Les douaniers leur faisaient la guerre pour les en empêcher mais, pour des gens si pauvres, l'arrivée à la côte d'une cargaison ou des débris d'un navire représentait une aubaine impossible à laisser passer, surtout aux siècles passés quand il s'agissait des vaisseaux de l'ennemi. Les costumes colorés que portaient les goémoniers les jours de grandes fêtes, par exemple pour la procession du 15 Août, devaient beaucoup à cette récupération.

Mis en joie par cette évocation, quelques jeunes gens proposèrent de remonter le long de la côte jusqu'au hameau de Kelerdut.

— Allons chez Thérèse, elle ne dira rien si on danse !

Thérèse tenait un débit de boissons dans une toute petite maison construite à pic sur la mer. Non seulement elle ne dirait rien si on dansait, mais elle fermerait les yeux si l'on se caressait d'un peu près. *Chourañ* ! Le flirt ! Se câliner, exprimer sa tendresse par des riens ou parfois par... beaucoup. On se prend par la main, parfois par le cou, on se bouscule gentiment et, quand la nuit tombe, on peut essayer de chercher le mouchoir de la fille dans sa poche. Il fallait bien faire connaissance, après tout.

Peu désireuse de se livrer à ces jeux, Madeleine prétexta la nécessité de retourner à Trolouc'h pour s'occuper des bêtes. Fanch ne s'aperçut pas de son départ, occupé comme il l'était à chahuter Marga Saout. Il ne vit pas non plus Marie qui s'éclipsait au bout d'un moment, la mine navrée. Ainsi, chacune de son côté, Madeleine et Marie regagnèrent Trolouc'h avec le cœur lourd. Si Marie voyait clair dans ses propres sentiments, passant par une alternance de joie et de désespoir, Madeleine ne comprenait rien à ce qu'elle éprouvait. Que voulait dire la remarque d'Yves espérant que tout le monde ne se marierait pas en son absence ? Le regard qui avait accompagné cette déclaration s'adressait-il bien à elle ? Mais à qui d'autre ? Il n'y avait qu'elle, à ce moment-là, elle et les sœurs d'Yves. Qu'aurait-elle dit, qu'aurait-elle fait s'il s'était ouvertement adressé à elle ? Rien, sans doute, dut-elle reconnaître. Cela aurait été trop embarrassant, trop neuf aussi. Avait-elle jamais pensé à Yves comme à un possible mari ? Elle avait beau s'interroger, elle ne pouvait trouver un seul moment de sa vie où c'eût été le cas. Pourtant... si. Mais elle était une petite fille, à l'époque, sachant à peine ce que voulait dire le mariage. Une fois, elle avait dit à Yves — elle avait sept ans, peut-être —, elle avait dit : « Quand je serai grande, je me marierai avec toi. » Mais quel enfant ne l'a-t-il jamais déclaré à un plus grand que lui ? Madeleine se souvenait très bien de l'avoir dit à son père, encore plus jeune, avant de se fixer sur Yves. Etait-elle pour autant engagée ?

Madeleine soupira et, plongée dans ses réflexions, vit à peine qu'elle arrivait. Une voix aigre la fit sursauter.

— Alors, ma chère, on revient s'occuper de la vieille Anna ?

— Anna ! Comment peux-tu !

— Comme ça, voyons. Comme ça. Veux-tu que je répète ? siffla Anna en rentrant dans la maison.

A nouveau pleine de colère, Madeleine l'y suivit, claqua la porte, prit son souffle et s'appuya sur la table, les deux mains bien à plat.

— Anna, écoute-moi bien. Tu es chez moi et tu me parles autrement !

— Voyez-vous ça ! Tu oublies que je suis la veuve de ton père...

— Tais-toi ! la coupa Madeleine. Si quelqu'un l'oublie, c'est toi. Toi qui te conduis sans te respecter ni respecter sa mémoire. Je te le redis, Anna, écoute-moi bien. Tu es chez moi et tu es libre de partir où tu veux. Si tu restes, tu te conduis correctement. Veux-tu encore faire honte à ton dernier fils ?

Avec une expression sournoise, Anna tourna le dos à Madeleine sans rien répondre. Madeleine lui jeta en retour un regard furieux puis elle ôta son châle, remit son tablier et sortit s'occuper des bêtes.

Quand Fanch revint, il perçut aussitôt la tension entre les deux femmes et s'inquiéta mais n'osa rien dire. Il lui fallait aiguiser la lame de sa guillotine pour la marée du lendemain et, suivi de peu par Madeleine qui voulait rafraîchir la litière de la vache et du cheval, il se rendit dans la crèche. Tout en travaillant, Madeleine ne cessait de l'observer. Que pouvait-il bien penser ? Il finit par s'apercevoir de l'examen auquel elle se livrait et lui sourit.

— Si tu me disais ce qui se passe ? demanda-t-il.

Bien en peine de répondre précisément, Madeleine haussa les épaules.

— Sans doute la chaleur qui me fatigue.

Puis, d'un seul coup, lassée de tout garder en elle, elle laissa tomber :

— Ta mère...

Fanch suspendit son geste et reposa la pierre à aiguiser. Il traversa le petit bâtiment pour faire face à sa cousine.

— Leine, rien ne t'oblige à t'en occuper.

Au bord des larmes, à la fois de chagrin, de vexation et de lassitude, Madeleine tenta de sourire.

— Qui le fera ? Tu vas peut-être partir toi aussi.

L'idée de ce nouveau départ réussit ce qu'aucune méchanceté d'Anna n'avait pu faire. Madeleine éclata en sanglots. Maladroit devant cette explosion, Fanch ne sut que la prendre dans ses bras, comme quand elle était petite.

— Leine, murmura-t-il. Leine, ne pleure pas, voyons, je suis là.

Madeleine, qui se calmait déjà, honteuse de sa réaction, ne put s'empêcher d'en profiter un peu pour se faire plaindre. Et puis... elle dut se l'avouer, elle se sentait si bien contre l'épaule solide, dans les bras chauds et protecteurs de cet homme qui était son cousin. Sans y penser, elle se pelotonna contre lui, incapable de savoir si elle était une femme dans les bras d'un homme ou encore une enfant consolée par son cousin bien-aimé. Fanch, aussi troublé qu'elle, n'osait plus bouger, plus rien dire, à demi conscient de commettre une faute — mais pour quelle raison ? Et, malgré lui, parce qu'il était jeune, parce qu'il avait toujours aimé sa cousine, il déposa un baiser sur sa joue et, du bout du doigt, essuya ses larmes. Au même instant, une voix retentit tandis qu'on entrait dans la crèche.

— Leine ? appelait-on.

Marie ! Surpris, Madeleine et Fanch se séparèrent mais trop tard. Sur le seuil, figée, Marie les regardait. Pour se donner une contenance et, en même temps, expliquer la situation, Madeleine prit son mouchoir dans la grande poche de son jupon, s'essuya les yeux et se moucha.

— Excuse-moi, Marie. Que veux-tu ?

— Rien, c'est... c'est maman qui demande si tu

peux lui donner un peu de crème ? Elle n'en a presque plus et elle voulait faire des galettes, ce soir.

Plus épaisses que les crêpes, les galettes se garnissaient parfois de *larder*, un mélange de crème et d'œuf battus ensemble.

— Bien sûr, je vais t'en donner, répondit Madeleine. Viens.

Le cœur battant, Marie faisait des efforts désespérés pour feindre de n'avoir rien vu. Son orgueil lui interdisait de laisser paraître ses sentiments. Son orgueil, mais aussi un instinct qui lui conseillait de ne rien brusquer, de donner à Fanch le temps de s'amuser puis de mûrir. Pour elle, il n'y avait aucune hésitation, ce serait lui ou personne. La seule question importante était de savoir si le temps travaillait pour elle ou contre elle. Elle guettait les signes, cherchant son destin dans lc dessin des lichens sur les pierres ou dans le nombre d'hirondelles qu'elle voyait dans la matinée. On prétendait que Marga savait lire les signes. Mais comment la consulter, elle entre toutes ? Et Madeleine ? Comment interpréter son attitude ? Fanch était son cousin direct et l'on n'épousait pas son cousin, même si cela s'était pratiqué dans le passé. Le recteur et ses vicaires condamnaient très nettement ces mariages quand l'occasion se présentait.

A la fin de la journée, en faisant coulisser le panneau du lit clos qu'elle partageait avec Yvonne, Marie songea combien il eût été délicat de dormir encore avec Madeleine. Amies, comment supporteraient-elles de devenir rivales ? Que penser de la scène aperçue ? Elle n'eut pas loisir de s'interroger plus longtemps. Yvonne voulait lui parler.

— Marie ? Tu sais, ça y est !

— Quoi donc, Yvonne ?

— Mikéal, voyons !

— Il t'a parlé ?

Pour le coup, Marie oubliait ses peines. La curiosité l'emporta.

— Il veut t'épouser ? insista-t-elle.
— Oui.
— Quand ?
— Comme son père ne va pas très bien en ce moment, il ne peut pas encore donner de date. Mais il m'a dit qu'il enverrait la couturière pour me demander le plus tôt possible.
— C'est vrai ?
— Il aurait préféré envoyer l'oncle Célestin mais, comme il fait partie de la famille, il vaut mieux la couturière.
Marie écarquillait les yeux dans la pénombre. Sa sœur allait se marier !
— Yvonne, dis-moi...
— C'est l'heure de dormir, les filles !
— Oui, papa.
Marie se glissa un peu plus près d'Yvonne et en vint au sujet qui l'intéressait.
— Dis, tu crois que Fanch et Marga..., chuchota-t-elle.
— Tu es folle !
Yvonne étouffa un gloussement de joie.
— Tu es folle, répéta-t-elle.
— Alors, pourquoi ?
— Il joue, c'est tout.
— Et elle ?
— Elle aussi, elle fait ça avec tous les gars.
Marie s'enfonça dans son oreiller, toute songeuse.
— Mais alors, finit-elle par chuchoter, elle n'en aime aucun ?
— Elle ? Aucun. Du moins, aucun que l'on sache.
Le temps pour Marie de retourner dans tous les sens les informations de sa sœur, celle-ci s'endormit, laissant la cadette seule avec ses soucis, mais un peu rassurée. Apparemment, elle avait encore toutes ses chances.
Dommage qu'Yves rate le mariage de sa sœur,

pensa-t-elle encore avant de sombrer dans un rêve où se mêlaient le phare, les compliments qu'elle avait reçus sur ses galettes au *larder*, et de curieuses images où le père de Mikéal lui apparaissait comme un enfant en train de pleurer au bord de l'eau. Par bonheur, elle oublia ce détail qui constituait un mauvais présage selon les vieilles croyances, l'annonce même de la mort.

Le mardi vint, et la vente du champ qui intéressait Madeleine. Les enchères, assurées par maître Grall, avaient lieu dans une salle de l'hôtel du bourg. Peu de monde y assista, Madeleine et sa tante, ainsi que quelques curieux. La mise à prix fut de six cents francs, mais personne ne fit mine de vouloir acheter. Annaïg, qui avait déjà assisté à des ventes et avait indiqué son prix au notaire en arrivant, dut refréner l'impatience de Madeleine.

— Tais-toi, lui glissa-t-elle à l'oreille. Laisse-moi faire. Personne n'en veut et nous l'aurons à bas prix.

En effet, le notaire commença de baisser le prix en constatant qu'il n'y avait pas d'acquéreur à trois cents francs.

— Allons, deux cent quatre-vingt-dix francs, ce n'est pas cher pour un joli petit champ qui ne demande qu'à donner !

Quelques chuchotements ironiques saluèrent le commentaire flatteur du notaire. Que pouvait donner ce « joli petit champ », à part de la lande et des trous de lapin ?

— Personne à deux cent quatre-vingt-dix ? Attention, le terrain sera retiré de la vente en dessous d'un certain prix.

Silence.

— Allons, un effort. Deux cent quatre-vingts ?

Le prix tomba ainsi, de dix francs en dix francs, au

grand dam du propriétaire, pourtant conscient du peu de valeur de son bien. Enfin, le notaire annonça :

— J'ai une offre à deux cents francs. Qui dit mieux ?

Le propriétaire jetait des regards furieux, se demandant qui osait proposer un prix aussi bas, mais personne ne bougea. Maître Grall se tourna vers lui d'un air interrogateur et l'autre se contenta de hausser les épaules d'un air dégoûté. C'était un prix correct, il le savait, mais il avait vraiment espéré en tirer un peu plus. De toute façon, il avait besoin de cet argent.

— Deux cents francs une fois ? Deux fois ? Trois fois ?

Le marteau tomba.

— Adjugé à Madeleine Kernévez !

Dans la salle, quelques hochements de tête appréciateurs saluèrent la bonne affaire qu'elle venait de réaliser grâce à sa tante. Très excitée, Madeleine enregistrait tous les détails et sa joie fut gâchée quand elle entendit chuchoter, en réponse à une question : « Oui, c'est la fille du goémonier, tu te souviens... » Cela lui donna l'impression de retomber sur terre après avoir entrevu un rêve merveilleux. Bonne leçon ! pensa-t-elle, tandis que la colère montait en elle, une colère salutaire qui lui donna une nouvelle rage de se battre contre le destin. Elle se reprocha de s'être laissée aller depuis quelque temps, d'avoir trop rêvé et trop accordé de temps aux histoires de cœur. Elle se promit de réfléchir plus sérieusement à l'avenir et de se tracer une ligne de conduite solide. Pourtant, la tâche serait ardue car, elle le savait d'ores et déjà, toute la question se résumait à : comment gagner plus d'argent ?

Tout en se faisant ces réflexions, elle s'était approchée avec sa tante de la table où écrivait le notaire.

— Félicitations pour ce bon achat, leur dit-il en guise de salut.

— Merci, répondit Annaïg. Peut-on vous porter l'argent demain ? Il faut que je vous parle.

— Demain matin, à neuf heures, j'aurai un peu de temps et nous pourrons faire les papiers de la vente.

— A demain.

Une fois sur le chemin du retour, Annaïg annonça à Madeleine qu'elle devait l'accompagner à Lannilis chez le notaire, le lendemain.

— Mais, ma tante, il y a tant à faire en ce moment !

— Je le sais bien, mais il faut aussi régler les choses importantes. Ecoute-moi, Madeleine. Je ne suis plus très jeune et nul ne sait ce que l'avenir lui réserve. Quand j'ai vu monsieur Grall pour la vente, je lui ai demandé ce qui se passerait si je disparaissais avant ta majorité.

— Ma tante !

— Mais oui, il faut y penser. Je veux te faire émanciper.

— Qu'est-ce que cela veut dire ?

— Cela signifie que tu deviendras majeure avant l'âge normal. De cette façon, si je disparais, tu es libre de ta vie.

La perspective de se trouver indépendante plongea Madeleine dans des abîmes de perplexité. Cela ne voulait pas dire grand-chose, pour elle.

— Tante Annaïg, il me reste deux ans avant d'être majeure, c'est bien cela ?

— Oui.

— Alors, je préfère attendre jusque-là.

— Es-tu bien sûre ?

— Oui.

— Bien, mais si tu changes d'avis...

— Non, ma tante. Je ne changerai pas d'avis.

Comme elle sentait sa tante étonnée et un peu déçue, Madeleine voulut tenter d'expliquer sa décision.

— C'est trop tôt, commença-t-elle. Je ne saurais pas...

— Je ne te demande rien, Madeleine. C'était juste

une proposition. N'en parlons plus, mais je compte sur toi pour demain matin.

— Bien sûr, à demain !

Madeleine rentra chez elle très troublée par l'idée de sa future indépendance qui lui apparaissait, en réalité, comme une terrible solitude contre laquelle elle devait s'endurcir. Sans cela, comment supporter l'hostilité, et même la méchanceté d'Anna ? Comment supporter d'être orpheline, sans frère ni sœur ? Comment affronter son avenir de femme de goémonier ? De cela, au moins, elle pouvait être sûre : qui que ce soit, son mari serait un homme d'ici, un homme de la côte et, à nouveau, comme elle l'avait fait pour son père autrefois, elle guetterait le retour des bateaux avec une méfiance jamais éteinte à l'égard de la mer.

Dans les jours qui suivirent, ses idées noires disparurent mais pas sa détermination car, une fois la vente signée, elle put procéder à l'agrandissement de sa parcelle. Le talus qui séparait les deux terrains fut démoli et l'on récupéra les pierres qui en constituaient le soubassement. L'une d'elles provoqua un grand étonnement, car elle portait une vague figure.

— Un souvenir de l'ancien Tréménac'h, peut-être, proposa Fanch. Garde cette pierre, Leine, je suis sûr qu'elle te portera chance.

— La chance, ce sera de pouvoir travailler cette lande dès l'automne, répliqua Madeleine avec bonne humeur. Nous aurons quelques sacs de pommes de terre en plus, si tu m'en crois !

Son idée, c'était de produire autant de pommes de terre que possible pour en vendre au chantier du phare. Il fallait bien nourrir les ouvriers, n'est-ce pas ? Alors, autant que ce soit avec ses pommes de terre. Pour avoir plus d'argent, elle n'avait qu'une possibilité : produire quelque chose à vendre. Le chantier durerait plusieurs années, cela lui donnait un peu de temps pour tenter sa chance.

La voyant s'organiser, Yvonne réfléchissait aussi, se demandant comment se passerait sa future vie avec Mikéal. Malheureusement pour elle, ses projets furent repoussés. Loin de se remettre, le père de Mikéal déclina tout au long de l'été et s'éteignit en septembre, au moment des grandes marées d'équinoxe. Plus question de mariage avant l'année prochaine, au grand regret d'Yvonne qui obtint pourtant que le mourant lui donne sa bénédiction devant toute la famille. Officiellement, elle était donc fiancée à Mikéal et personne n'osait rien dire quand ils s'attardaient à la tombée de la nuit au creux d'une dune, à l'abri du vent et de la plupart des regards.

Marie fut heureuse de garder encore un peu sa sœur pour elle et pensa que le sort se décidait en sa faveur quand Fanch fut exempté du service, non pas à cause de sa mère mais de la maladie de Paol. Le médecin déclara que Fanch présentait des symptômes permettant de penser qu'il avait été contaminé. On ne voulait pas de poitrinaires, à l'armée !

Ne sachant s'il était plus frustré de ne pas partir ou plus heureux de rester libre, Fanch finit par accepter la situation. Après tout, on l'enviait ouvertement et cela n'était point sans charme. Surtout, se dit-il, sa vie ne faisait que commencer, il avait peu d'attaches et rien ne l'empêchait d'aller voir le monde si l'appel du large devenait trop fort. Il continua donc de travailler, beaucoup, et de s'amuser, presque autant. Marie vit avec plaisir Marga Saout le rebuter plus d'une fois, mais découvrit avec désespoir qu'il n'en avait cure, une demi-douzaine de jeunes filles attendant de prendre la relève. Comme l'une d'elles dit à Madeleine devant Marie :

— C'est un sacré blagueur, ton cousin ! Ça oui. Un sacré blagueur.

Ce jour-là, Marie se demanda si un « sacré blagueur » pouvait faire un bon mari... La question la tourmenta des jours et des jours. Eh bien, tant pis, finit-elle par décider. Tel qu'il est, tel je le veux. Ce qui lui procura une grande tranquillité d'esprit pour quelque temps. De toute façon, entre les soins des bêtes, le séchage et le brûlage du goémon, la traite et le barattage du beurre tous les soirs, la préparation et la cuisson du pain tous les dix jours, les incessants travaux des champs, le lavoir, les devoirs religieux du dimanche, l'entretien des vêtements, les courses du côté de l'île Vierge pour essayer de vendre aux ouvriers des légumes, du beurre ou le produit de la pêche à pied, une femme n'avait pas beaucoup de temps pour réfléchir, en été. Guère plus que les hommes, en fait.

L'été 1897 se révéla d'autant plus occupé que l'élection de l'abbé Gayraud fut invalidée début juillet. La réunion électorale du dimanche 22 août présidée par le maire de Plouguerneau, François-Marie Cabon, eut lieu juste avant les vêpres, dans la cour de l'école des frères. Un millier de personnes vinrent écouter le chanoine Favé qui fit un discours en breton. Il présenta le candidat comme son ami et défendit son action de missionnaire combattue, dit-il, par leurs adversaires dont certains se disaient descendants de Michel le Nobletz ! Bien évidemment, on n'apprécia guère que les opposants à monsieur Favé se réclament du saint homme de Plouguerneau. Son intervention valut au combatif curé de Plouguerneau — comme à ceux de Saint-Renan, de Lannilis et de Ploudalmézeau — la suspension de son traitement par le ministre de la Justice et des Cultes, monsieur Millard. Peu importait aux partisans de monsieur Favé : on revota le 28 août et son candidat, l'abbé Gayraud, fut à nouveau élu.

Goulven et l'oncle Célestin avaient suivi l'affaire avec intérêt, ce qui ne manquait pas d'étonner Madeleine. Cela changerait-il quelque chose au fait qu'on leur donnait le même prix de leur soude que l'année précédente, alors que le café avait augmenté ? Cependant, comme Célestin, elle pensait que cela faisait un dérivatif aux soucis de l'aîné de Tanguy Larvor. Marie-Renée terminait en effet son « temps » très difficilement. Goulven commençait à se demander s'il n'avait pas épousé une femme plus fragile qu'elle n'en avait l'air. On avait tellement l'habitude de voir les futures mères travailler aux champs ou à la maison jusqu'à la dernière minute ! Dans ces jours d'inquiétude, Goulven trouvait un grand réconfort dans la présence de Célestin à son bord et prétendait même, grâce à lui, faire de grands progrès vocaux. En vertu de quoi, le bébé qui naquit fin septembre eut droit à presque autant de chansons que de tétées. Marie-Renée s'était rendue à l'évidence — déménager n'était pas la meilleure solution — et l'on avait simplement préparé le berceau sur le banc de son lit. Comme elle l'avait craint, la naissance se révéla difficile, au point que l'on redouta un instant de perdre la mère et l'enfant. La sage-femme n'arrivait pas, c'était la nuit noire, Marie-Renée n'avait presque plus la force de crier. Madeleine avait préparé une tisane calmante à la camomille qu'elle réussit à lui faire boire. Ce n'était guère l'usage qu'une jeune fille aide une femme à accoucher, mais elle avait l'air tellement sûre d'elle, pensa Jeannette en glissant ses mains sous le drap. De toute façon, au point où l'on en était, il fallait tout tenter.

— Marie-Renée, dit Jeannette, écoute-moi. Ton bébé est presque arrivé. Tu te souviens quand la vache d'Auguste Morvan a fait son veau ? Comment on l'a aidée ?

— Je ne suis pas une vache ! gémit Marie-Renée.

— Non, répondit Jeannette en souriant malgré son inquiétude.

Elle avait parlé ainsi pour distraire Marie-Renée de sa souffrance et pouvoir faire bouger le bébé. Sa ruse avait réussi, la future mère s'était légèrement décontractée.

— Non, reprit-elle, mais le problème est presque le même. Ton bébé était trop pressé de naître et il s'était mal placé. Tiens, sens-tu comme il vient de bouger ? Voilà, c'est fini. C'est un garçon, ma chère belle-fille !

La sage-femme, qui avait été retenue à l'autre bout de Plouguerneau jusqu'au matin, félicita Jeannette de son travail et s'en retourna lestée d'un grand bol de café pour sa peine. Goulven se rendit le jour même à la mairie pour déclarer son premier né et demander au secrétaire de bien vouloir écrire les nouvelles à Yves.

La réponse leur parvint deux mois plus tard. L'étranger qui avait écrit pour Yves avait une grosse écriture que les filles, unissant leurs efforts, réussirent à déchiffrer pour l'essentiel.

Yves disait :

Mes chers parents,

Je vais bien et j'espère que la présente vous trouvera de même. Vous me faites savoir que j'ai un neveu. J'ai hâte de le connaître.

Pensées affectueuses.

L'abbé Le Moal, consulté, confirma la lecture des filles et en profita pour rappeler l'importance d'envoyer plus tard cet enfant à l'école chrétienne.

Baptisé Yffic en l'honneur de son oncle, avec Madeleine pour marraine et Fanch pour parrain — ce que Marie ne vit pas d'un très bon œil —, le bébé ne parut avoir en rien souffert de sa naissance laborieuse. Il mangeait, il dormait, et pleurait quand son père chantait vraiment trop mal, ce qui lui valut une grande considération de l'oncle Célestin.

Quand l'hiver revint, les hommes cherchèrent de l'embauche comme manœuvres sur le chantier du phare, car le salaire de base y était de deux francs cinquante par jour, pour dix heures de travail effectif. Deux francs cinquante ! On se faisait ainsi des cinquante francs par mois, compte tenu des jours où le mauvais temps interdisait de travailler ou, même, de seulement se rendre sur l'île. Une certaine sécurité entra donc dans les maisons de Trolouc'h. Fanch versait une partie de ses gains à Madeleine pour l'entretien d'Anna. Sans cela, Madeleine aurait eu bien du mal à vivre. Certes, possédant maison et champs, elle faisait figure de riche au regard de ceux qui devaient louer mais, en réalité, l'argent lui manquait de plus en plus et elle devait vivre tout l'hiver avec la vente en été des produits de ses champs ou de la pêche à pied qu'elle pratiquait avec acharnement. Elle fournissait au restaurant du bourg crevettes, crabes et ormeaux et, les jours de marché à Lannilis, s'occupait aussi de vendre au meilleur prix les homards capturés par Fanch dans ses casiers. Il lui en confiait volontiers la responsabilité car elle avait appris à présenter la marchandise sur un lit d'algues fraîches qui la rendait encore plus appétissante. Le notaire était devenu un de ses clients réguliers et l'avait recommandée dans d'autres maisons bourgeoises de Lannilis. Non sans jalousie, certaines vendeuses la voyaient ainsi arriver avec de pleins paniers de marchandise et repartir sans avoir besoin d'attendre le chaland sur la place du marché. Madeleine faisait le tour de ses clients particuliers et reprenait le chemin de Tréménac'h avant tout le monde, consciente que le temps économisé était autant de gagné pour le travail. Mais que d'efforts demandait le moindre sou, des efforts pas toujours récompensés...

15

Les saisons passèrent, avec beaucoup de travail, des peines et des joies. Dix-huit mois après Yffic, Marie-Renée eut une petite fille qu'elle prénomma Marianna et qui naquit sans aucun problème. Yvonne, enfin mariée au bout d'un an de deuil de sa belle-famille, partit habiter une ferme voisine de celle de ses beaux-parents et Goulven convainquit à nouveau Marie-Renée de ne pas quitter la maison de Trolouc'h. Très réticente au début, elle apprécia pourtant la présence de Marie à la naissance du second bébé. Fanch occupait toujours le lit clos qu'il avait partagé avec Yves, et Madeleine continua d'habiter avec Anna qui, à part des crises périodiques, demeurait le plus souvent prostrée. Quant à Marie, elle attendait patiemment le retour d'Yves pour voir plus clair, non pas dans ses sentiments, mais dans ceux de Madeleine.

Elle crut entrevoir une réponse un jour où elle avait accompagné Madeleine, partie vendre beurre et crevettes au chantier de l'île Vierge. Elle s'aperçut qu'un des maçons les regardait avec insistance. Elle signala le fait à Madeleine qui tourna les yeux vers l'homme. Il lui sourit et retourna bien vite à son travail.

— Tu le connais ? demanda Marie sur le chemin du retour.

— Tu veux dire le maçon ?

— Oui, celui qui te faisait les yeux doux.

— Cela fait deux ou trois fois qu'il me regarde, répondit Madeleine en riant. Tu as vu comme ça lui donne l'air bête !

— Tu exagères. Moi, je le trouve assez bel homme.

Etonnée, Madeleine tourna le visage vers Marie.

— Bel homme ?

— Oui. Avec un air un peu niais, c'est vrai, mais plutôt bien de sa personne. Et puis, il a l'air gentil.

— Peut-être, marmonna Madeleine d'un air dubitatif.

Quelques jours plus tard, comme elle y retournait, le même homme lui sourit encore et la salua. Elle lui rendit son salut. Le manège se poursuivit pendant quelques semaines, jusqu'au dimanche d'octobre où, revenant d'une visite, elle le croisa sur les dunes.

— Bonjour, mademoiselle, lui dit-il en ôtant sa casquette.

— Bonjour, répondit Madeleine en souriant, amusée par ce couvre-chef inhabituel à Tréménac'h.

— Puis-je vous accompagner un moment ? demanda-t-il.

— Nous n'irons pas loin, je suis presque chez moi.

Et, saisie d'une soudaine inquiétude, elle ajouta précipitamment :

— Je me dépêche, je suis en retard pour les bêtes *Noz vad*. Bonsoir.

— Bonsoir, répéta-t-il, toujours souriant.

Au fil des semaines, elle le rencontra de temps en temps et s'apprivoisa un peu. Le sourire de l'homme séduisait tandis que son attention flattait Madeleine, désireuse d'oublier quelques instants ses soucis matériels. Et vint ce dimanche de décembre où, profitant d'une journée clémente, elle partit rendre visite à Annaïg. A la fin de l'après-midi, elle reprit le chemin de Trolouc'h. Le ciel se couvrait à nouveau et elle se dépêchait quand une silhouette surgit d'un renfoncement du talus, à l'entrée d'un champ.

— Bonsoir !

— Ah, c'est vous ! s'exclama-t-elle.

— J'espère que je ne vous ai pas fait peur ?

— Non, non. Enfin... un peu quand même.

— Je rentre sur Lilia. Nous pouvons faire route ensemble ?

— Pourquoi pas ? répondit Madeleine d'un ton apparemment détendu.

Elle aurait préféré être seule. Décidément, cet homme ne lui inspirait pas confiance malgré ses manières polies. Elle ne fut donc qu'à moitié surprise quand il tenta de lui prendre la taille. Fermement, elle se dégagea et lui ordonna de la laisser tranquille.

— Bon, ne nous fâchons pas ! dit-il comme s'il plaisantait.

Madeleine accéléra le pas. L'autre la saisit alors par le bras pour la retenir.

— Allons, la belle, ne sois pas si pressée !

— Lâchez-moi !

— Quoi donc, petite furie ? Tu me regardes, tu me fais des sourires et maintenant je devrais rester bien sage ? Allons, pas tant de manières. Cela fait des semaines que je te guette. Ne crois pas que je vais te laisser échapper !

D'une bourrade violente, il fit basculer Madeleine sur le talus et se laissa tomber sur elle. Dans un réflexe, à peine consciente de ce qu'elle faisait, Madeleine sentit sous sa main une grosse pierre et, d'un seul élan, frappa le maçon à la tête. Etourdi, il desserra son emprise et Madeleine réussit à lui glisser entre les mains, non sans perdre son châle. Aussitôt debout, elle se mit à courir dans la nuit qui tombait, bientôt poursuivie par la brute. Le chemin rejoignait plus loin la route de Tréménac'h, où elle trouverait peut-être quelqu'un. Sinon, il lui faudrait courir rapidement jusqu'au débit de boissons de Mélie Kervella, à quelques centaines de mètres.

— Garce ! criait l'homme derrière elle. Je me vengerai, entends-tu ?

Crie toujours, pensa-t-elle, tu n'en auras que moins

de souffle. Du souffle, il en fallait pour courir dans la boue de ce petit chemin de traverse, une boue froide où l'on dérapait sans cesse. Madeleine avait pourtant un avantage, celui de connaître parfaitement le terrain, les endroits où des fondrières transformaient le chemin en piège et ceux où les ajoncs avaient poussé une racine capable de faire trébucher les distraits. Elle entendit son poursuivant s'effondrer bruyamment dans une profonde flaque d'eau et jurer d'horrible façon. Enfin, hors d'haleine, elle atteignit la route au moment où un grain éclatait. Personne en vue. Elle devait donc continuer, malgré les rafales de pluie glacée qu'elle recevait en plein visage. Elle tenta de ramener sur elle les pans de son châle pour se protéger tant bien que mal et s'aperçut alors qu'elle l'avait perdu. Son beau châle des dimanches ! Une colère terrible la saisit, en même temps qu'elle prenait conscience de la difficulté de sa situation. On l'avait déjà vue parler avec l'homme, ne dirait-on pas qu'elle l'avait provoqué ? La honte serait pour elle, alors.

Madeleine ne vit qu'une possibilité : elle devait retrouver son châle et rentrer chez elle comme si de rien n'était. Sa brève pause lui avait permis de reprendre haleine et elle fit aussitôt demi-tour. Sa peur avait disparu, balayée par la colère. D'abord, il lui fallait quelque chose pour se défendre. Tâtonnant le long du chemin, elle finit par trouver une pierre qui tenait parfaitement dans sa main. La serrant de toutes ses forces, elle revint sur ses pas, poussée dans le dos par la bourrasque. Elle avançait avec précaution, craignant autant de tomber que de rencontrer à nouveau le maçon. Malheureusement pour elle, on ne distinguait presque rien et il la vit avant qu'elle s'aperçût seulement de sa présence.

— Ha, ha ! s'exclama-t-il d'un ton sarcastique. On a perdu quelque chose ? Un châle, peut-être ?

— Oui, et c'est votre faute, sale cochon !

— Il va falloir se montrer très gentille si on veut le récupérer.

— Rendez-le moi, c'est à moi !

Sans hésitation, Madeleine s'approcha. L'autre brandissait en effet son châle, réduit à l'état de loque dégoulinante.

— Allez, la fille, viens le chercher puisque tu le veux !

Madeleine tendit la main, dans une dernière tentative de régler l'affaire sans violence.

— Rendez-le-moi, vous avez fait assez de sottises.

— Ecoutez-moi ça ! Voilà une gueuse qui m'aguiche et qui m'accuse de sottises après m'avoir assommé ! Mais tu sais que tout ça pourrait te conduire en prison, sale garce !

Madeleine sentit quelque chose d'inconnu monter en elle, qui transformait sa colère en une épouvantable rage. Elle vit rouge. Sans savoir ce qu'elle faisait, elle leva la main qui tenait la pierre et l'abattit de toutes ses forces sur le visage de l'homme. Celui-ci poussa un cri et porta les deux mains à ses yeux.

— Ah, salope ! Je n'y vois plus rien !

— Tant mieux, pour ce que tu en fais, de tes yeux !

Madeleine lui arracha son châle, qu'il n'avait pas lâché malgré le coup, et s'enfuit. Cette fois, il n'y eut pas de poursuite, seulement quelques cris très vite étouffés par les hurlements du vent. En arrivant au Koréjou, après une course aveugle dont elle ne conserva aucun souvenir, Madeleine se rendit compte qu'elle serrait toujours la pierre dans sa main. Cela lui fit un choc. Elle savait que certains hommes aimaient se promener, la nuit, et emportaient leur couteau par mesure de prudence. Mais elle ! Armée comme si elle n'était pas en sécurité, chez elle !

Otant ses sabots, elle descendit au bord de l'eau, ses pieds nus s'enfonçant dans le sable gorgé d'eau. Elle n'eut pas à aller loin car on était à marée haute. Trempée par les embruns autant que par la pluie, elle lança la pierre de toutes ses forces, et guetta le bruit de sa chute mais, dans le vacarme des éléments, n'entendit qu'un faible écho. Cela suffit pourtant à lui donner le sentiment d'avoir fait disparaître une chose abominable, une monstruosité que la mer allait laver sans qu'il en reste rien. Une vague énorme qui éclatait sur le rivage la fit reculer précipitamment.

Un instant, elle éprouva la tentation de s'abandonner, de se laisser emporter pour que la mer efface sa vie comme elle effaçait la pierre. A quoi bon cette existence de labeur, de lutte permanente sans espoir, où l'on n'était rien face à l'injustice, la violence ; cette existence où, comme dans la fable qu'on lui avait fait apprendre à l'école, la loi du plus fort était toujours la meilleure... Les masses liquides qui s'écroulaient en l'éclaboussant lui parurent comme de vastes bras prêts à l'accueillir, des bras puissants qui auraient pu être ceux de son père ou de son grand-père, noyés ici même. Au moment où cette image se formait dans son esprit, deux autres vinrent s'y superposer, celle des mains du maçon — qui lui inspirèrent une nausée — et celle des mains d'Yves qui ne l'avait jamais touchée comme un homme touche une femme. De toutes ses forces son esprit s'accrocha à ces mains qu'elle voyait devant elle comme si Yves n'avait pas été très loin, et elle recula, s'éloignant de l'eau. Elle n'était pas encore à mi-hauteur de la grève que la nausée vague qu'elle avait ressentie revint brutalement et la secoua tout entière. Pliée en deux, Madeleine vomit avec une violence qui la laissa épuisée, en larmes. Tassée sur elle-même dans le sable, elle passa de longues minutes à pleurer, ses larmes mêlées à la pluie et au sel des embruns. Bonne Vierge, répétait-elle en elle-même, si seulement Yves était là ! Ah, oui, je le sais maintenant, je sais qui j'aime ! Comment ai-je pu douter ?

Elle se redressa enfin, arrangea comme elle put son

châle imbibé d'eau, et remonta chez elle. Anna l'accueillit d'un ricanement auquel Madeleine répondit avec douceur. Cette femme qui l'avait tellement fait souffrir lui apparut ce soir-là comme une petite fille très vieille, très malheureuse, et elle la plaignit de tout son cœur.

— Le temps de me sécher, Anna, et je vais préparer un bon souper. J'ai de quoi faire des crêpes. Cela te ferait-il plaisir ?

Elle savait qu'Anna, qui mangeait si peu, aimait beaucoup ce plat et, sans attendre la réponse, elle sortit la farine et le lait. Par exception, les deux femmes passèrent une soirée paisible, sans hostilité et, avant de se coucher, Madeleine trouva la force de lui proposer de faire ensemble leur prière du soir, ce qui n'était jamais arrivé depuis la mort de Job.

Le lendemain, on parla d'un ouvrier qui avait fait une très mauvaise chute dans l'obscurité et ne pourrait reprendre son travail. On s'étonna d'ailleurs qu'il ait encore été à Plouguerneau car, pour des raisons climatiques, le chantier avait été arrêté du début décembre à début mars. Quelques-uns se doutèrent bien que l'accident n'était pas arrivé tout seul mais, en l'absence de tout élément probant, se gardèrent d'en parler trop fort.

Madeleine, quant à elle, ne se sentait plus concernée par l'événement que pour une seule raison. Chaque fois qu'elle y repensait, c'était pour revenir à l'instant précis où elle avait senti le corps de cet homme contre le sien, ses mains sur sa poitrine. Elle aimait revivre ce moment-là, parce qu'elle n'avait eu alors qu'une pensée, celle d'Yves, et une certitude : elle ne supporterait pas d'être touchée par un autre homme que lui. Si seulement elle avait osé en parler à Marie, comme elle l'aurait volontiers soulagée de ses inquiétudes ! Elle aurait aimé la savoir le cœur aussi léger qu'elle, à présent que son avenir lui apparaissait plus clairement. Enfin, comme un bonheur ne vient jamais seul, c'est Yves lui-même qui frappa le surlendemain de Noël à la porte de la maison paternelle où ils étaient tous réunis, y compris Yvonne et Mikéal, pour la veillée.

— Bonsoir à tous ! dit simplement Yves en entrant.

Jeannette en cria de surprise tandis que Marie et Yvonne se précipitaient pour l'embrasser.

— Bonsoir, fils, dit plus calmement Tanguy. Viens t'asseoir ici.

Il lui indiquait la place à côté de lui sur le banc de l'âtre.

— Oui, viens te sécher, le pressa Jeannette qui pleurait de joie. As-tu soupé ?

— Non, *mamm*. J'arrive de Lannilis par le dernier train.

— Oui, ma chère, j'ai pris le train, ajouta-t-il en se tournant vers Madeleine. Mais on me le devait bien.

— Enlève donc tes vêtements, l'interrompit Jeannette. Ils sont trempés. Marie, une chemise, des chaussettes et un tricot sec ! Yvonne, occupe-toi de faire réchauffer la soupe. Est-ce une façon d'accueillir un homme par ce temps de païen ?

Une épaisse buée montait en effet du gros tricot que portait Yves. Le cœur serré, Jeannette observa le travail du temps sur son fils. De la même façon que Goulven, son séjour dans la marine l'avait transformé. Il avait maigri, son visage s'était creusé et son regard durci. Obéir ne devait pas être facile tous les jours pour quelqu'un qui a l'habitude d'être maître à son bord, pensa-t-elle.

Yves fut bientôt vêtu de sec et installé devant une soupe chaude accompagnée de pain et de beurre salé. Entre chaque bouchée, lui qui mangeait d'habitude en silence, il n'arrêtait pas de poser des questions. Comment s'étaient passées les deux saisons de goémon qu'il avait ratées ? Où en étaient les travaux du phare ?

Pourquoi Marie-Renée ne lui avait-elle pas encore montré les enfants ?

— Chut ! Pas si fort, répondit-elle. Ils dorment. Tu les verras mieux demain. Mais si tu le veux vraiment, approche-toi.

Yves se leva et suivit Marie-Renée qui lui montra le berceau où dormait Marianna. Il ne vit presque rien, en effet, à peine une esquisse de visage dans la pénombre de la pièce.

— Et Yffic ? interrogea-t-il à mi-voix.

— Il est déjà couché. Il dort avec Fanch.

— Alors, je le verrai en me couchant.

— Je te préviens, lui dit Fanch avec un clin d'œil, il donne de sacrés coups de pied.

— Tant qu'il ne tape pas sur ma jambe, tout ira bien !

Tout le monde s'était rendu compte qu'Yves boitait de la jambe droite.

— Bon, il est temps que je vous dise pourquoi ils m'ont relâché avant mon temps. J'ai eu un accident et je me suis cassé la jambe. En fait, je marche avec une canne. Je l'ai laissée dehors pour ne pas vous faire peur, tout à l'heure.

Devant les mines consternées, il eut un petit rire.

— Mais non, ce n'est pas vrai ! Cela ne m'empêchera pas d'aller au goémon ou de labourer. Je boite, c'est tout. Allons, un peu de gaieté ! Oncle Célestin, dis-moi, as-tu entendu de nouvelles chansons ? Parce que, moi, j'en ai appris là-bas.

— Eh bien, tu me les apprendras, dans ce cas.

Ce fut une veillée joyeuse qui se prolongea aussi longtemps que le fagot d'ajoncs le voulut bien. Yvonne et Mikéal rentrèrent chez eux ainsi que Madeleine, tandis qu'Yves découvrait l'exactitude des propos de Fanch : son neveu dormait en donnant de terribles coups de pied.

Tous avaient eu le cœur serré à voir Yves marcher dans la lumière du jour. La veille, dans la pénombre de la maison, ils ne s'étaient pas rendu compte qu'il avait vraiment une jambe raide. Puis, avec le temps, ils s'y habituèrent, d'autant plus qu'Yves ne paraissait guère gêné. Quelques jours plus tard, Célestin et Tanguy le regardaient travailler avec Fanch à la réfection d'un talus.

— Il a l'air de tenir bon, fit remarquer Célestin.

— Oui, il en a l'air, lui retourna Tanguy d'un air dubitatif. Mais dis-moi, Célestin, sur un bateau ?

— Va-t'en savoir ! Il est jeune et vaillant. Pense donc à Jobic Morvan, à qui il manque trois doigts. Il travaille autant que ceux qui en ont encore dix, et même plus quand on pense à certains !

— Ouais. On verra.

Jeannette, qui les avait rejoints avec Marie, toutes deux rentrant du lavoir, intervint avec force.

— Pour moi, c'est tout vu ! Regarde comme il travaille !

— On verra, répéta Tanguy d'un air soucieux.

L'équilibre à terre et en mer, ce n'est pas tout à fait la même chose, pensait-il en lui-même. Comment son garçon se débrouillerait-il au milieu d'un tas d'algues glissantes, dans un bateau toujours en mouvement ?

— Allons, insista Jeannette, ce n'est pas le moment de s'attrister. Il est là, et il fête le Nouvel An avec nous.

— Tu as raison, concéda Tanguy.

Tourné vers elle, il lui adressa ce clin d'œil complice qui la mettait toujours dans tous ses états.

— Pense donc plutôt à curer les crèches ! rétorqua-t-elle pour dissimuler son trouble. Avec ce froid, cela finirait par geler.

— D'accord, on y va, répondit-il en se mettant en marche vers sa maison.

Ce n'était pas, et de loin, la partie la plus agréable

du travail, mais il fallait le faire et il s'y attela de bon cœur. Outre le purin et la litière souillée, il fallait nettoyer le recoin réservé aux gens. C'était un renfoncement pratiqué dans l'épaisseur du mur à l'entrée de la crèche, juste derrière la porte. On y mettait un peu de paille et, si l'on voulait son intimité, il suffisait de laisser la porte ouverte, puisqu'elle se trouvait alors rabattue sur l'occupant des lieux. De plus, le fait qu'elle soit rabattue servait de signal pour les autres utilisateurs. Tout cela partait sur le tas de fumier, bien maigre par comparaison avec celui des grosses fermes de l'intérieur. Pourtant, cela faisait toujours quelque chose de plus à vendre ou à troquer. Eux se contentaient de goémon dans leurs champs.

— Et voilà, les bêtes ! Vous finirez l'année avec une litière propre, dit Tanguy.

Et nous, poursuivit-il en lui-même, nous la commencerons avec une famille au complet. Il ne l'aurait jamais reconnu à voix haute, mais il avait éprouvé une joie infinie à voir rentrer Yves. Il aimait tous ses enfants mais avait un faible pour celui-là, en qui il trouvait quelque chose de spécial. Il n'aurait su préciser ce qu'était ce quelque chose, mais cela lui faisait chaud au cœur. Auprès d'Yves, il se sentait curieusement plus humain, meilleur, et tout paraissait possible. Si seulement ils n'avaient pas été si pauvres ! Son fils aurait fait de grandes choses, il en était certain. Quoi qu'il en fût, il se souviendrait longtemps de ce Nouvel An 1900.

En se lavant les mains au puits, Tanguy constata que Jeannette n'avait pas tort à propos du froid. Même à l'abri de la petite construction en pain de sucre qui abritait le treuil, il sentait le vent le transpercer et l'eau lui parut glacée. Fanch qui passait lui confirma son impression.

— J'apporte un fagot de plus pour ce soir, Tanguy.

Je ne sais pas ce qu'il y a dans l'air, mais il fait vraiment froid.

Marie, qui revenait du four chargée de deux grands paniers pleins de « tourtes » de froment encore fumantes, acquiesça.

— C'est même un drôle de froid qui entre dans les os.

Tous se hâtèrent de terminer ce qu'ils avaient à faire à l'extérieur pour retrouver la chaleur de la maison. Ressortir pour la veillée qui avait lieu chez Anselme Bergot, la famille le plus récemment installée à Trolouc'h, leur fut difficile. Mais quel plaisir de se retrouver entre voisins pour une soirée tranquille, à raconter des blagues, s'apprendre des chansons, parler du passé, du temps qu'il avait fait ou du temps qu'il ferait peut-être...

Madeleine, arrivée parmi les derniers, s'assit sur le banc auprès de Jeannette et lui parla à l'oreille.

— Dis-moi, pourras-tu venir voir Anna demain matin ? J'ai hésité à la quitter, mais elle dort à présent. Elle ne va pas bien. Elle ne s'est pas levée de la journée et j'ai beau brûler tout ce que je peux, elle tremble de froid.

— Elle a mangé ?

— Presque rien, répondit Madeleine. Un demi-bol de lait chaud où j'avais mis du sucre.

— D'accord, je viendrai. Dis-moi, est-ce que Fanch est au courant ?

— Oui. Je le lui ai dit tout à l'heure. Tu sais, Jeannette...

Madeleine hésita un instant.

— Jeannette, finit-elle par murmurer, je suis vraiment inquiète, cette fois.

Elles n'ajoutèrent rien, ni l'une ni l'autre, mais Jeannette pensa que, si Madeleine parlait ainsi, Anna ne devait plus en avoir pour très longtemps. Quelle triste fin ce serait, après une triste vie !

Le lendemain, le dimanche 31 décembre 1899, leur réserva une surprise. Le petit Yffic, qui s'était levé dans la nuit pour satisfaire une envie pressante, voulut voir ce qui se passait dehors. En effet, il régnait dans la maison une étonnante luminosité et les appels des oiseaux de nuit paraissaient comme étouffés. L'enfant se hissa sur un banc pour atteindre la fenêtre dont il écarta le volet intérieur. Il en redescendit très vite, se précipita dans le lit où Yves et Fanch dormaient à poings fermés et entreprit de les secouer de toutes ses forces.

— Qu'y a-t-il ? chuchota Yves, réveillé en sursaut.

— Tiens-toi tranquille, grogna Fanch, habitué aux farces du petit.

— Viens voir, tonton, viens voir, Fanch. C'est bizarre, dehors.

Fanch et Yves échangèrent un regard et soupirèrent.

— Désolé, vieux, dit Yves. C'est à toi d'y aller. Moi, c'était déjà hier.

— Ouais... J'y vais.

Fanch se glissa hors de l'abri douillet du lit en menaçant le gamin des pires représailles s'il le dérangeait encore pour rien. La veille, c'était à cause d'une araignée bizarre qu'Yves avait dû se lever. Son neveu avait tendance à tout trouver « bizarre » et ne supportait pas de ne pas faire partager ses étonnements. Il valait donc mieux se lever, de crainte d'une crise de pleurs.

Tiens ! Pour une fois, c'était vrai, se dit Fanch en rejoignant Yffic à son poste d'observation ; il régnait une curieuse ambiance.

Comme il n'entendait rien, Yves appela à voix basse.

— Alors, Fanch ! Cela en vaut la peine, cette fois ?

— Si ça en vaut la peine ? Ah ! *Daonet, ya !* Bigre, oui ! Viens donc voir.

— Méfie-toi, si tu me fais lever pour rien, tu n'as pas fini de le payer, toi aussi !

Mais Yves ne regretta pas de s'être arraché à son confort. Bouche bée, il oublia comme les deux autres le froid qui régnait dans la maison. Dehors, tout était blanc, un blanc qui illuminait la nuit encore noire. On était à la nouvelle lune et seules les étoiles brillaient dans un ciel d'une profonde pureté.

— *Petra eo ?* Qu'est-ce que c'est ? demanda Yffic.

— La neige, mon neveu, répondit Yves. La neige !

— C'est beau, souffla le petit d'un ton émerveillé. On va voir ?

— En pleine nuit ? Tu n'y penses pas ! lui dit Fanch.

Il reçut aussitôt une bourrade d'Yves dans les côtes.

— Pourquoi pas ? Il est déjà six heures, on peut bien s'habiller, tant qu'à être levés. Je veux voir ça, moi aussi.

— Yves, tu es fou ? Il a seulement deux ans !

— Eh bien, nous l'emballerons dans une couverture et je le porterai.

— Si jamais il attrape le moindre rhume, Marie-Renée t'arrachera les yeux !

— Mère poule ! Viens plutôt m'aider à l'habiller.

Quelques instants plus tard, les trois garçons se glissaient dehors, les deux grands se disputant le soin de porter le petit. Yves, le tonton revenu par prodige, emporta les suffrages d'Yffic.

— Fais attention, ça glisse, souffla Fanch à Yves.

Les sabots s'enfonçaient dans la neige avec un crissement d'étoffe qu'on déchire.

— Fait pas froid, chuchota Yffic, pelotonné au chaud contre l'épaule d'Yves.

— Pas une raison pour tirer sur mon col, petit sauvage ! répondit Yves à mi-voix, lui aussi impressionné par la force du silence.

D'instinct, sans se consulter, ils dirigèrent leurs pas vers le Koréjou, trouvant sans peine leur chemin dans la blancheur du sol. La mer murmurait à présent, toute de douceur, comme une chatte qui ronronne. Peu à peu, le léger ruissellement de la marée montante se fit de plus en plus net et, passé le tournant du chemin, ils découvrirent l'incroyable spectacle de la grève enneigée. Pas un souffle de vent, une paix infinie. Ils se tenaient là, tous trois, immobiles et silencieux. Les légers panaches de leurs respirations montaient tout droit dans l'air transparent, volutes claires dans la nuit. Un léger bruit se produisit non loin d'eux, celui de pas qui se rapprochaient. Un voisin.

— Alors, se dirent-ils à mi-voix, toi aussi, tu as voulu voir ?

— Tu crois que ça va tenir ?

— C'est pas dit, mais le ciel est au froid.

Quelques voisins les rejoignirent encore. Au fur et à mesure que leur groupe augmentait, les voix se faisaient plus fortes et la magie disparaissait.

— Tu te souviens, disait l'un, de l'hiver 87 ?

— Ah ça, pour m'en souvenir ! Si je m'en souviens !

— C'est pas l'année où...

Fanch se tourna vers Yves.

— Le petit va avoir froid, rentrons.

— Tu as raison. A plus tard, les gars !

Dès qu'il se sentit hors de portée de voix, Fanch chuchota :

— Eh ! On va voir la chapelle ? Je parie qu'il n'y aura personne.

Ce fut le tour d'Yves de freiner.

— Je propose plutôt de remettre ce gamin au chaud et d'accompagner ma mère à la basse-messe. Elle ne devrait pas tarder à partir.

Jeannette voulait assister à la première messe pour avoir plus de temps devant elle ensuite. Le soir, la veillée du Nouvel An devait avoir lieu chez elle, et elle voulait que tout soit irréprochable. Par ailleurs, il lui serait plus facile d'approcher l'un ou l'autre des vicaires à cette heure matinale pour demander que l'un d'eux rende visite à Anna.

— Bien vu, fit Fanch, on aura le temps de se promener plus tard.

Ils passèrent en effet la plus grande partie de la journée dehors, à jouer avec Yffic et d'autres enfants du voisinage. Batailles de boules de neige, construction de neige, il fallait faire vite car la belle couverture blanche faisait déjà mine de fondre par endroits. Un magnifique soleil brillait dans un ciel d'un bleu puissant. La mer prenait des reflets de velours et, dans les flaques qu'elle avait laissées en se retirant, semblaient briller des milliers de joyaux. Il n'aurait pu y avoir plus beau spectacle pour fêter l'arrivée du nouveau siècle. Jeannette avait préparé un *kig ha fars* un peu mieux garni en viande que d'habitude, grâce à l'argent gagné au chantier du phare. Même le fait que Fanch et Madeleine viennent manger à tour de rôle pour que l'un d'eux reste toujours auprès d'Anna ne parvint pas à ternir la gaieté du jour.

Le soir, après le souper, Marie aida sa mère à vite laver et ranger la vaisselle et porta sa soupe au cochon. Elle se hâta de verser les quelques litres de lait qu'elle avait tirés à la vache dans des pots où la crème pourrait monter à la surface. Le tout fut soigneusement enfermé dans l'armoire à lait de l'entrée. Un dernier coup d'œil au miroir pour vérifier sa coiffe, tout était en ordre et les voisins pouvaient arriver.

La veillée se déroula très joyeusement. Ceux qui ne l'avaient pas encore fait se souhaitèrent « *Bloavezh mad* — Bonne année — Santé et prospérité — Et le paradis pour votre âme ». Madeleine et Fanch s'éclipsaient chacun à son tour pour veiller Anna, tous deux en proie à des sentiments très mêlés, à la fois de tristesse, de soulagement et de remords à l'idée d'éprouver du soulagement.

— On pourra dire qu'elle leur en aura fait voir,

murmura une voisine, plus commère que méchante, à un moment où elle pensait ne pas être entendue.

Elle n'aurait pas dû faire ce genre de commentaire, c'est sûr, mais elle avait raison et personne ne releva sa remarque.

Le lendemain, 1er janvier 1900, les hommes passèrent la plus grande part de la journée à se rendre les uns chez les autres pour se souhaiter la bonne année. Les femmes restaient plutôt à la maison, car il fallait quelqu'un pour recevoir les visiteurs, et servir aux hommes un verre de vin, puis un petit verre de rhum. Si cela n'avait tenu qu'à Jeannette, pas une seule goutte d'alcool ne serait jamais entrée chez elle, mais il fallait bien recevoir ses voisins de la façon dont ils vous recevaient, n'est-ce pas ? Elle avait la chance que son mari partage le même avis et jamais il ne lui reprocha de remplir les verres avec mesure. Personne ne se serait d'ailleurs avisé de le lui reprocher, connaissant sa générosité dès qu'il ne s'agissait pas d'alcool.

Anna s'éteignit avant la fin du mois de janvier, sans rien dire ni faire de particulier. On l'enterra auprès d'Ambroise, dans la tombe où se trouvait déjà Paol. Louis n'y reposait pas puisque sa mort s'était produite en mer. Le corps avait été livré à l'océan selon la tradition et seule une inscription sur la tombe de sa famille rappelait sa brève existence. Anna n'avait fait aucun testament et Fanch se retrouva donc, tout comme sa cousine, pourvu d'une maison pour lui tout seul s'il décidait d'en résilier le bail. Au moins, il avait le temps d'y réfléchir.

Madeleine, quant à elle, ne supporta pas longtemps de vivre seule, en fait à peine une semaine.

— Jeannette, c'est impossible pour moi, d'être seule dans cette maison.

— Que veux-tu faire ?

— Je ne sais pas ! Je pensais que tu aurais peut-être une idée.

Jeannette regarda pensivement Madeleine.

— Et si tu demandais à Marie ? Je suis sûre qu'elle accepterait de venir habiter avec toi.

Madeleine réfléchit rapidement. Oui, ce serait une bonne solution, facile à mettre en œuvre et, surtout, peu contraignante. Le jour où elle se marierait, Marie rentrerait chez elle. Car, elle n'en doutait plus à présent, elle se marierait. Il ne s'était pourtant rien passé de particulier entre elle et Yves depuis son retour, mais elle se sentait si sûre d'elle ! Cela ne pouvait être que réciproque.

— D'accord, Jeannette. C'est une bonne idée.

Marie accepta avec enthousiasme car, à présent qu'elle avait vu comment Madeleine regardait Yves, elle n'avait plus aucune inquiétude. Madeleine était son amie et non pas sa rivale auprès de Fanch. Elle ignorait ce que lui réservait l'avenir mais, en attendant, elles auraient du bon temps, toutes les deux. Personne ne les rappellerait à l'ordre si elles restaient à bavarder et à rire tard dans la nuit, du moins les soirs où la fatigue ne les endormirait pas de bonne heure. Personne ne leur rappellerait de ne pas traîner dehors après la fin du travail. Elles bénéficieraient ainsi d'une indépendance inhabituelle pour des filles qui n'avaient pas beaucoup plus de vingt ans. Il est vrai que la maison paternelle n'était pas éloignée et que la surveillance de Jeannette s'exercerait avec autant de discrétion et d'efficacité qu'auparavant. Aurait-elle donné sa permission, autrement ?

La joie de Marie se modula légèrement les premiers soirs où elle se retrouva seule avec Madeleine. La maison lui parut très isolée, et la porte bien fragile.

— Leine, demanda-t-elle à plus d'une reprise, es-tu sûre d'avoir bien fermé la porte ? N'as-tu rien entendu de bizarre ? Ki du n'a-t-il pas aboyé ?

Madeleine riait. Elle avait oublié depuis longtemps d'avoir peur du vent, d'un passant curieux ou d'un bruit bizarre. En revanche, elle ne résista pas au plaisir de taquiner Marie.

— Tu peux bien t'inquiéter, ma petite ! Je ne t'ai rien dit. Cette maison sert de refuge aux *paotred ar Zabbat !* Ils vont venir te tirer les pieds, attends voir !

Les korrigans ! On racontait des histoires terribles à leur sujet, comment ils jouaient d'affreux tours aux humains qui leur déplaisaient. Marie donna un coup de pied à Madeleine sous les couvertures.

— Tais-toi ! S'ils t'entendaient !

Elles en rirent, Marie moins rassurée que Madeleine. Si les légendes disaient vrai...

— Tu te souviens, dit-elle, de ce qui est arrivé quand on était petites...

Oui, Madeleine s'en souvenait, ainsi que des confidences de Fanch. Oh ! Quels fous rires entre eux ! C'était une vieille histoire. Encore gamin, Fanch s'était laissé entraîner à faire une farce à un voisin qui ne perdait pas une occasion de faire peur aux enfants, pour leur apprendre le respect, disait-il. Avec d'autres garnements de Tréménac'h, il sortit une nuit faire grincer la poulie du puits. Une autre fois, ils décrochèrent le seau et l'attachèrent à la queue du chien qui les connaissait trop pour aboyer... Ils avaient arrêté leurs méfaits le jour où l'homme avait ostensiblement aspergé son seuil et son puits d'eau bénite. Le jour, surtout, où son oncle Job lui avait fait remarquer qu'il se levait souvent la nuit. Avait-il un dérangement de ventre ? En ce cas, une diète stricte saurait y mettre bon ordre...

Dois-je lui raconter, se demandait Madeleine, dois-je lui raconter les exploits de son cher Fanch ? Après tout, oui. Une femme amoureuse est toujours contente d'en savoir un peu plus sur l'homme qu'elle aime. Marie eut beaucoup de mal à la croire, mais faillit s'étouffer de rire le lendemain quand elle vit Fanch. Interloqué, celui-ci lui demanda ce qu'elle lui trouvait de si drôle.

— Oh, moi, rien, mais les *paotred ar Zabbat*, si !

Un instant d'incompréhension, puis Fanch se souvint et se mit à rire lui aussi.

Ce moment de complicité devint par la suite un des meilleurs souvenirs de Marie. Pendant quelques minutes, Fanch et elle avaient été unis sans la moindre retenue, sans la moindre arrière-pensée. A défaut de korrigans, les fées existaient peut-être.

16

Quelques semaines après la mort d'Anna, Madeleine et Marie revenaient d'une matinale et maigre pêche à pied quand, passant par la lande au-dessus de Trolouc'h, elles entendirent une voix aiguë qu'elles connaissaient bien, celle d'Yffic. Elles se dirigèrent aussitôt vers l'endroit d'où venait la voix, à laquelle une autre se superposa bientôt, plus grave. Madeleine tressaillit en reconnaissant « sa » comptine. L'oncle et le neveu jouaient à « montrer le pays ».

— Attends, dit Madeleine en retenant Marie d'une main. Je veux les entendre.

Marie la regarda d'un air un peu étonné, ignorant tout du jeu inventé autrefois par son frère pour Madeleine. Elle voulait bien patienter mais pas trop longtemps car, malgré son jupon de flanelle qui l'avait bien protégée, elle sentait le froid lui piquer les jambes. Le mois de mars avançait, certes, mais l'hiver n'avait pas encore dit son dernier mot. Enfin, Madeleine lui fit signe.

— Pas de bruit, on va les surprendre !

Tandis que le petit garçon courait vers Marie en riant, Madeleine et Yves osaient à peine se regarder, incapables de dire un mot, bouleversés par leurs souvenirs. Leur silence fut pourtant très vite interrompu par l'enfant qui criait :

— Tonton ! Regarde les crevettes, elles bougent !

— J'espère bien, sinon elles ne seraient plus bonnes à vendre, répliqua Marie. Allez, Yffic, raccompagne-moi à la maison, je veux mettre un jupon sec.

Marie avait remarqué qu'il se passait quelque chose de spécial entre Yves et Madeleine. Ces deux-là finiraient-ils par se décider ? Elle en faisait une obsession : tant que Madeleine ne serait pas mariée, elle n'aurait elle-même aucune chance avec Fanch. Vite, elle entraîna le petit garçon.

Décontenancés, Yves et Madeleine se regardaient.

— Tu te souviens ? dit-il enfin.

— Comment aurais-je pu oublier ?

Un silence suivit, que Madeleine rompit à son tour.

— Tu me paraissais si grand, à cette époque !

— Ah oui ? Et maintenant ?

— Maintenant ? reprit Madeleine en riant pour cacher son trouble.

Maintenant, tu me parais plus grand que jamais, aurait-elle pu dire, grand et fort. Mais comment oser ? Elle eut encore un petit rire, inhabituel chez elle et qu'elle se reprocha aussitôt car elle le trouvait bête. Puis elle eut un geste brusque pour ramasser son haveneau et le panier où s'agitaient ses prises.

— Je rentre, mes vêtements sont mouillés et je veux porter notre pêche au restaurant avant midi.

— Tu devras faire vite. Je t'accompagne, si tu veux, je n'ai rien de pressé.

Ils échangèrent à peine quelques mots pendant tout le trajet, et encore pour dire des banalités, ce dont ils avaient tous deux conscience. Ils arrivèrent assez tôt pour que Madeleine vende crevettes et étrilles au restaurant du bourg à temps pour le déjeuner. C'était jour de marché et le restaurant serait plein. Madeleine en profita pour acheter un peu de farine, du savon et de l'amidon. Comme ils retraversaient la place, un homme la bouscula violemment. Elle se retourna, prête à dire son fait à la brute, et se pétrifia. Le maçon ! Elle l'avait oublié et n'avait surtout pas imaginé qu'il oserait revenir à Plouguerneau. Sans un mot, l'homme s'arrêta et lui jeta un regard haineux. Mal lui en prit.

Dans l'instant, Yves était devant lui et lui retournait son regard.

— Qui es-tu, toi ? demanda-t-il d'une voix contenue. Je ne t'ai jamais vu ici. D'où viens-tu ?

— Ça ne te regarde pas, maugréa le maçon.

— Tout me regarde dès qu'il s'agit de ma fiancée.

L'homme blêmit et tenta de se débiner dans la bousculade du marché. Yves le retint par le bras. L'homme put ainsi évaluer la force à laquelle il se heurtait.

— Excuse-toi tout de suite ! lui ordonna Yves.

Le maçon se tourna vers Madeleine et, cette fois sans oser la regarder, grogna quelques mots qui pouvaient passer pour des excuses.

— Je n'ai rien entendu, dit Yves de son ton le plus menaçant.

— Faites excuse, je ne voulais pas vous heurter, répéta l'autre à voix plus haute, maté par la poigne qui l'immobilisait.

Madeleine lui jeta un regard d'un mépris indicible, sans un mot. Yves laissa passer quelques instants avant de relâcher sa prise.

— Et ne t'avise pas de traîner où il ne faut pas ! ajouta-t-il.

L'autre disparut en un clin d'œil dans la première ruelle venue. Yves se retourna alors vers Madeleine. On avait commencé à s'attrouper autour d'eux. Tout incident méritait qu'on s'y intéresse !

— Partons, dit-il.

Une fois sur la route de Tréménac'h, ils ne risquaient plus qu'on les entende.

— Que s'est-il passé ? s'enquit Yves. On dirait que tu as vu un revenant !

— Presque, bafouilla-t-elle.

Elle n'aurait pas voulu raconter à Yves ce qui s'était passé, mais l'expression de l'homme l'avait terrifiée. Pour la première fois de sa vie, elle avait lu dans un regard le désir de lui faire autant de mal que possible.

Par ailleurs, il était inutile d'essayer de cacher les faits à Yves, car il avait bien perçu le côté anormal de cette rencontre apparemment accidentelle.

— C'était au début de l'hiver, peu avant ton retour. Cet homme...

— Tu le connais donc ?

— Il travaillait au phare...

Lentement, question après question, Yves réussit à lui arracher son histoire. Quand elle eut fini, il dit simplement :

— Ne t'en fais pas, tu peux l'oublier dès à présent. Je te promets que ce cochon ne t'embêtera plus jamais.

— Tu ne vas pas faire une bêtise ?

— Non, rassure-toi. Je suis sûr qu'il aura compris la leçon et c'est aussi bien, ajouta-t-il. Le chantier embauche à nouveau pour sa réouverture. Je vais me présenter.

Madeleine ne revit en effet jamais le maçon mais n'osa pas poser de question. Yves se contenta de lui dire, un soir en rentrant de l'île Vierge, que l'homme avait définitivement quitté Plouguerneau, qu'on l'avait vu à l'Aber-Wrac'h où il cherchait du travail. On s'était en effet passé le mot tout le long de la côte et l'homme était repéré. Un jour où régnait un épais brouillard, il tenta de s'en prendre à une toute jeune fille. On le surprit. Il s'enfuit et se perdit dans le brouillard. Au lieu de remonter vers les habitations, il descendit vers la mer et se noya, incapable de s'orienter.

Pour Madeleine, l'important n'était pas là. Yves ne l'avait-il pas appelée sa fiancée ? Préoccupés par l'histoire du maçon, ils n'en avaient pas parlé, mais Madeleine n'avait pu dormir. Quelle situation impossible ! Elle se sentait à la fois fière, forte de se savoir désirée par l'homme qu'elle aimait, et très fâchée. Pouvait-on se déclarer fiancé de façon aussi légère ? Yves méritait une leçon !

La saison du goémon revint et Yves eut une longue discussion avec son père, à la suite de laquelle il décida de rester sur le chantier de l'île Vierge autant que possible. Il trouvait une grande satisfaction à participer à la construction du plus haut phare d'Europe.

— Quatre-vingt-deux mètres ! répétait-il à tous. Tu te rends compte ? Il fera quatre-vingt-deux mètres, tout en granit de kersanton ! Et tu ne pourrais pas mettre la pointe de ton couteau entre deux blocs !

C'était un des grands sujets de conversation chez les goémoniers, qui comparaient longuement les mérites de tel ou tel feu. L'équipement de toute cette côte en phares, feux et balises avait été bien amélioré depuis une vingtaine d'années. Les femmes se taisaient, mais se demandaient si cette merveille rendrait la navigation moins dangereuse. Yves, quant à lui, se réjouissait d'engranger deux francs cinquante par jour en faisant un travail qui lui plaisait. Simple manœuvre, il observait le travail des maçons et, avec le temps, on finit par lui demander un coup de main quand il le fallait. Il aurait beaucoup donné pour comprendre les grands plans qu'il voyait déployer par le chef de chantier.

— Alors, tu préfères rester à terre ? lui demandait parfois un collègue.

— En ce moment, oui, mais tu verras, dans deux ans j'aurai mon bateau, quand le *tour-tan* sera terminé.

Il appréciait aussi d'avoir le temps de réfléchir à ce qu'il voulait faire. Epouser Madeleine, oui, cela était devenu clair. Avoir son bateau, également. Mais naviguer seul ? Malgré tout, sa jambe raide le faisait hésiter. Avec qui, alors ? L'oncle Célestin comme auparavant ? Impossible, il parlait toujours de prendre sa retraite. Avec Goulven ? Il ne fallait guère y compter. Marie-Renée attendait un troisième enfant et Goulven aurait besoin de tout l'argent de la saison. S'ils naviguaient à deux, il devrait partager. Il se contenterait donc sans doute d'emmener Yffic comme mousse dès qu'il aurait l'âge. Restait Fanch, qui faisait toujours équipe avec Tanguy. Il fallait y penser sérieusement.

Yves eut quand même un moment de regret en voyant la flottille des goémoniers du Koréjou hisser la voile par un beau matin de mai. Le cycle du *tali* reprenait, récolte, séchage, brûlage. Et les livraisons, de quinze jours en quinze jours, le plus souvent par mer. Tout dépendait de l'état de la Manche. Entre le Koréjou et l'île Vierge, il y a plus d'une occasion d'avoir des ennuis ! Les abords de l'Aber-Wrac'h réservaient aussi de mauvaises surprises, parfois.

Le printemps passa, l'été arriva et, avec lui, les pardons et la fête foraine du premier dimanche de juillet, le « pardon laïc ». Yves décida que c'était le moment où jamais de clarifier la situation avec Madeleine. Il ne comprenait rien, en effet, à son attitude. Depuis l'incident du marché, elle semblait l'éviter, ne lui parlait plus que par nécessité. Quant aux sourires, il pouvait les compter ! Que lui avait-il fait ? Ou bien était-elle gênée à l'idée de lui avoir raconté l'histoire du maçon ?

La fête commença après la grand-messe. La place était noire de monde, car personne n'aurait perdu une occasion de s'amuser. Tout le clan de Tanguy Larvor était monté au bourg, à l'exception de Marie-Renée, car le bébé avait la colique. Après quelques jours de temps couvert, le soleil brillait à nouveau dans un ciel sans nuages.

— Qui vient voir la course de vélos ? demanda Fanch, Yves ?

— Bien sûr, j'attends de compter les chutes !

Feignant d'être très à l'aise, il se tourna vers Madeleine.

— Tu nous accompagnes ? Il faut regarder comment on se sert de ces engins pour le jour où on pourra en acheter un.

— Bien sûr, allez-y, les jeunes, renchérit Jeannette, que la brouille entre Yves et Madeleine attristait beaucoup.

Elle avait soigneusement évité de s'en mêler car, même si la sagesse ne le lui avait pas conseillé, sa pudeur de sentiments le lui aurait interdit.

Madeleine suivit le mouvement, consciente qu'un refus de sa part n'aurait pas été compris. Ils assistèrent ensemble au départ de la course, qui se donnait du côté du bourg orienté vers la mer. L'arrivée se faisait côté campagne, au lieu dit Kroas Nevez, Croix Neuve. L'ambiance se dégela très vite car, dès le départ, on eut l'occasion de rire. Un des « bistrots » du bourg avait dû trop fêter sa future victoire car il s'écroula au bout de dix mètres. Il prétendait rouler sans les mains mais en chantant. Savoir laquelle de ces deux particularités mit un terme à ses exploits... Madeleine rit comme tout le monde et Yves voulut profiter de ces bonnes dispositions.

— Aimerais-tu avoir un vélo, toi aussi ? lui demanda-t-il.

— Ce serait pratique, laissa-t-elle tomber sans le regarder.

Et zut ! L'affaire s'annonçait encore plus difficile que prévu. Mais il n'était pas homme à se laisser décourager. Tandis que la foule retraversait paresseusement le bourg pour attendre l'arrivée sur la route du Grouanec, il ne lâcha pas la jeune fille d'un pouce. Vraiment décidée à le faire endêver, Madeleine feignit de s'amuser beaucoup, donnant la réplique à tout le monde sauf à lui. De temps en temps, elle lui jetait un coup d'œil discret pour juger des progrès de sa tactique. Hélas pour elle, il choisit de la suivre sur son terrain. Comme ils croisaient un groupe de jeunes filles qu'il connaissait, il leur fit signe et s'arrêta pour parler avec elles.

— Venez avec nous, dit-il, nous allons voir l'arrivée de la course.

Il avait accompagné sa proposition d'un regard appuyé à l'intention de la plus jolie et cela n'échappa pas à Madeleine. C'est ainsi qu'elle se retrouva éloignée d'Yves par plusieurs de ses rivales, ravies d'avoir capté l'attention d'un homme réputé pour son courage, sa gaieté et sa voix. Et, qui sait ? Avec un peu de chance, en le cajolant, en lui passant la main dans le dos, il leur offrirait peut-être une friandise. De plus, il avait beaucoup d'allure avec son chapeau noir à grands rubans et son *chiletenn*, veste courte aux manches bouffantes et ornée de deux rangs de boutons noirs. En dessous, il portait une chemise d'un blanc éblouissant, qui mettait en valeur son teint bruni et le bleu de ses yeux. Sa jambe raide lui donnait même un charme supplémentaire, trouvaient certaines.

Ils passèrent ainsi tout le début de l'après-midi à se tourmenter, Madeleine boudant la course de chevaux qui passionnait la petite bande, Yves payant à une fille un billet de loterie, à une autre un tour de chevaux de bois. Un âne faisait tourner le manège tandis qu'un villageois actionnait la manivelle de l'orgue de Barbarie. Fanch, environné comme d'habitude par un essaim de jeunes filles, observait tout cela et commençait à s'énerver. Ces deux-là exagéraient ! Il jeta un regard courroucé à Madeleine qui tournait ostensiblement le dos à Yves. C'était la première fois qu'il se fâchait contre elle et elle en reçut un choc. Elle ouvrit la bouche et la referma aussitôt, incapable de dire un mot. Sans quitter son air fâché, Fanch grommela en la regardant droit dans les yeux :

— Vous êtes deux idiots !

Et il tourna les talons.

Pétrifiée, Madeleine le regarda s'éloigner et sentit un affreux chagrin monter en elle. Elle se reprit très vite. Pas de ça, ma fille, se dit-elle. Tu ne vas pas te mettre à pleurer devant tout le monde. Réfléchissons, plutôt. Jamais Fanch ne lui aurait parlé ainsi sans une raison grave. De même, il n'aurait jamais osé évoquer sa relation avec Yves si... Si quoi, en fait ? Si je ne m'étais pas conduite comme une sotte, reconnut-elle. C'est lui qui a raison. Son attitude distante durait depuis... quatre mois, déjà. Et pourquoi ? Bien sûr, Yves avait eu tort de la déclarer sa fiancée sans lui demander son avis et sans respecter les usages. Mais elle, connaissant la timidité des hommes devant les femmes quand il s'agissait de parler, n'aurait-elle pas dû se montrer un peu plus généreuse et lui donner sa chance ? Quel gâchis ! Pourvu qu'il ne soit pas trop tard...

Elle chercha Yves des yeux. Il quittait le groupe de jeunes filles et se dirigeait avec un collègue vers un des nombreux débits de boissons. Elle entra derrière lui et, s'approchant, l'entendit demander une *bier fristet*, mélange de bière et de rhum qu'on lui servit avec des fèves grillées.

— Yves ? dit-elle d'une voix qui tentait de paraître assurée.

— Oui ? répondit-il, un peu surpris.

Qu'allait-elle encore inventer ?

— Euh... Je rentre. Je m'occuperai du bébé. Cela permettra à Marie-Renée de venir un peu plus tôt.

Les femmes avaient établi un tour de garde auprès de Marianna.

Yves regarda Madeleine d'un air surpris.

— Bien, mais veux-tu...

Il s'interrompit, ne sachant que lui proposer.

— Bien, reprit-il, à ce soir.

Sur le chemin du retour, Madeleine repassa en esprit toutes ces semaines où elle s'était volontairement isolée de l'homme qu'elle aimait. Pis que tout, elle l'avait fait souffrir. Et pourquoi ? Parce qu'il l'avait appelée sa fiancée pour la protéger ! Derrière sa colère, Madeleine dut s'avouer qu'il y avait autre chose, une sorte de honte, la gêne d'avoir raconté à l'homme qu'elle

admirait un épisode où elle s'était sentie si misérable. Même à Pâques, quand elle s'était confessée, elle n'avait pas voulu en parler au prêtre, sachant qu'il l'accuserait de coquetterie. L'orgueil ! Alors qu'elle ne désirait que cela : devenir la fiancée d'Yves Larvor, puis sa femme. Pourquoi ne lui avait-elle pas demandé s'il pensait vraiment ce qu'il avait dit ? Tout aurait été plus simple. Il lui restait à guetter le bon moment pour faire amende honorable, et le plus tôt possible.

L'occasion s'en présenta le soir même. Yves revint de la fête foraine avec quelques fleurs, gagnées au jeu de « trois fois monter pour gagner un joli bouquet ». Il s'agissait de ce jeu où l'on teste sa force en frappant de toutes ses forces avec un lourd maillet de bois sur une sorte de propulseur. Le coup catapulte un marteau à la verticale, le long d'une glissière. Si le coup est assez fort, le marteau frappe un morceau de cuivre bombé avec un bruit assourdissant. Le concurrent capable de réussir l'exploit trois fois de suite gagnait un bouquet. Bien évidemment, les galants cherchaient à l'emporter pour offrir à leur belle ce témoignage de leur force. Pour Yves, rempli d'espoir par la façon dont Madeleine lui avait parlé avant de rentrer à Trolouc'h, c'était plutôt un gage de paix. Une fois son trophée gagné, il n'avait pas longtemps traîné au bourg, peu désireux de se laisser embarquer dans une tournée de petits verres.

Madeleine était occupée à traire sa vache. Yves s'approcha d'elle dans la pénombre de l'étable chaude. Ne sachant comment aborder le sujet, il lui tendit le bouquet.

— Tiens, c'est pour toi.

Madeleine retint son souffle.

— Oh ! Tu as réussi ? répondit-elle enfin d'une voix qui tremblait un peu.

— Oui. Trois fois, je l'ai fait.

— Elles sont belles, dit Madeleine. Peux-tu les gar-

der pour moi le temps que je termine la traite ? Tu sais, ajouta-t-elle à toute vitesse, je voulais te parler. J'ai eu tort...

— Ne dis rien maintenant. Tout à l'heure, après le souper, veux-tu me retrouver sur la falaise ?

Pas besoin de préciser l'endroit, Madeleine savait qu'Yves l'attendrait là où ils jouaient à « montrer chez nous ». Là-haut, ils pourraient se parler tranquillement.

Il faisait encore clair, en ce début juillet, malgré l'heure avancée. Dans l'ouest, une grande lueur montait de la mer, comme si le soleil hésitait à disparaître, prêt à se lever à nouveau, mais à l'occident. Vénus brillait dans le ciel d'un bleu soutenu, illuminé de couleurs flamboyantes, rouge, violet, jaune d'or et un incroyable rose vif. Sur la mer déjà obscure, des reflets moirés ondulaient à peine dans un grand calme tandis que l'humidité de l'estran découvert par la marée captait par endroits un dernier éclat de couleur. Le bruissement soyeux d'un oiseau de nuit traversa l'air, suivi d'un petit cri vite étranglé, un mulot qui venait de trouver sa fin. Assis sur ses talons, Yves attendait Madeleine et la profonde tranquillité de la nuit montante se communiquait à son esprit. Le roulement d'un caillou sur la lande, elle arrivait. Il se redressa.

— Madeleine ! Je suis là.

— Moi aussi, tu vois.

Que dire, ensuite ?

— Si on montait au Dolenn ?

— Oui, pourquoi pas.

L'extrémité de la falaise se composait de blocs énormes de rochers polis par l'érosion qui s'avançaient dans la mer comme un éperon, un poste de vigie pour géants, An Dolenn. Les deux jeunes gens escaladèrent les blocs aussi loin que possible, descendirent le premier éperon pour remonter sur le plus éloigné. Tous

les jeunes de Tréménac'h connaissaient les recoins où l'on peut rester à l'abri, à l'abri des regards comme des intempéries. Dans l'un de ces recoins, face au large, Yves et Madeleine s'assirent.

— La pierre est encore tiède, s'étonna-t-elle.

— Tu es bien ?

— Oui. Et toi ?

— Oui.

Ensuite ? Il fallait bien que l'un d'eux prenne l'initiative. Yves se lança, mais sous forme d'une question qui laissait à Madeleine la tâche de commencer. Après tout, les femmes sont connues pour l'agilité de leur langue, se dit-il pour se pardonner cette petite lâcheté.

— Tu voulais me parler ? demanda-t-il.

— Oui.

Encouragée par la pénombre et par le fait qu'il avait spontanément parlé à mi-voix, Madeleine décida de ne rien cacher.

— Je te demande pardon.

— Ce n'est rien, Madeleine, ce doit être ma faute.

— Non, c'est moi. J'étais vexée parce que... parce que tu m'avais appelée ta fiancée sans me demander mon avis !

— C'est tout ? s'exclama Yves.

— Oui, répondit Madeleine d'une toute petite voix avant de se reprendre.

— Oui, répéta-t-elle d'un ton assuré. C'est tout mais c'est beaucoup, tu ne crois pas ? Tu ne m'as jamais parlé de rien et, d'un seul coup...

Cette fois, elle était lancée et ne s'arrêta pas avant d'avoir vidé son sac. Quand elle se tut, Yves resta un instant silencieux.

— Si j'avais su ! finit-il par laisser tomber.

Au tour de Madeleine de trembler. Il n'avait toujours pas dit s'il était sérieux ou pas. Ils restèrent sans se parler pendant quelques minutes puis Yves se tourna vers elle.

— Madeleine, veux-tu que je te demande à ta tante ? Je suis sûr qu'oncle Célestin s'en chargera très volontiers pour moi.

A partir de là, tout devint facile. Madeleine se laissa embrasser comme jamais elle ne l'avait été, et pourtant ce fut un très chaste baiser sur la joue. Puis vint le tour des confidences, le récit des espoirs, les projets d'avenir, les questions pratiques. Ils voulaient se marier le plus tôt possible. Pas un instant, ils n'envisagèrent le moindre obstacle, opposition d'Annaïg ou des parents d'Yves. Tout leur semblait à présent naturel, allant de soi. Tout était déjà en place.

Ils se sentaient si bien, serrés l'un contre l'autre, à se confier tout et rien ou simplement à se taire ensemble, qu'ils ne virent pas les étoiles tourner puis disparaître. Ils durent même s'endormir ainsi, car Yves sursauta en s'apercevant que le ciel rougissait à l'est.

— Leine, appela-t-il en la secouant. C'est le matin, il faut s'en aller.

Il savait que personne ne les aurait cherchés, leur absence commune expliquant tout. Pourtant, ce n'était pas une raison pour courir le risque de ragots. Seulement... la mer était haute à présent et le chemin du retour était coupé. Il faudrait attendre qu'elle redescende pour passer. Coincés ! Et bravo pour la discrétion, se dit-il. Madeleine haussa les épaules.

— Ce n'est pas grave, allons nous asseoir là où l'on pourra nous voir. De toute façon, cela se saura. Alors, autant ne pas nous cacher.

— Tu as raison, répondit Yves avec un sourire.

En effet, curieusement, plus d'un voisin vint à passer par là, malgré l'heure très matinale, mais peu de femmes, surtout des hommes et des enfants. On s'arrêtait, on discutait, les hommes fumaient leur pipe, les enfants se poursuivaient en criant. On faisait mine de ne pas les voir et, eux, de leur côté, en faisaient autant. Enfin, la mer redescendit et les libéra dans le milieu de la matinée. Il ne restait personne sur la falaise et ils regagnèrent Trolouc'h sans rencontrer âme qui vive. De leur aventure, il resta au rocher le surnom de « rocher des amoureux ». Quand même, ce fut un beau scandale !

A partir de là, tout alla très vite. L'oncle Célestin fut ravi de faire le *bazhvalan* pour Yves. Ce n'était pas parce qu'on était d'accord qu'il ne fallait pas respecter la coutume ! Célestin et Yves se présentèrent donc chez Annaïg.

« Bonjour, Annaïg ! Comment cela va-t-il, etc. » On commença par parler de choses et d'autres, comme il se doit.

— Bon, changeons de conversation, dit enfin Célestin. C'est ce jeune homme qui m'a demandé de te parler pour lui. Je viens te prier de lui donner ta nièce en mariage.

Annaïg sortit les bols qu'elle avait déjà préparés, sachant ce qui allait se passer depuis que Célestin l'avait avertie le dimanche précédent, à la sortie de la messe, qu'il lui rendrait visite dans la semaine avec Yves. Aurait-elle voulu refuser, elle ne leur aurait rien offert. Elle ne les aurait même pas laissés parler d'autre chose que de généralités. Pour Célestin, elle sortit aussi la bouteille d'eau-de-vie et un petit verre.

— Yves ? proposa-t-elle. Pour l'occasion ?

— Non, je te remercie.

Un homme capable de refuser un petit verre ! Voilà peut-être une des choses qui plaisaient le plus à Annaïg. La noce fut décidée pour la fin août, après la moisson mais avant l'arrachage des pommes de terre.

La nouvelle se répandit vite car on avait vu Célestin et Yves rentrer à Trolouc'h avec des mines de conspirateurs. Il restait presque deux mois pour tout organiser, inviter la parenté, les voisins, vérifier les costumes de fête... Comme Madeleine n'avait pas une grande famille, il n'y aurait que deux cents personnes, mais cela représentait encore pas mal de travail.

Juillet et août passèrent à la vitesse de l'éclair. Tout le monde travaillait dur, les hommes en mer, les femmes aux champs et Yves au phare. A la mi-août, on put moissonner le blé semé par Madeleine dans le champ agrandi grâce aux conseils d'Annaïg. Le banquet de noce s'y tiendrait.

Tous les voisins vinrent aider, qui pour rassembler l'ajonc nécessaire au chauffage du four, qui pour monter la grande tente chargée d'abriter les agapes. Les invités apportèrent les grands-voiles de leurs bateaux et on les cousit toutes ensemble avant de les tendre sur les mâts. Pluie ou soleil, on serait épargné. On disposa de longues rangées de bancs, par série de trois. On s'asseyait en se faisant face sur les deux rangées extérieures et, sur les bancs qui se trouvaient ainsi entre les genoux des convives, on posait pain et boisson. Pour manger, on étalait une grande serviette sur ses genoux et on y posait l'écuelle. Mais, toujours, les femmes s'installaient d'un côté de la tente et les hommes de l'autre.

Le banquet de noce, le *friko*, durerait trois jours, du dimanche au mardi, pas plus longtemps car la saison du goémon n'était pas finie. Il y aurait du far de froment, de la soupe, des tripes et du *kig ha fars* que l'on ferait dans les grands chaudrons qui servaient pour cuire la nourriture des cochons. Un des collègues de Tanguy avait une petite vache qui s'était révélée mauvaise laitière et dont il voulait se débarrasser. On la lui acheta et elle termina sa carrière dans les marmites. Les deux familles n'auraient pas grand-chose d'autre à acheter. Un peu de rhum, un peu de farine supplémentaire pour les fars, un peu de sucre peut-être, guère plus. Le beurre, le lait, les œufs, les légumes, on avait déjà tout cela.

La fête commença le dimanche, après la messe, par un repas où n'étaient conviés que les parents les plus proches. Dans la soirée, les femmes se réunirent pour couper les tripes qui seraient servies le lendemain. Madeleine regardait tout cela, un peu étonnée à l'idée que tout ce remue-ménage la concernait. Que de monde et que de bruit ! Car on riait, on parlait, on chantait. Autant on savait travailler dur, autant on savait prendre le temps de s'amuser. Elle sursauta, une main venait de se poser sur son bras.

— Oh ! c'est toi, tante Annaïg !

— Mais oui, c'est moi. Comment va la fiancée ?

— Je ne sais plus où j'en suis. J'ai envie de rire, et puis j'ai envie de pleurer. Tu étais comme ça, toi aussi, quand tu t'es mariée ?

— Bien sûr et, crois-moi, Yves n'est pas plus rassuré que toi, en ce moment !

Madeleine s'en était rendu compte, à voir son futur mari plaisanter un peu trop bruyamment avec les uns et les autres. Bigre non, qu'il n'était pas à l'aise ! A le voir si embarrassé, elle reprit de l'assurance.

— Je suis heureuse que ton champ te serve pour ta noce, remarqua Annaïg.

— Je te dois tellement, ma tante.

— Tu ne me dois rien du tout, Leine. Je t'ai seulement gardé ce que ton père et ton grand-père t'ont donné. Même ton châle, je n'y suis pour rien.

Madeleine se mariait en noir puisqu'elle portait encore le deuil d'Anna, mais cela ne la gênait pas car la plupart des femmes portaient du noir presque toute leur vie, y compris pour leurs noces, en raison des deuils successifs. Elle portait le grand châle en mérinos noir de sa mère, qui s'était conservé soigneusement plié dans l'armoire depuis plus de quinze ans. Madeleine avait chaque année lavé et repassé les vêtements laissés par sa mère, en particulier ces vêtements de cérémonie que l'on se transmettait de mère en fille dans toutes les maisons, pauvres ou riches. La richesse du costume changeait selon le rang des gens, mais pas la tradition.

Le lundi arriva. Tôt le matin, un groupe de jeunes filles, Marie en tête, partit « quêter du lait pour la noce » avec des pots émaillés. Elles firent le tour du voisinage, demandant le lait qui servirait à préparer les grands plats de far. La messe de mariage était prévue à dix heures, et serait dite pour trois couples à la fois. Pour l'occasion, Madeleine était partie dormir chez sa tante. Tout le monde se rendit à l'église en chars à bancs. Les légères coiffes de mousseline amidonnée en cornette resplendissaient dans le soleil. Madeleine entra au bras du mari d'Annaïg dans l'église pleine de monde. Tout se déroula pour elle comme dans un rêve où elle s'entendit répondre « oui » à une question très simple mais qui engageait toute sa vie. Le prêtre prononça un sermon énergique sur la nécessité d'une vie chrétienne et la responsabilité de la femme dans son foyer à cet égard. Le seul à frissonner quand il rappela que les fautes des parents retombaient sur les enfants jusqu'à la septième génération fut Fanch. Déchiré entre le bonheur de savoir unis deux êtres qu'il aimait et le sentiment aigu de solitude qu'il éprouvait à voir sa cousine au bras d'un autre homme, il se demanda si, en effet, il n'appartenait pas à une famille maudite. De quelle faute ses ancêtres s'étaient-ils donc rendus coupables ? Quelle pouvait être sa propre vie ? Il ne pouvait détacher son regard du couple et la violence de ses sentiments l'épouvantait. Ce qu'au fond de lui il craignait sans le savoir venait de prendre une réalité impitoyable : Madeleine appartenait à un autre. Comment avait-il pu s'aveugler aussi obstinément, allant jusqu'à faciliter leurs épousailles...

Madeleine commença à prendre conscience de ce qui venait de se passer quand elle ressortit de l'église au bras d'Yves, en pleine lumière. Vive la mariée ! Ainsi, c'était devenu vrai, elle avait épousé Yves, elle allait pouvoir reconstruire une famille, une famille à elle. Elle entrait dans l'aventure, certes, mais une aventure familière, celle de tous les couples.

Le retour fut très joyeux, d'autant que quelques invités s'étaient d'abord échappés pour aller prendre un verre et discrètement échanger leurs impressions. Madeleine et Yves osaient à peine se parler et se regarder, assis l'un à côté de l'autre avec toute la dignité de nouveaux épousés. Madeleine éprouvait une joie extraordinaire à prononcer en elle-même ce mot de « mari » ! Non loin d'eux, Tanguy chahutait un peu Fanch, lui trouvant l'air triste malgré un grand sourire de circonstance.

— Allons, et toi ? C'est pour quand la noce ?

Fanch haussa les épaules. Que répondre ?

— Oh, moi ! Je ne me marierai pas.

— Et pourquoi ça ? rétorqua Tanguy d'un ton bourru. Tu es jeune, beau garçon, tu as du bien, qu'est-ce qui t'empêcherait de te marier ?

— Je crois que le recteur a raison. Il y a des familles maudites.

Tanguy en resta coi.

— Je ne veux pas risquer de transmettre à mes enfants...

Fanch s'arrêta, incapable de continuer. Comment fallait-il appeler ces fantômes qui le poursuivaient ? Maladie, folie, péché, malédiction ? D'ailleurs, le silence de Tanguy ne confirmait-il pas la justesse de sa décision ? Celui-ci se taisait, en effet, atterré par le désespoir que révélait ainsi un homme qu'il considérait comme un fils. Comme il fallait dire quelque chose, ne pas laisser une pareille chose en suspens, il grogna d'un ton affectueux :

— Idiot ! Tu te fais des idées. N'importe qui serait heureux de t'avoir pour beau-fils.

Le repas dura jusqu'au soir, tout le monde riant et chantant. Oh ! comme on s'amusait alors, ont dit ceux qui ont vécu cette époque. On chantait sans arrêt, tout le monde se connaissait, on s'entraidait, et on mangeait de bonnes choses.

Les plats se vidaient rapidement. Deux cents personnes, il fallait les nourrir ! On buvait de l'eau claire, du lait et un peu de ce vin qui n'était pas encore entré dans les mœurs. On allait et venait, chacun s'occupant de servir sa famille. Au fur et à mesure que la journée s'avançait, Madeleine sentait son cœur s'affoler. Contrairement à beaucoup d'autres jeunes filles, elle n'ignorait pas tout à fait ce qui se passe entre un homme et une femme mais... Yves, aussi ému qu'elle, ne la quittait pas, lui offrant les meilleurs morceaux, prêt à lui rendre le moindre service dont elle aurait eu besoin.

Autour d'eux, la noce s'échauffait, les jeunes gens et jeunes filles partaient se promener en bande, bras dessus, bras dessous, attentifs à ne pas abîmer leurs beaux habits. La fête donnait aux autres jeunes l'occasion de se rencontrer ou de se connaître mieux avant de former des projets de mariage à leur tour. Surtout, on dansait ! C'était la seule occasion où les prêtres autorisaient la danse. *Friko ebet, dans ebet*, pas de noce, pas de danse, disaient-ils. Ils s'en donnèrent tous à cœur joie à danser sur l'aire où l'on battait le grain, à lancer *dans round* sur *dans round*, jusque tard dans la nuit, cette nuit où les mariés s'éclipsèrent aussi discrètement que possible. Grâce à la surveillance farouche de Fanch, ils échappèrent aux blagues de rigueur. Des plaisantins n'avaient-ils pas projeté d'ôter les traverses du lit pour qu'ils se retrouvent par terre en se couchant ? Ils avaient déjà fait le coup à un coup de veufs qui avait convolé dans un grand charivari, comme il se devait en cas de remariage. Madeleine sut gré à son cousin de lui avoir épargné cela. Si elle avait su qu'il avait tourné toute la nuit, marchant comme un fou, à refuser d'imaginer... Mais elle était bien loin de cela, occupée à découvrir avec Yves, guère mieux informé qu'elle, des plaisirs insoupçonnés.

Le lendemain, mardi, eut lieu le service religieux pour les défunts, avant le dernier repas qui réunit un peu moins de monde. Enfin, le mercredi, il fallut tout remettre en état.

Ce soir-là, en franchissant le seuil de sa maison, Madeleine éprouva un sentiment complexe. Elle se sentait à la fois heureuse et anxieuse à l'idée d'être enfin seule avec son mari. Surtout, elle ressentait une grande fatigue après ces trois jours de bombance et de bruit. Sa maison lui parut silencieuse et Trolouc'h désert. Son vieux Ki du, lui-même, n'avait plus le courage de bouger. Allongé près du puits, il somnolait. Madeleine ôta ses beaux habits pour enfiler sa tenue habituelle. Etre mariée n'empêchait pas qu'il y avait une vache à traire, des poules à enfermer pour la nuit, une truie à nourrir d'autant mieux qu'elle avait eu une portée. Si elle voulait vendre les porcelets au meilleur prix, il fallait leur permettre de grossir, n'est-ce pas ? Enfin, elle avait à préparer... un souper pour son mari. Son mari ! Elle ne se lassait pas de répéter ces mots en elle-même : mon mari. Quel bonheur !

17

— Penses-tu travailler au phare la saison prochaine ? demanda Madeleine.

Assise sur le banc de l'âtre à côté d'Yves, elle défaisait un vieux tricot à la lumière de la lampe à pétrole. La mémorable année 1900 tirait à sa fin, le mauvais temps sévissait et le chantier avait fermé dans les premiers jours de décembre pour ne reprendre qu'en mars.

— Je dois y réfléchir. J'ai entendu dire que les travaux se termineront l'été prochain.

La saison du goémon battrait alors son plein et Yves ne trouverait personne avec qui faire équipe à ce moment-là, sauf accident. Il n'aurait alors d'autre possibilité que d'aller en journée, sur les grosses fermes à la campagne, travailler douze heures par jour et encore plus pendant les moissons. Tout cela pour gagner quelques sous et, la plupart du temps, n'être nourri que de pain sec et d'eau fraîche. Ce n'était certainement pas la solution.

— Et puis, reprit Yves, je pense qu'ils n'auront plus besoin de simples manœuvres comme nous.

Pour Madeleine, cela signifiait que la cause était entendue. Elle eut un petit sourire, mais ne fit pas la moindre réflexion. Après tout, ce serait le bateau d'Yves et c'était donc à lui d'en parler... dès qu'il aurait reconnu lui-même ce qu'impliquaient ses paroles, ce qui ne tarda pas. Il leva vers Madeleine un regard amusé, la même expression qu'elle affichait déjà. Cela les fit rire.

— Alors, dit-il, il ne nous reste qu'à lui choisir un nom, c'est ça ?

Madeleine hocha la tête et posa son ouvrage. Sans oser le regarder, assise bien droite, elle chuchota :

— Yves...

— Qu'y a-t-il ? Te voilà bien timide à présent !

— A propos des noms...

— C'est toi qui le choisiras, c'est promis.

Zut ! Parfois, les hommes ne comprenaient vraiment rien ! Elle soupira avec une pointe d'énervement.

— Non, ce n'est pas ça.

— Alors quoi ?

Comment lui dire ? Les femmes restaient toujours tellement discrètes sur ce sujet, cachant leur grossesse dans les plis de leurs jupes. Et puis, si vite après le mariage, ne dirait-on pas que l'enfant avait été fait avant ? Les prêtres ne manquaient jamais de montrer du doigt, en plein sermon, les filles qui avaient fauté. Une naissance dix mois après le mariage paraîtrait rapide. Et pourtant ! Elle prit son courage à deux mains.

— J'ai dit : *les* noms. *Les*.

Yves la regarda, perplexe.

— Leine, je ne comprends...

Il s'interrompit, bouche bée.

— Tu veux dire... C'est vrai ?

Madeleine n'osait toujours pas le regarder. Elle hocha la tête, tremblant d'émotion. Inutile de préciser qu'elle n'en avait parlé à personne, cela allait de soi. Tout aussi ému qu'elle, Yves préféra se concentrer sur les modifications que cela impliquait dans ses projets. Ce qui était possible à deux ne l'était pas forcément à trois.

— Il faut y penser sérieusement, finit-il par dire, mais demain est un autre jour, pas vrai ?

Le feu s'éteignait, ils seraient mieux derrière les portes sculptées du lit clos, nichés dans la chaleur des couettes remplies de balle d'avoine. De beaux draps blancs, un édredon de plume, la bonne odeur du bois ciré... Madeleine avait pris la précaution de glisser entre les draps un galet chauffé dans la cheminée et enveloppé d'un chiffon. La tempête pouvait bien crier au-dehors, ils étaient à l'abri, ensemble.

Madeleine avait eu raison : la décision d'Yves était prise. Il lui fallait son bateau. Dès le lendemain matin, il alla trouver son père et le consulta. Celui-ci réfléchit longuement.

— Laissons passer Noël et le Nouvel An, veux-tu ? dit-il enfin. Nous en reparlerons après.

Tanguy avait en effet un grand souci. Il voyait Fanch s'assombrir, se renfermer à vue d'œil. Ni lui ni Jeannette n'en parlaient, mais ils se lançaient parfois des regards qui en disaient long. Qu'arrivait-il ? La soude s'était bien vendue, Fanch avait donc un peu d'argent et, s'il l'avait voulu, il aurait pu récupérer la maison héritée de sa mère en donnant congé aux locataires. Il n'avait donc pas de souci matériel pressant. Que demander de mieux ? Pourtant, seuls les enfants de Goulven et de Marie-Renée savaient encore le distraire et le faire sourire.

— Oncle Fanch, disait Yffic, apprends-moi à attraper des homards !

— Plus tard, *bihan*, plus tard, petit. Pour l'instant, viens, on va ramasser des *brennigs*.

Ces jours-là, Jeannette n'avait pas grand travail pour le souper. On grillait rapidement les berniques sur la grille du feu et tout le monde se régalait. Des dizaines de coquilles vides s'ajoutaient au tas derrière la maison. Les poules aimaient à y fouiller, en quête d'un reste de nourriture oublié. Fanch faisait ainsi un effort pour participer le plus possible à la vie familiale, adopté comme il l'était par les enfants après l'avoir été par leurs grands-parents. La petite Marianna lui dédiait ses premiers pas, criant pour qu'il l'accompagne tandis qu'elle se traînait dans son trotteur, un cadre sur roulettes grâce auquel les enfants apprenaient à marcher sans risque. Cela représentait pour Fanch des moments de paix où il oubliait le mal qui le rongeait. Malgré lui, malgré tout ce que sa raison lui répétait, il vivait le mariage de Madeleine comme une trahison, un abandon. Pourtant, quel droit avait-il de la vouloir pour lui ? Tout le lui interdisait et, plus que tout, ce qu'il appelait sa malédiction. Les protestations de Tanguy n'y changeaient rien : sa famille avait été balayée par... Par quoi ? Le pire était de ne pouvoir définir cet ennemi invisible.

Ignorant la conversation entre Tanguy et Yves, Fanch avait cependant pris la même résolution : laisser passer la fin de l'année avant de se décider. Au fond de lui, il savait déjà ce qu'il ferait mais s'interdisait d'y penser, voulant croire à un miracle, un signe qui dirait : la malédiction est levée, c'est fini, tu peux renouer les fils du destin et avoir une descendance. Il voulait y croire et le plus fort de son désespoir venait de ce qu'il savait ses efforts vains. Le mariage de Madeleine avait fait exploser sa vie, sans qu'il s'y attende. Quelque chose en lui s'était brisé, quelque chose qui le détruisait et, en même temps, faisait naître tout au fond de lui une intense rage de vivre, un élan furieux et capable de tout. Fanch le savait, il partirait. Mais il fallait d'abord que meure le dernier espoir.

Le 24 décembre, il se rendit à la messe de minuit comme les autres. Il pria de toutes ses forces, implora la Vierge Marie d'avoir pitié, d'intercéder pour lui, comme on lui avait appris à le demander. La paix de l'esprit, voilà ce qu'il demandait, la paix. Que la Sainte Mère lui arrache du cœur cet amour impossible, qu'il soit enfin heureux de voir Madeleine et Yves réunis, sans aucune réserve. Sinon, il n'y aurait jamais de paix pour lui, jamais d'avenir possible.

Les versets en latin, les cantiques en breton s'élevaient dans l'église Saint-Pierre-et-Saint-Paul, d'abord le chant grave des hommes puis celui des femmes qui répétaient les mêmes paroles. L'alternance des voix était accentuée par le regroupement des hommes, selon la coutume, dans les premiers rangs du chœur, les femmes se tenant derrière eux. Le chant passait ainsi des uns aux autres. Dans le groupe des goémoniers, la voix de Célestin et celle d'Yves se détachaient avec une vigueur particulière. Fanch trouvait une sorte d'apaisement dans la beauté de la cérémonie. Le chanoine Favé prononça un sermon — en breton — qui le rejeta malheureusement dans ses tourments. Pourquoi n'était-il pas sorti comme la plupart des hommes pour la durée du sermon ? Beaucoup faisaient une escale à « l'annexe », l'un ou l'autre des bistrots voisins, avant de revenir pour la suite de la messe. Le curé de Plouguerneau parla du message d'espoir apporté par l'Enfant Dieu, incarné pour le salut de tous les humains. Il tonna contre les pécheurs et montra du doigt ceux à qui, malgré Noël, il n'avait pas pu donner l'absolution, les filles qui avaient dansé sans permission, les parents qui envoyaient leurs enfants à l'école publique, l'école du diable ! Cela ne s'adressait pas à Fanch mais, malgré lui, il se sentit condamné d'avance sans savoir pourquoi. Il y avait sur lui le poids d'une faute qu'il ignorait et il ne pouvait s'en défaire.

A la sortie de la messe, il pria une dernière fois la Vierge, la suppliant de le libérer, et il se sentit plein de courage pour lutter contre lui-même. Hélas, il surprit alors le regard de Marie posé sur lui et y lut ce qu'il n'avait pas encore deviné. Ses genoux se dérobèrent sous lui, il s'appuya de la main à un des piliers du chœur et son courage s'envola avec l'espoir tout neuf. Le sort s'acharnait. N'allait-il pas rendre malheureuse une jeune fille que tout homme aurait été fier de choisir ? Il appréciait Marie, il avait beaucoup d'affection pour elle, mais... l'épouser ? Marie était jolie, gentille, se montrait déjà maîtresse de maison avisée et très maternelle avec les petits, mais il sentait en elle tant de fragilité, une sensibilité trop proche de la sienne. Alors qu'une femme comme Madeleine... A quoi bon, cette comparaison ? C'était Madeleine, et personne d'autre.

— Fanch ? Tu rêves ?

L'homme qui l'interpellait avait brièvement fait partie de la même bande de galopins que lui, bien des années auparavant. Il ne le reconnut pas aussitôt.

— C'est moi, Laouig !

— Toi ! Mais comment es-tu donc habillé ? Et puis, d'où viens-tu ? Tu avais disparu.

L'autre portait des vêtements de ville, pas des vêtements de riche, certes non, mais ils détonnaient dans cette assemblée.

— Je me suis fait marin de commerce. Depuis quatre ans, je n'étais pas revenu au pays.

— Ecoute, je ne peux pas m'attarder à présent. Mais demain, veux-tu ?

— D'accord, retrouve-moi chez Fine à l'heure des vêpres. Je t'offrirai un verre.

Fanch revint à Trolouc'h le cœur plus léger. Enfin, le ciel lui adressait un signe ! En effet, comment interpréter autrement cette rencontre inattendue ? L'espace de quelques heures, il fut à nouveau le Fanch Kernévez plein d'entrain et de gentillesse que tous appréciaient. Marie se prit à rêver qu'elle en était la cause. Jeannette, en revanche, sentit ce que la bonne humeur du jeune homme comportait d'éloignement. Elle eut un bref instant la vision d'un bateau en train de rompre ses amarres... et une certitude — Fanch allait partir, était déjà parti. Comment Marie le supporterait-elle ? Hélas, elle ne le devinait que trop. D'avance, elle voyait sa fille attendre, attendre s'il le fallait toute sa vie. Quelle pitié ! Pourtant, elle n'aurait pas envisagé que cela se passe autrement. Si Marie aimait Fanch, pourquoi épouserait-elle un autre homme ? Jeannette et Tanguy ne faisaient pas partie de ces parents capables de céder aux demandes d'un homme et de marier leur fille malgré elle.

Le jour de la Noël 1900 tombait un mardi. Fanch rencontra Laouig au café de Fine, à l'heure des vêpres comme convenu. Il avait accompagné Jeannette et Marie-Renée jusqu'à l'église, mais les avait laissées entrer seules, comme la plupart des hommes. Trois jours de suite venir à l'église, c'était beaucoup. Plus d'une femme manquerait les vêpres, cette fois, à commencer par Madeleine. Marie était restée s'occuper des enfants, moins acharnée sur la religion que sa belle-sœur. Le travail de la maison devait se faire, malgré tout.

— Fanch, je suis là !

Ah oui, qu'il était là ! On n'entendait que lui et ses histoires de voyages. Oui, je te le dis, il y a du travail au Havre pour celui qui veut bien. Le fleuve, là-bas, il faut le draguer, sinon les bateaux ne passent plus. Un rhum pour mon ami Fanch Kernévez !

L'ami Fanch se hérissa. Il n'aimait pas les hommes soûls mais l'autre régalait, jouait les riches, et personne ne l'en aurait empêché. Une seule chose comptait, qu'il soit encore capable de parler assez clair pour donner à Fanch les renseignements voulus.

— Alors, Laouig, tu es donc content de travailler sur les cargos ?

— Si je suis content ! Tu ne peux pas savoir la belle vie que c'est !

Derrière lui, un goémonier arborait un sourire ironique.

— Tiens, il me fait bien rigoler, celui-là ! La belle vie, ça c'est sûr ! dit-il entre ses dents. Il ponctua sa déclaration d'un énergique jet de chique qui rejoignit les autres sur le sol de terre battue.

Sans se rendre compte que l'on échangeait des regards entendus autour de lui, Laouig continuait ses rodomontades. Fanch se taisait. La conversation devenait générale, tournant autour du sujet qui l'intéressait. Un cousin de mon père a traversé la mare aux harengs, disait l'un, jusqu'en Amérique. Oh, comme il avait hâte de revenir ! J'ai entendu parler, reprenait un autre, d'un gars de Guissény qui a presque fait le tour du monde. En Chine, il est allé ! Chacun ajoutait son histoire, le plus souvent entendue d'un autre qui lui-même la tenait d'un autre, et ainsi de suite. Propos de bistrot, sans doute, mais qui renforçaient Fanch dans sa décision. Après tout, si l'on avait la tête dérangée dans sa famille, autant que ce soit jusqu'au bout.

— Laouig, quand rembarques-tu ?

— Ah, ah ! Je te devine, Fanch. Tu te laisses tenter, pas vrai ?

Sourcils froncés, brusquement furieux, Fanch rétorqua :

— Ai-je dit quoi que ce soit de ce genre ? Je te demande seulement quand tu remets ton sac à bord ?

— Oh, te fâche pas, Fanch, te fâche pas ! Je plaisantais. Allez, tu reprendras bien un verre. Fine ! Un rhum pour mon ami Fanch.

Voyant Fanch de plus en plus renfrogné, le marin dessoûla un peu.

— Je plaisante, te dis-je ! répéta-t-il. Allez, trinque !

Ils burent une gorgée et Fanch reposa son verre. Il attendait toujours la réponse à sa question. Laouig, cramponné à son verre, feignit de chercher dans sa mémoire.

— Voyons... C'est Noël aujourd'hui, mardi 25 décembre, *ya, Kapiten*.

Il fit mine de saluer avec respect.

— Ça devrait donc nous faire encore quelques heures de bon temps. On appareille l'année prochaine.

Peine perdue, il n'en tirerait rien. Fanch se leva, salua à la ronde et partit. Il compterait sur son courage et sa capacité à se débrouiller. Pourtant, il n'était jamais allé demander du travail dans des bureaux. Brest ? Non. A Paluden, au fond de l'aber, il y avait un bureau des compagnies maritimes dont les bateaux venaient décharger du bois et diverses marchandises. Dès demain, il irait se présenter.

La chance en décida autrement. Tandis qu'il reprenait le chemin de Tréménac'h, il vit venir, montant vers le bourg, le syndic des gens de mer, le responsable du bureau local de l'Inscription maritime. Quelques paroles suffirent. Fanch était à jour de ses cotisations de retraite, il n'avait qu'à prévenir le syndic quand il partirait. L'armateur prélèverait les cotisations sur sa solde et les verserait directement à la Caisse.

— Va donc à Brest, ajouta le syndic. Au port de commerce, demande Rémy Bouguennec à l'Inscription, c'est un collègue à moi. Tout le monde le connaît. Il t'aidera à trouver un bon engagement. Passe me voir demain, je te donnerai une lettre pour lui.

C'est seulement avec la lettre du syndic en poche que Fanch parla à Tanguy. Aussi peu causant qu'à son habitude, celui-ci lui souhaita bonne chance.

— Ma porte te sera toujours ouverte, tu le sais bien. On va te regretter.

Fanch n'eut pas le courage de demander si Tanguy prendrait sa retraite ou s'il continuerait le goémon avec un autre équipier, Yves, peut-être. De plus, il ne se sentait pas le droit de poser des questions puisqu'il préférait prendre la fuite. Avec Yves, ce ne fut guère plus facile. Il avait un service à lui demander, celui de s'occuper de ses affaires en son absence.

— Je veux que tout soit en ordre. M'accompagneras-tu chez le notaire ?

Le notaire de Lannilis, qui avait à présent une couronne de respectables cheveux blancs autour de sa calvitie, rédigea une procuration en bonne et due forme au nom d'Yves. Les loyers de la maison seraient versés entre les mains du notaire, à charge pour lui de payer les taxes éventuelles, les réparations obligatoires ou les achats décidés par Yves.

— Promets-moi d'utiliser cet argent pour toi si tu en as besoin, dit-il encore à Yves. Je ne te pardonnerai pas de laisser Madeleine ou... ou vos enfants dans le besoin puisqu'il y aura de l'argent. Et c'est la même chose pour tes parents et toute ta famille.

Fanch éprouvait de la colère à l'idée de laisser sans aide ceux qu'il aimait. Yves dut jurer de se servir si nécessaire. En revanche, ce que Fanch lui cacha, c'était le testament qui faisait de Madeleine son héritière, en tant que sa parente la plus proche.

Il n'annonça son départ que le lendemain du Nouvel An. A la fin du repas de midi, il demanda à Tanguy la permission de parler à tous et annonça sa décision. Marie crut s'évanouir mais parvint à se dominer. Madeleine sentit ses mains se glacer et resta assise, sans un mot, pétrifiée. Seule Jeannette ne parut pas trop étonnée. Elle exprima ses regrets et répéta les mots de Tanguy :

— Notre maison te sera toujours ouverte.

Tout alla très vite, ensuite. Le 8 janvier 1901, Fanch embarquait comme matelot sur le *Ville d'Alger*, un trois-mâts à vapeur en partance pour les colonies d'Afrique du Nord. Ils emportaient des étoffes, de la vaisselle, différents articles de ménage, et devaient faire escale à Bordeaux pour prendre une cargaison de vin. Une partie de l'équipage parlait breton, mais Fanch dut acquérir le vocabulaire français indispensable pour comprendre les ordres. Quand le *Ville d'Alger* doubla la Pointe des Espagnols au sortir de la rade de Brest, il ressentit une grande nostalgie et, le soir, tandis que son quart était de repos, il se demanda s'il n'avait pas commis une terrible erreur. Le mal du pays se dissipa, pourtant, au fur et à mesure que croissait sa curiosité pour sa nouvelle vie. Il avait tant à apprendre, tant à découvrir sur ce grand vaisseau, lui qui n'avait jamais navigué sur un trois-mâts, et encore moins sur un bateau à vapeur. Peu à peu, la passion des grands navires atténua cette autre passion qui avait failli le détruire. Et puis... il fit une rencontre.

Parmi les matelots, se trouvait un curieux personnage, un nommé Raymond le Parigot, capable de passer de l'humeur la plus renfrognée à l'exaltation la plus joyeuse. Il composait des chansons que Fanch ne comprenait pas, car le Parigot utilisait un mélange de français, d'anglais, d'espagnol et d'une demi-douzaine d'autres langues. Quelque chose l'attirait en cet homme, comme un écho de lui-même. Avec le temps, ils se lièrent, parvinrent à se comprendre et formèrent une équipe soudée, pour le travail comme pour la distraction. Fanch apprit son sabir et, en échange, l'autre apprit le breton.

C'est à lui que Fanch demanda d'écrire à Tanguy quand ils touchèrent terre, à Alger. Le Parigot le traita de sot. Fallait pas être bien fortiche pour écrire et, si Fanch acceptait ses leçons, il lui pariait une nouba chez une dame de sa connaissance que, d'ici qu'ils rembarquent, il l'écrirait lui-même, sa lettre ! En raison d'une avarie, le cargo ne repartit pour Marseille que quinze jours plus tard et le Parigot gagna son pari. Fanch se laissa guider avec enthousiasme par cette amitié si différente de celles qu'il avait laissées à Plouguerneau. Cet homme-là, le Parigot, l'obligeait à avancer, à coups de pied au cul s'il le fallait ! Mon Dieu, se disait-il, comme j'étais ignorant... Une joie féroce le remplissait peu à peu à découvrir l'immensité du monde. Ce pays où des arbres poussaient dans le sable, où les hommes portaient de grandes robes, il le voyait lui-même. C'était autre chose que d'écouter bouche bée, à moitié dubitatif, les récits d'un « ancien ». Et pourtant, se disait Fanch avec les mots mêmes de son ami, Raymond trimbalait un sacré sac de tristesse. Lui, ce qu'il ignorait visiblement, c'était la sécurité d'un groupe familial, sur la terre où l'on est né.

Sous l'influence des hommes et des conditions de travail, Fanch prenait de l'assurance et, avec l'assurance, lui vint une dureté inconsciente. Dans l'univers qu'il avait choisi, il fallait se battre avec une sorte de méchanceté, une indifférence inconnue chez lui. De tout cela, bien sûr, il ne dit rien dans ses lettres. Il préférait raconter les ports visités, les personnages rencontrés au hasard des escalcs. Raymond lui apprenait en effet à écrire autre chose que le traditionnel « je vais bien et j'espère que la présente vous trouvera de même ». Il entreprit même son éducation politique le jour où il lui montra la pâle photographie d'une femme à l'expression combative.

— Ma mère, dit-il. Elle m'a fait pendant la Commune, sur les barricades. *Gast !* comme tu dis. Tu ne sais pas ce qu'est la Commune, pas vrai ? Tu ne sais pas qu'une femme de ton pays — une Brestoise, c'est vrai ! — s'est battue avec nous ? Alors, écoute voir...

Si Fanch avait ouvert lui-même le grand livre de l'univers en s'engageant au commerce, Raymond lui ouvrait celui de l'univers des idées et Fanch en ressentait une joie profonde.

Quand Madeleine mit au monde son premier-né, à la fin juin, il lut sans aide la lettre où, d'une écriture qui lui paraissait à présent terriblement enfantine, elle lui annonçait la nouvelle. L'enfant s'appelait Job — Joseph — comme le grand-père qu'il ne connaîtrait jamais. Fanch se douta qu'on disait plutôt Jobic — petit Joseph — à ce bébé. « Tout le monde est en bonne santé chez nous », ajoutait Madeleine. La naissance s'était en effet déroulée sans difficulté et l'enfant avait belle allure dans son vêtement de baptême, sa robe et son bonnet brodé.

Mélie Kervella avait exigé d'être marraine car, son propriétaire n'ayant pas renouvelé le bail de la ferme où elle tenait son épicerie-débit de boissons, elle avait construit une maison sur un bout de dune qui lui appartenait, en haut du Koréjou, dans le tournant de la route du bourg. Tout le monde avait mis la main à la pâte, en particulier Yves, toujours heureux de construire une maison. Il avait charroyé toute une journée les pierres nécessaires depuis la carrière située à deux cents mètres de l'emplacement choisi. Dans les quartiers de Plouguerneau où l'on ne trouvait pas de pierres en quantité suffisante, il fallait demander à la mairie l'autorisation de se servir en galets sur la grève. Là, ce n'était pas nécessaire et Mélie Kervella avait à présent une belle maison, solide et pratique. On continua de venir chez elle boire un coup, claquer les dominos sur les tables de bois ciré, et cracher le jus de chique sur la terre battue. Derrière, on jouait aux boules quand le temps le permettait. Quand les travaux furent finis, à tous elle offrit un verre et, à Yves, annonça qu'elle serait la marraine de son premier-né, cochon qui s'en dédit ! C'était sa façon à elle de le remercier.

— Ce petit-là ne manquera pas de bonbons ni de tabac quand il sera en âge ! avait fait remarquer une autre femme, bien en peine d'offrir le moindre bonbon à ses propres enfants.

Mélie, heureuse d'avoir sa maison en bonnes pierres avec un toit de chaume bien serré, une maison d'où personne ne pourrait la faire partir, avait ouvert le grand bocal aux merveilles pour y prendre une poignée de sucreries.

— Tiens, avait-elle dit. Mets donc ça dans ta poche,

tu ne pourras pas dire que tes petits n'ont pas eu leur part.

En échange de quoi, elle vit quelques jours plus tard arriver deux gamins morveux tirant entre eux un sac plein d'herbe pour ses lapins. Ils prirent l'habitude de lui fournir la nourriture des lapins au moins une fois par semaine car, pour leur peine, ils avaient un bonbon. Et moi, j'économise mes vieilles jambes, se disait Mélie Kervella.

Pour être le parrain de Jobic, Yves avait choisi l'oncle Célestin, d'âge assorti à celui de la marraine. Le baptême eut lieu le lendemain de la naissance. Les cloches sonnèrent pour annoncer la nouvelle, se turent, puis trois coups brefs : c'était un garçon ! Pour une fille, deux coups auraient suffi. Annaïg portait petit Joseph dans ses bras et le tint sur les fonts baptismaux tandis que le parrain et la marraine promettaient de veiller sur lui et d'en faire un bon chrétien. Pendant ce temps, Madeleine, déjà au travail comme toutes les autres femmes, préparait avec Marie le *kig ha fars* du repas de baptême qui réunirait une vingtaine de personnes. Une cérémonie moins joyeuse l'attendait le dimanche suivant, celle des relevailles.

Le matin de ce jour-là, elle se leva presque fâchée. Pourquoi devait-elle se faire pardonner d'avoir mis un enfant au monde ? Yves n'y était pour rien, sans doute ! Mais à lui, à l'homme, on ne reprochait pas d'être ce qu'il était. Vêtue de noir, elle se rendit à l'église avant la grand-messe et attendit sous le porche, à genoux en pleine chaleur, que le recteur vienne la chercher. Il portait un surplis blanc orné de magnifiques dentelles qui resplendissaient dans la lumière de l'été. La tête humblement baissée, elle écouta donc le chanoine Favé dire des prières en latin, répondit « amen » au bon moment, fut aspergée d'eau bénite, et enfin autorisée à se relever après un grand signe de croix bénisseur. Ainsi lavée de toute souillure, elle put réintégrer la communauté, entrer dans l'église et assister à la messe. Madeleine ignorait encore combien elle aurait d'enfants, mais savait qu'à chaque naissance elle devrait en passer par là. Quand elle prit place sur le banc aux côtés de Jeannette et d'Annaïg, elle sentit nettement, chez les femmes comme chez les hommes, un changement d'attitude. Elle quittait les rangs des jeunes mariées pour entrer dans ceux des mères.

C'était tout cela que Madeleine avait voulu mettre dans son simple « tout le monde est en bonne santé chez nous ». Bien plus tard, devenue une vieille grand-mère après deux guerres abominables, elle essaya d'expliquer à ses petits-enfants la vie qu'elle avait connue au début du siècle. « Hélas, devait-elle dire, nous étions de pauvres ignorants. Oui, des ignorants, voilà ce que nous étions. » Ignorants de l'écriture, de la lecture et du français, sans doute. Ils savaient pourtant tout faire, cultiver, naviguer, construire une maison, réparer un toit de chaume, élever des bêtes et les soigner, faire des merveilles avec presque rien... Et ceux qui ne savaient pas compter imaginaient souvent des systèmes ingénieux qui leur permettaient toujours de savoir où ils en étaient dans leurs comptes. Voilà pour les ignorants.

De cette « ignorance », en 1901, Madeleine n'avait pas encore pris conscience. De toute façon, elle avait tant de travail ! Les bêtes — lapins, poules, vache, cochon ; les gens — mari et enfant — qu'il fallait nourrir et vêtir de propre toutes les semaines, autant de chemises à porter au lavoir, à laver, à rincer, à faire sécher : le beurre à baratter tous les deux ou trois jours selon la température ambiante et la quantité de crème montée à la surface du lait ; aller vendre le beurre et les œufs ; faire la moisson, le battage du blé — on se retrouvait à une trentaine sur l'aire de battage et, pour tout ce monde, les femmes préparaient de grands plats de far dans le four à pain. Mais, il n'y avait jamais assez de blé pour assurer le pain de l'année. Acheter de la farine, oui, cela se pouvait, mais quand l'argent est si rare... Madeleine, comme les autres, cultivait donc des fèves qui lui fournissaient une farine de substitution. Et pendant qu'on faisait tout cela, il fallait encore trouver le temps de couper autant de fougère qu'on pouvait et la faire sécher. En septembre, les femmes faisaient des bottes de fougères séchées, en remplissaient les charrettes et les montaient dans le grenier de la crèche des vaches. Comment se chauffer en hiver, sinon ? Comment faire la cuisine ? Tout était bon à ramasser si cela brûlait, les racines et les chaumes du colza ; les vieilles racines de fougères, si dures à arracher ; les plaques d'herbc dcs dunes — l'armérie maritime aux si jolies fleurs roses ou mauves — qui, une fois séchées bien sûr, serviraient à couvrir la braise, de façon que le feu couve et chauffe la maison le plus longtemps possible. Si l'on n'avait pas encore assez, on allait couper de la fougère au-delà de Plouguerneau, dans les landes. Madeleine allait chaque année dans une ferme où elle était connue, à une dizaine de kilomètres.

— N'oubliez pas d'envoyer des *brennigs* avec vous, la prochaine fois que vous viendrez ! lui disait-on.

Elle arrivait donc avec un beau tas de *brennigs* et, en échange, on lui offrait des crêpes. Avec les années, il lui arriva de rester manger et dormir. On échangeait des services, des denrées diverses et... des nouvelles !

Le travail des champs et de la maison se faisait en plus du ramassage et de la coupe des goémons, le séchage sur les dunes, la mise en tas sous de grandes bâches tous les soirs pour mettre la récolte à l'abri de l'humidité et de la pluie... Tant de choses à faire, mille tâches à accomplir tous les jours, sans repos le dimanche puisqu'il fallait accomplir ses devoirs religieux, messe le matin, vêpres l'après-midi. Comment trouvait-on encore le temps de se retrouver aux veillées, écouter ceux qui savaient conter, souvent des histoires effrayantes ? Peut-être parce qu'il ne faisait plus assez clair pour travailler. Et encore, les femmes restaient rarement les mains inoccupées. Elles avaient toujours un ouvrage en cours, tricot, raccommodage... « Mon Dieu, comme nous travaillions ! » dirent-elles bien plus tard à leurs visiteurs, assises dans des maisons modernes, pratiques et bien chauffées. En 1901, quand naquit Jobic, on en était encore loin.

Le pire, pour Madeleine, était pourtant l'inquiétude, celle de savoir Yves de nouveau en mer, tous les jours ou presque, pendant les six mois que durait la saison. Il naviguait avec son père, qui lui avait proposé la place laissée vacante par Fanch. Tanguy venait d'avoir cinquante-trois ans et demanderait sa retraite à la fin de l'année. D'autres la prenaient dès les cinquante, mais il avait voulu attendre un peu. De toute façon, cela ne lui interdirait pas de continuer à travailler.

— Jeannette, avait-il dit au début de la saison, je crois que je vais aller voir le syndic pour ma retraite. Qu'en dis-tu ?

— Ce que j'en dis ? avait-elle répondu avec un grand soupir. Regarde ce que nous sommes devenus. Des vieux, voilà ce que nous sommes à présent. Alors, j'en dis que tu peux bien prendre ta retraite.

Elle aussi se sentait épuisée d'avoir tant travaillé et tant attendu, pendant des années et des années, que le bateau rentre au port. Quant à leur âge, pas besoin de le lui rappeler. Elle les voyait bien, les ravages du temps sur les visages et les corps. A cinquante ans, ils étaient usés par l'incessant travail, par les heures innombrables passées à des tâches infiniment pénibles, toujours penchés sur l'ouvrage, le corps irrité par l'eau de mer en permanence, la peau crevassée par le sel et l'humidité, ravinée par le vent, et puis les rhumatismes qui tordaient les articulations à en crier de douleur, quand ce n'était pas une épidémie qui vous tombait dessus. Le choléra, la variole et surtout la tuberculose avaient prélevé leur dû. Sans compter la mauvaise alimentation, insuffisante, mal équilibrée... Oui, à cinquante ans, un homme était vieux et plus d'un mourait avant, en quelques semaines ou parfois encore moins, comme si la machine intérieure ne pouvait plus tenir et s'arrêtait, vaincue. Quelle honte pour celui qui se serait plaint et se serait couché sans être à l'article de la mort ! Quand le corps n'en pouvait plus, ils ne disaient rien et mouraient.

Alors, oui ! se disait Jeannette. Si Tanguy voulait demander sa retraite, qu'il le fasse le plus tôt possible, avant qu'il soit trop tard. Et elle, elle serait enfin libérée d'une partie de cette attente épouvantable, lot des femmes de marins. Elle aurait tant voulu l'épargner à ses filles et à Madeleine, cette angoisse permanente de l'attente, ces détours subreptices par le port pour voir, pour savoir si le bateau était rentré, allait rentrer ou, sinon, pour demander qui l'avait vu, et où... Tous les jours de sa vie, d'abord pour son père, ensuite pour son mari et ses fils, elle avait prié la Vierge de ramener à bon port ceux qu'elle aimait. Et enfin ! Merci, bonne Vierge, la mer ne l'aura pas pris. Une mendiante qui passait par Trolouc'h ce jour-là eut la bonne surprise de se voir offrir un repas entier et un demi-pain, en échange de deux chapelets qu'elle récita, mi-breton mi-latin, sur le seuil de cette maison si hospitalière. Jeannette était prête à tout pour que ses vœux soient exaucés.

Quand Yves apprit à Madeleine que son père allait prendre sa retraite, elle comprit et sut que son attente en deviendrait un peu plus lourde. Avec un équipier comme Tanguy, elle s'était sentie un peu rassurée pour son mari.

— Tu reprendras le bateau ? demanda-t-elle.

Yves hocha la tête.

— Il peut tenir encore deux ou trois saisons. Cela nous laissera le temps de trouver l'argent pour en acheter un autre.

Un bateau goémonier durait une dizaine d'années, guère plus, car il était soumis à rude épreuve par les échouages sur les rochers à goémon. Mais ce n'était pas le principal souci de Madeleine. Elle osait à peine y penser et encore moins poser la question. Elle finit pourtant par se lancer. N'importe quelle réponse valait mieux que l'ignorance.

— Yves ? Si ton père arrête...

— Tu veux savoir si j'ai l'intention de travailler seul ?

Il haussa les épaules, l'air indécis. Il avait déjà passé de nombreuses heures à réfléchir mais, à force de peser le pour et le contre, ne savait plus quoi penser.

— Je verrai à la fin de la saison.

Bien sûr, avant de prendre une décision, il fallait savoir comment il se débrouillerait, seul, avec sa jambe abîmée.

— Oui, on verra, répéta Madeleine avec un sourire encourageant, destiné à masquer son inquiétude.

En fait, Yves prouva que le fait de boiter ne l'empêchait pas d'être aussi bon marin qu'auparavant. Il en fut d'autant plus satisfait que, selon ses prévisions, le chantier du phare se termina dès juillet. Il ne restait que des ouvriers spécialisés, en particulier pour le revêtement intérieur des parois de la tour et des embrasures des fenêtres, en plaques d'opaline. Cette merveille fit la fierté de tout Plouguerneau. La compagnie Saint-Gobain, qui avait fabriqué les plaques d'opaline, envoya quatre ouvriers de Paris pour surveiller leur délicate mise en place. De petits morceaux du superbe matériau circulèrent sur la côte, parvenus on ne sait trop comment dans les mains d'un gamin qui affirma les avoir trouvés en face de l'île, dans une faible profondeur d'eau, tandis qu'il accompagnait sa grand-mère à la pêche aux poissons plats. C'était possible, après tout, d'autant que sa *Mamm-gozh* confirma le récit.

A l'automne 1901, comme il l'avait annoncé, Tanguy demanda sa retraite d'inscrit maritime. En établissant les papiers, le syndic des gens de mer lui dit :

— Au moins, toi, tu l'as bien méritée, pas comme certains que tu connais aussi bien que moi et qui la gagnent derrière leur charrue !

— Et laissent pourrir leur bateau au fond de l'aber, ajouta un autre goémonier, qui venait d'entrer dans le bureau.

Des agriculteurs dont la ferme se trouvait sur les rives de l'Aber-Wrac'h se faisaient construire un bateau, ou en rachetaient un de façon à pouvoir s'inscrire comme marins. Ils ne sortaient jamais en mer, ou presque jamais. En revanche, cela leur donnait droit à la retraite. Même si l'on considérait avec ironie ces marins de la terre, on les comprenait. Malheur à celui qui n'avait rien mis de côté pour la fin de sa vie !

Tout le monde pensait très tôt à ses vieux jours, Madeleine comme les autres. Elle mettait de côté le moindre sou, essayant de vivre le plus possible avec ce qu'elle produisait. La prévoyance lui tenait d'autant plus à cœur qu'elle était persuadée qu'elle donnerait plusieurs frères et sœurs à Jobic. Elle s'en réjouissait d'avance, mais ne sous-estimait pas la tâche de nourrir beaucoup de bouches. Quand Yves décida de travailler seul, elle apprécia donc de n'avoir pas à partager la récolte. Le *Saint-Michel* tiendrait encore un an ou deux, cela laissait le temps d'économiser pour payer un bateau neuf, dont le prix représentait le revenu d'une saison entière de goémon... Pas question de toucher aux biens de Madeleine, c'était leur sécurité. Yves devrait sans doute, comme la plupart de ses collègues, emprunter à ses parents ce qui lui manquerait. La vie n'est pas facile quand on doit gagner en quelques mois de quoi faire vivre sa famille toute l'année...

18

Madeleine avait eu raison de penser qu'elle aurait beaucoup d'enfants. A l'automne 1902, naquit Marie-Jeanne puis, en juillet 1904, encore un garçon, Tanguy. Chaque naissance donna lieu à un échange de lettres avec Fanch. En 1902, Yves ajouta une autre nouvelle d'importance : le phare de l'île Vierge avait été mis en service régulier le 1er mars. Pas moins de quatre gardiens lui avaient été affectés. Une seule ombre au tableau : en raison d'une fâcherie entre le recteur et l'administration, il n'y avait pas eu d'inauguration, d'où un grand émoi dans Plouguerneau. La presse s'empara du scandale et l'on parla longtemps des deux journalistes de Brest qui avaient fait semblant d'inaugurer le phare. Comme il n'y a pas de cérémonie officielle sans banquet, ils avaient commencé par déjeuner joyeusement à l'Aber-Wrac'h. Après quoi, ils embarquèrent pour l'île Vierge. Le mousse, indigné, se chargea de colporter l'histoire.

— Imagines-tu ? disait-il. Ils disaient qu'ils allaient inaugurer le phare. Je ne me suis pas gêné pour leur répondre qu'ils mentaient puisque monsieur le Curé n'était pas avec eux !

Cette absence était liée au projet de loi qui devait aboutir à la séparation des Eglises et de l'Etat, une révolution qui agita pendant plusieurs années tout le pays et plus particulièrement Plouguerneau, si attaché à son clergé. En juillet 1904, la promulgation de la loi Combes interdit l'enseignement aux congréganistes alors que, grâce aux efforts constants des prêtres, la majorité des enfants fréquentaient l'école religieuse. Les écoles de l'Etat n'abritaient parfois que quatre ou cinq élèves, sur plusieurs centaines d'écoliers. La loi laissa aux ordres religieux enseignants un délai de dix ans pour disparaître. Cela fit l'effet d'un coup de tonnerre. Monsieur Favé ne manqua pas de condamner vigoureusement cette loi, en application de laquelle le préfet du Finistère demandait la fermeture de l'école des frères des écoles chrétiennes, à Plouguerneau. Un liquidateur judiciaire était déjà nommé, un certain monsieur Duez... Les élèves rejoindraient-ils les bancs de l'école publique et laïque, *ar skol an Diaoul ?* Ils étaient trois cent cinquante, dont soixante-dix internes. Sept frères encadraient les cinq classes. L'affaire fut rondement menée, sous la houlette du recteur toujours prêt au combat. A peine expulsés, les frères se sécularisèrent et recouvrirent par conséquent le droit d'enseigner. Grâce à ce changement d'étiquette, dès la rentrée de 1904, ils purent ouvrir une école privée de garçons avec pensionnat, une école officiellement laïque. Pas de changement de lieu : ils conservèrent le bâtiment construit en 1887 pour accueillir l'école privée fondée par le recteur. Si le recteur et ses amis avaient fourni les fonds nécessaires, beaucoup d'hommes de Plouguerneau avaient été requis pour donner des journées de travail. Tous se sentaient donc un droit sur cette institution. L'école de filles tenue par les sœurs du Saint-Esprit fut à son tour laïcisée en 1907.

Au-delà des querelles qu'elle engendra, la guerre scolaire du début du siècle, vécue si vivement à Plouguerneau en raison de la personnalité puissante du chanoine Favé, eut un résultat intéressant. Elle fit prendre conscience à certains parents de l'importance de l'instruction. De plus, en raison de la concurrence entre les écoles publiques et privées, le niveau de l'enseignement s'améliora d'année en année. Les parents acceptèrent moins facilement que leurs enfants fassent l'école buissonnière, activité à laquelle Madeleine et toute sa génération s'était adonnée sans retenue.

— Et pour le goémon ? demanda Madeleine à Yves, un jour où ils évoquaient l'avenir.

— On dit que les instituteurs laisseront les enfants s'absenter quand on aura besoin d'eux, à condition de faire un billet d'absence. Les vacances restent au 15 août et la reprise au 1er novembre, comme c'était pour nous.

En effet, les instituteurs de la côte avaient depuis longtemps pris l'habitude de demander chaque année au ministère l'autorisation de terminer et de recommencer les classes un mois plus tard qu'ailleurs, pour que les enfants puissent aider leurs parents sans manquer les leçons.

L'autre problème qui agitait les esprits à cette période eut des conséquences bien plus profondes. Les lois Combes imposaient aux prêtres de n'utiliser que le français, à l'église comme au catéchisme. Bien entendu, le recteur de Plouguerneau refusa et fut sanctionné. Un dimanche de 1903, à la sortie de la messe, on apprit la nouvelle. Les gens avaient l'habitude de s'attarder sous le porche de l'église pour écouter le garde champêtre lire le prône, les nouvelles de la commune. Ce jour-là, le garde champêtre annonça que le traitement de monsieur le Recteur avait été supprimé une fois de plus parce qu'il employait la langue de ses paroissiens. Heureusement, fut-il précisé, que de bons chrétiens se cotisaient pour lui permettre de vivre.

— Oh, ma pauvre ! dit Marie-Renée à Madeleine, comment allons-nous faire ?

— Pourquoi ? Tu ne sais pas le français, toi ? répondit Madeleine, pour une fois disposée à plaisanter.

Plaisanterie pleine d'amertume, pourtant. Il suffisait d'écouter un instant. On ne parlait que le breton, le breton et pas le français, sauf quelques riches qui aimaient à montrer leur supériorité. Comme si l'on n'avait pas encore assez de soucis !

— Marie-Renée, nous avons le temps d'y penser, reprit Madeleine d'un ton plus doux. Yffic n'ira pas à l'école avant quelques années, pas vrai ? Et mon Jobic encore plus tard. Qui sait ce qui peut arriver, d'ici là...

Jobic n'entrerait pas à l'école avant ses huit ans. Il pouvait s'en passer, des choses, en effet, et cela ne manqua pas. On en aurait presque oublié les soucis quotidiens.

L'année suivante, en 1905, l'homme qui avait été le curé de Plouguerneau depuis 1880 s'éteignit. Ses obsèques eurent lieu le 13 avril, donnant lieu à un grand rassemblement de fidèles. La cérémonie fut à la hauteur de la réputation et de l'œuvre de monsieur Favé. Ses paroissiens se sentirent honorés de voir tant de personnalités se déplacer pour l'occasion : monsieur Corrigou, vicaire général et ancien curé de Lannilis ; monsieur Ollivier, curé doyen de Lannilis ; le chanoine Roul, curé archiprêtre de Saint-Louis-de-Brest... Les députés, empêchés, adressèrent des condoléances élogieuses. Tous soulignèrent qu'avec le curé de Plouguerneau disparaissait une des figures les plus marquantes du diocèse, un homme de caractère qui avait détenu la clé des élections dans sa circonscription pendant plusieurs dizaines d'années.

Le chanoine était mort quelques mois avant le vote de la loi qui instaurait la séparation des Eglises et de l'Etat. Ainsi, la rupture contre laquelle il avait milité toute sa vie, donnant de son temps, de son énergie, de son argent, cette rupture était consommée. Ses conséquences concrètes atteignirent leur paroxysme l'année suivante, au moment de l'inventaire des biens de l'Eglise.

Ce jour-là, Madeleine était montée au bourg chez la

repasseuse à laquelle elle avait confié sa belle coiffe de fête en mousseline brodée. Il fallait des instruments qu'elle ne possédait pas, des petits fers à tuyauter, et surtout un coup de main particulier pour faire gonfler les broderies. Une véritable foule s'était assemblée autour de l'église, une foule très en colère et qui criait. Comment avait-elle pu oublier ! Les prêtres avaient demandé qu'une personne au moins de chaque famille vienne au bourg ce jour-là.

— Voleurs ! criait-on. Vous n'avez pas le droit !

— C'est à nous ! Pourquoi nous volez-vous ?

Une véritable émeute ! Des soldats arrivaient par la route de Brest, à pied, sac au dos. On les avait appelés par téléphone, depuis le bureau de poste. Au terme d'une marche forcée de trente kilomètres, ils venaient soutenir une trentaine d'autres soldats, à cheval, rangés sur deux rangs devant les marches qui conduisaient à l'église. Des dizaines de femmes occupaient l'enclos, l'espace compris entre l'église elle-même et son muret d'enceinte. Madeleine vit un des soldats pousser son cheval et le cheval sauter dans l'enclos, jusque sous le porche. Mais qui était là ? Marie-Renée ! Elle hurlait avec les autres femmes et, toutes ensemble, elles parvinrent à renvoyer soldat et cheval d'où ils venaient. Les soldats voulaient entrer dans l'église et faire l'inventaire de ce qu'elle contenait.

— C'est à nous, répétait-on, pourquoi veut-on nous prendre ce que nos pères ont construit et payé ?

Le nouveau recteur, monsieur Talabardon, l'avait bien dit : tout cela appartenait aux gens de Plouguerneau, à personne d'autre, et surtout pas à lui-même. Les hommes qui avaient fait leur service militaire ne se laissaient pas non plus impressionner. Ils interpellaient les soldats à pleine voix.

— Pourquoi faites-vous cela ? Est-ce à vous ? Non !

Malgré l'arrivée des renforts, les soldats n'en menaient pas large. Ils sentaient la population prête à tout. Le recteur sauva la situation. Il sortit du presbytère et demanda à ses paroissiens de laisser les soldats faire leur travail. Il craignait que cela tourne mal, que les soldats finissent par utiliser leurs armes. Comme la grille et la porte de l'église étaient fermées à clé, elles furent détruites à la hache et trois soldats y entrèrent enfin.

— Tu as vu, dit Marie-Renée qui avait rejoint Madeleine. Ils n'ont pas traîné !

Les soldats n'étaient restés à l'intérieur que quelques minutes, sans doute plus pour sauver la face que pour réellement faire l'inventaire.

A la suite de l'émeute, une vingtaine de Plouguernéens prirent le chemin de la maison d'arrêt de Brest. Deux vicaires qui avaient particulièrement encouragé les ardeurs guerrières de leurs ouailles se virent infliger quarante jours de prison ferme. La plus petite peine prononcée fut de six jours. Quand les derniers détenus revinrent à Plouguerneau, la tête haute, les cloches carillonnèrent et on les accueillit en grande pompe. Pour les deux abbés, en particulier, on se déplaça jusqu'au pont de Paluden, les deux bannières et la grande croix en tête. Des deux côtés de la route, on se pressait pour voir les héros et on chantait.

Madeleine apprit tout cela par Marie-Renée qui faisait tout son possible pour qu'Yffic soit un jour enfant de chœur. Elle rêvait de le voir en surplis au grand pardon de la Saint-Michel qui se déroulait à Tréménac'h, le dernier dimanche de juin. Quelle fierté ce serait pour elle ! Bien sûr, Yffic n'avait pas encore l'âge, mais Marie-Renée était persuadée que son assiduité à l'église faciliterait les choses, le moment venu. Elle serait aussi fière que si elle avait eu le droit de marcher dans les premiers rangs de la procession comme les dames riches dans leur beau costume de fête, « l'habit de damas », jupe en brocart de soie damassée rouge, galons d'or et d'argent, grand châle en tulle richement brodé et amidonné, grande croix et cœur en or...

Madeleine enviait presque les rêves de Marie-Renée. En ce qui la concernait, elle avait renoncé au train. Elle avait déjà trois enfants à nourrir et un quatrième s'annonçait pour le printemps 1907. Pas question de dépenser pour des caprices ! En revanche, un autre de ses vœux fut exaucé : Fanch revint au pays, à temps pour être le parrain d'une petite Soizic, diminutif de Franseza. Le nom entier, c'était pour les riches comme les Kéravel ! Pour l'enfant des goémoniers, le diminutif était plus approprié. Qui se serait hasardé à dire Franseza aurait été regardé de travers. De la même façon, une femme de Trolouc'h n'aurait trouvé aucune couturière pour lui coudre un habit de damas. Même en se mariant dans unc famille riche, une fille pauvre n'aurait pas eu droit à l'habit des dames. Chacun à sa place ! Mais, en réalité, on n'y pensait pas, cela paraissait normal et si Marie-Renée avait des ambitions, elle n'éprouvait aucune jalousie.

Fanch avait écrit pour annoncer son arrivée et Madeleine avait tenu à se charger du repas de bienvenue. Elle était allée pêcher des ormeaux, un plein panier en une demi-heure à peine, tant il y en avait. Jobic avait tenu à accompagner sa mère. A présent qu'il avait un pantalon et non plus la robe des petits, il prenait avec sa mère des airs très protecteurs.

— Bientôt, j'irai tout seul, *Mamm* ! Je suis assez grand.

— C'est très bien. Regarde, *moutig*, regarde, mon joli, tu les vois, là ? La coquille grise qui se déplace dans le goémon, c'est un ormeau. Attrape-le, tu ne crains rien.

Jobic avait hérité de son père le goût de la pêche et, pour rien au monde, n'aurait laissé l'un ou l'autre de ses parents partir sans lui. Il accompagnait toujours sa mère à la pêche à pied, et son père quand il partait en mer poser ou relever ses casiers. Cela le passionnait. Il ne se lassait pas d'observer les goémoniers en train de réparer leurs nasses ou d'en fabriquer de nouvelles avec de l'osier qu'ils devaient aller chercher aussi loin que Saint-Frégant, une bourgade rurale située à une quinzaine de kilomètres de Trolouc'h. Jobic y avait déjà accompagné son père. Ils étaient revenus avec une pleine charrette de longues tiges souples, pour eux mais aussi pour les voisins. En échange, on les aiderait pour refaire le toit de chaume qui commençait à se fatiguer.

L'aîné de Madeleine ne l'aurait donc pas laissée pêcher seule les coquillages destinés au mythique oncle Fanch ! Ils rentrèrent trempés et, dès que séchés, Madeleine montra au garçonnet comment sortir les ormeaux de leur coquille et les taper énergiquement avec un gros galet pour les attendrir. Juste avant de les manger, elle les ferait sauter à la poêle dans du beurre, un quart d'heure de chaque côté. Ce serait un festin exceptionnel car, en principe, elle les vendait au restaurant du bourg ou au mareyeur de Brest qui venait s'approvisionner à Lannilis. De même, les homards que rapportait Yves partaient au restaurant ou à Lannilis où Madeleine avait réussi à conserver quelques clients. Il est vrai qu'elle n'avait plus beaucoup de temps pour la pêche aux coquillages et aux crustacés, à présent. Une autre pêche se répandait sur tout le littoral, une cueillette plutôt, celle du *pioka*, un lichen dont on venait de découvrir qu'il remplaçait avantageusement le coûteux agar-agar de Malaisie et du Japon. En plus de ses utilisations alimentaires — dans les gelées, les pâtes, les confitures... —, cette petite algue était facile à substituer à l'agar-agar dans le traitement du papier et des impressions sur étoffe.

A partir de 1903, on vit donc sur les grèves de Plouguerneau des équipes de femmes, d'enfants et de retraités cueillir le *pioka* pendant tout l'été, de juin à septembre. Purement manuelle, cette récolte ne demande aucun équipement spécialisé, seulement des sacs et, pour les plus jeunes comme pour les plus vieux, un panier. Madeleine faisait comme les autres, elle dans l'eau jusqu'aux épaules, les enfants plus haut sur l'estran avec Célestin. Ils n'auraient pu supporter l'eau froide sans risque. Les femmes descendaient avec la marée jusqu'aux roches les mieux fournies, qui se trouvent le plus bas par rapport à la côte. Essayant de prendre la mer de vitesse, elles arrachaient le *pioka* aux rochers et le mettaient directement dans les sacs qu'elles faisaient flotter. Pendant trois heures, elles travaillaient sans répit dans une eau en moyenne à seize ou dix-sept degrés... Quand un sac était plein, Madeleine le mettait à l'abri sur un rocher avant de le remorquer avec les autres jusqu'à l'endroit où Célestin la rejoignait pour l'aider. La charrette n'était pas loin et, bientôt, les sacs dégoulinants y étaient chargés.

Les personnes âgées et les enfants, quant à eux, mettaient le *pioka* dans leur panier et, quand il était plein, le vidaient dans un sac.

— Pas la peine de faire le tri, avait expliqué Madeleine aux enfants. Cela attendra qu'on soit rentrés.

Cela attendait aussi qu'elle soit un peu réchauffée. Comme les autres, elle avait enfilé un jupon et un corsage sec en sortant de l'eau, se moquant bien d'être vue tant elle avait froid. Il lui faudrait un bon moment avant d'arrêter de trembler et de claquer des dents.

C'était dur et mal payé mais, comme la course au moindre sou n'était pas près de s'arrêter, on allait au *pioka*. Encore heureux si l'humidité ne l'empêchait pas de sécher. En principe, trois jours de beau temps sur la dune suffisaient. Il fallait alors le mettre de nouveau en sacs et le livrer dans les champs où les courtiers installaient leurs bascules de pesage. Tous les jours, ils venaient acheter la moisson et, avec certains d'entre eux, il fallait encore se battre. Pour eux, un kilo ne faisait un kilo que s'il pesait le double ! En échange, était-ce de bonne guerre ? certains récoltants glissaient des pierres dans le fond de leurs sacs pour faire du poids...

Mais on n'était pas encore à l'été.

Fanch arriva, comme il l'avait annoncé, un après-midi de mars, entre deux grains. Il portait un gros sac de marin sur l'épaule, une veste de drap bleu par-dessus un tricot rayé, un pantalon clair, de lourds brodequins de cuir et un grand béret offert par Raymond le Parigot. On s'était retourné sur son passage, mais personne ne l'avait encore reconnu. Six ans d'absence ! Il avait à présent passé la trentaine. Pour laisser à la nouvelle le temps de se répandre, il voulut s'arrêter chez Mélie Kervella. On lui indiqua la maison neuve. Il n'y avait personne, à cette heure-là et il s'assit tout seul à une table près de la fenêtre. De l'arrière-salle, une voix cassée lui cria :

— Je viens !

Une vieille femme apparut, s'essuyant les mains à son tablier.

— Qu'est-ce que je te sers, matelot ? demanda-t-elle.

— Un café, *mar-plij*.

La cafetière restait au chaud, au coin du feu. Mélie Kervella ranima les braises et vint poser un bol devant Fanch. En se penchant, elle lui jeta un regard encore vif.

— Oh, oh... Mais je te reconnais, toi ! Tu n'es pas Fanch Kernévez, par hasard, revenu au pays ?

Plus ému qu'il ne voulait le laisser paraître, Fanch posa sa main sur celle de la vieille femme.

— C'est moi, Mélie.

— Vaurien ! Tu n'as pas honte de partir comme ça on ne sait où, vivre va-t'en savoir comment ! Mieux vaut que je t'apporte ton café, avant de dire des sottises.

— Viens t'asseoir avec moi, demanda Fanch, tu me donneras des nouvelles.

Ils burent lentement, savourant ce moment précieux, celui où l'absent revient. Mélie Kervella finit par poser la question qui lui tenait à cœur.

— Es-tu revenu pour rester ?

Fanch soupira et haussa les épaules en un geste d'ignorance.

— Oui, je comprends, dit Mélie en hochant la tête. Tu as changé, mon garçon. Tu as changé. Prends donc ton temps. C'est à toi de voir ce qui te convient, mais je te le dis, tu nous as tous rendus bien tristes.

— Je devais partir...

— Hum... Va-t'en savoir.

C'était une des grandes phrases de Mélie Kervella : va-t'en savoir ! Elle ne croyait plus à grand-chose tant elle en avait vu au cours de sa vie déjà longue. Elle commençait à faire figure d'ancêtre. Elle finit par se lever en prenant appui des deux mains sur la table.

— Allez, j'ai de la besogne et toi, on t'attend. File, vaurien ! Non, laisse le café, je te l'offre. De toute façon, ajouta-t-elle avec un regard perçant, je te reverrai, toi. Tu as pris l'habitude de la boisson. Ne me dis pas le contraire. Si tu crois que je ne peux pas reconnaître un homme qui aime ça...

Fanch ne pouvait en effet pas lui dire le contraire, d'autant moins qu'il avait une bouteille de vin dans son sac. Il en avait pris l'habitude en travaillant à la chaufferie du *Ville d'Alger*. Toutes ces heures passées à la gueule des chaudières, à pelleter du charbon dans une chaleur d'enfer... comment n'aurait-il pas eu soif ? Pourtant, que leur donnait-on, sinon du mauvais vin, une ignoble piquette d'Algérie ? Mais dans la chaleur et la poussière de charbon, ils auraient bu n'importe quoi.

— *Kenavo ar c'henta*, Mélie.
— C'est ça, grommela-t-elle. A bientôt.
L'accueil de Trolouc'h effaça l'amertume que lui avait laissée sa conversation avec Mélie Kervella. Les enfants de Madeleine l'émerveillèrent, mais il sentit au fond de lui la pointe de jalousie qu'il redoutait. Il s'était cru guéri, mais un peu de l'ancien mal demeurait, un peu qui était peut-être le pire. Devant Marie, il feignit une joyeuse camaraderie, mais se sentit navré de la voir devenir vieille fille. Bien sûr, cela arrangeait un peu tout le monde, car Jeannette avait beaucoup vieilli et Marie-Renée était débordée de travail. Sans Marie, la vie aurait été bien plus difficile. De toute façon, il n'y avait plus d'argent pour lui faire une dot même minime. Une vie misérable l'attendait dans le mariage, car seul aurait pu la demander un homme aussi pauvre qu'elle. Cela s'était déjà produit et toujours elle avait demandé à sa mère de refuser le prétendant. Son père avait tenté de la convaincre, mais elle avait tenu bon. A présent, comme elle allait sur la trentaine, les propositions se faisaient rares.
A cause de cela, parce que ses sentiments n'avaient pas changé, Fanch repartit au bout de quelques semaines. A dire vrai, il se sentait aussi un peu étouffer. Il laissa derrière lui quelques chansons, mélange de breton et de français bientôt déformé ; des cadeaux rapportés de ses escales : des bonbons pour les enfants, des rubans de soie pour les femmes, une bouteille de vieux rhum qu'il partagea avec les hommes, des cartes postales, des « vues » des ports qu'il avait visités — Alger, Port-Saïd, Marseille, Gibraltar, Fort-de-France à la Martinique... Et l'évocation d'images exotiques, palmiers, costumes étranges, cuisines délicieuses ou infectes, coutumes païennes... De la violence qu'il avait rencontrée dans chaque port, il ne souffla mot. Il avait conscience de leur offrir un rêve et ne voulait pas le ternir. Trop de conteurs se plaisaient à raconter des

histoires terrifiantes aux veillées, des histoires qui, dans son enfance, le laissaient pantelant, incapable de s'endormir... Lui voulait donner aux enfants un sommeil peuplé de couleurs joyeuses et de hauts faits capables de les rendre forts devant n'importe qui. Cette visite de l'oncle Fanch ne fut sans doute pas étrangère aux choix de Jobic et d'Yffic quand ils atteignirent l'âge adulte. Avec le temps, ses récits prirent des proportions épiques et les paysages évoqués devinrent des images de paradis. En fait, il leur avait ouvert l'esprit sur une dimension que leurs parents, restés au pays, n'avaient encore pas, ou peu, perçue : l'évolution du monde. En même temps, cela ébréchait la solidité des traditions. Mais comment l'éviter ?

Un petit événement donna pourtant beaucoup à penser aux goémoniers. Un jour de l'été 1911, Yves et plusieurs autres goémoniers du Koréjou étaient allés livrer les pains de soude à l'Aber-Wrac'h par la mer. En attendant la renverse de la marée, ils étaient allés prendre une *bier frisket*, une bière relevée d'une larme de rhum, dans un petit débit de boissons près du vivier de langoustes. Voyant passer de curieux personnages, Yves s'enquit de leur identité.

— Oh, ceux-là ! répondit le « bistrot ». Ceux-là, ce sont des touristes.

— Des touristes ?

— Des gens qui viennent ici pour ne rien faire. Ils se reposent, ils profitent du soleil et de la mer, comme ils disent. Regardez celui-là...

De la tête, il leur désignait un homme d'une trentaine d'années, vêtu d'un élégant vêtement clair, un chapeau de paille sur la tête. Il marchait en balançant une canne à pommeau brillant.

— C'est un poète. *Ya !* Un poète russe, imagine-toi ! Russe, je te dis. Il s'appelle Alexandre Blok. Et les autres qui essayent de le rattraper, des Anglais.

— Un Russe, des Anglais, qu'est-ce que tu nous chantes là ?

— La vérité. Ils sont à l'hôtel de la Baie des Anges et ils vont tous les jours se baigner du côté de Sainte-Marguerite...

Cela avait plongé Yves dans des abîmes de perplexité. Des touristes, des Russes, des Anglais, des bains de mer ! Et quoi encore ? Il se sentit brusquement vieillir en pensant que, lorsqu'il était jeune, on ne parlait pas de tout ça. Le soir, il raconta l'étrange rencontre à Madeleine qui commenta son récit d'un ton songeur.

— Le monde va changer, je crois. Je ne peux pas t'expliquer, mais je sens qu'il se passe quelque chose.

Quelques femmes commençaient à prendre conscience de l'évolution en cours, car elles étaient plus proches des enfants, et donc en contact avec l'institution scolaire.

C'était une question qui revenait de plus en plus souvent quand un adulte s'adressait à un enfant :

— As-tu bien travaillé à l'école ?

Dans l'ensemble, les filles avaient plus de raisons de se montrer satisfaites que les garçons. Il existait une certaine émulation entre elles, due en partie à l'attitude des filles du bourg qui parlaient français en faisant des manières.

Un jour de 1912, Marie-Jeanne, qui venait d'avoir dix ans, rentra de l'école en pleurs.

— Mamm !

— Qu'y a-t-il, ma fille ?

— Les filles du bourg, elles ont dit que les filles de Tréménac'h sont juste bonnes à garder les cochons parce qu'on parle mal le français.

Madeleine soupira. Comme tout devenait compliqué ! En même temps, Yann, son dernier-né, réclamait ses soins. Il n'allait pas très bien, avait du mal à marcher malgré ses deux ans révolus.

— Tu n'as qu'une solution, Marie-Jeanne.

Apprends tes leçons et tu sauras le français aussi bien qu'elles.

— Mais pourquoi, toi, tu ne me parles pas en français ?

A cela, que répondre ? Une grande tristesse saisit Madeleine. Elle se souvenait un peu de ce qu'elle avait appris dans son enfance, mais cela ne suffisait pas.

— Va plutôt voir si les poules ont pondu. Il me semble en avoir entendu une qui chantait dans le jardin. Va vite avant que le putois ne passe.

Ce que Madeleine appelait son jardin était un petit carré de sable dans un creux du terrain derrière la maison. Elle y faisait pousser les légumes nécessaires pour la soupe, choux, carottes, oignons, poireaux, échalotes. Elle laissait toujours quelques pieds monter en graine pour ses semis de l'année suivante, et aussi pour échanger avec les voisins. C'était cela de moins à acheter. Prévoir, il fallait toujours prévoir. Mais comment prévoir que ce maudit putois ferait de pareils ravages ? Depuis trois semaines, plus personne ne gardait un œuf dans le quartier ! C'était le putois qui se régalait, mais pas moyen de l'attraper, jusqu'à présent. Saint Michel, vous qui avez vaincu le dragon, ne nous laissez pas sans force devant un minuscule putois ! Avec les difficultés, Madeleine avait conçu quelques doutes sur la religion. Elle pratiquait toujours régulièrement mais avec un peu de distance. Elle n'aurait pourtant, pour rien au monde, fait part de ses réserves à qui que ce soit.

Allons, on ne serait donc jamais tranquille ! Marie-Jeanne revenait déjà en criant.

— Maman ! Maman ! Jobic l'a eu !

Derrière elle, arrivait Jobic, d'un pas assuré.

— Qu'est-ce que tu as eu ? Montre-moi ce que tu caches dans ton dos.

Fier comme un roi, du haut de ses onze ans, Jobic brandit la dépouille d'un petit animal à fourrure brun-jaune, au museau pointu taché de sang. Madeleine en resta bouche bée.

— J'ai cherché les traces et j'ai bien regardé par où il passait pendant plusieurs jours. Alors, j'ai fait un piège.

D'un air modeste, il ajouta :

— Yffic m'a aidé.

Yffic ! Le grand camarade, comme Fanch l'avait été pour Yves.

— Alors vous avez gagné le droit d'aller demander des œufs. Tiens, prends le panier, tu les mettras dedans.

C'était l'habitude d'offrir des œufs à qui débarrassait le quartier d'un putois. Les deux garçons firent le tour des maisons, accompagnés d'une Marie-Jeanne triomphante. Quelle histoire à raconter demain, à l'école ! Les filles du bourg pourraient bien faire des mines, elles n'avaient pas de grand frère capable d'attraper un putois ! Ils revinrent avec près d'une trentaine d'œufs qui furent partagés entre les deux maisons et, le soir, Madeleine leur fit une magnifique omelette qu'ils mangèrent avec du pain frais.

Yves se sentait fier de son fils. En voilà un qui se débrouillait ! Il se sentait très proche aussi de Tanguy, costaud malgré ses sept ans, et qui proclamait déjà qu'il serait goémonier comme son père. Yann était trop petit et trop fragile pour qu'il ose penser à l'avenir. Quant aux filles, il les comprenait plus difficilement, en particulier les humeurs belliqueuses de Marie-Jeanne. « C'est une révoltée ! » avait dit l'abbé qui faisait le catéchisme. Mais aussi, pourquoi faisait-on toujours asseoir les filles de Tréménac'h dans les derniers rangs pour le catéchisme ? Et pourquoi le prix avait-il été donné à une fille du bourg qui savait son catéchisme moins bien que Marie-Jeanne ? C'était encore pire pour les quelques enfants qui allaient à l'école publique. Cet abbé-là les faisait asseoir dans un recoin de l'église d'où ils ne pouvaient pas suivre le catéchisme. Bien sûr, on leur refusait leur communion... Cela n'avait pas beaucoup changé depuis sa propre enfance. Heureusement, tous les prêtres n'étaient pas comme celui-là et le recteur intervenait volontiers pour tout arranger.

Plongé dans ses pensées, Yves ne s'était pas rendu compte que Soizic, pelotonnée contre lui, s'était endormie. Il caressa doucement sa tête aux fins cheveux clairs et se prit à songer au parrain de sa fille. Fanch écrivait pour chaque Noël et envoyait de l'argent pour les enfants, mais ne disait pas s'il comptait revenir. Ni lui ni Madeleine n'en parlaient, craignant de connaître la réponse : jamais. Ou bien très tard, pour prendre sa retraite au pays. Pauvre Marie !

Yves soupira de bonheur à sentir contre lui sa fille endormie, pleine de confiance. Comme elle l'admirait, celle-là ! Il retrouvait en elle des attitudes de Madeleine petite fille. Marie-Jeanne était plus du côté de sa sœur Yvonne, la solide Yvonne qui élevait à la baguette ses six enfants, aux côtés d'un Mikéal qui exécutait ses quatre volontés sans se plaindre. Elle avait révélé un caractère sans faille, une ténacité exemplaire et un sens aigu de l'organisation domestique, bien utile pour qui mettait au monde un enfant tous les quinze ou seize mois. Yvonne s'était imposée à sa belle-famille qui voyait à présent en elle un pilier essentiel du clan. Mais c'était avec Annaïg que Marie-Jeanne s'entendait le mieux. La tante de Madeleine, dont la santé déclinait rapidement, obtenait tout de la fillette. La disparition d'Annaïg serait une grande perte pour tous, mais pour elle en particulier.

Madeleine finissait de baratter et posa bientôt une belle motte de beurre sur la table. Elle l'emballa soigneusement dans un torchon à la blancheur impeccable. Yves la contempla. Elle avait gardé sa silhouette fine et légère, mais son visage s'était marqué d'un réseau de fins sillons où les yeux bleus brillaient d'un éclat toujours aussi étonnant.

— Leine, chuchota-t-il pour ne pas réveiller Soizic. J'ai pensé à une chose.

Elle rangea dans l'armoire la motte de beurre qu'elle irait vendre le lendemain, au marché de Lannilis, comme toujours, et vint s'asseoir près d'Yves en lui souriant. Malgré la fatigue et les soucis, cela restait un bonheur inouï de voir « son » Yves bercer leur enfant.

— Leine, j'ai pensé à une chose. Yann est tellement faible. Ne veux-tu pas l'emmener voir le docteur ? Maintenant qu'il y en a un...

Depuis bientôt deux ans, un médecin s'était installé à Plouguerneau.

— Tu crois qu'on aura assez d'argent ?

— Ne t'inquiète pas, nous y arriverons. Tu sais, Fanch m'a donné une somme pour les enfants. Il faut que ça serve.

— Demain ?

— Oui, nous irons demain. Je me suis renseigné, c'est le matin qu'il reçoit.

Le diagnostic fut net : Yann ne présentait aucun symptôme de maladie, il avait seulement besoin d'une nourriture plus riche, de la viande et moins de bouillie d'avoine. Bien sûr, la bouillie tient au ventre, mais pour ce petit-là, c'était insuffisant. Ils repartirent à la fois rassurés et découragés. Leur petit garçon n'était pas malade, quelle chance ! Mais de la viande au moins trois fois par semaine, cela représentait encore de l'argent à dépenser, et cela au moment où il fallait remplacer le cheval. Quand Yves rapporta le résultat de la consultation à ses parents, son père haussa les épaules.

— Mais c'est très simple. Pour le cheval, on va faire comme pour les autres, on va se cotiser. Cela te laisse de l'argent pour Yann.

Comment un goémonier aurait-il pu travailler sans

cheval ? C'était impensable, aussi quand l'un d'eux perdait le sien, il arrivait assez souvent que les familles du quartier se cotisent pour lui permettre d'en acheter un autre. En cas d'urgence, on s'arrangeait même pour lui en prêter un ou faire son travail à sa place. Madeleine vit donc un beau jour Yves revenir du bourg avec une certaine Sirène, la bien nommée. On n'avait jamais vu une jument plus douce, plus câline, ni aussi à l'aise dans l'eau. Elle courait à la grève plus vite parfois qu'on ne l'aurait voulu, faisant jaillir l'eau sous ses sabots pour son seul plaisir. Qu'aurait été la vie si l'on ne s'était pas entraidés ? Et l'entraide, il en fallut quand, un certain jour d'août 1914, alors que les femmes étaient aux champs et les hommes au goémon...

19

Ce samedi-là, il faisait très chaud. Ceux qui n'avaient pas encore fini leur moisson se hâtaient pour devancer l'orage.

Madeleine était au lavoir, à deux kilomètres de chez elle. Avec cinq enfants et deux adultes, la lessive ne manquait pas. Cela représentait déjà sept chemises de corps chaque semaine, les vêtements de travail des hommes, gorgés de sel, les chemises de jour, les draps toutes les quatre semaines, les torchons, et de temps en temps les lourdes couvertures, en lin comme le reste. Elle mettait le linge dans la brouette, avec le battoir et la caisse pour s'agenouiller au bord de l'eau. Quand c'était la lessive des draps, il fallait les faire bouillir dans de grandes bassines avec de la cendre avant de les emporter au lavoir.

Agenouillée dans la prairie, Madeleine frottait avec énergie les chemises de ses enfants — le morceau de savon blanc à cinq sous y passerait ! — et plaisa avec cinq ou six voisines venues laver elles aussi. On s'usait peut-être les mains, mais on s'amusait. Echanger les nouvelles, commenter les propos d'un tel, la blague qu'on avait jouée à tel autre, se mettre d'accord sur les coups de main à donner, les heures passées au lavoir permettaient tout cela. Soudain, l'une d'elles s'interrompit au milieu d'une phrase, releva la tête et cria de faire silence.

— Ecoutez !

Elles se turent, pas encore inquiètes, certaines croyant à une plaisanterie.

— Ecoutez, reprit celle qui avait parlé. Le vent n'est pas dans la bonne direction mais...

— *Ma Doué !* Mon Dieu, c'est la cloche du bourg !

— Tu as raison.

Ce qui se passait, elles n'osaient pas y croire. Le tocsin ! Depuis le temps qu'on en parlait... En ce 1er août 1914, le tocsin annonçait la mobilisation générale. Le premier moment de stupeur passé, elles se levèrent et prirent la route du bourg. Abandonner le linge au lavoir ? Aucun problème, personne n'aurait volé le moindre torchon, ou bien c'était quelqu'un qui ne pouvait pas faire autrement. On ne disait rien, en ce cas, même si on finissait toujours par savoir qui était passé par là ; le pauvre ne condamnait pas le pauvre. De toute façon, l'heure imposait des craintes infiniment plus graves.

Le groupe de Madeleine courait vers le bourg, certaines pieds nus, les sabots à la main pour aller plus vite. D'autres personnes se joignaient à elles, déboulant des chemins de traverse ou se dépêchant sur la crête des talus. L'angoisse et la chaleur étouffante les empêchaient de parler, pour la plupart. Quelques femmes murmuraient des prières, surtout celles dont les fils avaient l'âge de partir. Enfin, on arriva sur la place où se pressait déjà beaucoup de monde. Madeleine aperçut sa tante Annaïg, petite silhouette de plus en plus ratatinée dans son costume noir. Elle se fraya un chemin dans la foule pour la rejoindre.

— Ma tante, commença-t-elle avant de s'arrêter, incapable d'ajouter un mot. Que dire ? Les trois fils d'Annaïg étaient en âge de partir, on mobilisait tous les hommes valides entre dix-neuf et cinquante ans. Madeleine se sentit glacée... Yves, Goulven, Mikéal, ils étaient tous concernés.

— Oui, entendit-elle à côté d'elle. Toute la nuit et la messe demain à quatre heures avant le départ.

Elle se retourna et demanda :

— Que se passe-t-il, cette nuit ?

— Les prêtres ont dit qu'ils confesseront les hommes pendant toute la nuit et il y aura une messe spéciale demain matin à quatre heures.

Madeleine prit le bras de sa tante.

— Viens, tante Annaïg, ne restons pas là. Cela ne sert à rien, il vaut mieux s'occuper de tout préparer.

— Oh, mais toi, tu n'as rien à préparer. Yves ne partira pas, avec sa jambe abîmée. Et Mikéal non plus. Ils ont dit qu'ils ne prenaient pas les pères des familles de plus de cinq ou six enfants, je n'ai pas très bien compris. De toute façon, il avait été réformé.

— Comment peut-on savoir ?

— Les noms sont affichés à la mairie.

Se raccrochant l'une à l'autre, elles se dirigèrent vers la mairie, sur le côté de la place. Ceux qui savaient lire aidaient les autres. Annaïg eut confirmation de ce qu'elle craignait, tandis que Madeleine osait à peine se sentir soulagée. Le nom d'Yves ne figurait pas sur la liste, ni celui de Mikéal. En revanche, Goulven...

Madeleine et Yves accompagnèrent Goulven et Marie-Renée à la messe du lendemain matin. Ils avaient passé la nuit à se faire leurs adieux. Le chanoine Talabardon fit un sermon qui remonta le moral de ses paroissiens, exaltant l'esprit patriotique, l'honneur du soldat, et la gloire de défendre son pays. A la sortie, les commentaires ne manquèrent pas, plus ou moins optimistes. Certains croyaient que tout serait réglé en trois ou quatre semaines, d'autres craignaient que cela dure plusieurs mois. Circulant entre les groupes, l'adjoint au maire encourageait les mobilisés.

— Allons, les gars, *d'ar brezel* ! A la guerre !

Il ne savait pas qu'il y laisserait la vie.

Yves aperçut un jeune garçon qu'il connaissait un

peu, un certain Jean Simier, et qui écoutait visiblement de toutes ses forces.

— Tu es bien matinal, Jean ?

— Je voulais assister à la messe pour me souvenir de l'entrée en guerre.

Il ajouta avec un sourire malicieux :

— En prévision du jour où ce sera mon tour de parler du temps passé à la veillée !

Ce qu'il fit, en effet, bien des années plus tard. Dans l'immédiat, on avait d'autres soucis que les futurs récits du départ à la guerre de ses parents et amis. La mobilisation des hommes avait pour conséquence immédiate d'aggraver la charge de travail de ceux qui restaient. Il faudrait s'entraider encore plus que d'habitude.

Et, mon Dieu ! comme ce fut dur, ainsi que le raconta Madeleine à ses petits-enfants, longtemps avant Jean Simier. Que de travail mais, surtout, que de morts ! Tous les dimanches, on annonçait qu'un tel, un tel et encore un autre étaient tombés au « champ d'honneur ». La liste s'allongea impitoyablement tout au long des derniers mois de 1914, les plus jeunes en premier. Vingt ans, vingt et un ans, dix-neuf ans et moins encore, car il y avait des engagés volontaires. A Trolouc'h, comme ailleurs, le deuil frappait les maisons tour à tour. Quand se profilait la silhouette du maire, on savait ce que cela signifiait, la nouvelle qu'il apportait. On vivait dans la crainte de son apparition et dans l'attente du courrier. Avec quelle anxiété Marie-Renée guettait le facteur ! Enfin, à l'automne, il y eut deux lettres. Goulven se trouvait au nord de Paris, non loin d'Arras, et Fanch en Méditerranée, sur un des bâtiments de la flotte française. Il s'était engagé et le médecin ne l'avait pas du tout trouvé poitrinaire. Au contraire, on avait besoin d'hommes comme lui, qui avaient voyagé et étaient à l'aise sur les bateaux. Le ton un peu bravache de sa lettre ne convainquit pourtant personne. La situation ne devait pas être aussi brillante qu'il le disait.

On ne savait pas grand-chose de ce qui se passait sur le front, mais on se doutait que les hommes souffraient et personne n'osait se plaindre. On travaillait encore plus car, en l'absence des goémoniers, l'argent de la soude manquerait dans beaucoup de familles. Marie-Renée était allée à l'Aber-Wrac'h encaisser ce qui était déjà inscrit au compte de Goulven pour la saison 1914, mais cela n'irait pas loin. Yffic, à dix-sept ans, faisait le goémon avec son père depuis quelques années déjà, et voulait poursuivre sans lui. Marie-Renée le lui interdit formellement. C'était assez de s'inquiéter pour son mari, elle ne voulait pas trembler aussi pour son fils. Yves proposa de prendre Yffic avec lui.

— Et nous ferons part à deux, précisa-t-il.

Bien sûr, il y aurait moins d'argent chez lui, mais dans de pareilles circonstances... On compterait un peu plus, et voilà tout. Ses prévisions se révélèrent erronées. Comme la production chutait, faute de bras, les prix montèrent. Et cela se poursuivit en 1915. En effet, contrairement aux espoirs d'août 1914, la guerre continuait. Marie-Renée voyait venir avec horreur le moment où Yffic serait mobilisé, lui aussi. Un de ses beaux-frères avait déjà été tué, puis un jeune cousin de Jeannette, le fils aîné d'Annaïg, un des frères de Mikéal...

En 1916, Yffic partit en effet à Pontivy, où on lui apprit à marcher au pas et à se servir d'une arme. Pour Marie-Renée, le coup porta d'autant plus que Jeannette n'allait pas bien. Elle avait fait ses adieux à Yffic comme si elle ne devait jamais le revoir. Pourtant, ce fut le grand-père qui s'en alla le premier, un jour qu'il était allé relever ses casiers. Tanguy n'avait jamais renoncé à la pêche, ne craignant pas les sous-marins allemands qui croisaient dans les parages. Si près de la côte, à faible profondeur et, de surcroît, dans les cailloux, on ne risquait rien. En revanche, malheur à ceux qui empruntaient le chenal du Four pour quitter la Manche ou y entrer. Plusieurs bateaux avaient été coulés par l'ennemi, en 1916, y compris des bateaux de pêcheurs. Ainsi, le 18 décembre, au moins quatre navires avaient été envoyés par le fond. Deux dans les parages d'Ouessant : l'*Eugène Gaston*, un brick français — à sept heures du matin, en pleine obscurité ! — et l'*Hirondelle*, une goélette de Paimpol. Pas un seul survivant... Même sort pour les marins de la *Maria-Louisa*, coulée dans la matinée près de l'île Vierge, et pour ceux du *Flimston*, un vapeur anglais de dix mille tonneaux, attaqué au large de l'Aber-Wrac'h par plusieurs sous-marins allemands. L'ennemi ne respecta pas la trêve de Noël puisque, dans l'après-midi du 25 décembre, il coula une goélette française, le *Courbis*, en vue de l'île Vierge. Le 30, ce fut le tour d'un vapeur grec, le *Sapho*, presque au même endroit. Les navires alliés renoncèrent à passer par la Manche et les exploits allemands se concentrèrent sur quelques barques d'inoffensifs pêcheurs...

— Les journaux n'en disent rien, avait rapporté Marie-Jeanne.

Elle écoutait tout ce qui se disait au bourg et le répétait fidèlement en rentrant de l'école. Madeleine était très fière : à quatorze ans, sa fille savait lire, écrire, et parlait un français satisfaisant d'après ses institutrices. Elles voulaient la présenter au certificat et Marie-Jeanne en tremblait d'excitation.

Tanguy pêchait donc crabes et homards comme par le passé. Un jour qu'il remontait ses prises, il eut un malaise et mourut tout tranquillement, en quelques minutes, dans sa barque. Un goémonier qui rentrait avec la marée aperçut le canot en train de dériver. Il le rattrapa et le prit en remorque. De ce jour, Jeannette cessa de se battre et, à la fin de l'hiver, ferma les yeux à son tour. Ils n'avaient pas soixante ans, ni l'un ni l'autre. Cela fit un grand vide dans la maison qui, de plus, se trouva privée d'hommes. Célestin, le fils cadet de Marie-Renée et de Goulven, n'avait que quatorze ans. Sur la suggestion d'Yves, Marie et Marie-Renée invitèrent l'oncle Célestin à demeurer avec elles. Il accepta d'autant plus volontiers qu'il perdait la vue et Marie trouva en lui un allié subtil quand Marie-Renée jouait un peu trop fort la maîtresse de maison vis-à-vis d'elle. Mais comment lui en vouloir ? Marie la voyait s'user à toute vitesse, encore plus à cause de l'inquiétude que du travail incessant.

— Pauvre femme, confia l'oncle Célestin à Marie, un jour que Marie-Renée s'était montrée particulièrement sèche.

— Je la plains, chuchota Marie. Elle n'est pas assez forte pour ce qui lui arrive.

— Mais que faire ? Et comment pourrais-je l'aider, moi qui n'y vois presque plus ?

Marie posa sa main sur celle du vieillard.

— Ta présence l'aide. Et si tu savais comme je suis heureuse que tu sois avec nous ! C'était trop triste sans mon père et ma mère. Les enfants aussi ont besoin d'un homme dans la maison. Et toi, tu as le temps de t'occuper d'eux, de leur parler.

Le début de 1917 n'apporta donc que de la tristesse. Goulven ne faisait écrire que de rares cartes, pour remercier des colis qu'on lui envoyait. De ses conditions de vie, il ne disait rien. La nouveauté vint du côté de Fanch. Il avait retenu l'attention de ses supérieurs, car il s'était bien comporté et on l'affectait — en raison des connaissances mécaniques qu'il avait acquises au cours de sa carrière — en Finistère, à la base de Camaret.

Je pourrai enfin venir vous voir, dès que j'aurai une permission. D'après mon ordre de route, je devrais arriver au Conquet début mai.

Il leur fallut attendre la mi-mai. Marie-Jeanne rentra de l'école en courant, Tanguy et Soizic la suivant de près tandis que le petit Yann s'accrochait à sa jupe.

— Il a téléphoné ! cria-t-elle de loin.

Qu'est-ce que c'est, encore ? se demanda Madeleine qui discutait avec le marchand de cochons le prix de deux porcelets qu'elle avait patiemment engraissés. Qui nous téléphonerait, à nous ?

— *Mamm* ! C'est le secrétaire de mairie, il est venu prévenir l'institutrice. Il arrive demain ! Il a téléphoné à la poste pour qu'on nous prévienne.

— Allons, calme-toi ! Je ne comprends rien à ce que tu...

Soudain, Madeleine réalisa ce qu'elle venait d'entendre. Elle pâlit.

— Qui arrive, dis-tu ?

— Oncle Fanch !

— Oh, mon Dieu !

Madeleine s'appuya contre le mur de la crèche aux cochons. Après tant d'années ! En même temps, une pensée terrible lui traversa l'esprit. Faites que ce soit Goulven ! Pour Marie-Renée, faites que ce soit Goulven. Mais Goulven était loin, à l'autre bout de la France, trop loin pour profiter de ses permissions.

Elle se reprit bien vite et s'adressa avec indignation au marchand.

— Allons, voilà un soldat qui revient du front et tu me refuses un bon prix de mes cochons ! Qu'allons-nous offrir à mon cousin qui risque sa vie pour nous et pour toi ?

Que répondre ? Le marchand — le « trafiquant de cochons » — soupira, proposa de couper la poire en deux, en rajouta un peu et tope là ! Affaire conclue.

Vite, qu'il s'en aille ! se disait Madeleine. Qu'il nous laisse seuls. Quand avait-elle vu son cousin pour la dernière fois ? Mélie Kervella vivait encore et Soizic allait naître. Dix ans... Tant de choses s'étaient passées en dix ans ! Et lui, comment serait-il, à présent ?

— Tu es bien sûre ? insista-t-elle en regardant Marie-Jeanne dans les yeux.

— Mais oui, maman ! Le secrétaire de mairie s'est déplacé en personne.

— Bien, bien, ne te fâche pas. Je te crois, mais c'est tellement extraordinaire. A-t-il précisé...

— Non. Il a seulement dit : demain.

Ce fut le branle-bas général. Les deux maisons furent nettoyées de fond en comble, alors que cela avait déjà été fait deux jours plus tôt. Une partie de l'argent des cochons fut consacrée à acheter de quoi faire un magnifique *kig ha fars*. Madeleine faillit en oublier d'atteler Sirène pour descendre au Koréjou. Yves revenait du goémon avec Jobic, qui avait remplacé Yffic. Madeleine se sentait miraculeusement protégée par rapport à la plupart des autres femmes. Son mari échappait à la guerre et Jobic n'aurait dix-neuf ans qu'en 1920. On ne pouvait imaginer que la guerre durerait si longtemps, ce n'était pas possible.

Tandis qu'elle faisait entrer le cheval dans l'eau, un ronronnement attira son attention. Elle leva la tête : un dirigeable. On en voyait régulièrement passer le long de la côte, cherchant les sous-marins ennemis. Quelle frayeur la première fois qu'une de ces machines avait survolé le quartier ! Leur base était à Guipavas, non loin de Brest. A présent, on s'était habitués, comme pour ces machines encore plus incroyables, les hydravions. Dire qu'un des vicaires de Plouguerneau avait prédit la fin du monde pour le jour où l'on verrait dans le ciel des « charrettes volantes » ! Madeleine y pensait à chaque fois que passait un de ces engins amenés par la guerre.

— Allez, ne t'inquiète pas, lui dit Yves. Même s'il y a des sous-marins, ils ne me chercheront pas sur les rochers !

— Tu as raison, mais je ne peux pas m'empêcher...

Ils travaillèrent sans un mot de plus, faisant passer le *tali* du bateau dans la charrette à grands coups du croc que Jobic lançait dans le tas d'un ample mouvement. Madeleine avait rejoint son mari à bord. Quand ils eurent fini, Jobic claqua de la langue et Sirène remonta vers la dune. Une fois le bateau mis en ordre, Yves prit ses vêtements secs dans le coffre avant et se changea aussi discrètement que possible. Il s'assit enfin dans le fond du bateau, accoudé au banc, et Madeleine lui tendit le pot de café chaud qu'elle avait apporté, à présent plutôt tiède, et une épaisse tartine beurrée.

— J'ai une nouvelle... Tu vas être content.

Quand elle eut fini, Yves affichait un grand sourire.

— Marie est au courant ?

— Tu penses ! Qui ne l'est pas ?

Ils soupirèrent et se sourirent en même temps. On n'y pouvait rien, à l'histoire de Fanch et de Marie. En comparaison, quelle chance avaient-ils eue !

La fête fut aussi joyeuse que possible, mais il n'était pas simple de se retrouver après dix années de séparation, et pas n'importe quelles années. Fanch avait changé, à ne pas le reconnaître par moments. Personne n'osa lui poser de questions sur sa participation aux combats. On préférait penser à l'avenir. Et l'avenir était passionnant !

— Il faut absolument réouvrir la Manche aux Alliés, expliqua Fanch, et on compte beaucoup sur les hydravions pour cela. Non, Marie-Jeanne, ce n'est pas dans les journaux, pour éviter de donner des informations à l'ennemi.

— Tu vas conduire un hy... hy...

— Non, petit Yann, non. Je vais seulement aider à les surveiller et à les maintenir en bon état.

En fait, Fanch fut affecté dès le mois de juillet 1917 à Ouessant où l'état-major voulait créer un poste de combat. L'installation se révéla trop difficile en raison des conditions climatiques et, fin octobre, les hydravions rejoignirent leur base de Camaret. Il faut dire qu'une terrible tempête avait sévi au mois d'août, abîmant les hangars « Bersonneau ». C'était le nom de l'entreprise d'Angers qui les fabriquait et en avait fourni à tous les terrains d'aviation militaires. S'ils donnaient satisfaction sous d'autres latitudes, en revanche, leur fragile structure de bois n'avait pas résisté à la violence des vents bretons. Ce fut d'ailleurs une saison fatale aux espoirs d'utilisation militaire d'Ouessant. Le ballon de vigie qu'on y avait installé ne survécut pas à un furieux coup de vent qui en cassa le câble d'amarrage le 20 septembre. L'observateur ne dut son salut qu'au parachute dont il était équipé. Il sauta et fut sauvé tandis que son ballon disparaissait dans la tourmente.

A l'automne 1917, Fanch était donc de retour à Camaret et revint en permission à Trolouc'h. Il annonça qu'un premier convoi américain se dirigeait vers Brest avec près de treize mille hommes. On avait du mal à en croire ses oreilles. Les enfants le firent répéter plusieurs fois.

— C'est beaucoup, oncle Fanch ? Vraiment beaucoup ?

— Beaucoup, mais pas encore assez, ma Soizic.

— Et toi ? Tu iras avec eux ?

— Non, moi je retourne sur les bateaux.

— Pourquoi ?

Plusieurs chalutiers patrouilleurs croisaient dans le secteur d'Ouessant pour protéger la route des convois américains. On avait besoin de marins familiers du coin. L'effort des hydravions serait également intensifié pour nettoyer le passage autant que possible. Objectif : que la Manche redevienne accessible aux Alliés. Les hydravions cherchaient sans relâche leur ennemi sous-marin, prêts à lâcher les deux bombes dont ils étaient équipés.

Marie n'osait plus penser à un quelconque avenir depuis longtemps, et perdit tout espoir en écoutant Fanch. Il n'était plus avec eux, d'une certaine façon. Malgré les horreurs de la guerre, malgré tout ce qu'il avait vu et qu'on devinait à demi-mot, il trouvait visiblement dans cette activité une forme d'excitation qui lui convenait. De plus, il avait reçu une décoration et avait été fait quartier-maître. Il s'étourdit, pensa Marie. Il lui semblait parti très loin, trop loin pour pouvoir revenir. Quand il croyait que personne ne le regardait, sa bouche s'affaissait et toute la tristesse du monde se lisait sur son visage. Marie en pleurait, la nuit. Et ne pouvoir rien faire pour lui ! Ce n'était pourtant pas faute de prier. Elle ne comptait plus les chapelets récités pour qu'il trouve un apaisement et, peut-être, un jour, la regarde autrement.

Les prières de Marie ne furent jamais exaucées. Fanch était sur le chalutier patrouilleur le *Goéland II* qui, le 4 janvier 1918, à huit miles nautiques au sud de l'île Vierge, fut canonné par les Allemands. Il y eut cinq morts, dont Fanch Kernévez, dernier de sa lignée. Une des conséquences de cette attaque fut qu'à compter de cette nuit, on diminua l'intensité du phare dont les éclats avaient permis aux Allemands de repérer le *Goéland II*.

Quelques jours après, c'était chez Marie-Renée que

le maire — ou, plus exactement, le curé qui faisait office de maire pendant que celui-ci était sur le front — vint frapper. Pas pour Goulven, non, mais pour la mort la plus affreuse, celle d'Yffic. Après tant de maisons, celles des enfants de Tanguy et de Jeannette étaient en deuil. Marie-Renée faillit en perdre la tête. Vingt ans ! Vingt ans ! C'était trop jeune pour mourir. Et Goulven qui ne revenait pas. On n'avait plus de nouvelles de lui depuis plusieurs mois.

— Marie-Renée, lui dit Yves, je sais que cela ne le ramènera pas, mais nous allons aider à battre ceux qui l'ont tué. J'ai appris qu'on va construire une base d'hydravions à Lilia. Il faut les aider.

Les Américains continuaient d'arriver et voulaient installer une base aéronavale à l'embouchure de l'Aber-Wrac'h. Ils avaient choisi Enez Terch, une petite île à quelques encablures du rivage de Lilia. Une dizaine de Plouguernéens participèrent au chantier. Il fallait construire les cales de départ, les *shipways*, ainsi que les hangars des hydravions et les baraquements des hommes. Yves, Jobic, Tanguy et Célestin, qui avait à présent seize ans, tous les jours, charroyaient jusqu'à l'île des pierres et des galets ramassés sur les grèves. Si le salaire était maigre, ils recevaient en revanche des produits intéressants, du savon, du tabac, du chocolat — une rareté ! — et surtout une nouveauté intrigante, du chewing-gum. Ce fut l'occasion de beaux fous rires pour les plus jeunes, malgré la tristesse ambiante. Inutile de dire qu'ils se réfugiaient dans un coin de dune... Les femmes participèrent à l'effort commun en lavant le linge de la base. Toutefois, à la différence des hommes, elles n'avaient pas le droit de se rendre sur l'île, et ne s'en plaignaient pas, car leur réputation avait tout à y gagner. L'échange du linge sale et du linge propre se faisait à terre. A elles, les Américains donnaient du savon, du sucre roux et du chocolat. L'histoire ne dit rien des éventuels échanges quand les soldats étaient invités à manger dans les fermes.

Sainte Vierge ! pensait souvent Madeleine. Que de nouveautés ! Et j'ai seulement quarante ans. Qu'est-ce qui nous attend encore ? Ce qui les attendait fut d'abord le retour de Goulven, assez mal en point. Les Allemands utilisaient des gaz toxiques et il avait été atteint. Les poumons malades, il n'était plus que l'ombre de lui-même quand il arriva. Inutile de dire ce que furent les retrouvailles avec Marie-Renée et comment ils pleurèrent leur fils.

— J'ai eu de la chance, tu sais, dit-il pourtant à Marie-Renée. Il y en a tant qui sont plus malades que moi. Et, de toute façon, même ainsi, je suis trop heureux d'être de retour et de voir que vous n'avez pas trop manqué. Ne t'inquiète pas pour le reste, nous nous débrouillerons toujours.

De ce qu'il avait vu et vécu, lui non plus ne parlait pas volontiers. Il ne voulait penser qu'à une seule chose : redevenir capable d'aller au goémon.

— Célestin, veux-tu être mousse à mon bord ?

— Je veux bien, mon père.

Ainsi fut réglée la question et Goulven fit la saison comme les autres, avec moins de rendement, certes, mais l'essentiel était de reprendre la barre de son bateau. Les hydravions de Camaret bombardèrent et coulèrent à leur tour quelques sous-marins allemands, dont un à dix miles au nord de l'Aber-Vrac'h le 3 juillet. La navigation devenait plus sûre et les sous-marins ennemis se raréfièrent. La base de l'île aux Américains, ainsi que l'on appelait à présent Enez Terch, entra en activité en octobre 1918, mais pas longtemps, puisque le 11 novembre fut signé l'armistice.

On vit revenir des hommes épuisés et, parmi eux, les deux fils survivants d'Annaïg. Ceux qui étaient partis au cours de la guerre devaient d'abord finir leur service et, pour certains, partirent en occupation en Allemagne. Les goémoniers de Tréménac'h, qui, avant la guerre, malgré l'école en français, ne parlaient que le breton — comme ceux de Lilia, comme les paysans du Grouanec et tant d'autres —, avaient appris le français, parfois un peu d'anglais, d'américain ou d'allemand... Ils avaient vu des machines, des voitures, beaucoup de choses étranges et pratiques. Le modernisme arriva peu à peu et quelques Plouguernéens entreprenants, tel Jean Simier qu'Yves avait croisé le matin du départ des mobilisés, investirent dans du matériel, par exemple une faucheuse-moissonneuse Mac Cornick qui coûta deux mille francs. On vint la voir de loin, cette machine extraordinaire qui faisait le travail — en partie ! — à votre place. On parlait aussi de quelques hommes qui, à la suite des Américains, avaient traversé la mare aux harengs pour travailler en Amérique. Eboueurs ou balayeurs de rue, ils n'en avaient cure : le salaire était mirifique. Quand ils revenaient au pays, au bout de quatre ou cinq ans, ils avaient un bon petit pécule en poche. Les équilibres sociaux commençaient insensiblement à bouger.

Quelques filles avaient des ambitions, à commencer par Marie-Jeanne qui avait décroché son certificat pendant la guerre et prétendait devenir institutrice. Lors de sa dernière permission, Fanch l'avait soutenue, conseillant à Madeleine de la laisser acquérir un métier.

— Tu sais, lui avait-il confié, tant d'hommes sont déjà morts et vont mourir avant la fin de la guerre... Toutes les filles ne trouveront pas à se marier. Il vaut mieux avoir un métier.

Tout en essayant de convaincre Madeleine et Yves, il pensait à son vieux camarade, Raymond le Parigot, qui lui avait insufflé ces idées. Raymond était mort à côté de lui, au début de la guerre. Fanch s'était senti une deuxième fois orphelin, ce jour-là, et avait maudit le sort qui condamnait tous ses attachements.

Forte des conseils du défunt, Marie-Jeanne plaidait sa cause avec ténacité. Son cousin Célestin, qui avait le même âge qu'elle, la soutenait autant qu'il l'osait.

Malgré tout, Madeleine et Yves ne cédèrent pas. Que penserait-on d'une fille qui partirait seule à la ville, même pour étudier ? L'oncle Célestin se mit aussi de la partie, mais pour lui conseiller la patience. Il estimait aussi que de grands changements étaient en route. Marie-Jeanne resta donc à Trolouc'h et se résigna d'autant mieux que deux yeux brillants passèrent bientôt par là...

Un jeune quartier-maître, voilà qui paraissait sérieux ! Une carrière assurée, une retraite à la fin, cela méritait considération. Il était venu par le car visiter de la famille qu'il avait à Tréménac'h. Encore une nouveauté intéressante, le service de cars. Fondée par un vieux goémonier de Lilia, cette société de transports suscita bien des légendes. Où a-t-il trouvé l'argent, demandait-on ? Il a dû trouver un trésor, de l'or peut-être, va-t'en savoir... C'étaient des cars sans confort, poussifs, bruyants, mais on les appréciait. Ils vous amenaient jusqu'à Brest si vous le vouliez, sans fatigue. Le patron se trouvait souvent parmi les passagers, pour veiller au grain. Assis sur le siège inconfortable, il tenait un journal grand ouvert devant lui. Quand on lui faisait remarquer :

— Oh ! Tu as vu que tu tiens ton journal à l'envers ?

Sous-entendu : tu es comme nous autres de ton âge, tu ne sais pas lire, il répondait, imperturbable :

— Quand on sait lire, on sait lire dans tous les sens.

Ainsi Madeleine vit son monde basculer peu à peu, glisser vers des changements bons ou moins bons. Une chose restait identique : son amour pour Yves, qui le lui rendait bien. Ils se tenaient l'un à côté de l'autre quand Tanguy, qui avait suivi les traces de sa sœur et avait décroché son certificat, s'en alla à Brest travailler à l'arsenal. Son choix avait été facilité par la décision du cadet d'Annaïg, revenu de la guerre avec le dégoût de la campagne. Il voulait participer à la construction des bateaux qu'il avait admirés dans le port de Brest.

Madeleine vit s'éloigner son fils avec chagrin mais, au fond d'elle-même, elle voyait s'ouvrir un avenir différent, peut-être moins dur. Il est vrai que l'argent laissé par Fanch, aussi peu que ce fût, donnait quelques espoirs de plus. L'année suivante, quand Marie-Jeanne épousa son quartier-maître et le suivit à Brest où il était basé, elle sut que le vent avait tourné, que sa nichée était en train de se trouver de bons abris. Elle regarda autour d'elle. Jobic faisait son service militaire, mais avait déjà annoncé qu'il continuerait le goémon comme son père. Il aimait ce dur métier. Il restait Soizic, dont les quatorze ans annonçaient une très jolie jeune fille, et Yann qui, à douze ans, parlait déjà de devenir mécanicien. Les moteurs le passionnaient.

Après un dernier signe de la main à Marie-Jeanne encore visible derrière la vitre du car, Soizic et Yann partirent ramasser des *brennigs* pour le souper, laissant leurs parents au bord du chemin. La poussière soulevée par le vieux car finit par retomber. Marie-Jeanne était partie. Yves et Madeleine se regardèrent, se troublèrent comme aux premiers jours et redescendirent du même pas vers l'anse du Koréjou qui étincelait sous le soleil.

Lexique breton-français

Ankou : personnage qui personnifie la mort.
Aod : grève, rivage.
Aotrou : monsieur, seigneur.
Ar wech all : à une autre fois.
Ar c'hentan : à bientôt.
Bara : pain.
Bazhvalan : entremetteur de mariage.
Bezhin : goémon.
Bihan : petit.
Bloavezh : année.
Botou : chaussure.
Botou koad : sabot (litt. : chaussure en bois)
Bragez : pantalon, culotte.
Brennig : patelle, bernique.
Breur : frère.
Brezel : guerre.
Chiletenn : gilet.
Chourañ : caresser.
Chrog : voir *krog*.
Diaoul : diable.
Du : noir.
Enez : île.
Falz : faucille.
Foenn : foin.
Friko : festin, repas de noce.
Gwenn : blanc.
Gwenneg : sou.
Gwerz : complainte, chanson.
Kapiten : capitaine.

Karreg : rocher, récif, écueil.
Kenavo : au revoir.
Ki : chien.
Kig : viande, chair.
Koad : bois.
Kozh : vieux.
Krampouezh : crêpes.
Krog : croc.
Krogad : contenu d'un croc.
Mad, mad eo : bien, c'est bien.
Mamm : maman.
Mamm-gozh : grand-mère.
Mare : marée.
Mare an aod : marée de la grève.
Mare rann : partage de la marée.
Mar-plij : s'il vous plaît.
Milin : moulin.
Miz, miziou (pl.) : mois (*Miziou du* / les mois noirs).
Mor : mer.
Paotred ar Zabbat : les Korrigans (litt. les hommes du sabbat).
Paour : pauvre.
Pour-keizh ou *Paour-kaezh* : pauvre malheureux.
Penn : tête, bout, extrémité, fin.
Pennbazh : gourdin.
Peoc'h : paix, chut, silence !
Petra : quoi.
Pilhaouer : chiffonnier.
Porzh : port.
Pouloud : grumeaux, boules de pâte cuites dans le bouillon.
Rastell : râteau.
Ribin : brèche étroite dans une haie, raccourci.
Roched : tunique, chemise.
Ruz : rouge.
Skol : école.
Skolaer : instituteur.

Tad : père
Tad-kozh : grand-père.
Talbenn : façade, pignon, panneau de fermeture arrière d'une charrette.
Tali : goémon à soude, laminaires.
Tantad : feu, feu de joie.
Tolennou : tableaux (sing. TAOLENN).
Tour-tan : phare (litt. : tour à feu).
Traoñ : partie inférieure, bas, vallée.
Ya : oui.

(D'après le Dictionnaire Breton-Français, ROPARZ Hemon, éd. AL LIAMM, Brest, 1995.)

Bibliographie

ARZEL (Pierre), *Les Goémoniers*, éd. de l'Estran, Douarnenez, Le Chasse Marée, 1987. *Les Goémoniers au temps de l'iode*, catalogue de l'exposition à la bibliothèque de la ville de Brest, 10 mai-10 juin 1978. *Us et coutumes relatives à l'exploitation des algues dans le Léon, in* Cinquièmes rencontres historiques du Léon, Lesneven, 17 octobre 1992, éd. Musée du Léon, Lesneven.

BADONE (Ellen), *The Appointed hour : death, worldview, and social change in Brittany*, University of California Press, 1989.

BORDAIS (Pierre), *De la réforme de l'impôt sur les successions*. Canios, Paris, 1900.

BREKILIEN (Yann), *La Vie quotidienne des paysans bretons au XIXe siècle*, éd. Hachette, Paris, 1993.

BRETON (Lucien), *Le Pain de mer*, éd. Nature et Bretagne, Kerangwenn 29540 Spezet, 1995.

ELEGOUET (Fanch), *Nous ne savions que le breton et il fallait parler français, Mémoires d'un paysan du Léon. Paysannes du Léon. La Récolte du goémon à Kéménez, in L'Homme et la mer* (1979). Les trois aux éditions Tud ha bro, 29860 Plabennec.

FABER (Thibaut), *Le Kabig*, maîtrise d'ethnologie, université de Brest, 1997.

GUEGUEN (Thomas), *Petits Métiers bretons d'autrefois*, Libro Sciences, Bruxelles, 1991.

Histoire de la Bretagne, t. 4. *La Bretagne au XIXe, 1789-1914*, (collectif) Skol Breizh.

LAINÉ (Noël), *Le Droit à la parole*, Terre de Brume Éditions, Rennes, 1992.

LAOT (Emmanuel), *Les Instituteurs publics finistériens, 1873-1914*, mémoire de maîtrise d'histoire, université de Brest, 1989-1990.

LE BARS (Geneviève et Yvonne), *Luduennig, cuisine et traditions bretonnes en pays pagan*, éd. Créer, 63340 Nonette, 1980.

LE BORGNE (Emmanuel), *Rôle et action du chanoine Favé, curé de Plouguerneau, dans la vie politique et religieuse du Finistère, il y a un siècle (1880-1900)*, conférence du 19 mars 1988 (manuscrit). *Biographie de Jean Favé, 1828-1905* (les deux au Centre de Recherche Bretonne et Celtique, CRBC, université de Brest).

LE GOFF (Jean-Yves), *Le Pays pagan*, coll. Mémoire en images, éd. Alan Sutton, Rennes, 1994.

LE GOFFIC (Charles), *Sur la côte*, chapitre « Les Faucheurs de la mer », E. de Boccard éditeur, Paris, 1928.

LE ROY (Florian), illustrations de Mathurin Méheut, *Les Vieux Métiers bretons*, rééd. Coop Breizh, 1992

LE ROY (Thierry), *La Guerre sous-marine en Bretagne durant la guerre de 14-18, victoire de l'aéronavale*, mémoire de maîtrise d'histoire, université de Brest.

PANIEZ (Yvonne), *Pêcheurs de goémon*, éd. Plon, Paris, 1939.

PHELEP (Florence), *La Scolarisation de 1833 à 1914 dans les communes de Plounéour-Trez, Kerlouan, Guissény et Plouguerneau*, mémoire de maîtrise d'histoire, université de Brest, 1994.

Plouguerneau, Itinéraires de découverte, éd. mairie de Plouguerneau, à l'office du tourisme.

PRISER (Louis), *Nos pères les paysans bretons*, Libro Sciences, Bruxelles. *Une brassée de goémon*, Éd. Universitaires, Paris, 1987.

Regards sur la petite enfance en Bretagne rurale traditionnelle, catalogue de l'exposition du musée de Saint-Brieuc, 1983.

RICHARD (Roger), *Tréménac'h et l'ensablement des côtes du Léon in* Cinquièmes rencontres historiques du Léon, Lesneven, 17 octobre 1992, éd. Musée du Léon, Lesneven. *Appelez-moi Ismaël*, éd. Liogan, Brest, 1993.

ROUÉ (Jacques), *Études sur la vie paroissiale et religieuse de Lannilis, commune du Léon, du Concordat à 1914*, mémoire de maîtrise d'histoire contemporaine, université de Brest.

SIMIER (Jean), *Mémoires*, document dactylographié, bibliothèque de Plouguerneau 1970.

SIMON (Jean-François), *Tiez, le paysan breton et sa maison*, t. 1er *Le Léon*, éd. de l'Estran, Douarnenez, Le Chasse Marée.

Revue

La collection complète des *Cahiers de l'Iroise*, société d'Études de Brest et du Léon, Archives municipales, rue des Archives, 29200 Brest.

Filmographie

A la cinémathèque de Bretagne, plusieurs fragments de films. *Finis terrae*, Jean Epstein, 1928. *Dieu a besoin des hommes*, Jean Delannoy, 1950.

Achevé d'imprimer en avril 1999
sur les presses de l'Imprimerie Bussière
à Saint-Amand (Cher)

POCKET - 12, avenue d'Italie - 75627 Paris Cedex 13
Tél. : 01-44-16-05-00

— N° d'imp. 839. —
Dépôt légal : mai 1999.

Imprimé en France